LA LIGNE VERTE

Né en 1947 à Portland (Maine), Stephen King a connu son premier succès en 1974 avec *Carrie*. En trente ans, il a publié plus de quarante-cinq romans, dont certains sous le pseudonyme de Richard Bachman. Son œuvre a été largement adaptée au cinéma.

STEPHEN KING

La Ligne verte

ROMAN TRADUIT DE L'ANGLAIS (ÉTATS-UNIS)
PAR PHILIPPE ROUARD

LE LIVRE DE POCHE

Titre original :

THE GREEN MILE

Published by agreement with the author
c/o Ralph M. Vicinanza, Ltd.

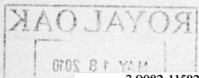
© Stephen King, 1996.
© Éditions J'ai lu, 1996, pour la traduction française.
ISBN : 978-2-253-12292-0 – 1re publication LGF

Lettre au lecteur

27 octobre 1995

Cher et fidèle lecteur,

La vie est sœur du hasard. L'histoire qui commence ici sous la forme d'un roman-feuilleton est née d'une remarque faite par un agent immobilier que je n'ai jamais rencontré. C'est arrivé il y a un an, à Long Island. Ralph Vicinanza, mon ami et agent de longue date (c'est lui qui négocie mes droits de publication à l'étranger), venait de louer une maison qui fit dire à l'agent immobilier : « On la croirait sortie d'un roman de Dickens. »

Ralph rapporta cette remarque au premier de ses invités, l'éditeur anglais Malcolm Edwards, et ils se mirent à parler de Dickens. Edwards fit observer que Dickens avait publié nombre de ses œuvres sous la forme de romans-feuilletons paraissant dans des journaux ou faisant l'objet d'une édition en soi. Quelques-uns des épisodes de ces romans, ajouta Edwards, avaient été écrits la veille même de leur publication. Apparemment, Charles Dickens n'était pas homme à s'effrayer de la date limite.

Les romans-feuilletons de Dickens étaient immensément populaires ; tellement populaires, en vérité, que l'un d'eux fut la cause d'un tragique accident à Baltimore. Une foule de lecteurs enthousiastes s'était rassemblée sur le quai, pour attendre l'arrivée d'un bateau anglais qui transportait les exemplaires du dernier épisode du *Magasin d'antiquités*. Une bousculade se produisit et plusieurs personnes furent précipitées dans les eaux du port et se noyèrent.

Je ne pense pas que Malcolm ou Edwards aient souhaité la noyade à quiconque, mais ils s'interrogèrent sur le succès que pourrait avoir aujourd'hui ce type de publication. Il ne leur vint pas tout de suite à l'esprit que cela s'était pourtant produit récemment par deux fois (il n'y a jamais rien de neuf sous le soleil). Tom Wolfe avait publié la première version de son roman *Le Bûcher des vanités* sous forme d'épisodes dans le magazine *Rolling Stone* et Michael McDowell (*The Amulet, Gilded Needles, The Elementals* et le scénario de *Beetlejuice*) avait fait de même pour son *Blackwater* en édition de poche. Ce livre – l'histoire d'une famille du Sud dont les membres ont la fâcheuse habitude de se métamorphoser en alligators – n'est certes pas le meilleur de McDowell mais n'en fut pas moins un succès commercial pour Avon Books.

Nos deux compères se demandèrent donc ce que pourrait donner de nos jours la publication d'un roman-feuilleton dans une édition populaire dont le prix n'excéderait pas une à deux livres en Angleterre, dix francs en France et peut-être trois dollars aux États-Unis (où les éditions de poche se vendent actuellement entre sept et huit dollars).

Ça pourrait intéresser quelqu'un comme Stephen

King, dit Malcolm, et puis la conversation se porta vers d'autres sujets.

Ralph oublia plus ou moins l'idée, mais elle lui revint à l'automne 1995, à son retour de la Foire de Franc-fort, une espèce de Bourse internationale de l'édition où chaque jour est une épreuve de force pour des agents étrangers comme Ralph. Et il me parla, entre autres choses, de cette histoire de roman-feuilleton.

Les autres suggestions (une interview pour la version japonaise de *Playboy*, un voyage tous frais payés dans les pays baltes…) me laissèrent de marbre. L'idée d'un roman-feuilleton, en revanche, titilla immédiatement mon imagination. Je ne me prends pas pour un Dickens moderne – si un tel écrivain existait, ce serait pro-bablement John Irving ou Salman Rushdie –, mais j'ai toujours aimé les histoires racontées par épisodes. C'est un genre que j'ai rencontré pour la première fois dans le *Saturday Evening Post* ; j'aimais surtout le fait qu'une fois parvenu à la fin le lecteur devenait en quelque sorte le rival de l'auteur lui-même, dans la mesure où il avait toute une semaine pour imaginer quelle serait la suite. Et puis, cette fragmentation du récit ne fait, à mon avis, qu'exacerber le plaisir de la lecture. Vous ne pouvez tout dévorer d'un coup, même si vous en mourez d'envie.

Mieux encore, chez moi, on les lisait souvent à voix haute – mon frère David, ma mère et moi-même nous relayant chaque soir. C'était une occasion rare de pouvoir apprécier en famille une œuvre écrite comme nous le faisions de nos séries télé préférées (*Rawhide, Bonanza, Route 66*). Comme elles, ces lectures étaient des événements familiaux. Des années plus tard, je découvrirais que les romans de Dickens avaient fait en leur temps la joie des familles de la même façon, à cette différence que leurs attentes fiévreuses quant au sort de Pip, d'Oliver ou de David Copperfield se prolongeaient des années, au lieu des deux mois que duraient les séries du *Post*.

Il y avait également un autre aspect qui me séduisait dans cette idée, un aspect que seul peut apprécier un auteur de romans à suspense : dans un récit publié en épisodes, l'auteur détient un certain pouvoir sur le lecteur, dans la mesure où celui-ci ne peut céder à la tentation de feuilleter les dernières pages pour connaître le dénouement.

Je me souviens encore de la fois – j'avais douze ans – où je surpris ma mère en train de parcourir la fin d'un roman d'Agatha Christie, alors qu'elle marquait de son doigt la page 50. J'étais scandalisé et je lui déclarai avec l'assurance propre à cet âge où on croit tout savoir que lire la fin d'un roman policier avant d'y arriver, c'était comme de manger un biscuit fourré à la noix de coco en allant tout de suite à la noix de coco : après, vous n'avez plus qu'à jeter le biscuit ! Elle eut un rire un peu gêné et m'avoua que j'avais sans doute raison, mais qu'elle n'avait pu résister à la tentation. Ne pas savoir résister à la tentation est une chose que je pratiquais déjà fort bien, même à douze ans. Eh bien, voici enfin un excellent remède à cette faiblesse de caractère commune à la plupart des lecteurs : jusqu'à la parution du dernier épisode, personne ne saura comment se termine *La Ligne verte*… Personne, et peut-être pas même moi.

Sans le savoir, Ralph Vicinanza me parla de cette idée de roman-feuilleton à un moment où j'étais parfaitement réceptif à semblable suggestion. J'avais flirté avec un sujet de roman qui me hantait depuis longtemps : la chaise électrique. La « Rôtisseuse » me fascinait depuis que j'avais vu mon premier film avec James Cagney et ce que j'avais pu lire du couloir de la mort dans *Vingt mille ans à Sing Sing*, de Lewis E. Lawes, ancien directeur de la prison de Sing Sing, avait enflammé les régions obscures de mon imagination. Je me demandais ce que devait être cette traversée du couloir menant à la chaise électrique, quand on sait sa mort imminente. Et aussi ce que pouvait ressentir l'homme qui sanglait le condamné sur la chaise et abaissait la manette libérant le courant. Etre le bourreau, c'était quoi ? Quel était le prix à payer, quand on avait la mort pour métier ?

Pendant vingt, trente ans, j'avais jeté des plans de scénarios sur le papier. J'avais même écrit une nouvelle à succès dont l'action se déroule dans le monde carcéral (*Rita Hayworth et la rédemption de Shawshank*[1]) et je pensais que cela s'arrêterait là, quand Ralph arriva avec cette idée. Ce qui me plut particulièrement dans le projet, c'était la présence de ce narrateur à la Stephen King, si jamais il y en eut un : une voix simple, sincère, humble, presque candide. Je me mis au travail, mais de façon hésitante, intermittente. La plus grande partie du deuxième chapitre fut écrite durant une accalmie entre deux averses à Fenway Park !

Quand Ralph me rappela, j'avais déjà pas mal avancé sur *La Ligne verte* et je pris conscience que je m'étais lancé dans la construction – disons, classique – d'un roman (alors que j'aurais dû employer mon temps à corriger mon petit dernier, *Desperation*). À ce stade, l'alternative est claire : on arrête les frais et on n'en parle plus, ou bien on laisse tomber tout le reste et on poursuit.

---

1. Dans *Différentes saisons*, Le Livre de Poche, n° 15149.

Ralph me suggéra une troisième voie : un roman qui serait écrit de la même façon qu'il serait lu, c'est-à-dire par fragments. Il y avait là un défi qui me séduisit : si j'échouais, j'aurais une meute de lecteurs frustrés à mes trousses. Ma secrétaire, Juliann Eugley, ne me contredira pas ; nous recevons des dizaines de lettres rageuses chaque jour nous réclamant le quatrième tome de *La Tour sombre*[1] (patience, inconditionnels de Roland, je vous le promets, votre attente prendra fin). L'une de ces missives contenait la photo Polaroid d'un ours en peluche enchaîné, avec un message fait de mots découpés dans des couvertures de magazines : « PUBLIE LA SUITE DE *LA TOUR SOMBRE* OU ON FAIT LA PEAU DE L'OURS. » Cette photo est encadrée dans mon bureau, tel un vivant reproche, car elle me rappelle à mes responsabilités. En même temps, elle me réjouit et m'encourage : c'est merveilleux de savoir que des gens s'intéressent aux personnages que l'on a créés.

Quoi qu'il en soit, je décidai de publier *La Ligne verte* en épisodes, à la manière des feuilletonistes du XIXe siècle, et j'espère que vous serez nombreux à m'écrire que vous avez aimé l'histoire et que sa présentation échelonnée vous a plu. Une présentation qui eut en tout cas le mérite de galvaniser mon écriture, bien qu'à ce jour (une soirée pluvieuse d'octobre 1995) le récit soit loin d'être terminé[2], même le premier jet, et que le dénouement reste encore imprécis. Cela fait partie du jeu et, en ce moment même, je conduis pied au plancher dans un brouillard épais comme de la poix.

---

1. J'ai lu, nos 2950/3037/3243, et *Magie et cristal*, Éditions 84 (1998). *(N.d.l'É.)*
2. Il a finalement été achevé au printemps 1996 et est paru en feuilleton dans LIBRIO entre mars et août 1996. *(N.d.l'É.)*

Je voudrais dire aussi que je vous souhaite autant de plaisir à me lire que j'en ai eu à écrire ces premiers chapitres. À propos de plaisir… pourquoi ne pas lire cette histoire à voix haute en compagnie d'amis ? Vous aurez au moins la compensation d'être plusieurs à attendre la parution du prochain épisode.

D'ici là, bonne chance, et soyez tolérants les uns envers les autres.

Stephen KING

PREMIER ÉPISODE

Deux petites filles mortes

Titre original :

THE TWO DEAD GIRLS

1

Ça s'est passé en 1932, quand le pénitencier de l'État se trouvait encore à Cold Mountain. Naturellement, la chaise électrique était là.

Ils en blaguaient, de la chaise, les détenus, mais comme on blague des choses qui font peur et auxquelles on ne peut échapper. Ils la surnommaient Miss Cent Mille Volts, la Veuve Courant, la Rôtisseuse. Et de rigoler de la note d'électricité et du directeur Moores, qui devrait passer sa dinde de Noël à la Rôtisseuse, vu que Melinda, sa chère moitié, était bien trop malade pour cuisiner.

Mais pour ceux qui devaient vraiment s'asseoir sur cette chaise, l'humour n'était pas au rendez-vous. J'ai présidé à soixante-dix-huit exécutions pendant tout le temps que j'ai servi à Cold Mountain (un chiffre sur lequel ma mémoire n'a jamais hésité ; je m'en souviendrai sur mon lit de mort), et je peux affirmer que la plupart de ces hommes prenaient conscience jusqu'à la moelle de ce qui les attendait, sitôt qu'on leur sanglait les chevilles aux pieds en chêne massif de Miss Cent Mille Volts. Ils réalisaient (ça se voyait dans leurs yeux, une espèce de consternation glacée) que leurs jambes avaient achevé leur carrière. Le sang circulait toujours en eux, les muscles étaient encore solides, mais ils étaient quand même fichus. Ils n'iraient plus se balader dans les bois ni danser avec une fille à un bal champêtre. C'était d'abord par les chevilles que les clients de la Miss prenaient connaissance de leur mort. Ils disaient leurs dernières paroles, des phrases souvent bizarres, incohérentes, puis on leur passait une cagoule en soie noire sur la tête. Cette cagoule, c'était soi-disant pour leur confort, mais j'ai toujours pensé que c'était pour le nôtre. Pour nous épargner leur dernier regard. Cette insoutenable expression de désespoir à l'idée qu'ils allaient mourir attachés à cette chaise.

Il n'y avait pas de couloir de la mort à proprement parler à Cold Mountain, seulement le bloc E, à l'écart des quatre autres blocs et quatre fois plus petit qu'eux. Avec des murs en brique et un abominable toit de tôle qui luisait sous le soleil d'été comme un œil de verre. Avec six cellules à l'intérieur, trois de chaque côté d'un large corridor. Des cellules individuelles. Un sacré confort pour une prison (surtout dans les années trente), mais leurs occupants l'auraient volontiers échangé contre un trou à rats dans n'importe lequel des autres blocs. Croyez-moi, ils auraient tout donné pour ça.

Jamais une seule fois, durant toutes mes années comme gardien-chef, les six cellules n'ont été occupées en même temps... c'est toujours une consolation. Quatre, ç'a été le maximum, moitié Blancs moitié Noirs (à Cold Mountain, il n'y avait pas de ségrégation parmi ceux qui allaient mourir), et quatre, c'était déjà un petit coin d'enfer.

On a même eu une femme pour pensionnaire, Beverly McCall. Noire comme l'as de pique et belle comme le péché que vous n'avez jamais eu le cran de commettre. Elle a enduré pendant six ans un époux qui la battait, mais elle n'a pas supporté qu'il la trompe une seule fois. Un soir, après avoir découvert qu'il la faisait cocue, elle a guetté le malheureux Lester McCall, plus connu de ses copains (et peut-être de sa très éphémère maîtresse) sous le sobriquet de Tondeur, en haut de l'escalier menant à l'appartement situé au-dessus du salon de coiffure. Elle a attendu qu'il enlève son manteau et, au moment où il avait encore les deux bras dans les manches, elle lui est tombée dessus et a tranché l'objet du délit avec l'un des rasoirs de la boutique. Mort saigné à blanc, le Tondeur.

Deux jours avant de prendre place sur la chaise, elle m'a appelé pour me dire qu'elle avait fait un rêve et que, dans ce rêve, son père spirituel africain lui disait de rejeter son nom d'esclave et de mourir sous son nom de femme libre, Matuomi. C'était sa requête, que sur son ordre d'exécution figure le nom de Beverly Matuomi. Je suppose que son père spirituel ne lui avait pas donné de prénom africain. Je lui ai dit d'accord, pas de problème. S'il y a une chose que j'ai apprise pendant toutes ces années comme chef maton, c'est de ne jamais rien refuser à un condamné, à moins qu'il ne me demande les clés de sa cage. Dans le cas de Beverly Matuomi, cela n'avait pas d'importance, de toute façon. Le lendemain, sur le coup de trois heures de l'après-midi, le gouverneur m'appelait pour m'annoncer que la condamnation à mort de Mme McCall était commuée en détention à vie au centre pénal pour femmes de Grassy Valley… tout pénal et sans pénis, comme on disait alors. J'étais drôlement content, je peux vous le dire, de voir le beau cul rond de Bess prendre à gauche et pas à droite, quand elle s'est pointée au bureau de permanence.

Trente-cinq ans plus tard – oh oui, au moins trente-cinq –, je suis tombé sur son nom à la page nécro dans le journal. Il y avait sa photo : un visage noir sec et ridé, entouré d'un halo de cheveux blancs comme une barbe à papa, le nez chaussé de carreaux à monture constellée de faux diams. C'était ma Beverly. Elle avait passé les dix dernières années de sa vie en femme libre, disait sa nécrologie, et avait sauvé de l'abandon la bibliothèque municipale de la petite ville de Raines Falls. Elle avait aussi tenu la classe de catéchisme et su se faire aimer de cette petite communauté. LA BIBLIOTHÉCAIRE SUCCOMBE À UNE CRISE CARDIAQUE, disait le titre et, en dessous, en caractères plus petits, presque comme une pensée après coup : *Elle avait passé vingt ans en prison pour meurtre.*

Seuls les yeux, grands et brillants derrière les lunettes avec les faux diamants, n'avaient pas changé. Les yeux d'une femme qui, à soixante-dix ans et quelques, n'hésiterait pas à rejouer du rasoir si la situation l'exigeait. On reconnaît toujours les assassins, même s'ils finissent comme vieilles bibliothécaires dans de petites villes paisibles. On le sait quand on a passé comme moi autant d'années en leur compagnie. Il n'y a qu'une seule fois où j'ai douté et remis en question la nature même de mon travail. C'est d'ailleurs la raison pour laquelle j'écris ce livre.

Un lino d'un vert pisseux recouvrait le sol du large couloir traversant le bloc E, et ce qu'on appelait dans les autres prisons la dernière ligne était chez nous, à Cold Mountain, surnommé la ligne verte.

Le couloir faisait une trentaine de mètres d'un bout à l'autre. Au départ, il y avait une cellule de contention. À l'arrivée, une bifurcation. Prendre à gauche signifiait vivre, si on pouvait ainsi qualifier le fait de tourner en rond dans la cour de la prison, mais ils étaient nombreux à y passer de longues années, et sans dommage apparent. Tout un petit peuple de voleurs, de violeurs, d'incendiaires et d'escrocs, chacun parlant son langage, marchant à son pas et faisant ses petites affaires.

Prendre à droite était une tout autre paire de manches. D'abord, vous entriez dans mon bureau (là aussi le tapis était vert, chose que j'avais toujours eu envie de changer, sans succès), et vous passiez devant ma table de travail, flanquée du drapeau américain à gauche et de celui de l'État à droite. Dans le fond de la pièce, il y avait deux portes. L'une donnait sur les toilettes que les gardes du bloc et moi-même (parfois même le directeur Moores) utilisions ; l'autre porte ouvrait sur une espèce de réserve. C'était là le terminus de la ligne verte.

La porte était basse – je ne pouvais la franchir sans incliner la tête, et John Caffey, lui, dut carrément se plier en deux. Il y avait un palier, puis vous descendiez trois marches de ciment et vos pas résonnaient sur le plancher de bois brut. Une petite salle misérable, sans chauffage, avec un toit de tôle, comme celui du bloc dont la réserve n'était qu'un appendice. En hiver, il y faisait assez froid pour vous faire une écharpe de buée et, en été, vous étouffiez. À l'exécution d'Elmer Manfred – en juillet ou août 1930, si mes souvenirs sont bons –, on a eu neuf témoins dans les pommes.

Sur le côté gauche de la réserve, là encore c'était la vie. Des outils (tous enchaînés sur des râteliers, comme si c'étaient des fusils au lieu de pelles et de pioches), des sacs de légumes secs et de graines pour les plantations de printemps dans les jardins de la prison, des rouleaux de papier-toilette, des plaques de fer-blanc pour la tôlerie, des sacs de chaux pour délimiter les terrains de base-ball et de football – les détenus jouaient dans ce qu'on appelait le Pré et les après-midi de match étaient impatiemment attendus à Cold Mountain.

À droite, une fois de plus… la mort. La Veuve Courant en personne, trônant sur une estrade de planches dans le coin sud-est de la réserve, pieds et accoudoirs en chêne massif qui avaient absorbé la sueur de terreur de tant d'hommes dans leurs derniers instants. Et, accrochée sans façon au dossier, la calotte métallique hérissée d'une grosse électrode, un vrai casque de robot pour bambino comme on en voit dans les B.D. de Buck Rogers. Un câble électrique partait de l'électrode pour passer par un trou dans le mur de parpaings derrière la chaise. À côté, par terre, il y avait un seau en fer-blanc. À l'intérieur, une éponge découpée à la dimension de la calotte. Avant les exécutions, on la trempait dans de l'eau salée pour mieux conduire l'électricité dans le cerveau du condamné.

2

1932 a été l'année de John Caffey. Les détails sont dans les journaux de l'époque et toute personne curieuse qui voudrait en savoir plus peut encore les consulter ; en tout cas, toute personne ayant plus d'énergie qu'un très vieil homme achevant sa vie dans une maison de retraite en Géorgie.

Je me souviens qu'il faisait chaud, très chaud, cet automne-là. Un mois d'octobre comme un mois d'août, et la femme du directeur, Melinda, à l'hôpital d'Indianola. L'automne où j'ai eu l'infection urinaire la plus douloureuse de ma vie, pas assez grave pour être hospitalisé mais suffisamment pour que je souhaite être mort chaque fois que je pissais. L'automne de Delacroix aussi, le petit Français à la souris, celui qui est arrivé pendant l'été et qui a fait ce chouette tour avec la bobine de fil. Mais, surtout, c'était l'automne où John Caffey, condamné à mort pour le viol et le meurtre des jumelles Detterick, a débarqué au bloc E.

Il y avait quatre ou cinq gardes à chaque permanence au bloc, mais beaucoup d'entre eux étaient des intérimaires. Dean Stanton, Harry Terwilliger et Brutus Howell (les hommes le surnommaient « Brutal », mais c'était pour rire, ce costaud n'aurait pas fait de mal à une mouche, à moins d'y être forcé) sont tous morts aujourd'hui, et Percy Wetmore aussi est crevé, lui qui était vraiment brutal et stupide. Percy n'avait rien à faire au bloc E, où une nature haineuse n'arrangeait rien et pouvait même s'avérer dangereuse, mais il était apparenté au gouverneur par sa femme, et donc indéboulonnable.

C'est Percy Wetmore qui a emmené Caffey au bloc, en gueulant l'appel prétendument traditionnel : « Place au mort ! Place au mort ! »

Il faisait aussi chaud que dans les forges de l'enfer, octobre ou pas. La porte de la cour s'est ouverte, laissant entrer un flot de lumière et l'homme le plus grand que j'aie jamais vu, à part ces basketteurs qu'on voit aujourd'hui à la télé dans la salle de loisirs de cette réserve pour vieux radoteurs où j'ai atterri. Il portait des chaînes aux bras et autour de son torse, qui était large comme une barrique ; il avait aussi les fers aux pieds et traînait une chaîne qui cliquetait comme un sac de pièces de monnaie tout le long de ce couloir vert. Percy Wetmore et Harry Terwilliger, qui l'enca-draient, avaient l'air d'enfants tirant derrière eux un grizzli captif. Même Brutus Howell faisait petit à côté de Caffey, et Brutal mesurait pourtant un bon mètre quatre-vingt-cinq et il était balèze, il avait joué tackler au foot pendant un temps comme pro avant de s'en retourner dans nos montagnes.

John Caffey était noir, comme la plupart des hommes qui venaient séjourner au bloc E avant de mourir dans les bras de Miss Cent Mille Volts, et il faisait deux mètres et cinq centimètres. Mais pas une de ces grandes perches de basketteurs qu'on voit à la télé ; non, une véritable armoire, un cou de taureau et des épaules maousses, bosselées de muscles. Ils lui avaient refilé le plus grand bleu qu'ils avaient pu trouver au magasin mais les jambes du pantalon lui arrivaient aux mollets, qu'il avait noueux et zébrés de cicatrices, et les manches de la veste, trop étroite pour son torse, dépassaient à peine les coudes. Il tenait sa casquette dans son bat-toir de main, ce qui était aussi bien car, perchée sur sa tête ronde comme un ballon, elle aurait fait penser au petit calot du singe du joueur d'orgue de Barbarie, sauf qu'elle était bleue au lieu de rouge. Il avait l'air fort capable de briser ses chaînes comme on fait sauter le ruban d'un cadeau de Noël mais, quand on voyait son visage, on sentait bien qu'il ne ferait pas une chose pareille. Il n'était pas débile, comme Percy l'a tout de suite décrété (il n'a pas tardé à l'appeler « Négro'con »). Il regardait seulement autour de lui avec l'air de se demander où il était. Et peut-être bien *qui* il était. Quand je l'ai aperçu pour la première fois, il m'a fait penser à un Samson noir... après que sa Dalila lui a rasé la tête de ses petites mains infidèles, lui dérobant l'espoir et la joie.

— Place au mort ! trompetait Percy en traînant le géant par l'une des menottes, comme s'il avait vraiment cru qu'il pourrait le bouger si Caffey n'avait pas accepté de se laisser tirer.

Harry, lui, ne disait rien, mais il avait l'air foutrement gêné.

— Place au mort !

— Ça suffit comme ça, j'ai dit.

Assis sur la banquette, j'attendais Caffey dans la cellule qu'on lui réservait. Je savais qu'il arrivait ce jour, bien sûr, et j'étais là pour l'accueillir et le prendre en charge, mais du diable si je connaissais ses mensurations jusqu'à ce que je le voie. Percy me jeta un regard qui disait qu'ils pensaient tous que j'étais un connard (sauf le grand singe à côté de lui, naturellement, qui n'était bon qu'à violer et tuer des petites filles), mais il se garda bien de tout commentaire.

Les trois s'arrêtèrent devant la cellule, dont la grille était grande ouverte. J'ai fait un signe de tête à Harry et il m'a dit :

— Dis-moi, tu veux vraiment rester là-dedans avec lui ?

Je n'ai pas souvent relevé de la nervosité dans la voix de Harry – il avait été avec moi pendant les émeutes six ou sept ans plus tôt et il n'avait pas bronché, même quand le bruit avait couru que certains des émeutiers avaient des armes à feu –, mais là, il avait l'air inquiet.

— Est-ce que tu vas me causer des problèmes, big boy ? j'ai demandé, assis sur la couchette étroite en essayant de ne pas paraître aussi misérable que je l'étais – cette infection urinaire dont j'ai déjà parlé n'était pas encore aussi sévère qu'elle l'est rapidement devenue, mais ce n'était pas une promenade de santé, je vous le garantis.

Caffey a secoué lentement sa grosse tête, une fois à gauche, une fois à droite, puis ses yeux se sont posés sur moi et ne m'ont plus quitté.

Harry tenait la fiche d'incarcération de Caffey.

— Donne-la-lui, j'ai dit à Harry. Mets-la-lui dans la main.

Harry a fait ce que je lui demandais et le géant a pris le papier comme un somnambule.

— Maintenant, apporte-la-moi, big boy.

Caffey s'est avancé dans le tintement et le raclement de ses chaînes. Il a dû courber la tête pour entrer dans la cellule.

Je l'ai toisé de la tête aux pieds. « Toisé » est le mot juste, car je voulais m'assurer que sa taille était bien réelle et non pas une illusion d'optique. Son crâne d'ébène culminait bien à plus de deux mètres. Sa fiche mentionnait un poids de cent trente kilos, mais je pense que c'était seulement une estimation ; il devait faire dans les cent cinquante et peut-être même cent soixante-dix. Sous la rubrique cicatrices et signes particuliers, la main laborieuse de Magnusson, le vétéran du greffe, avait écrit : NOMBREUX.

J'ai levé de nouveau la tête. Caffey s'était écarté légèrement et je pouvais voir Harry dans le couloir, devant la cellule de Delacroix – le Français était notre seul prisonnier au bloc E, à l'arrivée de Caffey. Del était un petit bonhomme à la calvitie précoce, une tête de comptable qui sait que sa magouille va être découverte. Sa souris apprivoisée était perchée sur son épaule.

Percy Wetmore était appuyé contre le mur sur le

seuil de la cellule de Caffey. Il avait sorti sa matraque en noyer de son holster fait sur mesure et il la tapait contre sa paume avec l'air d'un que ça démange de s'en servir. Tout d'un coup, je n'ai plus supporté de le voir là. Peut-être que c'était cette chaleur pas de saison, peut-être mon infection qui me rongeait le bas-ventre et rendait mon caleçon plus irritant qu'un bouquet d'orties, ou peut-être que c'était de savoir que l'État m'avait donné à exécuter un homme noir qui n'avait pas l'air d'avoir toute sa tête à lui et sur lequel ce salopard de Percy voulait essayer sa matraque. Probable que c'était la somme de toutes ces choses. Quoi qu'il en soit, je n'en avais plus rien à foutre des relations politiques de ce petit monsieur.

— Percy, j'ai dit. Ils déménagent, là-bas, à l'infirmerie.

— Bill Dodge s'en occupe.

— Je sais, mais va quand même lui filer un coup de main.

— C'est pas mon boulot. Mon boulot, c'est ce grand con.

Percy n'aimait pas les grands. Il les associait toujours aux « cons ». Il n'était pas sec et noueux comme Harry Terwilliger, mais il était court sur pattes. Un petit coq, le genre de merdeux qui aime déclencher une bagarre, quand tous les atouts sont de son côté. Et avec ça, pas peu fier de ses cheveux. Toujours à se les lisser du plat de la main.

— Alors, ton boulot ici est terminé, j'ai dit. Va à l'infirmerie.

Il a avancé sa lèvre inférieure ; on aurait dit une limace rose. Bill Dodge et ses hommes déménageaient l'infirmerie dans un bâtiment neuf de l'autre côté de la prison. Des paquets de draps et de lourdes caisses, sans parler des lits à transbahuter sous un méchant soleil. Percy Wetmore n'en voulait pas, non merci.

— Ils ont tous les hommes qu'il faut, il a dit.

— Eh bien, tu superviseras.

J'avais élevé la voix, cette fois. J'ai vu Harry grimacer mais je m'en fichais. Si le gouverneur ordonnait au directeur Moores de me virer pour avoir caressé son protégé dans le mauvais sens du poil, qui Hal Moores mettrait-il à ma place ? Percy ? C'était une plaisanterie.

— Fais ce que tu veux, Percy, mais fiche-moi le camp d'ici.

J'ai bien cru pendant un moment qu'il allait rester et que les ennuis allaient commencer, avec Caffey qui se tenait là comme une gigantesque horloge arrêtée. Puis Percy a glissé sa chère matraque dans son holster prétentieux et s'est éloigné raide comme un piquet. Je ne me rappelle plus lequel des gardiens était de permanence au bureau ce jour-là, mais Percy n'a pas dû aimer la façon dont l'autre le regardait, parce que je l'ai entendu grogner en passant :

— Efface ton sourire de ta face de merde sinon j'vais l'effacer pour toi.

Il y a eu un cliquetis de clés, un bref éclat de lumière dorée jaillissant de la cour, et puis Percy Wetmore a disparu, du moins pour quelques heures. La souris de Delacroix allait et venait en frétillant de ses fines moustaches sur les épaules du petit Français.

— Trrranquille, mon tout beau, Mister Jingles, a dit Delacroix avec son accent cajun.

Et la souris s'est arrêtée sur l'épaule gauche comme si elle avait compris.

— Del, pique un p'tit somme, tu veux bien ? je lui ai dit gentiment. Tout ça ne te regarde pas.

Il est allé s'allonger sur sa couchette sans discuter. Il avait violé une jeune fille avant de la tuer puis il avait traîné le cadavre derrière la maison où elle habitait, l'avait arrosé de pétrole et avait craqué une allumette, espérant ainsi effacer les preuves de son crime. Le feu s'était communiqué au bâtiment et six personnes, dont deux enfants, avaient péri dans l'incendie. À présent, c'était un homme aux manières douces, au visage inquiet, au crâne chauve cerclé d'une demi-couronne de longs cheveux qui lui tombaient sur la nuque. Il s'assiérait bientôt sur la Veuve Courant et sa vie s'achèverait dans un crépitement d'étincelles. Mais si atroce qu'ait été son crime, c'était du passé, et il était là, maintenant, allongé sur sa couchette, s'amusant de voir son petit compagnon courir sur le dos de ses mains. D'une certaine façon, c'est ça, le pire : la chaise ne brûle jamais ce qu'il y a en eux, et les drogues qu'ils leur injectent aujourd'hui n'ont pas résolu le problème. Ça reste et ça se transmet à quelqu'un d'autre, ne nous laissant que des enveloppes à tuer, des enveloppes qui ne sont même plus réellement habitées par la vie.

J'ai reporté mon attention sur le géant.

— Si je laisse Harry enlever tes chaînes, tu me promets d'être gentil ?

Il a hoché la tête. Une fois en haut, une fois en bas, et arrêt au milieu. Son regard étrange s'est posé sur moi. Il y avait une espèce de paix dans ces yeux, mais pas une à encourager vraiment ma confiance. De mon index, j'ai fait signe à Harry d'approcher. Il est entré et a déverrouillé les chaînes. Il n'avait manifestement plus peur, même quand il s'est agenouillé entre les jambes de

Caffey pour le débarrasser de ses fers, et ça m'a calmé moi-même. C'était Percy qui avait rendu Harry nerveux, pas le géant, et pour ce qui est de l'intuition, je lui faisais entièrement confiance, à Harry. Je leur faisais confiance, à mes hommes du bloc E. À tous, sauf à Percy.

J'avais un petit discours que je débitais aux nouveaux qui arrivaient chez nous, mais avec Caffey j'hésitais, parce qu'il paraissait tellement anormal, et pas seulement à cause de sa taille.

Quand Harry s'est redressé (Caffey était resté aussi placide qu'un percheron pendant que Harry lui ôtait ses fers et ses chaînes), j'ai regardé mon nouveau pensionnaire et je lui ai demandé :

— Est-ce que tu peux parler, big boy ?

— Oui, m'sieur patron, j'peux parler.

Il avait une voix de basse profonde et le ton paisible. Ça m'a fait penser au bruit d'un moteur de tracteur bien réglé. Et il n'avait pas l'accent du Sud. Seul ce « m'sieur patron » disait que du Sud, il connaissait au moins les usages. Il n'avait pas l'air illettré mais pas l'air éduqué non plus. Dans son parler comme dans tant d'autres choses, ce type était un mystère. Mais c'étaient les yeux qui m'intriguaient le plus – il y avait en eux une espèce d'absence sereine, comme s'il avait été loin, très loin.

— Ton nom est John Caffey.

— Oui, m'sieur patron, comme la boisson, mais ça s'écrit pas pareil.

— Alors, tu sais lire et écrire ?

— Non, juste mon nom, patron.

J'ai eu un petit soupir de regret et puis je lui ai servi une version abrégée de mon discours de bienvenue. Je pensais déjà que le bonhomme ne me créerait pas d'ennuis. En cela, j'avais tort et raison à la fois.

— Je m'appelle Paul Edgecombe, je lui ai dit. Je suis le gardien-chef du bloc E. Si tu veux quelque chose de moi, tu me demandes. Si je ne suis pas là, tu demandes à cet homme, son nom est Harry Terwilliger. Ou bien tu demandes M. Stanton ou M. Howell. Tu as compris ?

Caffey a hoché la tête.

— Ne crois pas que tu auras tout ce que tu demandes, sauf si, nous, on pense que tu en as besoin. C'est pas un hôtel, ici. Compris ?

Il a encore hoché la tête.

— Ici, c'est un endroit tranquille, pas comme dans le reste de la prison. Il n'y a que Delacroix et toi. Tu ne travailleras pas ; tu n'auras rien d'autre à faire que rester assis et… réfléchir.

Je ne lui ai pas dit que, du temps pour réfléchir, il en aurait de trop.

— Le soir, si tout va bien, on allume la radio. Tu aimes la radio ?

Il a fait oui de la tête, mais avec un air de doute, comme s'il n'était pas sûr de savoir ce qu'était la radio. J'ai découvert plus tard que, d'une certaine manière, c'était la vérité. Caffey reconnaissait les choses en les voyant mais, entre-temps, il oubliait. Il connaissait les personnages de *Our Gal Sunday*[1], mais il n'avait qu'un lambeau de souvenir de ce qui s'était passé à la dernière émission.

— Si tu te tiens bien, tu mangeras à l'heure, tu ne verras jamais le mitard, là-bas, dans le fond du couloir, et tu ne porteras pas non plus ces chemises de grosse toile avec les manches qui se ferment par-derrière. Tous

---

1. Célèbre feuilleton radiophonique des années trente, ancêtre des soaps, qui fut diffusé sur CBS jusqu'en 1959. Écrit et produit par Frank et Anne Hummert. *(N.d.T.)*

les après-midi tu auras deux heures de promenade dans la cour, sauf les samedis parce que c'est jour de foot pour le reste des détenus. Tu pourras recevoir des visites le dimanche après-midi. Tu as quelqu'un qui voudrait te rendre visite, Caffey ?

— Personne, patron.

— Ton avocat, peut-être ?

— J'crois pas que j'le reverrai jamais, il m'a dit d'une voix tranquille. J'l'ai eu d'office. Et j'crois pas qu'il trouverait son chemin jusqu'à ces montagnes.

Je l'ai regardé plus attentivement pour voir s'il plaisantait, mais non, il n'en avait pas l'air. Et puis le fait que son avocat en ait terminé avec lui ne m'étonnait pas non plus. À cette époque-là, des gars comme John Caffey ne risquaient pas de faire appel. Ils passaient en jugement, et c'était généralement l'affaire d'une journée, peut-être deux, et puis le monde les oubliait jusqu'à ce qu'une petite ligne dans le journal informe qu'untel avait grillé sur la chaise aux environs de minuit. Cela dit, un homme avec une femme, des enfants ou des amis pour venir lui rendre visite le dimanche, c'était plus facile à contrôler, au cas, bien sûr, où se poserait un problème de contrôle. Apparemment, Caffey n'annonçait pas d'ennuis, et c'était une bonne chose. Parce que comme force de la nature, il se posait là.

J'ai changé de fesse sur la couchette pour essayer de grappiller un peu de soulagement et puis j'ai pensé que je serais encore plus à l'aise si j'étais debout. Je me suis levé. Et Caffey, respectueux, a reculé et a croisé ses énormes paluches devant lui.

— Ton temps ici, mon gars, peut être facile comme il peut être dur, ça dépend de toi. Je suis là pour te dire que tu ferais mieux de nous rendre la tâche facile, parce que ça revient au même à la fin. Nous te traiterons comme tu le mérites. Tu as des questions ?

— Vous laissez une lumière après le coucher ? il a demandé tout de suite, comme s'il avait attendu l'occasion de poser cette question.

Je l'ai regardé. J'en avais entendu, des questions bizarres, au bloc E… comme celle du type qui m'avait demandé si les seins de ma femme étaient gros… mais celle-ci, c'était une première.

Caffey souriait d'un air embarrassé, comme s'il savait que je le trouverais idiot.

— Parce que j'ai un peu peur dans le noir, des fois, quand j'connais pas l'endroit, il a dit.

Je l'ai encore regardé. Ce grizzli. Cette montagne de muscles. J'étais touché. Ils vous touchent, vous savez ; vous ne voyez pas le pire en eux, ces pulsions qui martèlent leurs horreurs comme des démons à la forge.

— Oui, il y a de la lumière toute la nuit, j'ai dit. La moitié des lampes restent allumées tout le long de la ligne verte jusqu'à cinq heures du matin.

Puis j'ai réalisé que la ligne verte devait lui être aussi inconnue que les bonshommes de même couleur et, désignant la porte, j'ai ajouté :

— Dans le couloir.

Il a hoché la tête, soulagé. Je ne suis pas sûr qu'il ait su ce qu'était un couloir, mais il pouvait voir les ampoules de 200 watts dans les plafonniers grillagés.

J'ai fait une chose que je n'avais jamais faite avec aucun prisonnier avant lui… je lui ai tendu la main. Encore maintenant, je ne sais pas pourquoi. À cause de cette question à propos de la lumière, peut-être. Harry Terwilliger en a battu des paupières, je peux vous le dire. Caffey a pris ma main avec une douceur surprenante et l'a fait disparaître dans sa pogne noire. Voilà, je lui avais tout dit et j'avais un nouveau papillon épinglé sur ma planche.

Je suis sorti de la cellule. Harry a fait glisser la grille sur son rail et refermé les deux verrous. Caffey est resté où il était pendant un moment, comme s'il ne savait pas quoi faire d'autre, et puis il s'est assis sur sa couchette, a coincé ses mains entre ses genoux et a baissé la tête comme un homme accablé ou en prière. Puis il a dit quelque chose avec son drôle d'accent du Sud qui n'était pas du Sud. Je l'ai entendu parfaitement et, bien que je n'aie pas su grand-chose de son crime – vous n'avez pas besoin de savoir ce qu'un homme a fait quand votre tâche est de le nourrir et de veiller sur lui jusqu'à ce qu'il paie sa dette à la justice –, ça m'a fait frissonner.

— J'ai pas pu faire autrement, patron, il a dit. J'ai essayé, mais c'était trop tard.

3

— Tu vas avoir des ennuis avec Percy, m'a dit Harry, alors qu'on regagnait mon bureau.

Dean Stanton, mon second (en réalité, on n'avait pas vraiment ce genre de hiérarchie, un état de fait qu'un Percy Wetmore aurait rectifié en un éclair), était assis derrière ma table, à mettre à jour les dossiers, une tâche que je n'arrivais jamais à mener à bien. Il a à peine relevé la tête à notre entrée, a juste repoussé ses lunettes du bout de son pouce et s'est replongé dans la pape-rasse.

— J'ai des ennuis depuis que ce p'tit salaud a débarqué ici, j'ai dit tout en écartant mon pantalon de mon entre-jambe. T'as entendu ce qu'il gueulait quand il a amené ce grand balourd ?

Harry m'a regardé.

— Un peu que j'ai entendu. J'étais aux premières loges.

— J'étais aux chiottes mais j'ai quand même entendu, a renchéri Dean.

Il a tiré une feuille de papier vers lui, l'a levée dans la lumière du soleil pour que je puisse voir la trace ronde et brune qu'une tasse de café avait laissée sur le texte, et puis il l'a froissée et l'a jetée dans la corbeille.

— « Place au mort ! » Il a dû lire ça dans un de ces magazines qu'il aime tant.

Il y avait des chances. Percy Wetmore était un grand lecteur de *Stag* et d'*Argosy* et de *Men's Adventure*[1]. Il y avait toujours une histoire de taulards dans chaque numéro, semblait-il, et Percy les lisait avidement, comme un type qui fait des recherches. On aurait dit qu'il essayait de découvrir comment se comporter et qu'il pensait trouver la recette dans ces revues. Il était au bloc E depuis quatre mois. Arrivé juste après qu'Anthony Ray, le tueur à la hache, fut passé sur la chaise, il n'avait pas encore participé à une exécution, même s'il en avait vu une depuis la cabine des manettes.

— Il connaît des gens, a dit Harry. Il a des relations. Tu devras trouver une bonne raison pour l'avoir expédié à l'infirmerie, et une meilleure raison encore pour compter qu'il s'y rende utile.

---

1. Magazines dits « pulp » en raison de la mauvaise qualité du papier. De nombreux – et prestigieux – auteurs (Tennessee Williams, Hammett, Lovecraft…) y ont fait leurs débuts. *(N.d.T.)*

— Je n'y compte pas.

C'était vrai, mais j'avais de l'espoir. Bill Dodge n'était pas le genre de type à vous laisser jouer les inspecteurs des travaux finis quand il y avait de l'ouvrage à abattre.

— Pour l'instant, tout ce qui m'intéresse, c'est de savoir si on va avoir des problèmes avec Caffey.

Harry a secoué la tête avec conviction.

— Il était doux comme un agneau au tribunal, à Trapingus, a rappelé Dean.

Il a enlevé ses besicles sans monture et s'est mis à les essuyer sur le revers de sa chemise.

— Bien sûr, il a ajouté, ils lui ont mis plus de chaînes que sur Houdini le magicien, mais il les aurait pétées comme des bretzels s'il avait voulu. Il est costaud, hein ?

J'ai approuvé :

— Plutôt !

— Je me demande si la Veuve Courant sera à la hauteur.

— T'inquiète pas pour elle. Elle a le don de rapetisser les trop grands.

Dean s'est pincé le nez, là où les lunettes laissaient toujours une vilaine petite rougeur, et il a acquiescé d'un ton songeur.

— Ouais, c'est bien vrai.

— Est-ce que l'un de vous sait d'où il venait avant d'arriver à Tefton ? C'était bien Tefton ?

— Ouais, a répondu Dean. Tefton, dans le comté de Trapingus. Avant de débarquer là-bas et de faire ce qu'il a fait, je crois que personne n'en sait rien. Devait marauder de-ci de-là. Mais si ça t'intéresse, tu pourrais consulter les journaux à la biblio. Ils vont pas la déménager avant une bonne semaine, à mon avis, il a ajouté avec un grand sourire. Et avec un peu de chance, t'entendras ton p'tit copain pester et gémir à l'infirmerie au-dessus.

— O.K., j'irai jeter un œil.

C'est ce que j'ai fait. Un peu plus tard, dans l'après-midi.

La bibliothèque de la prison était située à l'arrière du bâtiment destiné à devenir l'atelier de mécanique automobile, du moins c'est ce qui était prévu. Un peu plus d'argent dans la poche de quelqu'un, voilà ce que j'en pensais, mais c'était la grande crise et je gardais mon opinion pour moi ; j'aurais dû en faire autant avec Percy, mais des fois un homme a du mal à la boucler. La bouche d'un homme le fout souvent davantage dans la merde que ne le fait sa quéquette. L'atelier de mécanique n'a jamais vu le jour – le printemps suivant, c'est toute la prison qui a été transférée cent kilomètres plus loin sur la route de Brighton. Il a dû y en avoir, du dessous-de-table, à cette occasion. Par pleines liasses.

L'administration s'était déjà installée dans un bâtiment neuf à l'est de la cour de promenade et l'infirmerie était en cours de déménagement (je m'étais toujours demandé quel idiot avait eu l'idée de percher l'infirmerie au dernier étage). La bibliothèque devait suivre mais, pour l'instant, elle était toujours là. La vieille bâtisse, espèce de boîte coiffée de bardeaux, était coincée entre les blocs A et B, dont les toilettes jouxtaient les murs, au point qu'une odeur de pisse imprégnait les deux étages.

La bibliothèque avait une forme en L et n'était guère plus grande que mon bureau. J'ai cherché des yeux le ventilateur, mais il avait disparu. Il devait faire plus de quarante degrés là-dedans, et quelque part dans ma vessie, ça m'a élancé comme jamais quand je me suis assis. Aussi pénible qu'une rage de dents. D'accord, la comparaison est idiote, vu la région dont il est question, mais côté douleur, ça se valait. Le fait est que ça empirait pendant et juste après la miction, et j'avais justement vidé le bocal avant de venir.

Finalement, je n'étais pas le seul à cuire sous les bardeaux. Un vieux maton efflanqué comme un chien errant, du nom de Gibbons, somnolait dans un coin, un roman de cow-boys sur les genoux et le chapeau rabattu sur les yeux. La chaleur ne l'incommodait pas, pas plus que les grognements et les jurons et le boucan général venant de l'infirmerie au-dessus (où la chaleur devait accuser dix degrés de plus, et j'en étais bien aise pour Percy le Suant).

J'ai gagné le coin de la pièce où je savais qu'ils gardaient les journaux. J'avais peur qu'ils soient partis avec le ventilateur, mais non, ils étaient encore là, et je n'ai pas eu de mal à trouver l'affaire des jumelles Detterick, parce qu'elle occupait les premières pages depuis l'arrestation de l'assassin jusqu'à son jugement en juillet. On ne perdait pas son temps en procédures à l'époque.

J'ai vite oublié la chaleur, le chambardement au-dessus et les ronflements du vieux Gibbons. Le contraste entre ces deux petites têtes blondes de neuf ans, avec leur joli sourire en double, et la gigantesque et noire carcasse de Caffey avait le don de vous abstraire des rigueurs d'un été trop indien. Connaissant la taille du bonhomme, il était facile de se l'imaginer en train de les boulotter toutes crues, comme l'ogre du Petit Poucet. Ce qu'il avait fait était pire encore et il avait eu une sacrée chance de ne pas se faire lyncher sur place, au bord de cette rivière où on l'avait retrouvé. Du moins, si on considérait qu'attendre entre quatre murs de prendre la ligne verte pour s'asseoir sur la Rôtisseuse était une chance.

4

Le roi Coton avait été détrôné dans le Sud soixante-dix ans avant que se produisent tous ces événements et il ne serait plus jamais roi. Toutefois, dans ces années trente, il connaissait une petite renaissance. Les grandes plantations avaient disparu, mais on comptait une bonne quarantaine de fermes vivant du coton dans le sud de notre État.

Klaus Detterick était propriétaire de l'une d'elles. Au siècle précédent, ses quelques arpents de terre auraient fait ricaner de mépris le moins nanti des planteurs. En ces temps de dépression, cependant, il récoltait non seulement la considération de son épicier, réglé cash à la fin de chaque mois, mais pouvait aussi regarder son banquier dans les yeux, s'il venait à le croiser dans la rue.

Sa maison était propre et confortable. En plus du coton, il possédait des poules, ainsi que quelques vaches. Sa femme et lui avaient trois enfants : Howard, un garçon d'une douzaine d'années, et les jumelles, Cora et Kathe.

Une chaude nuit de juin, cette année-là, les filles reçurent la permission de dormir sous la véranda qui courait le long de la façade. C'était une grande faveur pour elles. Leur maman leur souhaita bonne nuit sur le coup de neuf heures, quand la dernière lumière eut disparu du ciel. Ce fut la dernière fois qu'elle les vit, si on ne compte pas celle où elles reposaient chacune dans un petit cercueil blanc après que le croque-mort eut réparé le gros des dégâts.

Les paysans se couchaient tôt en ce temps-là, « dès qu'il faisait noir sous la table », disait des fois ma mère, et ils dormaient comme des souches. C'est certainement ce que firent Klaus, Marjorie et Howard Detterick, la nuit où les jumelles furent enlevées. Klaus aurait sûrement été réveillé par Bowser, le bon gros chien de la famille, mâtiné de colley, mais Bowser n'aboya pas cette nuit-là et n'aboierait jamais plus.

Klaus fut le premier debout pour traire les vaches. L'étable était derrière la maison, et l'idée ne lui vint pas de passer par-devant pour jeter un coup d'œil aux fillettes. Que Bowser ne soit pas dans ses jambes ne l'inquiéta pas non plus. Le chien tenait les vaches et les poules en grand mépris et ne bougeait jamais de sa niche quand le travail battait son plein, sauf si on l'appelait – et avec énergie !

Marjorie descendit un quart d'heure après que son mari eut enfilé ses bottes et disparu dans l'étable. Elle fit du café, mit le bacon à frire. L'odeur alléchante tira Howie de son lit dans le grenier, mais pas les filles de la véranda. Marjorie envoya le garçon les chercher, pendant qu'elle cassait des œufs sur les tranches grésillantes. Klaus enverrait les jumelles ramasser les œufs frais sitôt le petit déjeuner englouti. Sauf qu'il n'y eut pas de petit déjeuner ce matin-là chez les Detterick. Howie revint du porche le visage pâle comme du beurre de baratte ; ses yeux, bouffis de sommeil un instant plus tôt, étaient maintenant ronds comme des soucoupes.

— Elles sont plus là.

Marjorie sortit sous la véranda, d'abord mécontente puis inquiète. Elle déclara plus tard qu'elle avait supposé, si elle avait supposé quoi que ce soit, que les fillettes étaient allées cueillir des fleurs. Ça ou je ne sais quelle bêtise pouvant passer par la tête d'une gamine. Mais il lui suffit d'un seul regard pour comprendre la pâleur de Howie.

Elle hurla pour appeler Klaus, et Klaus arriva en courant, ses bottes dégoulinantes du bidon de lait qu'il s'était renversé dessus en entendant l'appel déchirant de sa femme. Ce qu'il découvrit dans la véranda aurait glacé le sang de plus d'un parent courageux. Les couvertures sous lesquelles les jumelles avaient dû se blottir, quand le froid de la nuit avait commencé de mordre, gisaient en tas dans un coin. La moustiquaire avait été arrachée et jetée dans l'herbe scintillante de rosée. Le plancher et les marches étaient tachés de sang.

Marjorie supplia son mari de ne pas partir seul à la recherche de leurs filles et, s'il fallait à tout prix qu'il y aille, de ne pas emmener Howie avec lui. Elle s'époumona en vain. Klaus décrocha le shotgun de sa patère au-dessus de la porte d'entrée et donna à Howie la carabine 22 qu'ils voulaient lui offrir pour son anniversaire en juillet.

Et le père et le fils s'en furent sans prêter attention à la mère qui pleurait et criait et voulait savoir ce qu'ils feraient s'ils tombaient sur une bande de vagabonds ou de nègres échappés de la ferme pénitentiaire de Laduc. À mon avis, les hommes avaient raison. Le sang n'était pas frais, mais il était encore poisseux, et plus proche du rouge que de ce marron foncé qu'il prend quand il est sec. Ça ne faisait pas longtemps que l'enlèvement s'était produit. Klaus devait penser qu'ils avaient peut-être une chance de retrouver les filles encore en vie. Et, cette chance, il voulait la saisir.

Ni l'un ni l'autre n'étaient des pisteurs ; ils pratiquaient la cueillette, pas la chasse. Et si, la saison venue, ils couraient tout de même après le daim et le raton laveur, c'était plus pour faire comme tout le monde que par goût. La cour devant la véranda était un fouillis de traces, véritable rébus d'empreintes de toutes sortes. Ils firent le tour de la maison et découvrirent pourquoi Bowser, au croc timide mais à la voix généreuse, n'avait pas aboyé. Il gisait à moitié sorti de sa niche construite de restes de bardeaux et de planches (avec son nom peint au-dessus de l'entrée arrondie – je l'ai vue en photo dans l'un des journaux), la tête tournée à presque cent quatre-vingts degrés. Il avait fallu une force incroyable pour tordre ainsi le cou à un animal aussi gros, déclarerait plus tard le procureur au jury en couvrant d'un regard sévère l'accusé qui se tenait derrière la table de la défense, les yeux baissés, vêtu d'une salopette toute neuve fournie par l'administration pénitentiaire. À côté du chien, Klaus et Howie trouvèrent un morceau de saucisse. On déduisit – à juste titre, sans doute – que Caffey avait d'abord amadoué le chien avec la saucisse puis, tandis que l'animal était occupé à manger, lui avait tordu le cou comme à un vulgaire poulet.

Derrière la grange s'étendait le pré nord, où les vaches n'iraient pas paître ce jour-là. Un sillon d'herbe piétinée traçait une diagonale en direction du nord-ouest. Un homme était passé par là.

En dépit de son état proche de l'hystérie, Klaus Detterick eut un moment d'hésitation. Ce n'était pas la peur de suivre celui qui avait ravi ses filles ; c'était la peur de suivre une piste à rebours, car comment savoir si le ravisseur était arrivé ou reparti par là ?

Howie résolut le dilemme en cueillant un bout de coton jaune accroché à un buisson en bordure du pré. Quand il serait appelé à la barre des témoins, Klaus identifierait d'une voix entrecoupée de sanglots ce même bout de tissu : oui, il provenait bien du pyjama de sa fille Kathe.

Vingt mètres plus loin, ils trouvèrent, pendant à une branche de genévrier, un autre morceau de tissu, vert passé celui-ci, arraché à la chemise de nuit que portait Cora quand elle avait souhaité bonne nuit à papa et à maman.

Les Detterick, père et fils, prirent le pas de course, leurs fusils braqués devant eux, tels des fantassins traversant un champ de bataille à découvert sous un feu nourri. S'il y a une chose qui m'étonne dans tout ce qui s'est passé ce jour-là, c'est que ce gamin de douze ans, courant à perdre haleine derrière son père de peur de rester tout seul en arrière, n'ait pas trébuché et, dans sa chute, tiré une balle dans le dos de Klaus Detterick.

Il y avait le téléphone à la ferme, un signe de plus que les Detterick prospéraient, même modestement, en des temps calamiteux. Marjorie appela le standard qui la mit en communication avec tous les voisins qui avaient aussi le téléphone, pour leur raconter que le malheur s'était abattu sur eux comme la foudre dans un ciel clair, sachant que chacun de ses appels ferait ricochet, comme des cailloux jetés dans une mare. Elle décrocha le combiné une dernière fois et demanda, comme on le faisait à cette époque des premières communications téléphoniques :

— Allô, le standard, êtes-vous en ligne ?

La préposée, brave matrone tout en émoi, parvint à articuler :

— Oui, m'dame Detterick, je le suis, oh, doux Jésus mon Dieu, j'étais justement en train de prier pour vos p'tites…

— C'est bien bon de votre part, dit Marjorie, mais dites au Seigneur d'attendre un peu, le temps de me passer le bureau du shérif de Tefton, d'accord ?

Le shérif du comté de Trapingus était un vieux de la vieille au nez cuit par le whiskey, au ventre distendu par la bière et au crâne couronné d'étoupe blanchie. Je le connaissais bien. Il était passé bien des fois à Cold Mountain pour y voir « ses garçons » faire le grand plongeon dans l'au-delà. Les témoins des exécutions s'asseyaient sur les mêmes chaises dont vous avez vous-même essuyé la poussière plus d'une fois, aux enterrements ou aux dîners de charité ou au bingo de la fédération agricole (en fait, on empruntait les nôtres à la Fédération n° 44) et, chaque fois que le shérif Homer Cribus se laissait choir sur l'une d'elles, je guettais le craquement qui annoncerait l'écroulement. J'ai redouté ce jour autant que je l'ai espéré, mais ça ne s'est jamais produit.

Quelque temps plus tard – pas plus d'un été après l'enlèvement des jumelles Detterick –, il est mort d'une crise cardiaque, vraisemblablement en sautant une beauté noire de dix-sept printemps nommée Daphne Shurtleff. Une source de bien des commérages, pensez, lui qui ne sortait plus sans sa femme et leurs six enfants à l'approche des élections parce que en ce temps-là, quand on briguait une responsabilité publique, il fallait avant tout poser en respectable père de famille. Mais les gens apprécient les faux culs – ils se reconnaissent en eux, et ça fait tellement de bien quand on surprend quelqu'un le pantalon baissé et la bite dressée et que ce n'est pas vous.

En plus d'être hypocrite, il était incompétent, le genre de gus qui se fait photographier en train de caresser le chat de la brave dame quand c'est quelqu'un d'autre – son adjoint Rob McGee, en l'occurrence – qui manque se rompre le cou en allant chercher le cher minou tout en haut de l'arbre.

Ce fut McGee qui répondit à l'appel de Marjorie Detterick. Il l'écouta pendant une minute ou deux puis l'interrompit de trois ou quatre questions – rapides et sèches, comme des petits directs à la face, le genre de coup qui fait saigner d'abord et souffrir ensuite. Quand il eut les réponses, il dit :

— J'vais appeler Bobo Marchant. Il a des chiens. Vous, m'dame Detterick, bougez pas de chez vous. Si votre homme et votre garçon reviennent, empêchez-les de repartir. Enfin, essayez.

Pendant ce temps, son homme et son garçon suivaient la piste du ravisseur, toujours en direction du nord-ouest, mais après avoir parcouru près de cinq kilomètres, ils perdirent la trace quand celle-ci s'enfonça dans les bois. C'étaient des fermiers, pas des chasseurs, comme je l'ai dit, et ils savaient maintenant qu'ils poursuivaient une véritable bête féroce. En chemin, ils avaient retrouvé le haut du pyjama de Kathe et un autre morceau de la chemise de nuit de Cora. Les deux étoffes étaient imprégnées de sang, et ni Klaus ni Howie n'étaient animés de la même hâte qu'au début. À leurs espoirs succédait une certitude qui s'infiltrait en eux comme une eau glacée.

Ils pénétrèrent dans le sous-bois, cherchèrent de

nouveaux indices, n'en trouvèrent pas. Ils orientèrent en vain leurs recherches dans une autre direction, changèrent encore. Cette fois, ils relevèrent un peu de sang sur la branche basse d'un pin, mais rien d'autre pour esquisser une piste. Il était alors neuf heures du matin et, derrière eux, ils perçurent soudain un lointain brouhaha de cris et d'aboiements.

Le temps pour le shérif Cribus de boire son premier café arrosé de cognac, Rob McGee avait rassemblé une troupe de volontaires et, à neuf heures un quart, il rejoignit Klaus et Howie Detterick, qui arpentaient désespérément la lisière des bois. La meute de Bobo ouvrant la voie, la horde des hommes s'ébranla de nouveau. McGee laissa Klaus et Howie venir avec eux. Le leur aurait-il ordonné, ils n'auraient pas rebroussé chemin, même s'ils redoutaient plus que tout le dénouement, et McGee, qui l'avait compris, leur demanda de décharger leurs armes. Les autres l'avaient fait, leur dit-il ; question de sécurité. Ce qu'il leur cacha (les autres non plus n'en soufflèrent mot), c'est qu'ils étaient les seuls à qui il avait demandé de lui remettre leurs cartouches. Égarés par leur douleur et désirant seulement en finir avec ce cauchemar, ils firent ce que l'adjoint leur demandait. Quand Rob McGee obtint des Detterick qu'ils déchargent leurs fusils et lui confient leurs munitions, il sauva probablement la misérable existence de John Caffey.

Les jappements des chiens les entraînèrent à travers trois kilomètres de pinède, toujours dans la direction du nord-ouest. Puis ils arrivèrent en vue de la rivière Trapingus qui, à cet endroit, s'écoule large et paisible au milieu de collines où des familles du nom de Cary, Robinette ou Duplissey fabriquent encore elles-mêmes leurs mandolines et crachent souvent leurs dents pourries dans les sillons de terre grasse. Un pays profond où les hommes manipulent des serpents le dimanche matin et s'accouplent avec leurs filles le dimanche soir. Je connaissais ces familles ; la plupart d'entre elles m'avaient envoyé l'un des leurs à rôtir.

D'où ils étaient, les hommes menés par McGee pouvaient voir de l'autre côté des eaux la voie ferrée de la Great Southern et, à moins de deux kilomètres en aval, le pont à chevalets reliant la mine de houille à ciel ouvert de West Green.

Ils pouvaient voir aussi les traces d'herbe et de buissons piétinés, des traces tellement sanglantes que certains d'entre eux coururent vomir leur petit déjeuner derrière les arbres. Ils trouvèrent aussi le reste de la chemise de nuit de Cora, et Howie, admirable de courage jusqu'ici, se cogna à son père en reculant de peur et manqua tourner de l'œil.

Et ce fut là que les chiens de Bobo Marchant eurent leur premier et unique désaccord de la journée. Ils étaient au nombre de six, deux limiers, deux fox-hounds et un couple de bâtards mâtinés de terrier. Les bâtards voulaient aller vers le nord, en amont, le reste tirait dans l'autre sens. Ils s'emmêlèrent dans leurs laisses et, même si les journaux ne s'étendaient pas sur cette zizanie canine, je pouvais imaginer les horribles jurons dont Bobo Marchant devait les abreuver, pendant qu'il occupait ses mains – certainement la partie la plus éduquée de sa personne – à les remettre en ordre. J'ai connu quelques maîtres-chiens de mon temps et, curieusement, ils ont tous un point commun : ils jurent autant que leurs chiens aboient.

Quand Bobo les eut de nouveau bien en laisse, il leur fit renifler le pan de chemise de nuit taché de sang, histoire de leur rappeler pourquoi il les avait sortis du chenil par une journée où il ferait quarante degrés à l'ombre à midi, alors que des nuées de moustiques et de taons tournaient déjà autour des hommes. Cette fois, les bâtards firent truffe commune avec les quatre autres et la meute démarra en jappant vers le sud et l'aval.

Moins de dix minutes plus tard, les gars s'arrêtèrent, car aux aboiements des chiens se mêlait un autre son. Un hurlement atroce que même un chien à l'agonie ne pousserait pas. Jamais ils n'avaient entendu pareil cri, mais ils savaient tous qu'il venait d'un homme. C'est ce qu'ils dirent, et je les crois. Je l'aurais reconnu aussi. J'avais entendu des hommes hurler ainsi en allant à la chaise électrique. La plupart se taisaient et marchaient tranquilles ou goguenards, comme s'ils sortaient en promenade, mais quelques-uns beuglaient comme des vaches folles. Souvent ceux qui croyaient pour de bon à l'enfer et à ses flammes éternelles.

Bobo retenait ses chiens. Ils avaient de la valeur et le maître n'avait pas envie qu'ils soient à portée du dingue qui bramait pas très loin. Les autres hommes rechargèrent leurs fusils, les culasses claquèrent. Ces cris avaient glacé la sueur qui leur coulait sous les bras et le long des reins. Quand les hommes se refroidissent de cette façon, ils ont besoin d'un chef. L'adjoint McGee en avait l'étoffe. Il passa devant et s'en fut d'un pas décidé (peut-être pas si décidé que ça) vers un bosquet d'aulnes qui se dressait en bordure du bois. Les autres le suivirent, nerveux, quelques mètres en arrière. McGee ne s'arrêta qu'une seule fois, et ce fut pour faire signe au plus balèze de la troupe, Sam Hollis, de ne pas s'éloigner de Klaus Detterick.

De l'autre côté des aulnes, le terrain descendait en

une longue et douce pente vers la rivière. Tous s'arrêtèrent, frappés de stupeur. Je crois qu'ils auraient payé
cher pour ne pas voir ce qu'ils avaient sous les yeux ;
aucun d'entre eux ne l'oublierait jamais. C'était le genre
de cauchemar qui vous guette derrière les bonnes choses
de la vie… les balades dans les bois, le travail honnête,
les bisous au lit. Ce jour-là, ces hommes virent ce qui,
parfois, se cache derrière le sourire.

Un Noir, vêtu d'une salopette maculée de sang, était
assis au bord de la rivière. Le Noir le plus grand et le
plus fort qu'ils aient jamais vu… John Caffey. Ses gigan-
tesques pieds aux orteils écartés étaient nus. Il portait sur
la tête un foulard rouge, à la manière dont les femmes
de la campagne se coiffent de leur mouchoir à l'église.
Un nuage de moucherons l'entourait. Sur chacun de
ses bras gisait le corps dénudé d'une fillette. Leurs cheveux blonds, qu'elles avaient bouclés et légers comme la
fleur du cotonnier, collaient maintenant à leurs crânes
rouges de sang. L'homme qui les tenait lançait vers le
ciel sa plainte terrible ; ses joues d'ébène ruisselaient de
larmes, son visage grimaçait d'une douleur insondable.
Il respirait par à-coups, sa poitrine se soulevant jusqu'à
tendre les bretelles de sa salopette, puis laissant fuser
l'air en un cri de damné. On lit souvent dans le journal
que « l'assassin n'a manifesté aucun remords », mais ce
n'était pas le cas ici. John Caffey était déchiré à cause
de ce qu'il avait fait… mais il vivrait. Les jumelles, non.
Elles avaient été déchirées d'une manière plus fonda-
mentale.

Les hommes ne surent jamais pendant combien de
temps ils restèrent là, à contempler, horrifiés, le géant
noir qui hurlait à la mort, tandis qu'un train, là-bas, sur
l'autre rive, filait en grondant vers le pont enjambant

la rivière. Ils eurent l'impression de regarder pendant une heure ou pendant une éternité, l'impression que le train n'avançait pas, qu'il grondait sur place comme un gamin trépignant de colère, mais le soleil ne disparaissait pas derrière les nuages et la scène sur la rive n'était pas une illusion, elle était réelle comme une morsure de chien. L'homme noir se balançait d'avant en arrière, Cora et Kathe, telles des poupées, dans ses bras dont les énormes biceps se gonflaient et se détendaient, se gonflaient et se détendaient.

Ce fut Klaus Detterick qui brisa le charme. Il s'élança en hurlant sur le monstre qui avait violé et tué ses filles. Sam Hollis savait ce qu'il avait à faire, mais il ne put le faire. Il dépassait Klaus d'une bonne tête et accusait au moins trente kilos de plus, mais Klaus se défit de son étreinte avec une facilité d'enragé et, avalant en quelques bonds la distance qui le séparait de la rive, balança un coup de pied à la tête de Caffey. Sa botte, qui portait encore des traces de lait séché, atteignit le Noir à la tempe. Mais Caffey ne broncha pas. Il resta assis, gémissant et se balançant, le regard fixé sur l'autre rive. Sans les cadavres jetés en travers de ses bras, il aurait ressemblé au fidèle suiveur de la Croix regardant vers la Terre promise.

Il ne fallut pas moins de quatre hommes pour maîtriser le fermier enragé qui se déchaînait sur le colosse. Mais celui-ci semblait insensible, pour ne pas dire indifférent, aux coups qui s'abattaient sur lui ; il continuait de gémir et de regarder l'autre rive. Quant à Detterick, son ardeur vengeresse disparut sitôt qu'il fut écarté du grand homme noir, comme si ce dernier avait été la source de quelque étrange courant galvanisant (pardonnez-moi, mais j'ai toujours tendance à user de métaphores électriques) car, sitôt débranché de cette source, le fermier devint aussi amorphe qu'un homme projeté à terre par une décharge de haute tension. Il tomba à genoux dans la boue de la rive et éclata en sanglots, le visage entre les mains. Howie le rejoignit et ils s'étreignirent front contre front, dans la même étreinte affligée.

Deux des hommes se portèrent près d'eux pour prévenir toute nouvelle explosion, tandis que les autres formaient un cercle de canons braqués sur le Noir. Caffey continuait de se balancer et de pousser sa longue plainte, comme s'il était toujours seul au bord de la Trapingus. McGee s'avança d'un pas quelque peu incertain, puis se pencha vers l'homme.

— Hé, toi, dit-il d'une voix calme.

Caffey se tut aussitôt. McGee plongea son regard dans des yeux rougis par les pleurs. Et qui continuaient de pleurer comme si quelqu'un avait laissé un robinet ouvert à l'intérieur de lui. Ces yeux pleuraient et, cependant, ils avaient une expression lointaine, sereine. Quand je les ai vus moi-même pour la première fois, j'ai pensé qu'ils étaient les yeux les plus étranges que j'aie jamais vus, et McGee a eu la même impression. « Comme les yeux d'un animal qui n'aurait encore jamais vu d'homme », a-t-il confié à un journaliste juste avant le procès.

— Hé, tu m'entends ? demanda McGee.

Caffey hocha lentement sa grosse tête. Il tenait toujours dans ses bras les deux poupées ensanglantées dont les têtes désarticulées tombaient sur leurs poitrines, de telle façon qu'on ne pouvait voir leurs visages, l'une des rares miséricordes que Dieu accorda ce jour-là aux témoins du mal.

— Tu as un nom ? demanda encore McGee.

— John Caffey, répondit l'homme d'une voix cassée par les larmes. Caffey, comme la boisson, sauf que ça s'écrit pas pareil.

McGee acquiesça, puis pointa l'index en direction de la poche de la salopette, celle qui est sur la poitrine et que gonflait un objet volumineux. C'était à un pistolet que pensait McGee, tout en se disant qu'un type de cette force n'avait pas besoin d'arme à feu pour faire des dégâts.

— C'est quoi, là-dedans, John Caffey ? Un flingue ?

— Non, m'sieur, dit Caffey de sa voix épaisse.

Les étranges yeux, gonflés de larmes et torturés en deçà, lointains et sereins au-delà, comme si le vrai Caffey était quelque part ailleurs, à fixer d'un regard intérieur une terre où on ne faisait pas toute une montagne du meurtre de deux petites filles blondes, ne quittèrent pas ceux du shérif adjoint McGee.

— Rien qu'un p'tit casse-croûte.

— Tiens, tiens, un p'tit casse-croûte ?

Caffey hocha la tête et dit oui, m'sieur en reniflant la morve qui lui coulait du nez.

— Et où t'as eu ce p'tit casse-croûte, John Caffey ?

McGee s'efforçait de rester calme, malgré l'odeur qui commençait déjà à monter des corps des fillettes et malgré les mouches qui faisaient des taches noires grouillantes sur la peau là où c'était rouge poisseux. Le pire, c'étaient leurs cheveux, raconta-t-il plus tard – mais ce détail n'était pas dans les journaux, par égard pour la famille. Je le tiens du journaliste qui écrivit l'article. Je suis allé le voir plus tard, parce que John Caffey était devenu pour moi une véritable obsession. McGee raconta donc à ce reporter que leurs cheveux blonds n'étaient plus blonds du tout. Ils étaient roux. Le sang avait coulé sur leurs joues comme une grossière teinture et on n'avait pas besoin d'être docteur pour voir que leurs crânes fragiles avaient été fracassés l'un contre l'autre avec la force herculéenne que suggéraient ces deux bras corsetés de muscles. Elles avaient dû crier. Il les avait fait taire. Peut-être qu'elles étaient mortes avant le viol ; on leur souhaitait cette chance.

Voir ça ne prédisposait pas un homme à la réflexion, même un aussi décidé à bien faire son métier que l'adjoint McGee. Penser de travers pouvait être dangereux, et du sang versé, il y en avait eu assez comme ça. McGee respira un grand coup pour se calmer. Essayer, du moins.

— Ça, m'sieur, j'm'en souviens pas très bien, dit Caffey de sa voix mouillée. Mais c'est un p'tit casse-croûte, pour sûr, des sandwiches et des cornichons, j'crois bien.

— Si ça te fait rien, j'aimerais le voir de mes yeux, dit McGee. Maintenant, John Caffey, je dois te dire de ne pas bouger. Pas bouger du tout, parce qu'il y a assez de fusils pointés sur toi pour te couper en deux par la taille.

Caffey porta son regard vers la rive opposée et ne bougea pas d'un poil pendant que McGee glissait la main dans la poche de la salopette et en ressortait un petit paquet enveloppé dans un journal et ficelé avec un bout de ficelle de boucher. McGee fit sauter la ficelle et ouvrit le papier ; il était sûr que Caffey ne lui avait pas menti et ce fut sans surprise qu'il découvrit un sandwich tomates-bacon et aussi les cornichons, enveloppés à part dans un bout de la page des bandes dessinées. Mais pas de saucisses. Elles avaient fait le dernier repas de Bowser.

McGee tendit l'emballage et le sandwich à l'un des hommes derrière lui sans quitter Caffey des yeux.

Penché comme il l'était au-dessus du monstre, il ne pouvait se permettre la moindre inattention. Le casse-croûte fut remballé et même ficelé à nouveau et remis à Bobo Marchant qui le fourra dans son sac à dos, où il gardait des restes pour ses chiens (et quelques leurres à poissons-chats, ça ne m'étonnerait pas). Le casse-croûte ne compta pas parmi les pièces à conviction lors du procès – la justice en cette partie du monde est rapide mais pas autant que la disparition d'un sandwich au bacon et aux tomates – et, pourtant, il ne manquait pas de photos pour immortaliser la chose.

— Qu'est-ce qui s'est passé ici, John Caffey ? demanda McGee, toujours calme et droit dans ses bottes. Tu peux me le dire ?

Et Caffey dit à McGee et aux autres presque exactement la même chose qu'à moi ; c'étaient aussi les derniers mots que cita le procureur au jury lors du procès.

— J'ai pas pu faire autrement, dit-il, le visage baigné d'un nouvel afflux de larmes. J'ai essayé, mais c'était trop tard.

— John Caffey, tu es en état d'arrestation, dit McGee, et puis il cracha au visage de John Caffey.

Au procès, les jurés sont revenus au bout de trois quarts d'heure de délibérations, juste le temps d'un petit casse-croûte. Je me demande s'ils avaient faim.

5

Comme vous vous en doutez, je n'ai pas trouvé tout ça en un chaud après-midi d'octobre à la bibliothèque de la prison en consultant de vieux journaux... un cageot d'oranges Pomona, mais j'en ai app... pour avoir du mal à dormir cette nuit-là. Quand... femme s'est réveillée à deux heures du matin et qu'elle m'a trouvé assis dans la cuisine à boire du lait fermenté et à fumer une Burgler, elle m'a demandé ce qui n'allait pas et je lui ai menti, chose qui ne s'est pas souvent produite durant toutes ces années passées ensemble. Je lui ai dit que j'avais encore eu un accrochage avec Percy Wetmore. C'était le cas, d'ailleurs, mais pas la raison de mon insomnie. J'étais d'ordinaire capable de laisser Percy au bureau.

— Eh bien, oublie cette pomme pourrie et viens te recoucher, elle m'a dit. J'ai quelque chose qui t'aidera à dormir et tu pourras en avoir autant que tu voudras.

— Ça m'a l'air sympa, mais j'préfère pas, j'ai répondu. J'ai des ennuis avec mon système hydraulique et j'ai pas envie de te les refiler.

Elle a haussé un sourcil arqué comme les fourches Caudines.

— Système hydraulique, hein ? T'as dû encore fricoter avec une de ces pouffiasses, la dernière fois que t'étais à Baton Rouge.

Je n'avais jamais été à Baton Rouge et encore moins trempé le bâton dans des eaux troubles, une chose qu'on savait tous les deux.

— Non, juste une infection urinaire. Ma mère disait que les garçons attrapaient ça en pissant quand le vent soufflait du nord.

— Ta mère ne sortait pas de toute la journée si elle avait renversé le sel au petit déjeuner, a répliqué ma femme. Le Dr Sadler…

— Non, m'dame, je l'ai interrompue en levant la

a de sulfamides et, d'ici la fin de la
...ai dans tous les coins de mon bureau.
...ours mais, en attendant, vaut mieux
...e à plus tard.

...rassé sur le front, juste au-dessus de
...uche, là où ça me donne chaque fois la
chair de pou... comme Janice le savait bien.

— Pauvre chou ! Comme si cet affreux Percy Wetmore ne suffisait pas. Te couche pas trop tard, quand
même.

J'ai suivi son conseil mais, d'abord, je suis sorti
dans le jardin pour vidanger (sans omettre de vérifier
de mon index mouillé la direction du vent, car ce que
nous apprennent nos parents, nous l'oublions rarement,
même si ce sont des bêtises). Pisser dehors est une des
joies de la vie à la campagne, un véritable moment de
poésie, mais ce n'était ni joyeux ni poétique, cette nuit-
là. Le robinet libérait un feu liquide. Pourtant j'avais
bien cru déceler une amélioration au cours de la journée.
Je savais en tout cas que j'avais vu l'enfer la veille et le
jour d'avant. J'en avais déduit que je remontais la pente.
Erreur. Personne ne m'avait dit que, parfois, ces saletés
de microbes, confortablement installés au chaud, prennent un jour ou deux de repos avant de repartir à l'attaque. J'aurais été bien aise de l'apprendre. Et dire que
quinze ou vingt ans plus tard, quelques petites pilules
vous balaieraient ce type d'infection en un temps record
avec un minimum d'effets désagréables, pas comme ces
comprimés du Dr Sadler qui me faisaient vomir tripes
et boyaux. En 1932, le mieux était encore de laisser faire
dame Nature et de feindre d'ignorer qu'à chaque petite
commission vous pisseriez les flammes de l'enfer.

J'ai attendu que la dernière goutte s'éteigne comme

s'éteint une braise et je suis retourné me coucher. J'ai rêvé de fillettes aux doux sourires et aux cheveux de sang.

6

Le lendemain matin, il y avait une note sur ma table, me priant de me rendre au plus tôt au bureau du directeur. Je n'avais pas besoin de dessin pour comprendre de quoi il retournait. Implicite et néanmoins importante, telle était la règle du jeu, et je l'avais transgressée la veille. J'ai remis à plus tard l'entretien demandé. Comme la visite au toubib pour mon problème hydraulique, je suppose. Je n'ai jamais été partisan du « réglons ça sur-le-champ ». Une méthode surestimée, à mon avis.

Bref, je ne me suis pas précipité dans le burlingue du directeur. J'ai préféré enlever ma veste, l'accrocher au dossier de ma chaise et brancher le ventilateur, car c'était toujours la canicule. Puis je me suis assis à ma table, pour lire ce que Brutus Howell, de garde la veille, avait consigné dans le cahier de permanence.

Il n'y avait rien d'alarmant dans son rapport. Delacroix avait pleuré un peu au moment de se coucher, mais ça lui arrivait tous les soirs – pleurait plus sur lui que sur ceux qu'il avait grillés vifs, j'en suis sûr – et puis il avait sorti Mister Jingles de la boîte à cigares où dormait la souris. Ça l'avait calmé, Del, et après ça il avait roupillé comme un loir. Mister Jingles, lui, avait sans doute passé la nuit sur le ventre de Delacroix, sa queue lovée autour de ses pattes, l'œil aux aguets. On aurait dit que Dieu avait voulu donner à Delacroix un ange gardien, mais qu'Il avait décidé, dans Son infinie sagesse, que seule une souris conviendrait à un rat tel que notre assassin de Louisiane.

Bien entendu, le rapport de Brutal ne disait pas tout ça, mais j'avais été assez souvent de garde la nuit pour lire entre les lignes. Il y avait une brève note au sujet de Caffey : « Il est resté éveillé, s'est tenu tranquille, a peut-être pleuré un peu. J'ai essayé d'engager la conversation, mais il n'avait pas trop envie de parler et j'ai abandonné. Paul ou Harry auront peut-être plus de chance. »

« Engager la conversation », voilà qui était au centre de notre travail. Je n'en avais pas vraiment conscience à l'époque mais, vu de la hauteur (forcément, on se rapproche du Ciel) que donne le grand âge, j'en mesure toute l'importance et tout l'intérêt et aussi pourquoi je ne pouvais le voir alors : parce que ça allait de soi, comme va de soi le fait de respirer. Entamer la conversation était une nécessité élémentaire, vitale, surtout pour nous – Harry, Brutal, Dean et moi – qui étions au contact. Et c'était l'une des raisons pour lesquelles Percy Wetmore était une catastrophe. Les détenus le haïssaient, les gardiens le haïssaient – tout le monde le haïssait, hormis lui-même, ses relations politiques et peut-être (c'était moins sûr) sa propre mère. Ce type était comme de l'arsenic saupoudré sur un gâteau d'anniversaire et, dès le début, j'avais senti qu'il appelait le désastre comme un piquet de fer attire la foudre. Il était un accident en attente de se produire.

On se serait bien marrés, à l'époque, Harry, Brutal, Dean et moi, si on nous avait dit qu'on se comportait avec nos prisonniers plus comme des psychiatres que comme des matons, et, quand je pense à ça aujourd'hui, j'aurais presque envie d'en rire, mais c'est vrai qu'on savait entamer la conversation et qu'à défaut de se faire aimer on ne se faisait pas détester. Il valait mieux, croyez-moi, parce que les hommes destinés à la Veuve Courant avaient la sale habitude de péter les plombs.

J'ai laissé pour consigne, au bas du rapport de Brutal, de parler avec John Caffey, tout au moins d'essayer, et puis je suis passé à la note que m'adressait Curtis Anderson, le sous-directeur. Il s'attendait, m'annonçait-il, à recevoir bientôt l'ordre d'exécution d'« Edward Delacrois » (l'orthographe du nom était incorrecte, car cela s'écrivait : Edouard Delacroix). Curtis ajoutait qu'il avait appris de source sûre que le petit Français prendrait la ligne verte peu de temps avant Halloween ; le 27 octobre, d'après ses informations, et Curtis Anderson était toujours très bien informé. Mais avant cela, nous pouvions nous attendre à l'arrivée d'un nouveau résident, un certain William Wharton. « Il est ce qu'on appelle un gosse à emmerdes, avait écrit Curtis de son écriture penchée et un tantinet féminine. Un vrai frappadingue et fier de l'être. Il a sévi dans tout l'État l'année dernière et a fini par décrocher la timbale. A tué trois personnes dans un hold-up, dont une femme enceinte, et descendu dans sa fuite un flic de la police de la route. Les seuls qu'il ait ratés sont une religieuse et un aveugle. (Ça m'a fait sourire, ça.) Wharton a dix-neuf ans, Billy the Kid tatoué sur son bras gauche. Je peux vous garantir qu'à un moment ou à un autre vous serez obligés de le corriger, mais faites bien attention quand vous le ferez. Ce type n'en a plus rien à foutre. (Il avait souligné la phrase.) Il est possible qu'il traîne quelque temps chez vous. Il a fait appel et puis n'oublions pas qu'il est mineur. »

Un jeune Blanc, en appel, et susceptible de séjourner longtemps au bloc E. La bonne nouvelle, quoi. J'ai eu l'impression qu'il faisait encore plus chaud et je me suis dit qu'il était temps d'aller voir le directeur Moores.

J'ai connu trois directeurs durant mes années à Cold Mountain ; Hal Moores a été le dernier et le meilleur d'entre eux. Et de loin. Honnête, franc, beaucoup moins finaud qu'un Curtis Anderson, mais doté d'assez de bon sens politique pour garder son boulot durant ces années sombres... et trop intègre pour se laisser séduire par le jeu du pouvoir. Il n'irait jamais plus haut, mais cela semblait lui convenir. Il avait alors cinquante-huit ans et une bonne tête de chien de chasse, creusée de rides, qui n'aurait pas dépaysé Bobo Marchant. Il blanchissait et ses mains tremblaient un peu, façon Parkinson, mais il avait de la force. Un an plus tôt, quand un prisonnier s'était jeté sur lui avec une planche arrachée à une palette, Moores n'avait pas reculé d'un pas ; il avait saisi le poignet du bonhomme et l'avait tordu si brutalement que l'os avait cassé avec un bruit de branche morte craquant sous le pied. Le violent, tous ses griefs envolés, était tombé à genoux et s'était mis à appeler sa mère en meuglant.

— Je ne suis pas ta mère, lui avait dit Moores avec son accent traînant du Sud, mais si je l'étais, je relèverais ma jupe et je te pisserais sur la gueule par la fente qui t'a mis au monde.

Quand je suis arrivé dans son bureau, il a commencé à se lever mais je lui ai fait signe de n'en rien faire. J'ai pris la chaise en face de lui et je lui ai demandé des nouvelles de sa femme... sauf qu'ici, dans nos contrées, on fait ça à notre façon.

— Comment va ce joli brin de fille que vous avez marié, Hal ? je lui ai demandé, comme si Melinda avait dix-huit printemps, et non soixante-deux ou soixante-trois ans.

Mon intérêt était tout ce qu'il y a de sincère, car c'était une femme que j'aurais pu aimer et épouser, si nos chemins s'étaient rencontrés, et puis je ne voyais pas de mal non plus à différer ce qui m'amenait là.

Il a poussé un grand soupir.

— Pas très bien, Paul. Elle ne va pas très bien.

— Toujours ses migraines ?

— Elle n'en a eu qu'une cette semaine, mais une sévère. Ça l'a mise par terre, elle a passé la journée au lit, avant-hier. Et puis, maintenant, elle a cette faiblesse dans la main droite...

Il a levé sa main tavelée ; tous les deux, on l'a regardée trembler au-dessus du bureau et puis il l'a rabaissée. Je savais qu'il aurait donné n'importe quoi pour ne pas me dire ce qu'il me disait et j'en aurais donné autant pour ne pas l'entendre. Les migraines de Melinda avaient commencé au printemps et, pendant tout l'été, le docteur avait soutenu que la tension nerveuse en était la cause, une tension due à l'inquiétude de Melinda à l'approche de la mise à la retraite de Hal. Sauf que cette échéance les réjouissait plus qu'elle ne les alarmait. Ma femme disait que la migraine n'attendait pas qu'on soit vieux pour frapper, que c'était une maladie de jeunes et que ça s'améliorait toujours avec l'âge. Et puis il y avait cette faiblesse dans la main. À mon avis, ça n'avait rien à voir avec la tension nerveuse ; ça ressemblait foutrement à un début d'attaque.

— Le Dr Haverstrom veut l'envoyer à l'hôpital d'Indianola, a dit Moores. Pour y subir des examens. Ils lui feront des rayons X et Dieu sait quoi encore. Elle est morte de trouille…

Il a marqué une pause et ajouté :

— À dire vrai, moi aussi.

— Ouais, mais veillez à ce qu'elle le fasse, j'ai dit. N'attendez pas. S'ils sont capables de découvrir quelque chose avec leurs rayons X, ils sont peut-être aussi capables de le traiter.

— Je l'espère.

Et, pendant un moment – le seul de cette partie de notre entretien –, nous nous sommes regardés les yeux dans les yeux, pour échanger les précieuses secondes de compréhension profonde et nue, celle qui se passe de mots. Oui, ça pouvait être une attaque. Ça pouvait être aussi une sale tumeur qui lui rongeait le cerveau et, si c'était le cas, alors il y avait peu de chances que les docteurs d'Indianola puissent faire quoi que ce soit. On était en 1932, rappelez-vous, quand, pour soigner une simple infection urinaire, on n'avait pas d'autre choix que les sulfamides et se bousiller le foie ou prendre son mal en patience.

— Merci, Paul, de vous inquiéter comme ça de Melinda. Et maintenant, venons-en à Percy Wetmore.

J'ai croisé les mains et j'ai attendu.

— J'ai reçu un coup de fil du secrétaire du gouverneur, ce matin. Pour me dire qu'on n'était pas content de nous. Paul, le gouverneur a une femme qui a un frère qui a un fils. Ce fils s'appelle Percy Wetmore. Percy a appelé son papa, hier au soir, le papa a appelé la tante de Percy. Faut-il que je vous raconte le reste ?

— Non, j'ai dit. Percy a gaffé. Comme un sale petit rapporteur qui court dire au maître qu'il a vu Jack et Jill se bécoter dans le vestiaire.

— Oui, c'est à peu près ça.

— Vous avez appris ce qui s'est passé entre Percy et Delacroix, quand Delacroix est arrivé ici ? Percy et sa saloperie de matraque en noyer !

— Oui, mais…

— Et vous savez aussi combien il aime la passer, sa chère matraque, sur les barreaux, rien que pour le plaisir. Il est mauvais comme la gale, il est stupide et, pour vous dire la vérité, je ne sais si je pourrai le supporter encore longtemps.

Nous nous connaissions depuis cinq ans, Hal et moi. Ça peut faire un bail pour des hommes qui s'entendent bien, surtout quand une partie de leur travail consiste à échanger la vie contre la mort. Je veux dire par là qu'il comprenait très bien de quoi je parlais. Pas que j'allais démissionner ; pas avec cette dépression qui rôdait autour de la prison comme un dangereux criminel, un qui ne pouvait être jeté en cage comme les autres détenus. Des hommes meilleurs que moi étaient sur les routes ou chevauchaient les tampons des wagons. J'avais de la chance, et je le savais ; mes enfants étaient grands, la dernière traite de la maison payée depuis deux ans. Ça faisait un sacré poids ôté de ma poitrine, mais un homme doit manger, et sa femme aussi. Et puis, dès qu'on le pouvait (et même quand on ne le pouvait pas), on envoyait à ma fille et à son mari une vingtaine de dollars. Notre gendre était professeur de collège et il était sans travail, ce qui en dit long sur la misère de ces années-là. Aussi il n'était pas question d'abandonner un travail payé rubis sur l'ongle à la fin de chaque mois – en tout cas, pas de sang-froid. Mais mon sang n'était pas froid en cet automne 32. La température extérieure était anormalement élevée et l'infection qui me rongeait la tuyauterie faisait monter le thermostat intérieur de plusieurs degrés. Et quand un homme se trouve dans ce genre de situation, ma foi, il y a des risques que ses poings n'en fassent qu'à leur tête, si je puis dire. Et si vous commencez à cogner sur la gueule d'un Percy Wetmore, autant continuer, parce que, de toute façon, vous paierez le même prix.

— Patience, m'a dit tranquillement Moores. C'est pour ça que je vous ai demandé de venir. J'ai appris – par cette même personne qui m'a appelé, ce matin – que Percy a déposé une demande à Briar et que celle-ci a toutes les chances d'être acceptée.

Briar Ridge. L'un des deux grands hôpitaux de l'État.

— Qu'est-ce qu'il veut faire, Percy ? Du tourisme dans les établissements publics ?

— C'est un travail administratif. Mieux payé et des papiers à manier, pas des lits d'infirmerie en plein soleil. (Il m'a fait un clin d'œil amusé.) Vous savez, Paul, vous pourriez être déjà débarrassé de lui, si vous ne l'aviez pas mis dans la cabine des manettes avec Van Hay, quand le grand Chef nous a quittés.

Pendant un moment, ce qu'il venait de me dire m'a paru tellement bizarre que je n'ai pas compris. À moins que je n'aie pas voulu comprendre.

— Et où j'aurais dû le mettre ? j'ai demandé. Merde, il ne sait même pas ce qu'il fait dans le bloc ! Pour lui donner un rôle plus actif dans une exécution…

Je n'ai pas terminé ma phrase ; je ne le pouvais pas. J'avais l'impression qu'une zone de turbulence s'étendait à l'infini devant moi.

— N'empêche, vous feriez bien de le placer en première ligne avec Delacroix. En tout cas, si vous voulez qu'il vide le plancher.

Je l'ai regardé, bouche bée. Puis je me suis repris et j'ai demandé :

— Attendez, vous n'êtes pas en train de me dire que ce salopard a envie d'être au premier rang pour s'en coller plein les narines, de l'odeur de roussi ?

Moores a haussé les épaules. Ses yeux, si doux quand il avait parlé de sa femme, avaient maintenant l'éclat dur du silex.

— Delacroix passera à la Rôtisseuse, que Wetmore soit de l'équipe ou pas. Exact ?

— Oui, mais il est capable de tout foirer. Qu'est-ce que je raconte, je suis à peu près sûr qu'il fera tout rater. Et ça, devant une bonne trentaine de témoins – sans compter les reporters venus de la Louisiane.

— Brutus Howell et vous-même veillerez à ce que tout se passe bien, a dit Moores. Et si Percy fait tout de même le con, ça sera fidèlement rapporté dans son dossier et ça y sera encore longtemps après qu'il aura perdu l'oreille du gouverneur. Vous comprenez ?

Parfaitement, même si ça me faisait franchement peur.

— Il n'est pas impossible qu'il ait envie de rester pour Caffey mais, avec un peu de chance, il aura son content avec Delacroix... si vous lui en donnez l'occasion.

J'avais prévu de coller de nouveau Percy aux manettes, puis de le charger d'accompagner le corps jusqu'au train de l'autre côté de la route, où la dépouille de Delacroix regagnerait sa terre natale en wagon frigorifique en compagnie de carcasses de bœufs. Mais j'ai balancé tous ces projets par-dessus mon épaule et j'ai fait oui de la tête. J'avais nettement le sentiment de prendre un pari risqué mais je m'en fichais. Pour me débarrasser de Percy Wetmore, j'aurais tordu le nez au diable. Qu'il prenne part à l'exécution, qu'il agrafe la calotte et puis ordonne à Van Hay de passer en phase deux. Il pourrait alors regarder le Français chevaucher l'éclair que lui, Percy Wetmore, aurait fait sortir de la boîte. Qu'il ait son sale petit frisson, si la peine de mort n'était rien d'autre que ça pour lui. Qu'il aille à Briar Ridge, où il aurait un bureau à lui et un ventilateur. Et si le tonton gouverneur n'était pas réélu aux prochaines élections et que le petit neveu découvre ce qu'était vraiment la lutte pour la vie dans un monde où tous les méchants n'étaient pas enchaînés derrière des barreaux et où on se prenait une beigne si on ne se tenait pas bien, eh bien, ça me ferait rudement plaisir.

— D'accord, j'ai dit en me levant. Je l'enverrai au front avec Delacroix. Et, pendant ce temps, je prendrai mon mal en patience.

— Très bien, a dit Moores. À propos de mal, comment ça va ?

Il a désigné d'un geste pudique mon entrejambe.

— Le pire est passé.

— Tant mieux.

Il m'a accompagné jusqu'à la porte.

— Ah, au fait, et Caffey ? il m'a demandé soudain. Est-ce qu'il va nous poser un problème ?

— Je ne pense pas. Jusqu'ici, il a été plus tranquille qu'un bœuf. Il a le regard le plus étrange que j'aie jamais vu... un regard perdu. Mais ne vous inquiétez pas, on le surveille de près.

— Vous savez ce qu'il a fait, bien sûr ?

— Ouais.

Il m'escorta à travers la petite pièce, où sa secrétaire, la vieille miss Hannah, tapait sur son Underwood (je n'ai jamais pu l'imaginer autrement qu'assise devant sa machine). J'étais content en sortant. L'un dans l'autre, j'avais le sentiment de m'en être bien tiré. Et puis, c'était bon de savoir qu'il y avait une chance de survivre à Percy.

— Dites à Melinda que je lui envoie un panier de baisers, j'ai dit. Et puis ne vous mettez pas martel en tête. Après tout, rien ne nous dit que ça soit autre chose que des migraines.

— Vous avez raison.

Il m'a souri. Des lèvres, seulement, parce que ses yeux sont restés tristes. Et c'était un sourire bien lugubre.

Quant à moi, je suis retourné au bloc E. Il y avait de la paperasse à lire, à écrire ; il y avait les couloirs à balayer et à laver, les repas à servir, le tableau de service de la semaine prochaine à faire, il y avait cent détails à régler. Mais surtout, il y avait à attendre… En prison, on n'en finit jamais d'attendre. Attendre que Delacroix prenne le départ de la ligne verte, attendre que William Wharton arrive avec sa grimace de mépris et son Billy the Kid tatoué sur le bras et, attente des attentes, que Percy Wetmore dégage à jamais de ma vue.

7

La souris de Delacroix a été un des mystères de Dieu. Je n'en avais encore jamais vu une seule dans le bloc E avant cet été 32, et je n'en verrais plus après cet automne-là, quand Delacroix nous faussa compagnie par une nuit chaude et orageuse d'octobre et le fit de manière tellement indicible que j'hésite même à m'en souvenir.

Delacroix jurait qu'il avait dressé cette souris, qui a fait ses premiers pas parmi nous sous le nom de Steam-boat Willy, mais je pense sincèrement que c'était elle qui avait dressé Delacroix. Et Dean Stanton et Brutal pensaient comme moi. Ils étaient là tous les deux la nuit où la souris a fait sa première apparition et, comme disait Brutal : « Cette bestiole était déjà à moitié apprivoisée et deux fois plus futée que ce Cajun qui se prenait pour son maître. »

J'étais dans mon bureau avec Dean, à éplucher les registres des années 31 et 30, avant d'écrire aux témoins des onze exécutions qui avaient eu lieu durant ces deux années-là, cinq en 31, et six en 30. Ces témoins étaient aussi bien les proches de l'assassin que ceux de ses victimes venus voir griller l'homme qui leur avait fait du mal. Un paquet de courrier en perspective. Et qui avait un seul objet : savoir s'ils avaient été satisfaits du service. Je reconnais que ça paraît grotesque, mais c'était une considération non négligeable. Ces gens n'étaient pas seulement des contribuables, ils étaient aussi nos clients. Oh, des clients très spéciaux, qui avaient une raison pressante et particulière de venir voir un homme mourir et se convaincre du bien-fondé de la peine de mort. Ces gens, surtout les parents des victimes, avaient vécu un cauchemar, et le but de l'exécution était de leur démontrer que ce cauchemar était terminé. Au prix d'un mort de plus.

— Hé ! appela soudain Brutal depuis le couloir, où il tenait le bureau de permanence. Hé, vous deux ! Amenez-vous !

Dean et moi on a échangé le même regard alarmé,

pensant tout de suite qu'il s'était passé quelque chose avec l'Indien de l'Oklahoma (Arlen Bitterbuck, il s'appelait, mais nous le surnommions le Chef ou, dans le cas de Harry Terwilliger, Chef Fromage de Chèvre, car c'était l'odeur que lui trouvait Harry), ou bien avec notre second pensionnaire, baptisé le Président. Et puis on a entendu Brutal éclater de rire et on s'est précipités pour voir ce qui se passait. Rire au bloc E, c'était aussi incongru que de s'esclaffer à un enterrement.

Le vieux Toot-Toot, le détenu qui tenait la roulotte de la cantine à cette époque-là, était passé avec son chargement de douceurs et Brutal avait fait ample provision pour la nuit : trois sandwiches, deux paquets de pop-corn et deux tartes au potiron, plus une portion de salade de pommes de terre, que Toot-Toot avait indéniablement chipée à la cuisine, qui était censée lui être interdite. Brutal avait le cahier de permanence ouvert devant lui et, miracle, il n'avait encore rien renversé dessus. Il est vrai que la nuit ne faisait que commencer.

— Quoi, qu'est-ce qu'il y a ? a demandé Dean.

— L'Administration a dû délier les cordons de sa bourse, parce qu'on a enfin reçu du renfort, a répondu Brutal en se marrant. Regardez là-bas.

Il a pointé son doigt dans le couloir et nous avons vu la souris. Moi aussi, je me suis mis à rire, et Dean m'a imité. On ne pouvait s'en empêcher, parce que cette souris avait vraiment l'air d'un gardien faisant sa ronde : un minuscule gardien en pelage gris s'assurant que personne ne tentait de s'évader ou de se pendre. Elle trottait vers nous à petits pas sur la ligne verte, s'arrêtait pour tourner la tête de droite et de gauche, comme pour vérifier les cellules, puis reprenait son chemin, stoppait de nouveau. Le fait que nous pouvions entendre nos deux pensionnaires ronfler comme des sapeurs en dépit de nos éclats de rire rendait le spectacle encore plus drôle.

C'était une souris tout ce qu'il y a de plus ordinaire, hormis sa façon de regarder dans les cages. Elle entra même dans une ou deux, se glissant sous le barreau du bas avec une facilité qui aurait fait pâlir d'envie nos détenus, passés et présents. Sauf qu'eux, c'était dans l'autre sens qu'ils rêvaient de le faire.

La souris n'entrait que dans les cellules vides ; pas dans les occupées. Finalement, elle est arrivée près de nous. Je m'attendais qu'elle fasse demi-tour, mais non. Elle n'avait manifestement pas peur de nous.

— C'est pas normal, qu'une souris approche des gens comme ça, a fait remarquer Dean, un peu nerveux. Elle a peut-être la rage.

— Ça, c'est la meilleure, a dit Brutal en mastiquant une bouchée de sandwich au corned-beef. Écoutez-moi un peu le grand expert. Monsieur Rongeur en personne. Tu vois de la bave sortir de sa bouche, Monsieur Rongeur ?

— J'vois même pas sa bouche, a dit Dean.

Et ça nous a fait marrer. Moi non plus, je ne distinguais pas sa bouche, mais je pouvais voir les deux petites gouttes d'encre de ses yeux, et ce que j'y lisais n'avait rien de fiévreux. Il n'y avait que de la curiosité et de l'intelligence dans ce regard-là. J'ai vu des hommes mourir, des hommes dont l'âme est, paraît-il, immortelle, qui avaient l'air infiniment plus bêtes que cette bestiole.

La souris a encore avancé sur la ligne verte pour s'arrêter à un mètre du bureau de permanence ; on l'appelait comme ça, mais ça n'avait rien d'un bureau, ce n'était qu'une table comme en ont les maîtres d'école : un plateau, un tiroir sous le plateau et, forcément, quatre pieds. Et c'est devant cette table qu'elle se tenait, sa queue lovée autour de ses pattes, aussi convenable qu'une vieille dame ramenant sa robe sur ses chevilles.

Je me suis arrêté brusquement de rire et j'ai senti un froid me transpercer jusqu'aux os. J'ai envie de dire que je ne sais pas pourquoi j'ai eu cette réaction – personne n'aime se ridiculiser –, mais naturellement que je le sais, et si je peux raconter tout ce qui s'est passé après, je peux bien dire pourquoi j'ai eu si froid dans le dos. Pendant un moment, j'ai imaginé que j'étais cette souris, pas une souris gardien mais une détenue, une pensionnaire des cages, condamnée à mort mais qui regardait courageusement la table devant elle, une table qui devait lui sembler d'une hauteur vertigineuse (telle que le trône du Jugement dernier nous semblera le jour où nous comparaîtrons devant Lui), sans parler de ces géants vêtus de bleu dont les voix avaient la puissance du tonnerre. Des géants qui me tiraient à la carabine, me brisaient les reins à coups de balai, posaient des souricières, juste au moment où, alléchée par ce bout de fromage, je cédais à la tentation.

Il n'y avait pas de balai près du bureau de permanence, mais il y avait une serpillière enveloppée autour d'un frottoir. Je l'avais passée moi-même sur la ligne verte et dans les six cellules, juste avant de m'occuper avec Dean de notre correspondance. J'ai vu que Dean avait l'intention de balancer un coup de frottoir à la souris. Je lui ai touché le poignet à l'instant où sa main se refermait sur le manche de bois.

— Laisse, j'ai dit.

Il a haussé les épaules mais j'avais le sentiment qu'il

n'avait pas plus envie que moi de faire du mal à cette souris.

Brutal a arraché un petit bout de son sandwich et l'a tendu par-dessus la table en le tenant délicatement entre deux doigts. La souris a paru lever la tête avec un intérêt évident, comme si elle savait exactement ce que c'était. Et probable qu'elle savait, ça se voyait au frémissement de ses moustaches et aux froncements de son nez pointu.

— Brutal, non ! s'est exclamé Dean, et il m'a regardé. Ne le laisse pas faire ça, Paul. S'il nourrit cette souris, on n'a plus qu'à dérouler le tapis rouge pour tout ce qui marche à quatre pattes.

— Je veux juste voir ce qu'elle va faire, a dit Brutal. Dans l'intérêt de la science, quoi.

Il m'a regardé – j'étais le patron, même pour des entorses à la routine aussi mineures que ça. Je lui ai fait signe que ça n'avait aucune importance, dans un sens ou dans l'autre. Parce que j'avais, moi aussi, envie de voir ce que la souris ferait.

Elle a mangé le morceau, bien sûr. Par ces temps de disette, c'était normal, après tout. Mais c'est sa manière de le manger qui nous a fascinés. Elle s'est approchée du morceau de sandwich, l'a bien reniflé, s'est assise devant comme un clébard qui fait le beau, l'a pris entre ses pattes de devant et a écarté le pain pour prendre la viande. Et elle a fait tout ça délibérément, comme un homme qui se taperait un bon rosbif dans son restaurant préféré. Je n'avais jamais vu un animal manger comme ça, pas même un chien dressé. Et, pendant qu'elle se régalait, ses yeux ne nous quittaient pas.

— Pas bête, cette souris, ou alors c'est qu'elle a vraiment faim, a dit une voix.

C'était Bitterbuck. Il s'était réveillé et, maintenant, il se tenait devant les barreaux de sa cellule, nu à l'exception d'un caleçon qui froissait dans l'entrejambe, une cigarette serrée entre l'index et le majeur, ses longs cheveux gris noués en deux nattes pendant sur des épaules qu'il avait dû avoir musclées mais qui commençaient à s'avachir.

— Vous avez pas une histoire indienne sur les souris, Chef ? a demandé Brutal sans cesser d'observer la souris.

Décidément, on n'en revenait pas de la voir manger ; de temps en temps elle s'arrêtait de mastiquer, tournait le morceau de viande dans ses pattes et le regardait, comme si elle l'admirait.

— Non, a répondu Bitterbuck, mais j'ai connu un brave une fois qui avait une paire de gants en peau de souris, qu'il prétendait, mais je ne l'ai pas cru.

Puis il a ri, comme si c'était une bonne blague, et il a quitté les barreaux. On a entendu sa banquette grincer sous son poids quand il s'est recouché.

Pour la souris, ç'a été le signal du départ. Elle a terminé son corned-beef, a reniflé ce qui restait (du pain jauni de moutarde), et puis nous a regardés, comme si elle voulait se souvenir de nos têtes, au cas où on se reverrait. Puis elle s'est détournée et s'en est allée par où elle était venue, sans s'arrêter devant les cellules, cette fois. Sa hâte m'a fait penser au lapin dans *Alice au pays des merveilles*, et j'ai souri. Elle a disparu sous la porte de la cellule de contention. Celle avec des murs capitonnés où on mettait ceux qui disjonctaient. On y entreposait du matériel, quand on n'en avait pas un usage plus conforme, et puis quelques bouquins (des histoires de l'Ouest par Clarence Mulford et aussi une version très illustrée de *Popeye le Marin*, dans laquelle Popeye, Bluto et même Wimpy le hamburger fourbe sautaient chacun leur tour Olive Oyl). Il y avait aussi des fournitures de bureau, notamment les crayons dont Delacroix fit plus tard si bon usage. Mais ce n'était pas encore notre problème, ce que je raconte là se passait avant son arrivée. Enfin il y avait la camisole, avec ses sangles qui s'attachaient par-derrière. On savait tous la passer au premier qui déjantait. C'est qu'ils devenaient parfois violents, nos garçons ; et, quand on sentait venir la crise, on n'attendait pas que la situation se dégrade.

Brutal a ouvert le tiroir et en a sorti le grand livre avec le mot VISITEURS gravé en lettres d'or sur la couverture reliée de cuir. Ordinairement, ce livre ne quittait jamais le tiroir. Quand un détenu avait de la visite, sauf si c'était son avocat ou le ministre du culte, il se rendait au parloir, près du réfectoire. On l'appelait l'Arcade, je ne sais pas pourquoi.

— Mais qu'est-ce que tu fais ? a demandé Dean Stanton en regardant par-dessus ses lunettes, tandis que Brutal ouvrait le livre et en tournait solennellement les pages où étaient inscrits les noms des visiteurs reçus par des hommes aujourd'hui morts.

— Ce que je fais ? J'obéis au règlement, article 19.

Il trouva la page du jour, prit un crayon, en lécha la pointe – une détestable habitude dont il ne s'est jamais défait – et s'apprêta à écrire. L'article 19 disait : « Tout visiteur du bloc E devra être muni d'un laissez-passer de l'Administration et devra être enregistré sans faute. »

— Il est dingue, m'a dit Stanton.

— Elle ne nous a pas montré son laissez-passer, mais ça va pour cette fois-ci, a dit Brutal.

Il gratifia la pointe du crayon d'un dernier coup de

langue pour la route et, sous la colonne « Heure d'arrivée », écrivit :

Neuf heures quarante-neuf minutes du soir.

— C'est vrai, j'ai dit, on peut faire une exception pour les souris.

— Normal, elles ont pas de poches, a approuvé Brutal.

Il s'est tourné vers la pendule derrière le bureau et a inscrit : *Dix heures et une minute* sous la rubrique « Heure de départ ». Il ne restait plus que le nom du visiteur à noter. Au bout d'un moment d'intense réflexion, plus vraisemblablement pour se remémorer son orthographe défaillante, car j'étais sûr qu'il avait déjà une idée en tête, Brutus Howell a écrit avec beaucoup d'application : *Steamboat Willy*, ce qui était le surnom de Mickey Mouse en ce temps-là. À cause de ce premier dessin animé où il roulait de grands yeux, se dandinait et donnait de la corne de brume dans le poste de pilotage d'un bateau à vapeur.

— Voilà qui est fait, et bien fait, a dit Brutal en refermant le livre d'un coup sec et en le rangeant dans le tiroir.

Je me marrais, mais Dean, dont l'esprit sérieux l'emportait toujours, même quand il voyait qu'on plaisantait, fronçait les sourcils tout en essuyant énergiquement ses carreaux. Il a prévenu Brutal d'un air réprobateur :

— Tu pourrais avoir des ennuis, si quelqu'un voit ça. Je veux dire, quelqu'un de tordu. Comme ce trou du cul de Percy Wetmore.

— Ouais, a fait Brutal, eh bien, le jour où Percy Wetmore posera le cul sur cette chaise, moi, je donnerai ma dém.

— T'auras même pas besoin de le faire, a répliqué

Dean. Ils t'auront viré avant pour t'être amusé avec le cahier des visiteurs, si Percy glisse le mot dans la bonne oreille. Et il le peut, le salaud. Il le peut.

Brutal tirait la gueule, maintenant, mais il n'a rien répondu. Je me disais, de mon côté, qu'il l'effacerait plus tard dans la nuit. Et s'il ne le faisait pas, je m'en chargerais. Dean avait raison au sujet de Percy ; cette petite ordure n'hésiterait pas une seule seconde à balancer Brutal.

La nuit suivante, après avoir ramené le Chef et le Président du bloc D, où ils avaient pris leur douche, Brutal m'a demandé si on ne devrait pas aller jeter un coup d'œil dans la cellule de contention, pour voir où pouvait bien se nicher Steamboat Willy.

— C'est une bonne idée, j'ai dit.

On s'était bien amusés la nuit passée avec cette souris, mais on savait aussi, Brutal et moi, que si on découvrait que la bestiole avait commencé à ronger le capitonnage des murs pour s'y faire un nid, on serait obligés de la tuer. Parce qu'une souris, ça allait, mais une famille, bonjour les dégâts. Et puis, disons-le, quand on est payé par l'État pour exécuter des rats, on n'a pas trop de scrupules à occire une souris.

Mais, cette nuit-là, on n'a pas trouvé Steamboat Willy, connue plus tard sous le nom de Mister Jingles, nichant dans le capiton des murs ni derrière le fatras qu'on avait sorti dans le couloir. Et du bric-à-brac, il y en avait dans cette foutue cellule, parce qu'on n'y avait enfermé personne depuis longtemps. Ça changerait avec l'arrivée de William Wharton mais, bien sûr, on ne le savait pas à ce moment-là. On ne connaissait pas notre bonheur.

— Mais par où elle peut bien passer ? a demandé à

la fin Brutal en s'essuyant le cou avec son mouchoir. Pas de trou, pas de fissure... Il y a bien ça, mais... (il a désigné la rigole dans le sol, mais la grille d'évacuation était tellement serrée que même un cafard n'aurait pu passer)... par où elle entre, par où elle sort ?

— Mystère.

— Elle est passée sous la porte, non ? Quoi, on l'a vue, tous les trois.

— Ouais, sous la porte. Elle a dû s'aplatir mais elle est passée.

— Jésus ! a dit Brutal, et le mot était bizarre dans la bouche d'un costaud comme lui. Heureusement que nos pensionnaires à deux pattes ne peuvent pas en faire autant.

— Comme tu dis.

J'ai regardé une dernière fois les murs tendus de grosse toile, mais je n'ai pas vu de trou de souris.

— Allez, viens.

Steamboat Willy a réapparu trois nuits plus tard. Harry Terwilliger était de garde. Mais il y avait aussi Percy ; armé du frottoir que Dean avait pensé à utiliser, le salaud a couru après la souris tout le long de la ligne verte mais elle a esquivé les coups et a disparu sous la porte de la cellule de contention. Jurant comme un forcené, Percy a ouvert la cellule et l'a de nouveau vidée de fond en comble. C'était comique et effrayant en même temps, a dit Harry. Percy hurlait qu'il allait l'attraper, cette saloperie de souris, et lui arracher la tête, mais il n'a rien pu faire de tel, bien sûr. Il est revenu au bureau une demi-heure plus tard, en sueur, décoiffé, la chemise sortie de son pantalon. Il a écarté une mèche gominée de ses yeux et il a dit à Harry :

— Je vais mettre un bourrelet isolant au bas de cette

putain de porte et, comme ça, cette vermine ne passera plus.

— C'est comme tu voudras, Percy, a dit Harry sans lever les yeux de son journal.

Il pensait que Percy ne se donnerait pas tant de peine ou bien qu'il oublierait, tout simplement. Il ne se trompait pas.

8

Cet hiver-là, longtemps après ces événements, Brutal est venu me voir une nuit qu'on n'était rien que nous deux, le bloc E temporairement vide et tous les gardiens temporairement affectés ailleurs. Percy, lui, était parti à Briar Ridge.

Il faisait froid et il tombait de la neige fondue. Je venais d'arriver au bloc et je secouais mon manteau avant de l'accrocher à la patère quand j'ai entendu Brutal m'appeler d'une voix bizarrement voilée. Je me suis retourné vers lui.

— Ça ne va pas ? j'ai demandé, vaguement inquiet.

— Non, ça va, mais je sais par où entrait et sortait Mister Jingles. Enfin, avant que Delacroix le prenne avec lui. Tu veux voir ?

Bien sûr que je voulais. Je l'ai suivi jusqu'à la cellule de contention. Tout le matériel emmagasiné là avait été sorti dans le couloir ; apparemment, Brutal avait profité de la baisse de la clientèle pour faire un peu de nettoyage. Il avait passé la serpillière, et le sol, de la même couleur verdâtre que le couloir, séchait par plaques. Il n'y avait plus à l'intérieur que l'escabeau, qu'on rangeait d'habitude dans la réserve, là où s'arrêtaient les pas des condamnés. Au-dessus du dernier échelon, il y avait une tablette qui sert d'ordinaire à y poser – ça dépend de la tâche – la boîte à outils ou le bidon de peinture. Dans le cas présent, c'était une torche électrique. Brutal l'a prise et me l'a tendue.

— Vas-y, grimpe. Et grimpe jusqu'en haut, parce que tu es plus petit que moi. T'inquiète, je te tiendrai les jambes.

— Je suis assez chatouilleux, je l'ai prévenu en commençant à grimper. Surtout derrière les genoux.

— Je m'en souviendrai.

— Tant mieux, parce que je voudrais pas me casser le col du fémur pour découvrir les origines d'une souris célibataire.

— Quoi ?

— Rien.

J'avais la tête à la hauteur du plafonnier grillagé et je sentais l'escabeau frémir légèrement sous mon poids. Je pouvais entendre le vent gémir dehors.

— Tiens-moi bien.

— C'est ce que je fais.

Il a resserré son étreinte autour de mes genoux et je me suis hissé sur la tablette. J'avais maintenant la tête à moins de trente centimètres du plafond et je pouvais voir les toiles qu'avaient tissées quelques araignées entreprenantes aux croisements des solives. J'ai braqué la lampe alentour, mais n'ai rien remarqué qui aurait pu justifier mon escalade.

— Non, a dit Brutal, regarde à ta gauche, dans l'angle du mur et du plafond. Il y a un trou dans la solive qui longe la poutre.

— Je vois.

— Braque la lumière dessus, tu verras le trou.

C'est ce que j'ai fait et je l'ai vu tout de suite, le trou en question. On avait chevillé la solive le long de la poutre supportant le toit. J'ai compté une demi-douzaine de grosses chevilles, mais l'une d'elles manquait, laissant un orifice noir et rond de la taille d'un *quarter*. Je l'ai bien mesuré d'un coup d'œil et puis j'ai abaissé un regard dubitatif vers Brutal.

— C'était une petite souris, j'ai dit, mais si petite que ça ? Ce n'est pas possible.

— C'est pourtant par là qu'elle est arrivée. J'en suis sûr et certain.

— Et qu'est-ce qui te fait croire ça ?

— Penche-toi en avant – ne t'inquiète pas, je te tiens – et renifle.

J'ai fait ce qu'il me demandait, mais en m'assurant d'abord de la main au rebord de la solive. Dehors le vent hurlait et je sentais l'air froid me souffler au visage. Un parfum de nuit d'hiver du côté de la frontière sud… et puis quelque chose d'autre.

Une odeur de menthe.

Tout d'un coup, j'entendis la voix de Delacroix. « Faites qu'il arrive rien à Mister Jingles. » Une voix qui chevrotait malgré elle. Oui, je l'entendais et je sentais la chaleur de Mister Jingles que Delacroix me posait dans la main, rien qu'une souris, plus intelligente sans doute que toutes celles de son espèce, mais une souris quand même, quoi qu'on en dise. « Laissez pas ce sale type lui faire du mal », il m'avait demandé, et je lui avais promis, comme je promettais toujours quand venait la fin et que franchir la ligne verte n'était plus un mythe ou une hypothèse mais la chose qu'ils devaient vraiment accomplir. Vous enverrez cette lettre à mon frère, ça fait vingt ans que je l'ai pas vu ? Promis. Vous direz quinze Je vous salue, Marie, pour mon âme ? Promis. Je veux mourir sous mon nom de femme libre et qu'il soit gravé sur ma tombe ? Promis. C'était comme ça qu'on les faisait avancer dans le couloir sans qu'ils paniquent comme des bœufs à l'abattoir ; et qu'on les faisait s'asseoir sans qu'ils deviennent fous. Bien sûr, je ne pouvais pas tenir toutes ces promesses, mais j'ai tenu celle faite à Delacroix. Le sale type n'a pas pu faire de mal à la souris, pas une seule autre fois, mais il en avait fait à Delacroix, et beaucoup. Oh, je connaissais les crimes du Français, mais personne ne méritait ce qui est arrivé à Edouard Delacroix, quand il a succombé à l'étreinte brûlante de Miss Cent Mille Volts.

Une odeur de menthe.

Et autre chose. À l'intérieur du trou.

J'ai sorti d'une main mon stylo de la pochette de ma veste tout en me tenant de l'autre au rebord de la poutre. Brutal assurait toujours sa prise sur mes jambes mais je me fichais pas mal, maintenant, d'avoir les genoux chatouilleux. J'ai dévissé le capuchon du stylo et, à l'aide de la plume, j'ai sorti quelque chose du trou.

C'était une petite écharde de bois teintée en jaune brillant et j'ai de nouveau entendu la voix de Delacroix. Et si clairement, cette fois, que c'était comme si son fantôme s'était trouvé là, dans cette cellule où William Wharton avait passé tant de temps.

« Hé, les gars ! disait la voix – celle, vibrante de stupeur et de joie, d'un homme qui a oublié, du moins pour un temps, où il était et ce qui l'attendait. Venez voir ce que Mister Jingles sait faire ! »

J'avais le souffle coupé.

— Bon Dieu ! j'ai murmuré.

— T'en as trouvé un autre, hein ? a demandé Brutal. Moi, j'en ai sorti trois ou quatre.

Je suis descendu de l'escabeau et j'ai braqué la lumière sur la main ouverte qu'il me présentait. Sur la peau calleuse de sa paume, il y avait quatre petits éclats de bois, comme des cure-dents pour elfes. Deux jaunes comme le mien, un rouge, un vert. Ils n'avaient pas été peints mais teintés avec des crayons gras Crayola.

J'avais la gorge serrée et, quand j'ai parlé, ma voix était basse et tremblante.

— Dis donc, c'est bien des morceaux de cette bobine, non ? Mais pour... pourquoi dans ce trou ?

— Quand j'étais gosse, j'étais pas le balèze que je suis devenu, m'a dit Brutal. J'ai grandi d'un coup entre quinze et dix-sept ans. Mais avant ça, j'étais une vraie crevette. Et quand j'ai commencé à aller à l'école, je me sentais petit, mais alors petit comme... tiens, comme une souris. Et j'étais mort de trouille. Alors, tu sais ce que je faisais ?

J'ai fait non de la tête. Au-dehors, le vent se levait. Dans les coins des solives, les toiles d'araignée ondulaient sous les courants d'air comme des lambeaux de dentelle. Cette cellule était hantée, jamais je n'avais éprouvé un tel sentiment de désolation, et c'est à cet instant précis, alors qu'on regardait ces petits éclats de bois qui avaient causé tant de malheur, que ma tête s'est mise à comprendre ce que mon cœur savait depuis que John Caffey avait foulé la ligne verte : ce métier-là, c'était fini, je ne pouvais plus. Dépression ou pas dépression, je ne pouvais voir des hommes passer par mon bureau et marcher vers la mort. Un seul de plus serait de trop.

— Je demandais à ma mère de me prêter un de ses mouchoirs, disait Brutal. Et quand je me sentais minus et que j'avais envie de pleurer, je le sortais de ma poche et je respirais le parfum de ma mère et ça me faisait du bien.

— Quoi, tu penses… que cette souris mâchait des morceaux de cette bobine pour se souvenir de Delacroix ? Une souris !

Il a levé la tête vers la poutre et, pendant un moment, j'ai cru voir des larmes dans ses yeux, mais peut-être que je me trompais.

— C'est pas ce que je dis, Paul. Mais j'ai trouvé ça dans ce trou et j'ai senti la menthe, et toi aussi tu l'as sentie. Et je vais te dire une chose : je peux plus faire ce boulot. Je veux plus. Si j'vois encore un homme passer sur cette putain de chaise, je crois que ça me tuera. Dès lundi, je vais demander mon transfert pour le centre de redressement des mineurs. S'ils me prennent avant le prochain client, c'est bon. Si c'est pas le cas, je démissionne et je retourne cultiver la terre.

— Qu'est-ce que tu as jamais cultivé, à part des cailloux ?

— Ça n'a pas d'importance.

— Je sais, je lui ai dit. Eh bien, moi aussi, je vais faire comme toi.

Il m'a regardé de près, pour être sûr que je ne me foutais pas de lui, puis il a hoché la tête comme si c'était une affaire conclue. Il y a eu une rafale de vent, assez forte pour faire grincer les poutres, et on a regardé les murs capitonnés autour de nous. Et je suis sûr que Brutal et moi on a entendu la même chose : William Wharton – pas Billy the Kid, pas lui, mais Wild Bill comme on l'avait surnommé ici, dès sa première journée au bloc – hurlant et riant, nous gueulant qu'on serait rudement soulagés d'être débarrassés de lui ; nous promettant qu'on ne l'oublierait jamais. De ce côté-là, il avait raison.

Quant à ce qu'on a décidé, Brutal et moi, cette nuit-là dans la cellule de contention, ça s'est réalisé comme on l'espérait. C'était comme si on avait fait un serment solennel devant ces minuscules éclats de bois. Ni l'un ni l'autre, nous n'avons pris part à une autre exécution. John Caffey fut le dernier.

DEUXIÈME ÉPISODE

Mister Jingles

Titre original :

THE MOUSE ON THE MILE

1

La maison de retraite où j'ai jeté l'ancre et où j'aligne mes derniers pleins et déliés s'appelle Georgia Pines. Elle est située à environ quatre-vingt-dix kilomètres d'Atlanta et à deux cents années-lumière de la vie que mènent la plupart des gens – ceux, du moins, qui n'accusent pas encore quatre-vingts ans. Vous tous qui me lisez, veillez à ce qu'il n'y ait pas de Georgia Pines à l'affût de vos vieux jours. Oh, ce n'est pas une mauvaise maison, pas entièrement ; il y a la télé, la nourriture est correcte (bien que tout soit en purée), mais, à sa manière, c'est un cul-de-sac aussi mortel que l'était le bloc E à Cold Mountain.

Il y a même un gars, ici, qui me rappelle un peu Percy Wetmore, qui se pêcha un boulot à la ligne verte, parce qu'il était apparenté au gouverneur de l'Etat. Je doute que ce type-là ait une huile dans sa manche, même s'il fait comme si. Brad Dolan, il s'appelle. Toujours à se peigner les quelques poils qu'il lui reste, tout comme Percy, et toujours un machin à lire fiché dans la poche revolver. Percy, c'étaient des magazines comme *Argosy* et *Men's Adventures* ; Brad, ces livres de poche appelés *Gross Jokes* et *Sick Jokes*, de vrais catalogues de blagues bêtes et méchantes qu'il raconte à tout le monde. Comme Percy, Brad est un sadique : pour lui, si c'est pas vache, c'est pas drôle.

Il y a un truc que m'a dit Brad l'autre jour et j'ai trouvé que, pour une fois, il avait pas tort. (Ce qui prouve bien que même une pendule arrêtée donne l'heure exacte deux fois par jour, comme dit le proverbe.)

— T'as sacrément de la chance, Paulie, de pas avoir cette maladie d'Alzheimer.

Voilà ce qu'il m'a balancé.

Je déteste qu'il m'appelle Paulie, mais il le fait exprès ; j'ai renoncé à lui demander d'arrêter. Il y a d'autres dictons qui s'appliquent à Brad Dolan : « On peut mener un âne à l'abreuvoir mais on ne peut pas l'obliger à boire », par exemple. Ou encore : « On peut lui mettre un chapeau et des guêtres, ça sera toujours un âne. » Finalement, dans son genre, il est tout aussi borné que Percy.

Quand il a fait ce commentaire à propos d'Alzheimer, il balayait le solarium, où je venais de relire ce que j'avais écrit. Ça faisait déjà pas mal de pages, et je crois bien qu'il y en aura un plus gros paquet encore, avant que j'en aie terminé.

— Ce machin d'Alzheimer, tu sais ce que c'est ?

— Non, Brad, j'ai répondu, mais je suis sûr que tu vas me le dire.

— C'est le sida des vieux.

Et il s'est esclaffé, ouaf-ouaf-ouaf !, comme il le fait toujours de ses blagues débiles.

Ça ne m'a pas fait rire ; cette vieille barbe avait touché un nerf sensible. Cette fichue maladie d'Alzheimer ne manque pas de clients dans notre belle résidence de Georgia Pines. Et j'ai beau ne pas être preneur, je n'en ai pas moins quelques petits problèmes de mémoire dus à l'âge. Je me souviens de tout, notez, mais pour ce qui est des dates, il y a un hic. Par exemple, je me souviens de tous les événements de cette année 1932 ; c'est leur ordre qui, des fois, fait désordre dans ma tête. Mais je ne m'en fais pas, je sais que si je m'applique, je suis encore capable de vous raconter ça comme il faut.

John Caffey est arrivé au bloc E en octobre 1932, condamné à franchir la ligne verte pour le meurtre des jumelles Detterick, âgées de neuf ans. C'est mon repère principal et, si je ne le perds pas de vue, tout ira bien. William « Wild Bill » Wharton a débarqué après Caffey ; Delacroix, avant. De même que la souris, celle que Brutus Howell – Brutal pour les intimes – a baptisée Steamboat Willy, et que Delacroix a rebaptisée Mister Jingles.

Enfin, appelez-la comme vous voudrez, mais elle était là avant tout le monde, même avant Del ; on était encore en été quand elle est apparue pour la première fois, et on avait deux prisonniers à ce moment-là : Arlen Bitterbuck, dit le Chef, et Arthur Flanders, dit le Président.

Cette souris. Cette fichue souris. Delacroix l'aimait, mais ce n'était sûrement pas le cas de Percy.

Il avait à peine posé le regard sur elle qu'il la haïssait déjà.

2

La souris était revenue trois jours après que Percy lui eut donné la chasse tout le long de la ligne verte.

Dean Stanton et Bill Dodge discutaient politique, ce qui revenait en ce temps-là à parler de Roosevelt et de Hoover – non pas John Edgar Herbert, le mec du FBI, mais Herbert Hoover, le président des États-Unis. Ils grignotaient des crackers Ritz que Dean avait achetés au vieux Toot-Toot une heure plus tôt. Percy se tenait à trois pas du petit bureau, traînant l'oreille tout en s'exerçant à manier cette matraque qu'il aimait tant. Il la tirait de ce holster ridicule qu'il avait eu je ne sais où, la faisait tournoyer (enfin, essayait, car neuf fois sur dix elle serait tombée par terre sans la boucle de cuir passée à son poignet), puis il la rengainait. Je n'étais pas de service ce soir-là, mais Dean m'a fait un rapport complet le lendemain.

La souris a remonté la ligne verte de la même façon que précédemment : elle trottinait, s'arrêtait devant les cellules vides pour une petite vérification et se remettait en route, pas découragée, comme si elle savait que ce serait une longue quête, ce qui a été le cas.

Cette fois, le Président ne dormait pas. Ce type, c'était quelque chose : il réussissait à paraître pimpant même dans son bleu pénitentiaire. Rien que par son allure on savait qu'il n'était pas promis à la Veuve Courant – et on ne se trompait pas : moins d'une semaine après le deuxième round de Percy contre la souris, le Président a vu sa condamnation à mort commuée en détention à vie et il a rejoint la population des autres blocs.

— Hé ! il a dit. Y a une souris dans le couloir ! C'est quoi, ce boui-boui que vous tenez, messieurs ?

Il ne se marrait qu'à moitié ; l'autre moitié, d'après Dean, la jouait offusquée, comme si une inculpation pour meurtre n'avait pas tout à fait éliminé en lui l'ex-membre du Lion's Club. Il avait été le directeur régional d'un consortium immobilier et s'était cru assez malin pour balancer par la fenêtre du troisième étage son sénile de père et toucher l'assurance sur la vie du daddy. Finalement il l'avait eue, son assurance. Plus de soucis : logé-nourri-blanchi jusqu'à la fin de ses jours !

— Ta gueule, grand con !

C'était Percy, mais chez lui c'était un automatisme. Il avait rengainé sa matraque et sorti l'un de ses magazines. À la vue de la souris, il a balancé sa lecture sur le bureau et, tirant sa matraque, s'est mis à la cogner doucement contre les phalanges de sa main gauche.

— Fils de pute, a dit Bill Dodge, j'ai encore jamais vu une souris, ici.

— Ouais, elle est plutôt mignonne, et pas trouillarde pour deux sous, a renchéri Dean.

— Qu'est-ce que t'en sais ?

— Elle était là l'autre nuit. Percy aussi l'a vue. Brutal lui a trouvé un nom : Steamboat Willy. Parce que c'est une souris mec, figure-toi.

Percy a ricané un peu mais il a pas fait de commentaires. Il a continué de se taper doucement sur les doigts.

— Attends, a dit Dean à Bill. La dernière fois, il est venu jusqu'au bureau. J'aimerais bien voir s'il va recommencer.

Il l'a fait, passant au large de la cellule du Président, comme s'il n'aimait pas l'odeur du parricide. Il a vérifié deux des cellules vides, est même entré dans l'une pour renifler la couchette nue, et puis est revenu sur la ligne verte. Et Percy, qui se tenait là pendant tout ce temps, à jouer de son bâton, sans l'ouvrir pour une fois, impatient de lui faire regretter sa nouvelle incursion, à Mickey Mouse.

— Une bonne chose que vous ayez pas à le coller sur Miss Cent Mille Volts, a dit Bill, curieux malgré lui. Vous auriez du mal à lui mettre la calotte et les sangles.

Percy ne disait toujours rien mais il tenait maintenant sa matraque entre ses doigts, comme un gros cigare.

La souris s'est arrêtée au même endroit que la fois précédente – à un mètre du bureau – et elle a regardé Dean tel un prisonnier devant le tribunal. Elle a jeté un bref regard à Bill et a reporté son attention sur Dean, en ignorant complètement Percy.

— Pas à dire, l'a des couilles, ce p'tit bestiau, a dit Bill.

Puis, élevant un peu la voix :

— Ohé ! Steamboat Willy !

À part un léger tressaillement des oreilles, la souris n'a pas tenté de fuir ni même esquissé un mouvement.

— Maintenant, regarde ça, a dit Dean, qui se rappelait comment Brutal avait donné à la bestiole une part de son sandwich au corned-beef. Je sais pas si elle le fera encore, mais…

Il a brisé un cracker et en a laissé tomber un morceau devant la souris. Elle a regardé pendant une seconde ou deux le bout de cracker de ses petits yeux perçants, l'a reniflé dans un tricotement de moustaches fines comme des filaments, puis l'a pris entre ses pattes, s'est assise sur son arrière-train et a commencé à grignoter.

— Ça alors ! J'en suis sur le cul ! s'est exclamé Bill. Elle te mange son cracker comme une petite fille bien élevée au goûter de la femme du pasteur.

— J'dirais plutôt comme un nègre bouffant de la pastèque.

La remarque, lâchée d'un ton rogue, venait de Percy,

mais ni Dean ni Bill ne lui ont prêté attention. Le Chef et le Président non plus, d'ailleurs. La souris a terminé le cracker mais est restée assise, appuyée sur sa queue lovée, à contempler les géants en bleu.

— Laisse-moi essayer, a dit Bill.

Il a cassé le coin d'un cracker, s'est penché par-dessus le bureau et a laissé choir le morceau devant la souris. Elle l'a reniflé et n'y a point touché.

— Bah ! a fait Bill. Elle doit avoir le ventre plein.

— Non, elle sait que t'es qu'un bleu, c'est tout, a répliqué Dean.

— Un bleu, moi ? Tu rigoles ! Ça fait autant de temps que Terwilliger que j'suis ici ! Peut-être plus, même !

— T'excite pas, le vétéran, t'excite pas. Tiens, regarde si j'ai pas raison.

Dean a balancé un autre bout par-dessus le bureau. Et sûr que la souris l'a pris et l'a attaqué de ses quenottes, délaissant totalement la contribution de Bill. Mais elle n'avait pas grignoté plus de deux bouchées que Percy lançait sa matraque comme un javelot.

Une souris est une petite cible et, rendons au diable ce qui lui appartient, le coup était joli et aurait pu briser le crâne de Willy, si celui-ci n'avait eu des réflexes aussi aiguisés que des éclats de verre. Il a rentré la tête dans les épaules – oui, comme un humain l'aurait fait – et a laissé tomber son cracker. Le lourd bâton de noyer lui est passé au-dessus du crâne et lui a frôlé l'échine au point de lui ébouriffer le poil (c'est ce que Dean m'a raconté, bien que j'aie du mal à le croire), avant de rebondir sur le lino vert et de finir sa course contre les barreaux d'une cellule vide.

La souris, elle, n'a pas attendu de voir si c'était une erreur ou un accident ; se souvenant d'un rendez-vous urgent, elle a pris ses pattes à son cou, direction la cellule de contention.

Percy rugissait de rage : il avait raté de si peu cette saleté. Il s'est élancé après elle. Bill Dodge, probablement par pur instinct, lui a attrapé le bras et a tenté de le retenir, mais Percy s'est dégagé. N'empêche, m'a confié Dean, c'est probablement ça – le geste de Bill – qui a sauvé la vie à Steamboat Willy, et il s'en est fallu de peu. Percy ne voulait pas seulement tuer la souris, mais l'aplatir, l'écrabouiller à coups de talon, c'est pourquoi il courait en faisant de grands bonds ridicules, comme un daim, frappant le sol de ses lourds brodequins noirs. Willy, en zigzaguant, a évité les deux derniers bonds de Percy, a plongé sous la porte dans un ultime coup de fouet de sa longue queue rose, ciao la compagnie !

— Putain ! a beuglé Percy, avant de taper du plat de la main contre la porte.

Et puis il s'est mis à tripoter son trousseau de clés, décidé à entrer dans la cellule pour poursuivre la chasse.

Dean est allé le rejoindre en se forçant à marcher lentement parce qu'il voulait absolument garder son sang-froid. Il m'a dit qu'il avait envie de rire de Percy mais qu'il avait aussi furieusement envie de l'empoigner, de le coller contre le mur et de lui faire une tête au carré. Histoire de lui apprendre à ne pas foutre la merde dans le bloc. Notre travail dans le couloir de la mort, c'était de veiller à ce qu'il y ait le moins de barouf possible, et le barouf, ç'aurait pu être le second prénom de Percy Wetmore. Travailler avec lui, c'était comme essayer de désamorcer une bombe avec quelqu'un qui jouerait des cymbales à quelques centimètres de vos oreilles. Bref, agaçant. Et Dean m'a dit qu'on pouvait lire cet agacement dans les yeux du Chef et même du Président, pourtant flegmatique comme un dindon.

Et puis il y avait une autre raison. Dean, déjà, acceptait la souris. Peut-être pas comme une amie, mais comme un être vivant. Un être vivant, dans le bloc ! Or ce que Percy avait fait – et essayait encore de faire – n'était pas bien. Que l'objet de sa fureur fût une souris ne changeait rien à l'affaire : Percy ne comprendrait jamais pourquoi ce n'était pas bien, et ça prouvait à quel point ce type-là n'avait vraiment pas sa place au bloc E.

Quand Dean est arrivé au bout du couloir, il avait repris le contrôle de ses nerfs et savait comment jouer la partie. S'il y avait une chose que Percy ne supportait pas, c'était de passer pour un idiot, et ça, nous le savions tous.

— Mince, elle t'a encore baisé !

Et Dean de se fendre d'un grand sourire : il se payait ouvertement la fiole de l'autre taré.

Percy lui a lancé un regard fielleux et a rejeté une mèche rebelle de son front.

— Fais gaffe à tes paroles, Quatre-Yeux. J'ai les boules. Alors, pousse pas.

— Quoi, c'est jour de déménagement, encore ? a fait Dean en se retenant de pouffer. Dis donc, cette fois, quand tu auras tout sorti, passe la serpillière, tu veux ?

Percy a regardé la porte, il a regardé ses clés. A pensé à un nouveau chambardement de la cellule avec ses murs matelassés, pendant que les deux autres, sans compter le Chef et le Président, le regarderaient suer... Il a fini par grogner :

— Qu'est-ce qu'y a de si drôle ? On n'a pas besoin de souris dans le bloc, il y a déjà assez de vermine comme ça, ici, pas la peine d'en rajouter.

— C'est comme tu voudras, Percy.

Dean, rigolard, a levé les mains. Et c'est à ce moment-là, il me l'a dit la nuit dernière, qu'il a bien cru que Percy allait enfin se foutre en rogne. Dean n'attendait que ça.

Et puis Bill Dodge s'est pointé et il a calmé le jeu :

— T'as laissé tomber ça, il a dit à Percy en lui tendant sa matraque. Un centimètre plus bas, et tu lui cassais les reins, à ce p'tit salopiaud.

À ces paroles, Percy s'est redressé, fiérot. Il a rengainé son bout de bois comme si c'était un colt en or.

— Ouais, c'était pas un vilain coup. J'étais champion de base-ball au lycée. Même qu'on m'appelait le Roi de la Batte.

— Non, c'est pas vrai ? a dit Bill d'un ton de voix si respectueux (tout en décochant un clin d'œil à Dean, quand Percy a détourné la tête) que ça a suffi pour détendre la situation.

— Ouais, a dit Percy. À Knoxville. Les autres, là, les gars de la ville, ils ont jamais vu venir mes balles. On aurait pu leur filer la pâtée sans ce grand con d'arbitre.

Dean aurait pu en rester là mais il avait de l'ancienneté sur Percy, et le rôle d'un ancien est d'instruire les plus jeunes. À ce moment-là – avant Caffey, avant Delacroix –, il pensait que Percy pouvait peut-être apprendre. Alors, il l'a pris par le bras et il lui a dit :

— Hé, Percy, j'voudrais que tu réfléchisses à ce que t'étais en train de faire, là.

Son intention, il me l'a dit plus tard, était de paraître grave et sérieux mais pas réprobateur. Pas trop, en tout cas.

Sauf qu'avec Percy ça n'a pas marché. Il était incapable d'apprendre quoi que ce soit. Mais ça, on allait tous le savoir bien vite.

— Écoute, Quatre-Yeux, je sais c'que je fais et j'veux la peau de cette souris. T'es aveugle ou quoi ?

— Tu as fait peur à Bill, à moi et à eux, a repris Dean en pointant le pouce en direction de Bitterbuck et de Flanders.

— Et après ? Ils sont pas à la maternelle, au cas où tu l'aurais pas remarqué. Bien qu'on se demande parfois, à la façon dont vous les traitez.

— Moi, j'aime pas qu'on me fasse peur, a grommelé Bill, et je bosse ici, Wetmore, au cas où tu l'aurais pas remarqué. Et j'suis pas un de tes grands cons.

Percy l'a regardé en plissant les yeux mais c'était surtout pour cacher un début de trouille.

— On les traite comme on doit les traiter, parce qu'ils sont sous une putain de tension, a repris Dean d'une voix basse. Et des hommes qui sont sous une putain de tension peuvent casser, des fois. Se faire mal. Faire mal à d'autres. Et aussi nous attirer pas mal d'ennuis.

Percy a tiqué un peu à cette idée. Les « ennuis », ça lui parlait. En causer aux autres, ça ne le gênait pas. En avoir lui-même, non merci.

— Notre travail est de dialoguer avec les prisonniers, pas de hurler, a continué Dean. Un homme qui hurle est un homme qui a perdu le contrôle.

Percy savait qui avait écrit ce commandement : moi. Le patron. Entre Percy Wetmore et moi c'était pas l'amour fou, et on n'était encore qu'en été, souvenez-vous – bien avant que les festivités, les vraies, ne commencent.

— Tu ferais mieux de penser que cet endroit est une

salle de soins intensifs dans un hôpital, Percy. Mieux vaut respecter le silence…

— Je pense que cet endroit est un seau rempli de pisse où noyer des rats, a rétorqué Percy. Rien de plus. Et maintenant, lâche-moi.

Il s'est dégagé et a remonté le couloir, la tête basse. Il est passé un peu trop près des barreaux du Président – assez près pour que Flanders puisse l'agripper au passage et lui éclater le crâne avec cette même matraque dont le crétin était si fier. Mais Flanders n'était pas le genre d'homme à faire ça. Le Chef, lui, peut-être. S'il en avait eu l'occasion, sûr qu'il lui aurait fait goûter de la dureté du noyer. Ce que Dean m'a rapporté de l'incident la nuit suivante m'a toujours frappé, si je puis dire, parce que ça s'est avéré être une espèce de prophétie.

— Wetmore comprend pas qu'il n'a aucun pouvoir sur eux, il m'a dit. Il comprend pas qu'il pourra jamais leur rendre la vie pire qu'elle ne l'est déjà, qu'ils ne peuvent être électrocutés qu'une seule fois. Tant qu'il n'aura pas compris ça, il sera un danger pour lui-même et pour tous ceux du bloc.

Percy s'est réfugié dans mon bureau et a claqué la porte derrière lui.

— Putain, ce mec doit avoir une infection aux couilles, a commenté Bill Dodge.

— T'as encore rien vu.

— Allons, faut voir le bon côté des choses.

Bill disait toujours à qui voulait l'entendre qu'il fallait voir le bon côté des choses ; ça finissait par vous taper sur le système, à la longue.

— Pense à ta souris savante, elle s'en est tirée, a ajouté le brave Bill.

— Ouais, mais on la reverra plus. Cette fois, ce salaud lui a fichu la trouille pour de bon.

3

C'était logique mais faux. La souris est reparue le lendemain soir, qui se trouvait être la première des deux nuits où Percy Wetmore n'était pas de service.

Steamboat Willy s'est pointé sur le coup des sept heures. J'étais là pour le voir faire son entrée, et il y avait aussi Dean, et Harry Terwilliger, qui était de permanence. Je faisais la journée, cette semaine-là, mais j'étais resté à bavarder avec le Chef, pour qui l'échéance se rapprochait.

Bitterbuck, tradition indienne oblige, la jouait stoïque, mais je voyais bien que l'angoisse de la fin croissait en lui comme une fleur vénéneuse. Alors, on a parlé. On pouvait le faire pendant la journée mais ce n'était pas l'idéal avec les cris et les bruits de conversations dans la cour de promenade (sans parler des bagarres de temps à autre), le cling-clang-clung des emporte-pièces de la tôlerie et les gueulantes des gardiens. À partir de quatre heures, ça allait un peu mieux et, après six heures, encore mieux. Oui, de six à huit, c'était l'idéal. Passé huit heures, les idées noires se levaient en même temps que la nuit et on pouvait voir défiler de méchantes ombres dans leurs yeux ; il était temps d'arrêter les frais. Oh, ils entendaient toujours ce que vous leur disiez, mais ça n'avait plus de sens pour eux. Passé huit heures, ils se préparaient à la longue veille nocturne, avec toujours les mêmes questions : quel effet ça faisait, cette calotte de fer sur la tête ? Quelle odeur avait cette cagoule noire qu'on abaisserait sur leur visage en sueur ?

Mais, ce soir-là, j'ai pu avoir une bonne conversation avec le Chef. Il m'a parlé de sa première femme et de la cabane qu'il avait construite avec elle là-bas, au diable, dans le Montana. Les plus beaux jours de sa vie, il m'a dit. L'eau était si pure et si froide que chaque fois qu'on en buvait, on avait l'impression de se fendre la gueule en deux.

— Dites, monsieur Edgecombe, si un homme se repent sincèrement du mal qu'il a fait, vous pensez pas qu'il pourrait retourner là où il a été le plus heureux et y vivre pour l'éternité ? Ce serait pas ça, des fois, le paradis ?

— Eh bien, pour vous dire la vérité, monsieur Bitterbuck, c'est exactement comme ça que je le vois, le paradis.

Bien sûr, c'était un mensonge, mais un que je ne regrette pas. J'avais appris ces choses de la religion sur les genoux de ma mère et je croyais ce que la Sainte Bible disait de ceux qui ont tué : l'éternité ne sera jamais pour eux. Je pensais même qu'ils filaient direct en enfer, pour y brûler dans les tourments jusqu'à ce que le bon Dieu donne finalement le signal à Gabriel de souffler dans la trompette du Jugement dernier. Alors, au premier coup de biniou, pfuit ! les assassins disparaissaient comme par enchantement, et bien contents de s'en tirer à si bon compte. Mais jamais je n'ai dit un mot de mes croyances à Bitterbuck ni à aucun autre. Je suis sûr que, dans leur cœur, ils le savaient. « Qu'as-tu fait ! Écoute le sang de ton frère crier vers Moi du sol ! » a dit Dieu à Caïn, et je ne pense pas que Caïn soit tombé du ciel en entendant ça car je parie qu'elle le poursuivait à chaque pas, la plainte du sang fraternel.

Le Chef souriait quand je l'ai quitté ; peut-être qu'il pensait à cette cabane de rondins dans le Montana et à sa femme reposant la poitrine nue dans la lueur de l'âtre. Du feu, Bitterbuck en connaîtrait bientôt un, et bien plus dévorant.

J'ai remonté le couloir, et Dean m'a rapporté son petit accrochage de la veille avec Percy. Dean avait attendu que j'aie enfin un moment de libre pour m'en parler et je l'ai écouté avec beaucoup d'attention. J'étais tout oreilles dès qu'il s'agissait de Wetmore, et j'approuvais Dean à cent pour cent : Percy était le genre d'individu capable de causer de gros ennuis, autant à lui-même qu'aux autres.

Dean terminait son histoire quand le vieux Toot-Toot s'est ramené avec sa roulante rouge qu'il avait graffitée de citations bibliques (« L'Éternel jugera son peuple », Deutéronome, XXXII, 36 ; « Je redemanderai le sang de vos âmes », Genèse, IX, 5, et autres consolantes paroles). Nous lui avons acheté quelques sandwiches et boissons. Dean cherchait de la monnaie dans sa poche tout en marmonnant qu'on ne reverrait plus Steamboat Willy, parce que ce tordu de Wetmore l'avait effrayé pour de bon, quand Toot-Toot a lâché d'une voix grasseyante :

— Et ça, c'est quoi, alors ?

On a tourné la tête et on a vu la souris qui remontait au petit trot la ligne verte, s'arrêtait pour regarder dans les cellules de ses petits yeux brillants comme des gouttes d'huile et reprenait son chemin.

— Hé, souris !

C'était le Chef. L'interpellée s'est immobilisée, l'a regardé, les moustaches frémissantes. Ma parole, on aurait juré que cette fichue bestiole savait que c'était elle que Bitterbuck avait appelée.

— Tu serais pas un chaman ? a dit le Chef.

Et de lui jeter un petit morceau de fromage. Le fro-meton a atterri juste devant Steamboat Willy, mais c'est tout juste s'il lui a jeté un coup d'œil avant de se remettre en marche.

— Hé ! chef Edgecombe, a appelé le Président. Vous ne pensez pas que cette bestiole sait que Wetmore n'est pas là ? En tout cas, moi, j'en suis sûr !

Moi aussi, j'avais cette impression… mais je n'allais pas le reconnaître tout haut.

Harry est ressorti dans le couloir en se remontant la ceinture du pantalon comme il le fait toujours après une vidange aux toilettes et il s'est arrêté en ouvrant de grands yeux. Toot-Toot aussi était bouche bée, et l'af-faissement de sa mâchoire inférieure dévoilait un reste peu ragoûtant de chicots.

La souris s'est immobilisée là où elle en avait pris l'habitude : devant le bureau. La queue lovée autour des pattes, elle a levé la tête vers nous. Et, une fois de plus, il m'est revenu des souvenirs de juges prononçant leur sentence à l'encontre d'infortunés inculpés – mais y avait-il jamais eu de prisonnier aussi petit et aussi courageux que cette souris ? Quoique, prisonnière, elle ne l'était pas, elle pouvait aller où bon lui semblait. Il n'empêche, l'idée restait ancrée dans mon esprit et, de nouveau, j'ai pensé que nous nous sentirions tous bien petits quand l'heure viendrait de paraître devant Dieu et que seuls quelques-uns d'entre nous feraient preuve d'une telle bravoure.

— Ben, que j'sois pendu si cette souris-là a pas mangé du chat ! s'est exclamé Toot-Toot.

— T'as encore rien vu, Toot, a dit Harry. Tiens, regarde ça.

Il a plongé la main dans la pochette de sa vareuse et en a sorti une tranche de pomme confite à la cannelle enveloppée dans du papier paraffiné. Il en a lancé un morceau par terre. Le morceau, caoutchouteux, a rebondi au-dessus de la souris mais, comme on attrape une mouche au vol, elle l'a rabattu d'un coup de patte. On a tous exprimé notre admiration et notre étonnement d'un éclat de rire qui aurait foutu la trouille à un éléphant, mais Steamboat Willy n'a pas cillé. Il a pris le morceau de fruit confit entre ses petites griffes, en a grignoté le pourtour et puis l'a laissé tomber pour nous regarder avec l'air de dire, pas mauvais, qu'est-ce que vous avez d'autre ?

Toot-Toot a ouvert le couvercle de sa cambuse et en a sorti un sandwich au salami.

Dean a agité l'index en essuie-glace :

— Te donne pas cette peine.

— Quoi ! T'as déjà vu une souris cracher sur du salami ?

Mais je savais que Dean avait raison et je voyais à l'expression de Harry que lui aussi savait. Il y avait les bleus et les vétérans, il y avait les gens de passage et les permanents. Et on ne la lui faisait pas, à Steamboat Willy. C'était peut-être dingue mais véridique.

Le vieux Toot-Toot a balancé son morceau de salami et, bien évidemment, la souris a reniflé la chose rien qu'une fois puis a détourné la tête.

— Ben, merde alors ! a grogné Toot-Toot, manifestement vexé.

J'ai tendu la main.

— Donne-moi ça.

— Quoi… le san'ouiche ?

— Oui, je te le paierai.

Toot-Toot m'a refilé le sandwich. J'ai soulevé le pain, pris un autre morceau de salami et l'ai laissé choir devant le bureau. La souris n'a pas lambiné : elle l'a ramassé illico et presto l'a dévoré.

— Que j'sois pendu ! s'est écrié Toot-Toot. Donne-moi ça !

Il a repris le sandwich et ce n'est pas un morceau de rondelle mais une rondelle entière qu'il a parachutée sur Steamboat Willy. À deux centimètres près, la rondelle lui tombait sur la tête comme une ombrelle rose. Mais le petit Willy n'y a pas touché, c'est tout juste s'il y a collé son bout de truffe noire avant de lever de nouveau les yeux vers nous. Et pourtant ça devait être le vrai jackpot, pour une souris. Sûr qu'elle n'avait pas ça au menu tous les jours, surtout en ces temps difficiles.

— Vas-y, bouffe ! a gueulé Toot-Toot, plus froissé que jamais. Pourquoi tu fais le fier ? Y te plaît pas, mon salami ?

Dean a pris le sandwich. C'était à lui de donner. Ça commençait à devenir une sorte de rituel. Comme si, chacun son tour, on communiait. La souris a boulotté de bon cœur le morceau de Dean. Et puis, elle nous a tiré sa révérence. On l'a tous observée qui redescendait le couloir, s'arrêtant pour regarder dans deux cellules vides et faire un petit tour d'inspection dans une troisième. Et, là encore, je me suis dit que peut-être elle cherchait quelqu'un, sauf que, cette fois, j'ai eu plus de mal à chasser cette idée farfelue.

— En tout cas, comptez pas sur moi pour parler de cette histoire, a déclaré soudain Harry d'un air mi-

sérieux, mi-goguenard. Un, ça intéresserait personne.
Deux, y en aurait pas un pour le croire.

— L'a rien voulu d'ma main, l'bestiau, a dit Toot-
Toot, rien que d'vous.

Il a secoué la tête de stupeur et puis il s'est baissé
pour ramasser la rondelle qu'avait dédaignée Willy et
l'a enfournée dans sa bouche édentée.

— Pouvez m'dire pourquoi qu'y fait ça ?

— J'ai une meilleure question, est intervenu Harry.
Comment il savait que Percy n'était pas de service ?

— Il ne le savait pas, j'ai dit. C'est un hasard, si cette
souris s'est pointée ce soir.

Sauf qu'à la longue, c'est devenu de plus en plus difficile à croire, parce que Steamboat Willy apparaissait
uniquement les soirs où Percy Wetmore était de congé
ou de service ailleurs qu'au bloc E. Harry, Dean, Brutal
et moi, on a fini par conclure que ce devait être la voix
ou l'odeur de Percy qui avertissait la souris de la présence de son ennemi. Mais, d'une façon générale, on
évitait de trop parler de Steamboat Willy. On sentait,
sans avoir à se le dire, que cette histoire qu'on vivait
avec lui était à nous, rien qu'à nous, et que c'était une
chose vraiment étrange et belle et précieuse. Allez savoir
pourquoi, mais c'était nous que Willy avait choisis. Et
Harry avait raison quand il disait que ce ne serait pas
bon d'en parler aux autres, pas seulement parce qu'ils ne
nous croiraient pas mais parce qu'ils s'en foutraient.

Et puis vint le jour de mourir pour Arlen Bitterbuck qui, en réalité, n'était pas chef mais le premier des anciens de sa tribu dans la réserve de Washita et aussi membre du conseil des Cherokees. Il avait tué un homme alors qu'il était fin saoul ; en vérité, la victime était aussi ivre que le Chef, qui lui avait fracassé le crâne avec un parpaing. Tout ça pour une paire de bottes. Et voilà que *mon* conseil des anciens venait de fixer l'exécution au 17 juillet de cet été pluvieux.

Les heures de visite pour la grande majorité des détenus à Cold Mountain étaient aussi rigides que des poutrelles d'acier, mais ce n'était pas le cas pour nos garçons du bloc E. Le 16 juillet, Bitterbuck fut autorisé à se rendre au parloir, surnommé l'Arcade, une longue salle qui jouxtait la cafétéria et que divisait en deux un grillage entremêlé de fil barbelé. Le Chef y recevrait la visite de sa seconde femme et de ceux de ses enfants qui ne l'avaient pas renié. Le temps des adieux était venu.

Bill Dodge et deux autres bleus l'ont conduit à l'Arcade. Nous, on avait du boulot : il fallait procéder à deux répétitions au moins. Trois, si possible. Le tout en une heure.

Percy ne protesta pas quand on l'affecta à la cabine des commandes avec Jack Van Hay pour l'électrocution de Bitterbuck. Il était encore trop nouveau pour reconnaître une mauvaise place d'une bonne. Tout ce qu'il savait, c'est qu'il pourrait regarder par la fenêtre grillagée ; après tout, il s'en fichait de voir le dos de la chaise plutôt que le devant, du moment qu'il était assez près pour voir gerber les étincelles.

Juste à côté de cette fenêtre, à l'extérieur, il y avait un téléphone mural, sans cadran. Un téléphone qui ne pouvait que recevoir les appels – et encore, d'un seul endroit : le bureau du gouverneur. J'ai vu pas mal de films dont l'action se déroule dans des pénitenciers et ce bigo sonne toujours à la dernière minute, juste avant qu'on lâche les cent mille volts sur un innocent. Le nôtre, lui, n'a jamais sonné une seule fois de toutes mes années passées au bloc E. Non, monsieur, pas une. Au cinéma, le salut est bon marché. L'innocence aussi. Ça coûte le prix d'un billet, autrement dit pas grand-chose. La vie, la vraie, est hors de prix, et on n'est jamais sûr du résultat.

Nous avions un mannequin pour le trajet jusqu'au fourgon à viande, et le vieux Toot-Toot pour le reste. Avec les années, Toot était devenu la doublure officielle des condamnés. Incontournable tradition, comme la dinde qu'on sert à Noël même si on n'aime pas ça.

La plupart des matons appréciaient Toot – son drôle d'accent les amusait, un accent canadien plus que cajun, mais adouci par des années d'incarcération dans le Sud. Même Brutal avait un faible pour le vieux. Pas moi, cependant. Je pensais qu'il était, à sa manière, une version âgée et moins virulente de Percy Wetmore, un homme trop délicat pour tuer et faire cuire sa propre viande mais qui n'en adorait pas moins l'odeur d'un barbecue.

Tous ceux qui participaient à la générale seraient là pour la première – et unique – représentation. Brutus Howell serait le « régisseur », comme on disait, ce qui voulait dire qu'il poserait la calotte, répondrait au téléphone s'il sonnait, ferait appel au médecin si besoin était et donnerait l'ordre de balancer le jus quand il le faudrait. Si tout allait bien, personne n'aurait droit aux applaudissements du public. Si ça foirait, Brutal serait blâmé par les témoins, et bibi, par le directeur. Ni l'un ni l'autre ne nous en plaignions, ça n'aurait servi à rien. Le monde tourne, c'est tout. On peut s'accrocher et tourner avec, ou se lever pour protester et se faire éjecter.

Dean, Harry Terwilliger et moi, on est allés à la cellule du Chef trois minutes à peine après que Bill et ses troupes furent partis avec Bitterbuck. La porte de la cellule était ouverte et Toot-Toot s'est assis sur la couchette.

— Y a des taches partout sur c'drap, a fait remarquer Toot-Toot. Doit drôlement s'astiquer le chassepot avant d'rendre les armes.

Et de se marrer comme une pintade.

Dean l'a fusillé du regard.

— Ta gueule, Toot. On fait ça sérieusement.

— D'accord.

Toot, aussitôt, s'est composé un visage de constipé chronique. Mais son regard pétillait. Le vieux Toot ne semblait jamais aussi vivant que quand il faisait le mort.

Je me suis avancé.

— Arlen Bitterbuck, en qualité d'officier de justice et de représentant de l'Etat de blablabla, j'ai ordre de procéder à votre exécution à minuit de ce blablabla, voulez-vous vous lever et faire un pas en avant ?

Toot s'est levé de la couchette et s'est mis à répéter :

— J'me lève et j'fais un pas en avant, j'me lève et j'fais un pas en avant.

Dean lui a ensuite ordonné de se tourner et Toot-

Toot s'est tourné. Dean a examiné l'espèce de lavette blanc sale qui tenait lieu de cheveux au vieux. Le Chef aurait le sommet du crâne rasé le lendemain soir, et Dean devrait s'assurer qu'il n'y avait pas besoin de retouches. Une seule touffe oubliée, et le courant risquait de passer moins facilement, ce qu'il valait mieux éviter. Ces répétitions n'avaient qu'un but : faire que l'exécution se déroule sans le moindre accroc.

— Très bien, Arlen, allons-y, maintenant, j'ai dit à Toot-Toot.

Nous sommes ressortis de la cellule.

— J'marche dans le couloir, j'marche dans le couloir, j'marche dans le couloir, psalmodiait Toot-Toot.

Il allait, flanqué de Dean à sa droite et de moi-même à sa gauche. Harry était juste derrière lui. Au bout du couloir, nous avons tourné à droite, loin de la vie et de la cour de promenade, vers la mort et la réserve qui en était le théâtre. On est passés par mon bureau, et Toot s'est agenouillé sans qu'on le lui demande ; le bougre connaissait son texte, et mieux que la plupart d'entre nous, car ça faisait un sacré bail qu'il fréquentait l'établissement.

— J'prie le bon Dieu, j'prie le bon Dieu, j'prie le bon Dieu, disait-il en croisant ses mains osseuses et tavelées. Le Seigneur est mon berger, le Seigneur est mon berger…

— Qu'est-ce qu'on va faire avec Bitterbuck ? a demandé Harry. On va tout de même pas faire venir un sorcier cherokee et sa queue de serpent à sonnette, non ?

— À vrai dire…

Mais Toot, à qui on ne volait pas la vedette comme ça, a couvert ma voix d'un tonitruant :

— J'prie toujours, j'prie toujours le p'tit Jésus.

— La ferme, vieux fou, a grogné Dean.

— Nom de Dieu, voyez pas que j'prie !

— Alors, fais-le en silence.

— Hé, les gars, qu'est-ce que vous branlez ?

C'était Brutal. Il nous appelait de la réserve, qui avait été entièrement vidée pour faire place à la mort, rien qu'à la mort. Et sa voix résonnait là-dedans comme dans un tombeau.

— Patience, Brutal, lui a crié Harry. Assieds-toi, en attendant, y a une chaise qui te tend les bras !

Toot a interrompu son incantation d'un ricanement d'hyène.

— À vrai dire, j'ai repris, Bitterbuck est chrétien, c'est du moins ce qu'il dit, et il est très satisfait de ce pasteur baptiste qui est venu de Tillman Clark. Il s'appelle Schuster. Il me plaît. Il est discret, il en fait pas des tonnes, comme certains. Debout, Toot, t'as assez prié pour la journée.

— J'marche, j'marche encore, oui, m'sieur, j'marche sur la ligne verte…

Il n'était pas grand mais il a quand même dû courber la tête pour passer la porte au fond de mon bureau. Et on a dû en faire autant.

Le passage de cette lourde était un moment délicat ; aussi, quand j'ai jeté un regard en direction de la plate-forme sur laquelle se dressait la Veuve Courant, j'ai vu que Brutal avait sorti son arme et j'ai hoché la tête d'un air satisfait ; c'était ce qu'il fallait faire.

Toot-Toot a descendu la volée de marches et s'est arrêté. Les chaises pliantes, une quarantaine, étaient déjà en place. Bitterbuck devrait gagner la plate-forme en se tenant le plus loin possible de la première rangée des témoins ; une demi-douzaine de gardes armés, sous la responsabilité de Bill Dodge, renforcerait la sécurité. Nous n'avions jamais eu de témoin menacé par l'un de nos condamnés en dépit de la configuration plus que précaire des lieux, et j'avais bien l'intention que cela ne se produise jamais.

— Prêts, les gars ?

La question venait de Toot-Toot. Harry, Dean et moi, nous avions repris notre formation, encadrant Toot comme au départ. J'ai hoché la tête et nous nous sommes avancés vers la plate-forme. J'ai jamais pu m'empêcher de penser qu'il ne manquait plus à Toot qu'à tenir le drapeau, pour qu'on ressemble à une garde d'honneur.

— Et moi, qu'est-ce que j'fais ? a demandé Percy par la fenêtre grillagée de la cabine des commandes.

— Tu regardes pour apprendre, j'ai répliqué.

— Et arrête de te toucher la saucisse, a marmonné Harry.

Toot-Toot l'a entendu et s'est mis à glousser comme une poule.

Nous l'avons escorté sur la plate-forme. Toot s'est tourné sans qu'on ait à le lui dire.

— J'm'assois, j'm'assois sur les cuisses de la Veuve Courant.

Je me suis agenouillé, mon genou droit devant la jambe droite de Toot, tandis que Dean en faisait autant – genou gauche devant jambe gauche. C'était l'instant où nous étions le plus exposés à une attaque, au cas où le condamné se débattait, ce qui arrivait de temps à autre. Nous tenions notre jambe pliée tournée vers l'intérieur pour protéger nos bijoux de famille et gardions le menton baissé pour défendre nos gorges.

Bien entendu, plus vite on leur immobiliserait les chevilles, plus on écourterait le danger. Le Chef porterait des pantoufles aux pieds mais le fait de se dire « ça aurait pu être pire » n'est sûrement pas d'un grand réconfort quand on a le larynx brisé ou les testicules en compote, sans parler du spectacle offert à quarante témoins – dont la plupart sont journalistes.

On a attaché les chevilles de Toot-Toot. La sangle du côté de Dean était plus large car elle était équipée d'une électrode. Quand Bitterbuck prendrait place le lendemain soir sur la chaise, il aurait la jambe gauche rasée. Les Indiens sont censés ne pas avoir de poils sur le corps, mais on ne voulait pas prendre le moindre risque.

Pendant que nous neutralisions les jambes, Brutal et Harry s'occupaient des poignets. Puis, Harry a fait signe à Brutal, et Brutal s'est tourné vers Van Hay et a crié :

— Phase une !

J'ai entendu Percy qui demandait à Jack Van Hay ce que cela voulait dire (incroyable qu'il ait appris si peu de choses depuis le temps qu'il traînassait au bloc E) puis le murmure de Jack qui lui répondait. Ce jour-là, Phase une ne signifiait rien, mais quand Brutal le dirait le lendemain, Van Hay tournerait le bouton qui commande le générateur de la prison derrière le bloc E. Les témoins entendraient l'appareil bourdonner comme un essaim de frelons et les lumières dans toute la prison s'intensifieraient. À cause de cette surtension les détenus se diraient que ça y était, l'exécution avait eu lieu, alors qu'en réalité elle ne ferait que commencer.

Brutal est passé devant la chaise afin que Toot puisse le voir.

— Arlen Bitterbuck, après avoir été reconnu coupable par un jury composé de vos pairs, vous avez été condamné à mourir sur la chaise électrique. Que Dieu sauve les citoyens de cet État. Avez-vous quelque chose à dire avant que la sentence soit exécutée ?

— Ouais, a dit Toot, les yeux brillants, sa bouche édentée fendue d'un grand sourire. J'veux du poulet frit qui baigne dans la sauce, j'veux chier dans vos casquettes et j'veux que Mae West, elle vienne s'asseoir sur ma pomme parce que j'suis un foutu chaud lapin.

Brutal a essayé de garder son sérieux, mais il n'a pas tenu cinq secondes. Il a rejeté la nuque en arrière et a éclaté de rire. Dean, lui, s'est plié en deux, comme s'il venait de ramasser une décharge de shotgun dans le ventre ; il poussait des hurlements de coyote, une main sur le front comme pour empêcher sa cervelle de se faire la belle. Harry se tapait la tête contre le mur en poussant des hou-hou-hou, on aurait dit qu'une tartine de beurre de cacahuètes lui était restée en travers de la gorge. Même Jack Van Hay, qui n'avait pourtant pas une réputation de rigolo, s'esclaffait dans sa cabine. Je me serais volontiers joint au concert, mais il fallait bien un capitaine à ce bateau ivre. Demain soir, un homme allait mourir sur cette chaise où ce crétin de Toot-Toot faisait le clown.

— Ça suffit, Brutal, j'ai dit. Vous aussi, Dean et Harry. Quant à toi, Toot, encore une connerie de ce genre et je te garantis que ce sera la dernière. Je dirai à Van Hay d'envoyer le jus.

Toot m'a souri avec l'air de me dire qu'elle était bien bonne, celle-là, chef Edgecombe, ouais, une rudement bonne. Son sourire s'est fondu en une expression embarrassée quand il a vu que je restais de marbre.

— Qu'est-ce qui va pas, boss ?

— C'est pas drôle, voilà ce qui ne va pas, et si t'es pas assez malin pour comprendre ça, alors ferme ta grande gueule.

Sauf que drôle, ça l'était d'une certaine façon, et c'était ça, je suppose, la raison de ma colère.

J'ai regardé les autres et j'ai vu Brutal qui continuait de sourire.

— Merde, j'ai dit, j'deviens trop vieux pour ce boulot.

— Non, a dit Brutal. T'es dans ta prime jeunesse, Paul.

J'en étais loin et lui itou – ce foutu job, ça vous mûrit un homme vite fait –, et on le savait tous les deux. Mais peu importe, l'accès de fou rire était passé. Une chance, parce que s'il y avait une chose au monde que je redoutais, c'était que le lendemain soir il y en ait un qui se souvienne de cette rigolade et que ça les reprenne. Vous pensez peut-être que ce n'est pas possible, un truc pareil, qu'un gardien pisse de rire en menant un condamné à la chaise électrique ? Eh bien, détrompez-vous, parce que tout peut arriver quand des hommes sont sous haute tension. Et une chose comme ça, les gens en parleraient pendant vingt ans.

— Alors, tu vas te tenir tranquille, Toot ? j'ai demandé.

— Oui, qu'il m'a répondu en baissant les yeux avec une moue de vieux garnement.

J'ai fait signe de la tête à Brutal qu'on reprenait la répétition. Il a pris la cagoule qui pendait à un crochet de cuivre au dos de la chaise et l'a passée sur la tête de Toot-Toot en la tirant jusqu'en dessous du menton afin d'ouvrir le plus possible l'échancrure au sommet du crâne. Puis Brutal s'est penché vers le seau et en a sorti l'éponge ; il l'a pressée entre deux doigts, s'est léché le bout de l'index, puis l'a laissée retomber dans l'eau. Le lendemain, il la logerait à l'intérieur de la calotte, perchée pour le moment sur l'un des montants du dossier. Pas aujourd'hui ; il n'y avait pas de raison de mouiller cette vieille tronche de Toot.

La calotte était en acier et, avec ses sangles qui pendaient de chaque côté, elle ressemblait à l'un de ces casques que portaient les Tommies pendant la guerre de 14-18. Brutal en a coiffé Toot-Toot, en prenant soin que le métal soit bien en contact avec le crâne qui saillait légèrement du trou de la cagoule.

— On me calotte, on me calotte, disait Toot d'une voix étouffée par l'étoffe noire.

Les sangles lui maintenaient les mâchoires fermées et il m'a semblé que Brutal les avait serrées plus fort qu'il n'était besoin. Il a reculé et, faisant face aux rangées de chaises vides, il a dit d'une voix forte :

— Arlen Bitterbuck, vous allez maintenant être électrocuté jusqu'à ce que mort s'ensuive, selon les lois de cet État. Dieu ait pitié de votre âme !

Brutal s'est ensuite tourné vers la fenêtre grillagée.

— Phase deux.

Le vieux Toot, essayant peut-être de retrouver sa veine comique, s'est mis à se contorsionner et à ruer dans les sangles, ce que les véritables clients de la Veuve Courant ne faisaient presque jamais.

— Je cuis ! criait-il. Je cuis-cuis ! Ahhhh ! J'suis rôti comme une dinde !

Mais ce n'était pas la pantomime de Toot qui retenait l'attention de Dean et de Harry. Ils regardaient en direction de la porte donnant dans mon bureau.

— Merde alors, a dit Harry. Y a un témoin qu'est arrivé avec une journée d'avance.

Assise sur le seuil, sa queue soigneusement lovée autour de ses pattes, la souris observait la scène de ses petits yeux de jais.

5

Si jamais l'on pouvait parler de « bonne » exécution (ce dont je doute résolument), alors, celle d'Arlen Bitterbuck, membre du conseil des Cherokees de Washita, en fut une. Ses mains tremblaient tellement qu'il s'était un peu emmêlé les tresses, et sa fille aînée, femme d'une trentaine d'années, reçut la permission de lui refaire une coiffure digne d'un sage. Elle voulait y attacher des plumes aux bouts – des plumes de faucon, l'oiseau-totem du Chef – mais c'était peu recommandé. Elles pouvaient prendre feu. Je ne lui ai pas dit ça, bien sûr, je lui ai seulement fait comprendre que c'était contre le règlement. Elle ne protesta pas mais inclina la tête et porta les mains à ses tempes en signe de déception et de réprobation. Elle se conduisit avec une grande dignité, cette femme ; et son exemple nous garantissait que son père ferait de même.

L'heure venue, le Chef a quitté sa cellule sans protester. Des fois, nous devions leur détacher les doigts des barreaux – il m'est arrivé d'en casser un ou deux et je n'oublierai jamais l'écœurant petit craquement des os –, mais, Dieu merci, Bitterbuck n'était pas de ceux-là.

Il a marché bien droit le long de la ligne verte jusqu'à mon bureau ; là, il s'est agenouillé pour prier avec frère Schuster, qui était venu de son église baptiste de la Lumière Céleste dans sa guimbarde. Schuster a lu quelques psaumes et le Chef a pleuré en écoutant celui qui chante le moment de se coucher près des eaux tranquilles. Mais il n'y avait rien de désespéré ni d'hystérique dans ces pleurs. À mon avis, Bitterbuck devait penser à cette eau si pure et si froide que, chaque fois qu'il en buvait, il avait l'impression de se couper la bouche.

À la vérité, je préférais les voir pleurer. C'était quand ils restaient secs que je commençais à m'angoisser.

Bien des hommes n'arrivaient pas à se remettre debout sans aide après la prière, mais là encore Bitterbuck s'est comporté comme un chef. Il a bien vacillé un peu au premier pas, comme s'il avait un léger vertige, et Dean a tendu la main pour le soutenir, mais l'ancien avait déjà retrouvé tout seul son équilibre, et on est sortis en bon ordre de mon bureau.

Presque toutes les chaises étaient occupées et les gens chuchotaient entre eux, comme on le fait quand on attend que commence la cérémonie d'un mariage ou d'un enterrement. Ç'a été le seul moment où Bitterbuck a faibli. Je ne sais pas s'il avait repéré une tête qui lui remuait le couteau dans la plaie, mais toujours est-il qu'il a émis une sourde et longue plainte. Je le tenais alors par le bras et j'ai senti une résistance qui n'y était pas auparavant. Du coin de l'œil, j'ai vu Harry Terwilliger se déplacer pour couper la retraite au Chef, au cas où celui-ci nous ferait soudain des difficultés.

J'ai resserré mon étreinte autour de son coude et je lui ai tapoté l'intérieur du bras d'un seul doigt.

— Courage, Chef, lui ai-je dit du coin de la bouche, presque sans bouger les lèvres. Le souvenir que tous ces gens garderont de toi, c'est comment tu es parti, alors donne-leur un bel exemple, montre-leur comment un Washita affronte la fin.

Il m'a jeté un regard de biais et m'a rassuré d'un petit signe de tête. Puis il a pris l'une de ses tresses et l'a embrassée. J'ai regardé Brutal, qui se tenait comme à la parade derrière la chaise, resplendissant dans son plus bel uniforme bleu, les boutons de sa tunique astiqués et brillants, sa casquette posée bien droite. J'ai hoché la tête dans sa direction et il s'est porté aussitôt vers nous pour aider Bitterbuck à monter sur l'estrade, au cas où l'Indien aurait besoin d'aide. Il s'est avéré que non.

Il ne s'est pas écoulé plus d'une minute entre le moment où Bitterbuck s'est assis sur la chaise et celui où Brutal a demandé à voix basse par-dessus son épaule : « Phase deux ! » Les lumières ont faibli de nouveau, mais juste un peu, et vous ne l'auriez même pas remarqué si vous n'y aviez pas prêté attention. Cela voulait dire que Van Hay avait abaissé la manette qu'un petit rigolo avait étiquetée SÉCHOIR DE MADAME. La calotte a émis un sourd bourdonnement, et Bitterbuck s'est violemment arqué contre les sangles et la ceinture qui lui barraient la poitrine. Le médecin de la prison, posté contre le mur, observait d'un visage fermé, les lèvres serrées au point que sa bouche n'était plus qu'une mince cicatrice. Le corps du Chef n'était pas agité de ces convulsions grotesques que Toot-Toot avait mimées pendant la répétition ; il n'y avait que cette formidable poussée en avant, comme les reins d'un homme emporté par l'orgasme. Sa chemise était tendue à craquer et, entre les boutons, se formaient de petites échancrures par lesquelles la chair saillait comme des sourires contraints.

Et puis il y avait l'odeur. Pas horrible en soi mais pénible par ce qu'elle évoquait. Quand je rends visite à ma petite-fille et à son mari, je ne peux jamais descendre à la cave, où leur petit garçon a installé son train électrique. Le gamin aimerait beaucoup partager son beau jouet avec son arrière-grand-père, mais ce n'est pas le train, comme vous vous en doutez, c'est le transformateur que je peux pas supporter. Ce bourdonnement. Et cette odeur, quand il commence à chauffer. Même après toutes ces années, ce relent de brûlé me rappelle Cold Mountain.

Van Hay lui a donné trente secondes et puis il a coupé le jus. Le toubib s'est avancé et a collé son stéthoscope sur la poitrine du Chef. Le silence dans les rangs des témoins était lourd, à présent ; un silence de mort. Le docteur s'est redressé, a regardé par la fenêtre grillagée et a fait signe à Van Hay en mimant de la main le geste de tourner une clé ou de donner un tour de vis. Il avait dû percevoir quelques battements de cœur erratiques, probablement aussi insignifiants que les derniers soubresauts d'un poulet décapité, mais il valait mieux ne pas prendre de risques. Personne n'avait envie de voir le Chef se redresser subitement sur son brancard, alors qu'on le transportait vers le tunnel, et se mettre à gueuler que la foudre lui était tombée dessus.

Van Hay est passé en Phase trois et le Chef s'est arqué de nouveau en tanguant un peu, sous l'emprise du courant. Quand le médecin l'a réexaminé, il a hoché la tête. C'était terminé. Nous avions réussi une fois de plus à détruire ce que nous étions incapables de créer. Certains dans le public s'étaient remis à chuchoter ; d'autres restaient assis, la tête basse, contemplant le sol à leurs pieds, emplis de stupeur. Ou de honte.

Harry et Dean sont arrivés avec le brancard. C'était le boulot de Percy, ça, mais il ne le savait pas et personne n'avait pris la peine de le lui dire. Brutal et moi, on a chargé le Chef, toujours encagoulé, et on a pris la porte qui mène au tunnel aussi vite qu'on le pouvait, sans courir, toutefois. De la fumée – trop de fumée – montait du trou dans la cagoule et il s'en dégageait une odeur épouvantable.

— Putain, qu'est-ce que ça chlingue ! s'est écrié Percy d'une voix de fausset.

— Dégage de là et t'occupe pas de ça, a grogné Brutal en allant décrocher l'extincteur contre le mur, un de ces vieux appareils chimiques qu'il fallait actionner avec une pompe.

Dean, pendant ce temps, avait dénudé la tête du Chef. La tresse gauche se consumait comme une pile de feuilles humides.

— Non, laisse tomber ça, j'ai dit à Brutal en désignant l'extincteur.

S'il s'en servait, on serait obligés de laver la mousse du visage du mort avant de le mettre dans le fourgon, et c'était une corvée dont on pouvait se passer. J'ai donc étouffé le feu avec mes mains sous les yeux hagards de cet inutile de Percy, et puis on a descendu les douze marches de bois qui donnaient dans le tunnel.

Il faisait froid comme dans un cachot, là-dedans, et l'eau s'égouttait de la voûte avec de petits flocs sinistres. Des ampoules avec de grossiers abat-jour de tôle – ils étaient fabriqués à la prison – éclairaient une galerie aux parois de brique qui s'enfonçait à dix mètres sous terre pour passer sous la route. Chaque fois que j'empruntais ce tunnel, j'avais l'impression d'être un personnage d'une nouvelle d'Edgar Allan Poe.

Un chariot attendait. On a chargé dessus le corps de Bitterbuck et j'ai vérifié une dernière fois que sa tresse ne fumait plus. Elle avait salement cramé et j'étais désolé de voir qu'il n'en restait plus qu'un champignon noirci.

C'est alors que Percy a flanqué une baffe sur la joue du mort. Un méchant claquement qui nous a tous fait sursauter. Il nous a regardés avec un sourire satisfait, les yeux brillant d'une sordide petite joie. Puis il s'est tourné de nouveau vers Bitterbuck.

— Adios, Chef. J'espère que l'enfer sera assez chaud pour toi.

— Refais pas ça, a grondé Brutal d'une voix qui résonnait dans la galerie. Il a payé ce qu'il devait. Il est en règle avec la maison, maintenant. Alors, fous-lui la paix.

— Allez, écrase, a dit Percy.

Puis il a reculé vite fait quand Brutal s'est avancé vers lui, son ombre grandissant derrière lui comme celle du gorille dans *Double assassinat dans la rue Morgue*. Mais au lieu d'empoigner Percy, Brutal a pris le chariot et a commencé de le pousser lentement vers le bout du tunnel, où une dernière balade attendait le Chef. Les roues caoutchoutées du chariot couinaient sur le plancher et son ombre chevauchait la paroi de brique. Dean et Harry ont pris chacun un bout du drap qui recouvrait le corps et l'ont rabattu sur le visage de Bitterbuck, qui commençait à prendre cette teinte cireuse, trait commun à tous les morts, les innocents comme les coupables.

6

J'avais dix-huit ans quand mon oncle Paul – dont j'ai hérité le prénom – est mort d'une crise cardiaque.

Ma mère et mon père m'ont emmené à Chicago pour assister à l'enterrement et rendre visite à la famille du côté paternel, des gens que, pour la plupart, je ne connaissais pas. Nous sommes partis presque un mois. Un beau voyage, intéressant et nécessaire, et cependant horrible. C'est que j'étais, voyez-vous, éperdument amoureux de la jeune fille qui allait devenir ma femme deux semaines après mon dix-neuvième anniversaire.

Une nuit que mon désir était comme un feu qui me rongeait le cœur et la tête (bon, d'accord, les couilles aussi), je lui ai écrit une lettre qui n'en finissait plus, une lettre dans laquelle je lui disais tout, sans jamais relire ce que je venais d'écrire, de peur d'avoir peur de continuer. À la fin, quand une voix m'a dit que ce serait folie de mettre ainsi mon cœur à nu, je l'ai ignorée, avec la belle insouciance de la jeunesse. Je me suis souvent demandé si Janice avait gardé cette lettre, mais je n'ai jamais eu le courage de l'interroger. Tout ce que je sais, c'est que je ne l'ai pas trouvée quand j'ai rangé ses affaires après les obsèques. Mais, bien sûr, cela ne veut rien dire. Je suppose que je ne lui ai pas posé la question parce que je redoutais de découvrir que brûler ma prose avait moins d'importance pour elle que pour moi.

Une lettre de quatre pages. Je pensais que je n'écrirais jamais rien de plus long, et voyez maintenant. Tout ça, et la fin qui n'est même pas en vue. Si j'avais su que l'histoire se prolongerait de cette façon, je ne l'aurais sans doute pas commencée. Pour dire la vérité, j'étais loin de me douter que l'acte d'écrire pouvait ouvrir tant de portes, comme si le vieux stylo à encre de mon père n'était pas vraiment une plume mais une étrange variété de passe-partout. La souris est sans doute le meilleur exemple de ce dont je parle – Steamboat Willy, alias

Mister Jingles. Jusqu'à ce que j'entreprenne de raconter cette histoire, je ne réalisais pas l'importance de cette bestiole. Par exemple, cette façon qu'elle avait de chercher Delacroix avant que Delacroix n'arrive, eh bien, je ne pense pas en avoir réellement pris conscience, avant que les mots et les souvenirs ne s'entremêlent au fil des pages.

Ce que je veux dire ici, c'est que je n'imaginais pas qu'il me faudrait remonter si loin pour vous parler de John Caffey, ni combien de temps je devrais le laisser là dans sa cellule, un homme tellement grand que ses pieds ne dépassaient pas seulement le bout de sa couchette mais pendaient jusqu'au sol. Je ne veux pas que vous oubliiez John Caffey, d'accord ? Je veux que vous le voyiez, contemplant le plafond de sa cage, pleurant en silence, le visage enfoui sous ses énormes pognes. Je veux que vous entendiez ses soupirs qui tremblaient comme des sanglots, ses plaintes si discrètes qu'elles en paraissaient clandestines. Ce n'était là ni le chant d'agonie et de regret que nous entendions parfois au bloc E, ni les cris arrachés par les échardes du remords. Dans ses yeux mouillés, on ne lisait pas non plus cette douleur qui nous était coutumière. On aurait dit – et je sais, bien sûr, que ça va vous paraître fou, mais à quoi bon noircir tant de pages si ce n'est pour dire ce qu'on ressent au plus profond de soi ? –, on aurait dit, donc, que c'était sur le monde entier qu'il pleurait ; que sa peine était beaucoup trop vaste pour qu'il en soit jamais soulagé.

Il m'arrivait de m'asseoir avec lui et de bavarder, comme je le faisais avec tous les détenus – je vous ai déjà dit, je crois, qu'engager la conversation était notre tâche principale –, et j'essayais de le réconforter. Je ne pense pas y être une seule fois parvenu et, quelque part dans mon cœur, je n'étais pas mécontent qu'il souffre, vous savez. Je pensais, oui, qu'il méritait de souffrir. J'ai même songé à appeler le gouverneur (ou à convaincre Percy de le faire, merde, après tout, c'était son oncle, pas le mien) pour lui demander de surseoir à l'exécution. *Nous ne devrions pas le griller tout de suite*, je lui aurais dit. *Ça lui fait encore trop mal, ça le mord, ça le fouaille dans le ventre comme un fer rouge. Accordez-lui trois mois de sursis, Votre Honneur. Laissez-le se faire à lui-même ce que nous ne pouvons pas nous-mêmes.*

C'est ce John Caffey que j'aimerais que vous gardiez présent à l'esprit, même si je vous raconte tout ça un peu dans le désordre : un John Caffey gisant sur sa couchette, un John Caffey qui avait peur du noir et non sans une bonne raison, car qui sait si dans les ténèbres ne le guettaient pas deux ombres aux boucles blondes – point deux fillettes, cette fois, mais deux harpies ivres de vengeance. Un John Caffey dont les yeux toujours versaient des larmes, comme le sang d'une blessure jamais refermée.

7

Le Chef est donc passé à la chaise électrique et le Président au bloc C, qui abritait nos cent cinquante condamnés à perpétuité. Toutefois la perpète, pour lui, n'a pas dépassé douze ans. Il est mort noyé à la blanchisserie de la prison en 1944. Pas la blanchisserie de Cold Mountain ; Cold Mountain a fermé ses portes en 34 ou 35, je ne sais plus au juste. Je ne pense pas que cela ait fait beaucoup de différence pour les détenus – un mur est un mur, comme ils disent, et la Veuve Courant était toujours aussi mortelle dans sa proprette cabine de verre et de béton, je dois dire, qu'elle l'avait été dans le foutoir de la réserve au bloc E.

Pour en revenir au Président, un quidam lui a plongé la tête dans une cuve de solvant pour le nettoyage à sec, jusqu'à ce que mort s'ensuive. Quand les gardes l'ont sorti du bain, il ne restait plus grand-chose du visage. Ils ont dû l'identifier par les empreintes digitales. Tout compte fait, il aurait eu une fin plus douce sur la chaise mais, bien sûr, il n'aurait pas eu douze ans de rab. Je doute qu'il y ait seulement accordé une pensée au moment de sa mort, quand ses poumons essayaient d'apprendre à respirer le benzène et le toluène.

Ils n'ont jamais mis la main sur celui qui a fait le coup. À cette époque-là, je n'étais plus dans le circuit, bien sûr, mais Harry Terwilliger m'a écrit pour me raconter.

« Ils ont commué sa peine parce que c'était un Blanc, mais il y a eu droit quand même, pour finir. Pour moi, il n'a jamais bénéficié que d'un long sursis. »

On a connu une période bien paisible au bloc E après le départ du Président. Harry et Dean ont été temporairement affectés ailleurs et, à la ligne verte, il n'y a plus eu pendant un moment que Brutal, Percy et moi. Ce qui voulait dire Brutal et moi, parce que Wetmore se faisait discret. Croyez-moi, ce type était un génie pour couper à la moindre corvée. Et puis, de temps à autre (mais seulement quand Percy n'était pas là), les gars passaient tailler le bout de gras avec nous. À ces occasions, la souris aussi réapparaissait. On lui donnait à manger et elle restait là, assise sur sa croupette, la quenotte gourmande, solennelle comme une papesse, à nous observer de ses petits yeux qui n'en perdaient pas une miette.

Oui, quelques semaines calmes et sereines, malgré la gueule qu'aimait tirer Percy. Mais toutes les bonnes choses ont une fin et, par un lundi pluvieux de juillet – je ne vous ai pas dit que cet été-là il tombait des cordes –, je me suis retrouvé assis sur la couchette d'une cellule ouverte, à attendre Edouard Delacroix.

Il est arrivé dans un fracas inattendu. La porte donnant sur la cour de promenade s'est ouverte à la volée, laissant pénétrer un flot de lumière, il y a eu un bruit confus de chaînes et une voix chevrotant de peur qui baragouinait un mélange d'anglais et de cajun (un patois que les détenus de Cold Mountain appelaient le *da bayou*), et Brutal qui beuglait :

— Nom de Dieu, arrête ! Percy, arrête !

Je somnolais à moitié sur la couchette qui serait celle de Delacroix mais, en entendant ça, j'ai bondi sur mes pieds, le cœur cognant fort dans ma poitrine. Des bruits de ce genre, il n'y en avait jamais eu au bloc E avant que Percy se pointe ; il les apportait avec lui comme une mauvaise odeur.

— Avance, espèce de pédé de Français ! criait Percy, ignorant complètement Brutal.

Il marchait, tirant d'une main un bonhomme guère plus grand qu'une quille de bowling et serrant de l'autre sa chère matraque. Les lèvres retroussées sur les dents comme un cabot prêt à mordre, le visage congestionné, Percy n'en avait pas moins l'air d'aimer ça. C'était peut-être ainsi qu'il prenait son pied. Delacroix essayait de maintenir la cadence mais il avait les fers aux chevilles et il avait beau patiner des arpions le plus vite possible,

Percy avait toujours une longueur d'avance sur lui. Je me suis précipité hors de la cellule juste à temps pour empêcher Delacroix de s'étaler, et c'est ainsi que Del et moi avons fait connaissance.

Percy, la matraque levée, tournait autour de sa proie, et j'ai essayé de le repousser d'un bras, tout en soutenant de l'autre Delacroix, qui n'était pas très ferme sur ses jambes.

— Le laissez pas m'taper, m'sieur, bafouillait le petit Français. S'iou plaît, s'iou plaît !

— Laissez-le-moi, laissez-le-moi ! gueulait Percy.

Comme un chien enragé, Wetmore. Il a plongé en avant et il a frappé Delacroix à l'épaule. Le Français a levé les bras pour se protéger et les coups sont tombés dru sur les manches de sa chemise bleue. Cette nuit-là, je l'ai vu torse nu, et il avait les bras salement marbrés. Ça m'a fait mal de voir ça. C'était un assassin et le chéri de personne, mais nous, les matons du bloc E, on n'agissait jamais de cette façon. En tout cas, pas avant que Percy vienne.

— Percy, ça suffit ! j'ai grondé. Et d'abord, qu'est-ce qui s'est passé ?

Je continuais de m'interposer entre Delacroix et l'autre taré, mais sans trop de succès. La matraque s'abattait tantôt à ma droite, tantôt à ma gauche. Tôt ou tard, c'était moi qui allais en prendre une et, alors, je pourrais enfin m'expliquer avec ce vicieux, parent du gouverneur ou pas. Ce serait plus fort que moi et il y avait de grandes chances que Brutal prenne le relais. Vous savez, quand j'y repense, je regrette qu'on lui ait pas foutu la tannée qu'il méritait cent fois. Ça aurait peut-être changé bien des choses qui sont arrivées par la suite.

— Putain de pédé ! J'vais t'apprendre à me toucher, espèce de p'tit enculé !

Et tchak, tchak, tchak, faisait le bâton de noyer contre les chairs de Delacroix. Ce pauvre type saignait d'une oreille et il hurlait comme un cochon qu'on égorge. Abandonnant tout espoir de le protéger de ce frelon furieux qui tournait autour de nous, j'ai empoigné Delacroix et je l'ai poussé dans sa cellule, où il s'est affalé sur sa couchette. Percy a réussi à lui coller un coup dans les reins, un dernier pour la route, on pourrait dire. Et puis, Brutal l'a empoigné – Percy, je veux dire – et il l'a balancé de l'autre côté du couloir, pendant que je refermais la porte.

Je me suis retourné vers Percy et ma stupeur n'avait d'égale que ma rage. Ça faisait quatre mois que Percy était parmi nous et cela nous avait amplement suffi pour décider que nous ne l'aimions pas, mais c'était la première fois que je comprenais à quel point ce type était incontrôlable et dangereux.

Il m'a rendu mon regard. Dans ses yeux, le défi le disputait à la peur – c'était un couard, de cela je n'ai jamais douté –, mais il se sentait protégé par ses relations. Sur ce point, il ne se trompait pas. Il y a probablement des gens qui ne comprennent pas comment une telle chose était possible, même après tout ce que j'ai dit à ce sujet. C'est que pour ces gens *La Grande Dépression* n'est jamais qu'une étiquette collée à une certaine période de l'histoire. Si vous aviez été là, vous auriez su que c'était plus de trois mots dans un bouquin : si vous aviez la chance en ce temps-là d'avoir un boulot stable, vous étiez prêt à tout pour le garder.

D'écarlate, le visage boutonneux de Percy avait viré au rose et ses cheveux, d'ordinaire si bien ramenés en arrière sous trois couches de brillantine, lui tombaient sur le front.

— Qu'est-ce qui s'est passé ? je lui ai demandé. Jamais – jamais, tu m'entends ? – on n'a battu un prisonnier dans ce bloc !

— Ce p'tit pédé a essayé de me toucher la bite quand je l'ai sorti du fourgon, m'a répondu Percy. Il l'a cherché et je remettrai ça quand il veut.

Je l'ai regardé, trop ahuri pour trouver les mots. J'avais du mal à imaginer que le plus ardent des « pédés » ait pu faire une chose pareille. Installer ses pénates dans une cage avec vue sur le couloir de la mort prédisposait peu le locataire, fût-il le plus grand déviant du monde, à faire des avances au geôlier.

J'ai jeté un coup d'œil à Delacroix, roulé en une boule craintive sur sa couchette. Il avait les menottes aux poignets et les chaînes aux chevilles. Je me suis retourné vers Percy.

— Dégage d'ici. J'aurai deux mots à te dire plus tard.

— Vous comptez faire un rapport ? il m'a demandé d'un ton de défi. Parce que si c'est le cas, je peux en faire un de mon côté, vous savez.

Je ne tenais pas à faire un rapport ; je voulais seulement qu'il dégage de ma vue, et c'est ce que je lui ai dit.

— L'affaire est close, j'ai ajouté pour conclure.

J'ai vu Brutal qui me regardait avec réprobation mais je l'ai ignoré.

— Allez, sors d'ici. Va à l'administration. Tu leur diras que tu viens aider à la lecture et au tri du courrier.

— Ouais.

129

Il avait retrouvé sa contenance, ou du moins cette arrogance imbécile qui lui en tenait lieu. Il a ramené ses cheveux en arrière de ses deux mains, qu'il avait douces et blanches et petites, des mains de fillette, on aurait dit, et puis il s'est approché de la cellule. Delacroix l'a vu et il s'est un peu plus recroquevillé, bafouillant un mélange d'anglais et de français de cuisine.

— J'en ai pas terminé avec toi, Ducon, a dit Percy, avant de tressaillir violemment en sentant l'énorme pogne de Brutal s'abattre sur son épaule.

— Que tu dis, Percy, a grogné Brutal. Et maintenant, ouste !

— Tu me fais pas peur, tu sais, a dit Percy. Mais alors pas du tout.

Il m'a regardé.

— Et vous non plus, chef.

Mais on lui filait les jetons, ça se voyait dans ses yeux aussi clair que le jour, et ça le rendait encore plus dangereux. Un type comme Percy ne sait même pas comment il va réagir dans la minute, dans la seconde qui suit.

En tout cas, sur le moment, il n'a pas demandé son reste et s'en est allé à longues enjambées. Il avait montré au monde ce qui se passait quand un petit Français maigrelet et au crâne dégarni laissait traîner sa main là où il ne fallait pas, nom de Dieu, et il quittait le champ de bataille en vainqueur.

J'ai délivré mon sermon à Delacroix, qu'on mettait la radio le soir – *Our Gal Sunday* et *Make-Believe Ballroom* – et qu'on le traiterait bien s'il se tenait bien. Cette petite homélie n'a pas été ce qu'on pourrait appeler un succès. Delacroix n'arrêtait pas de pleurer, se pelotonnait tout au bout de sa couchette et frémissait au moindre de mes gestes. Bref, je doute qu'il ait entendu un mot sur six. Bah ! c'était pas plus mal, après tout. Et puis, ce discours n'avait pas tellement de sens, pour finir.

Un quart d'heure plus tard, j'étais de retour dans mon bureau en compagnie d'un Brutus Howell secoué. Il s'est assis et a léché le bout de crayon que nous gardions avec le cahier des visites.

— Arrête de t'empoisonner avec cette saleté.

Il a reposé le crayon et m'a regardé.

— Bon sang, j'veux plus que ça se reproduise, un truc pareil. Plus jamais !

— Mon père disait toujours, jamais deux sans trois.

— Eh bien, ton père se gourait.

Mon père avait raison. Il y a eu de l'orage à l'arrivée de John Caffey et une véritable tempête quand Wild Bill s'est ramené. Bizarre, mais il semblerait que les choses se produisent effectivement par trois. Rassurez-vous, je vais y venir, à Wild Bill : comment on a fait connaissance et comment il a tenté de tuer l'un des nôtres, à peine les pieds posés dans le bloc E, et tout et tout.

— C'est quoi, cette histoire de main au panier ? j'ai demandé à Brutal.

Il a reniflé d'un air de mépris.

— Delacroix était entravé comme une mule avec ses chaînes et Percy l'a tiré trop vite du fourgon, c'est tout. Le Français a trébuché et, dans sa chute, il a tendu les mains en avant comme n'importe qui l'aurait fait. Et il a effleuré le pantalon de Percy. Il l'a sûrement pas fait exprès.

— Est-ce que Percy en a conscience ? Il s'en serait pas servi comme prétexte, des fois, simplement parce qu'il avait envie d'essayer sa matraque sur Delacroix ? Histoire de lui montrer qui est le patron, ici ?

Brutal a hoché lentement sa grosse caboche.

— Ouais, j'le pense aussi.

— Alors, il va falloir le surveiller, j'ai dit en me passant la main dans les cheveux, un signe de nervosité chez moi. Comme si le travail n'était déjà pas assez dur comme ça. Bon sang, j'en ai marre ! Je le hais, ce type !

— Et moi, donc ! Et tu veux savoir, Paul ? Je le comprends pas, ce type. Très bien, il a le bras long, mais pour faire quoi ? Pour obtenir un job ici, sur cette putain de ligne verte ? Et même s'il était pas au bloc E, pourquoi gardien de prison ? Pourquoi pas huissier au tribunal ou employé de bureau chez le gouverneur ? Sûr que ses relations auraient pu lui trouver un boulot pépère s'il le leur avait demandé. Alors, dis-moi, pourquoi ici, dans le couloir de la mort ?

J'ai secoué la tête. Je ne savais pas. Il y avait beaucoup de choses que je ne savais pas en ce temps-là. Je suppose que j'étais naïf.

8

Après quoi, les choses redevinrent normales – pour un temps, du moins. Là-bas, au siège du comté, l'État s'apprêtait à juger John Caffey. Le shérif Homer Cribus, de Trapingus, n'aurait pas été contre un bon vieux lynchage qui aurait accéléré le cours de la justice. Mais rien de tout cela ne nous concernait ; au bloc E, personne ne prêtait beaucoup d'attention aux nouvelles extérieures. Le couloir de la mort était un peu comme une pièce insonorisée. De temps à autre, on y percevait des murmures qui, au-dehors, devaient être des explosions ; à part ça, c'était le grand silence.

À deux reprises, j'ai surpris Percy en train de harceler Delacroix et je n'ai pas attendu qu'il y en ait une troisième pour lui ordonner de me suivre dans mon bureau. Ce n'était pas la première fois que je m'entretenais avec lui à propos de son comportement, et ce ne serait pas la dernière, mais ce qu'il venait de faire ce jour-là illustrait tellement bien le personnage que je ne pouvais le laisser passer. Cet homme avait le cœur d'un gamin cruel qui va au zoo non pas pour y observer les animaux en cage mais pour leur jeter des pierres.

— Tu vas le laisser tranquille, maintenant ! Tu ne t'approcheras plus de lui, sauf si je t'en donne l'ordre, c'est compris ?

Il a sorti son petit râteau, s'est peigné ses chers cheveux et puis les a lissés de ses douces petites mains. Ce qu'il pouvait les aimer, ses tifs !

— Quoi, j'lui faisais rien de mal. J'lui demandais seulement quel effet ça fait de savoir qu'on a rôti quelques bébés.

Et de me balancer son regard de sainte-nitouche.

— Tu vas arrêter avec ça, sinon je ferai un rapport.

Il s'est marré.

— Allez-y, faites-le, votre rapport. Moi aussi, j'ferai le mien, et on verra qui est le gagnant.

Je me suis penché en avant, les mains croisées sur mon bureau, et je lui ai parlé à voix basse, comme pour lui faire une confidence.

— Brutus Howell ne t'aime pas des masses, Wetmore. Et quand Brutal n'aime pas quelqu'un, il est connu pour faire son rapport à sa façon. Il n'est pas très bon avec

une plume, tout ce qu'il sait faire, c'est lécher cette saloperie de crayon, alors, c'est avec les poings qu'il écrit. Si
tu vois ce que je veux dire.

Son petit sourire satisfait s'est effacé vite fait.

— Qu… qu'est-ce que vous essayez d'me dire ?

— Je n'essaie pas, je l'ai dit. Et si tu t'avises de rapporter cette discussion à tes… amis, je jurerai que tu as
inventé toute cette histoire.

Je l'ai regardé droit dans les yeux et j'ai ajouté, conci-
liant :

— Je fais ça pour t'aider, Percy. Un homme averti en
vaut deux, comme on dit. Et puis, qu'est-ce que tu as
contre Delacroix ? Il ne mérite vraiment pas tant d'intérêt.

Et, pendant un temps, ça a marché. On a eu la paix.
J'ai même pu envoyer une ou deux fois Percy avec Dean
et Harry, quand c'était jour de douche pour Delacroix.
Nous mettions la radio le soir, le petit Français commençait à se faire à la routine du bloc E, on était tranquilles.

Puis, un soir, je l'ai entendu rire.

Et Harry Terwilliger, de permanence dans le couloir,
s'est mis lui aussi à rigoler. Je me suis levé et suis allé
voir ce qu'il y avait de si drôle.

— Regardez, cap'taine, m'a dit Delacroix. J'me suis
dressé une souris !

C'était Steamboat Willy. À l'intérieur de la cellule.
Mieux : perché sur l'épaule de Delacroix et nous regardant paisiblement à travers les barreaux. Il avait ramené
sa queue autour de ses pattes et avait vraiment l'air
serein. Quant à Delacroix – je vous le dis, vous n'auriez
jamais cru que c'était le même homme qui s'était recroquevillé en tremblant sur sa couchette une semaine plus

tôt. On aurait dit ma fille, le matin de Noël, quand elle découvrait ses cadeaux.

— Regardez ça, cap'taine !

La souris était assise sur son épaule droite. Quand Delacroix a tendu son bras gauche, elle lui a grimpé sur la tête en s'aidant de ce qu'il restait de cheveux au Français. Puis elle est redescendue de l'autre côté, chatouillant de sa queue le cou d'un Delacroix gloussant de délice, et a trottiné le long du bras jusqu'au poignet ; là, elle a fait demi-tour et a remonté jusque sur l'épaule gauche, où elle s'est assise gentiment.

— Ça, alors ! s'est exclamé Harry.

— J'lui ai appris à faire c'truc, a dit fièrement Delacroix.

J'ai pensé « mon cul ! » mais je l'ai bouclée.

Delacroix a pointé son pouce vers la souris.

— J'vous présente Mister Jingles.

— Non, a dit Harry, c'est Steamboat Willy, comme dans le dessin animé. C'est le boss Howell qui lui a donné c'nom.

— C'est Mister Jingles.

Sur tout autre sujet, il n'était pas du genre à vous contredire ; vous lui auriez affirmé que si les pieds plats ont du mal à marcher, c'est parce que la Terre est ronde, il n'aurait pas discuté. Mais, sur la question de la souris, inflexible, Delacroix.

— Y me l'a chuchoté à l'oreille, son nom. Cap'taine, j'pourrais pas avoir une p'tite boîte pour Mister Jingles ? Comme ça, il pourrait dormir ici, avec moi ?

Sa voix avait pris ce ton larmoyant que j'avais entendu des milliers de fois.

— Je l'mettrai sous ma couchette et, j'vous jure, y vous causera pas d'ennuis.

— Ton anglais s'améliore drôlement quand tu veux quelque chose, je lui ai répliqué pour gagner du temps.

— Oh-oh, a murmuré Harry en me touchant du coude. À propos d'ennuis, v'là l'expert.

C'était Percy mais, ce soir-là, son arrivée ne m'a pas trop inquiété. Il ne se tripotait pas la tignasse, ne jouait pas avec sa matraque et, grande première, le col de sa chemise était boutonné. Jamais je ne l'avais vu comme ça, c'est fou ce qu'un petit rien peut vous transformer un homme. Mais le plus frappant, c'était son expression. Calme. Point de sérénité sur ce visage – la sérénité était aussi étrangère à Percy Wetmore qu'une mèche battant l'œil d'un chauve – mais la tranquillité d'un homme qui a découvert qu'avec un peu de patience il aura ce qu'il veut. Et je peux vous dire que ça changeait de cette petite frappe que j'avais mise en garde contre les poings de Brutus Howell quelques jours plus tôt.

Delacroix, lui, n'a pas remarqué la métamorphose ; il a reculé contre le mur, les genoux ramenés sur sa poitrine et les yeux comme deux balises de détresse. Mister Jingles s'est réfugié sur le crâne de son maître. Je ne sais pas s'il se souvenait qu'il avait lui aussi une raison de se méfier de Percy, mais il en donnait assurément l'impression. Ou était-ce simplement la peur du petit Français qui était contagieuse ?

— Eh bien, a dit Percy, on dirait que tu t'es fait un copain, Eddie.

Delacroix a bien essayé de répondre – j'ai eu le sentiment qu'il se demandait comment Harry et moi réagirions si Percy faisait du mal à la souris –, mais il a été incapable d'articuler un mot. Sa lèvre inférieure a tremblé un peu, et c'est tout. Sur son perchoir, Mister

Jingles, lui, ne bronchait pas. Il regardait Percy comme on jauge un vieil ennemi.

Percy s'est tourné vers moi.

— C'est pas celle que j'ai chassée ? Celle qui niche dans la cellule de contention ?

J'ai hoché la tête. Je me suis dit que Percy n'avait pas dû revoir la souris depuis la dernière fois qu'il avait tenté de l'occire ; apparemment, il n'avait pas l'intention de récidiver.

— Oui, c'est elle. Sauf que Delacroix dit qu'elle s'appelle Mister Jingles, pas Steamboat Willy. Elle lui a chuchoté son nom à l'oreille.

— Ah ouais ? On voit des choses incroyables, hein ?

Je m'attendais à moitié qu'il sorte sa matraque et commence à cogner sur les barreaux, histoire de montrer à Delacroix qu'il se chauffait toujours au bois de noyer, mais il s'est contenté de regarder le couple sur la couchette.

Pour une raison que je ne saurais expliquer, j'ai dit à Percy d'un ton délibérément sceptique :

— Delacroix me demandait une boîte pour sa souris. Il pense qu'elle couchera dedans et qu'il pourra la garder avec lui. Qu'est-ce que t'en penses ?

J'ai senti plus que je n'ai vu le regard de stupeur que Harry posait sur moi.

— J'pense qu'elle lui chiera dans le nez, un de ces soirs, pendant qu'il dormira et puis qu'elle se cassera, a dit Percy d'une voix traînante. Mais, après tout, c'est son affaire, au Français. J'ai vu une jolie boîte à cigares sur la roulante de Toot-Toot, l'autre nuit. Maintenant, j'sais pas s'il la donnera. Probable qu'il faudra lui refiler la pièce.

Cette fois, c'est moi qui ai coulé un regard en direction de Harry et je l'ai vu encore plus ébahi, bouche grande ouverte.

Percy s'est penché en avant et a collé son visage entre deux barreaux. Si Delacroix avait pu se fondre dans le mur, il l'aurait fait.

— Eh, l'andouille, t'aurais pas une pièce de cinq ou de dix pour t'offrir une boîte à cigares ?

— J'ai quatre pennies, a répondu Delacroix. Je les donne pour la boîte, si c'est une bonne.

— J'vais te dire, a repris Percy. Si cette vieille pute sans dents de Toot te vend sa boîte de Corona pour quatre *cents*, j'prendrai un peu de coton à l'infirmerie et on lui fera une suite royale, à ta souris.

Il a tourné les yeux vers moi.

— J'ai de la paperasse à remplir concernant Bitterbuck. Vous avez de quoi écrire dans votre bureau, Paul ?

— J'ai tout ce qu'il faut, je lui ai répondu. Dans le premier tiroir de gauche.

— Parfait.

Et il s'en est allé, l'air important.

Harry et moi, on s'est regardés.

— Il est malade ou quoi ? a demandé Harry. Peut-être qu'il est allé voir le docteur et qu'il a appris qu'il avait plus que trois mois à vivre.

Je lui ai répondu que je n'en avais pas la moindre idée. C'était le cas à ce moment-là, mais je découvrirais la vérité en temps voulu. Et, des années plus tard, j'ai eu une conversation intéressante à l'occasion d'un dîner avec Hal Moores. Nous pouvions l'un et l'autre parler librement, alors ; il était à la retraite et moi, je travaillais dans un centre de redressement. C'était un de ces repas où on boit plus qu'on ne mange et où les langues se délient. Hal me raconta que Percy était venu se plaindre de moi et de la vie au bloc E en général. C'était juste après l'arrivée de Delacroix, quand Brutal et moi l'avions empêché de matraquer le Français comme il aurait tant aimé le faire. Ce qui avait le plus vexé cette teigne, c'est que je lui avais ordonné de dégager de ma vue. Pour lui, on ne parlait pas comme ça à un homme qui était apparenté au gouverneur.

Moores m'apprit donc qu'il s'était efforcé d'amadouer Percy aussi longtemps qu'il l'avait pu mais qu'en voyant qu'il était fermement décidé à tirer les ficelles pour que je me retrouve affecté ailleurs, voire proprement viré, il l'avait pris à part et lui avait promis que, s'il abandonnait son projet de représailles, lui, Moores, veillerait personnellement à ce qu'il soit en première ligne pour l'exécution de Delacroix. Il serait placé juste à côté de la chaise. J'assumerais mes responsabilités, comme toujours, mais les témoins ne s'en apercevraient pas ; pour eux, ce serait Percy Wetmore le patron, celui qui donne l'ordre d'envoyer le jus. Moores ne promettait rien de plus que ce dont nous étions déjà convenus mais ça, Percy l'ignorait. Il accepta donc de ne pas chercher à me nuire en haut lieu, et le bloc E connut un état de grâce. Il laissa même Delacroix garder sa souris dans sa cellule. C'est stupéfiant comme les hommes peuvent changer, sitôt qu'on leur brandit une carotte sous le nez ; dans le cas de Percy, le directeur n'avait eu rien d'autre à lui proposer que d'être le bourreau du petit Français.

9

Toot-Toot trouva que quatre *cents*, c'était vraiment trop peu pour une boîte de Corona en excellent état, et en cela il n'avait pas tort – les boîtes à cigares étaient des objets hautement prisés en prison. On pouvait y ranger toutes sortes de petits articles, l'odeur était agréable, et il y avait quelque chose en elles qui rappelait à nos clients quel goût avait la liberté. Parce que les cigarettes étaient permises en prison mais pas les cigares, j'imagine.

Dean Stanton, qui était de retour au bloc E à ce moment-là, contribua d'un penny, et j'en ajoutai un moi-même. Puis, comme Toot-Toot renâclait encore, Brutal entreprit de le convaincre. Il commença par lui dire qu'il devrait avoir honte de se montrer aussi radin, puis il promit que lui, Brutus Howell, lui restituerait la boîte en main propre (une façon de parler, vu la crasse légendaire de Toot) le lendemain de l'exécution du sieur Delacroix.

— Six *cents*, c'est peut-être pas assez pour toi, si tu devais vendre cette boîte à cigares – et encore, ça se discute, a dit Brutal. Mais reconnais que c'est un sacré bon prix pour une location. Delacroix prend le départ sur la ligne verte dans cinq, six semaines au plus. Cette foutue boîte sera de retour dans ta carriole sans que t'aies vu passer le temps.

— Ouais, et s'il tombe sur un juge au cœur tendre qui lui refile du rab, c'est pas demain la veille qu'y nous chantera *Ce n'est qu'un au revoir, mes frères*.

Voilà ce qu'a répondu Toot, mais il savait bien que ça ne risquait pas d'arriver. Ce vieux grigou poussait sa roulante avec ses slogans bibliques plein la carrosserie depuis le temps du Pony Express, pratiquement, et il ne manquait pas de sources, et des plus sûres que les nôtres. Il savait que Delacroix ne risquait pas d'attendrir un seul juge à la ronde. L'unique espoir du Cajun, c'était le gouverneur qui, en règle générale, n'accordait pas sa clémence à des zigotos qui avaient flambé une douzaine de ses électeurs.

— Et même s'il a pas de sursis, cette souris va chier dans cette boîte jusqu'au mois d'octobre, si c'est pas jusqu'à Thanksgiving, a encore plaidé Toot, mais Brutal voyait bien que le bonhomme faiblissait. Après ça, qui c'est-y qui va m'acheter une boîte à cigares qu'aura servi de chiottes à une souris ?

— Jésus-Marie-Joseph ! s'est récrié Brutal. Ça, Toot, c'est la plus belle connerie que j'aie jamais entendue. T'as décroché la timbale. D'abord, Delacroix gardera cette boîte propre comme un sou neuf et il aime tellement cette bestiole qu'il la torchera avec la langue, s'il faut.

— Arrête, tu vas m'faire gerber, a dit Toot avec une grimace à l'huile de ricin.

— Ensuite, a repris Brutal, une crotte de souris, c'est pas une grosse affaire. Ç'a pas touché le sol que c'est déjà sec et ça ressemble à du p'tit plomb. Tu secoues la boîte, et terminé.

Le vieux Toot savait quand il fallait arrêter les frais ; il avait traîné assez longtemps dans la cour pour comprendre qu'on pouvait affronter la brise mais qu'il valait mieux affaler dans la tempête. De tempête, ça n'en était pas vraiment une, mais nous, les matons, on aimait cette souris et ça nous plaisait que Delacroix l'adopte, aussi y avait-il du fort coup de vent dans l'air.

C'est ainsi que Delacroix a eu sa boîte et que Percy a tenu parole : deux jours après, il apportait le coton de l'infirmerie. Il a insisté pour le donner lui-même et je pouvais voir la peur dans les yeux de Delacroix quand il a tendu la main à travers les barreaux. Il redoutait que Percy ne lui brise les doigts. Moi aussi, je le craignais, mais il n'est rien arrivé de tel. Ç'a été la seule fois où j'ai éprouvé un semblant de sympathie pour Percy, même si on ne pouvait se méprendre sur cette lueur froidement amusée dans ses yeux. Delacroix avait un petit animal de compagnie ; Percy aussi. Chacun le sien. Delacroix en prendrait soin et l'aimerait aussi longtemps qu'il le pourrait ; Percy attendrait patiemment (aussi patiemment qu'un homme tel que lui pouvait le faire), et puis le brûlerait vif.

— Le Hilton des souris a ouvert ses portes, a dit Harry. La question est : est-ce que Mister Jingles sera client ?

La question trouva réponse dès que Delacroix souleva Mister Jingles dans sa main et le déposa doucement dans la boîte. La souris se blottit aussitôt dans le blanc coton comme Mam'zelle Frileuse sous sa couette et ce fut là sa chambre jusqu'à ce que... Ma foi, je vous raconterai la fin de l'histoire de Mister Jingles dans un petit moment.

Les inquiétudes de Toot-Toot, qui voyait déjà sa boîte à cigares transformée en latrines, s'avérèrent totalement infondées. Je n'y ai jamais surpris une seule crotte, et Delacroix prétendait que la souris ne faisait même pas dans sa cellule. Beaucoup plus tard, quand Brutal m'a montré le trou dans la solive et que nous avons trouvé les éclats de bois coloriés, j'ai sorti une chaise de la cellule de contention et j'ai découvert dans un coin un tas de crottes. Mister Jingles avait toujours fait ses petites affaires au même endroit, aussi loin de nous qu'il le pouvait. Et encore autre chose : je n'ai jamais vu non plus une trace de pisse, et les souris ont du mal à garder le robinet fermé plus de deux minutes, surtout pendant qu'elles mangent. Je vous l'ai dit, cette bestiole était l'un des mystères de Dieu.

Environ une semaine après l'installation de Mister Jingles dans sa boîte à cigares, Delacroix nous a appelés, Brutal et moi, pour nous montrer quelque chose. Il le faisait tellement souvent que ça en devenait lassant – que Mister Jingles se roule sur le dos les pattes en l'air, et on aurait dit que cette demi-pinte de Cajun n'avait jamais rien vu de plus extraordinaire au monde – mais, cette fois, le spectacle valait le déplacement.

Delacroix avait été oublié par le monde après sa condamnation, mais il avait une tante, restée vieille fille, qui lui écrivait une fois par semaine. Elle lui avait aussi envoyé un énorme paquet de bonbons à la menthe, comme ceux qu'on vend aujourd'hui sous le nom de Canada Mints. Ils ressemblaient à de grosses pilules roses. Delacroix n'avait pas eu le droit de garder le paquet, qui devait faire deux kilos cinq, parce qu'il aurait été capable d'en manger jusqu'à s'en rendre malade. Comme presque tous ceux que nous avons vus passer au bloc E, il n'avait aucun sens de la modération. Nous lui donnions ses bonbons par douze à la fois, et seulement quand il nous le demandait.

Quand nous sommes arrivés, Mister Jingles était sur la couchette à côté de Delacroix. Un bonbon à la menthe bien calé entre ses pattes, il croquait dedans avec ardeur. Delacroix était tout bonnement béat de plaisir – on aurait dit un pianiste écoutant son fils jouer sa première fugue. Mais ne vous méprenez pas : c'était tordant, vraiment. Le bonbon était plus gros que la tête de Mister Jingles et son ventre couvert de poils blancs avait déjà pris une jolie rondeur.

— Enlève-lui ça, Eddie, a dit Brutal, partagé entre le rire et l'inquiétude. Il va se faire péter la panse. Ça pue la menthe jusqu'ici. Combien tu lui en as donné, déjà ?

— C'est son deuxième, a répondu Delacroix en jetant un regard inquiet au bedon de Mister Jingles. Vous croyez qu… qu'y peut s'faire péter la panse ?

— Ça s'pourrait, a dit Brutal.

L'avis a dû convaincre Delacroix, car il a cueilli le bonbon entre les pattes de la souris. Je m'attendais qu'elle le morde mais elle l'a laissé lui prendre sa menthe – du moins, ce qu'il en restait – avec une soumission d'enfant sage. J'ai regardé Brutal, et il a secoué la tête, comme pour dire que non, il ne comprenait pas plus que moi. Puis Mister Jingles s'est affalé dans sa boîte d'un air las et repu qui nous a tous fait éclater de rire. Après ça, nous avons pris l'habitude de voir la souris assise à côté de Delacroix en grignotant sa sucrerie aussi proprement qu'une vieille dame invitée pour le thé, tous deux baignant dans cette senteur mentholée que, plus tard, j'ai reniflée dans le trou de la solive.

Il y a encore une chose que je dois vous raconter sur Mister Jingles avant d'en arriver au cyclone appelé William Wharton, qui allait souffler sur le bloc E.

Pas plus d'une semaine après le coup des bonbons à la menthe – à ce moment-là, nous avions la certitude que Delacroix ne gaverait pas à mort son petit compagnon –, le Français m'a appelé depuis sa cellule. J'étais

144

seul momentanément, Brutal était allé à l'intendance faire je ne sais quoi, et le règlement stipulait qu'il fallait toujours être au minimum deux pour approcher un détenu. Mais comme j'aurais pu, un jour de forme, soulever d'une main Delacroix et gagner avec lui le concours de lancer de nains, j'ai oublié le règlement et je suis allé voir ce qu'il voulait.

— Regardez ça, boss Edgecombe. Regardez c'que Mister Jingles peut faire !

Il a tendu la main derrière la boîte à cigares et m'a montré une petite bobine en bois, de celles dont on se sert pour enrouler du fil.

— Où est-ce que t'as eu ça ?

Je connaissais la réponse. Il n'avait pu l'avoir que d'une seule personne.

— Le vieux Toot-Toot. Regardez, maint'nant.

Je regardais déjà et voyais Mister Jingles, les pattes avant appuyées sur le rebord de sa boîte, ses yeux noirs fixés sur le petit cylindre que Delacroix tenait entre le pouce et l'index. Un drôle de frisson m'a sillonné le dos. Jamais je n'avais vu d'animal observer quelque chose avec une telle acuité, une telle intelligence. Je ne crois pas que cette souris ait été une espèce d'incarnation surnaturelle et, si je vous ai mis cette idée en tête, je le regrette, mais je n'ai jamais douté qu'elle était un génie de son espèce.

Delacroix s'est penché en avant et a fait rouler la bobine sans fil sur le sol de la cellule. Elle roulait facilement, comme une paire de roues montées sur un axe. La souris a bondi de sa boîte en un éclair de poils gris et a couru après comme un chien allant chercher la baballe. J'ai poussé une exclamation de stupeur, et Delacroix s'est fendu d'un grand sourire.

La bobine a heurté le mur et a rebondi. Mister Jingles en a fait le tour et a entrepris de la rapporter jusqu'à la couchette, poussant de droite ou de gauche, dès qu'elle déviait de sa course. L'instant d'après, le petit rouleau touchait le pied de Delacroix.

Mister Jingles a regardé son maître pendant un moment, comme pour s'assurer que celui-ci n'avait pas d'autre service à lui demander (un problème d'arithmétique à résoudre, peut-être, ou un peu de latin à traduire). Puis, avec la satisfaction du devoir accompli, il a repris place dans sa boîte à cigares.

— Et tu lui as appris ça, j'ai dit.

— Oui, boss Edgecombe, m'a répondu Delacroix sans cesser de sourire. Y va m'la chercher, à chaque fois. C'Mister Jingles, l'est futé comme trente-six diables !

— Et la bobine ? je lui ai demandé. Qu'est-ce qui t'a donné l'idée de lui en trouver une, Eddie ?

— Y m'chuchote à l'oreille qu'y en veut une, a dit Delacroix, serein comme un moine. Pareil qu'avec son nom.

Delacroix a montré le tour aux autres gars – tous, sauf Percy. Pour Delacroix, ça ne comptait pas que Percy soit à l'origine de la boîte à cigares et qu'il ait fourni le coton et tout. Delacroix était comme certains chiens ; filez-leur une fois un coup de pied et plus jamais ils ne vous font confiance, même si vous êtes gentil avec eux.

Je l'entends encore, Delacroix : *Ohé, les gars ! V'nez voir c'qui sait faire, Mister Jingles !* Et la bande de matons de s'agglomérer devant la cellule – Brutal, Harry, Dean, même Bill Dodge. Tous proprement sur le cul, comme je l'avais été moi-même.

Trois ou quatre jours après que Mister Jingles a

commencé de faire son numéro de la bobine, Harry Terwilliger fouilla parmi les articles de papeterie qu'on gardait dans la cellule capitonnée, trouva les crayons de couleur et les apporta à Delacroix avec un sourire embarrassé sur les coins.

— J'ai pensé que tu pourrais colorier cette bobine. Comme ça, Mister Jingles aura l'air d'une souris de cirque.

— Une souris de cirque ! s'est exclamé Delacroix, fou de bonheur.

Heureux, je pense qu'il l'était, et peut-être pour la première fois de sa misérable vie. Il n'en revenait pas.

— T'entends ça, Mister Jingles ? T'es une souris de cirque ! Quand j'sortirai d'ici, m'sieur Harry, on va en monter un, d'cirque, lui et moi, et on s'ra riches, vous verrez !

Percy Wetmore n'aurait pas manqué de faire remarquer à Delacroix que le jour où celui-ci sortirait de Cold Mountain, ce serait dans une ambulance qui n'avait pas besoin de sirène, mais Harry, bien sûr, n'a rien dit de la sorte. Il a seulement conseillé au Français de barioler de toutes les couleurs la bobine et de le faire vite, parce qu'il devait remettre les crayons en place après dîner.

Pour colorier, il a colorié, Del. Quand il a eu fini, une roue était jaune, l'autre verte et l'axe au milieu rouge pompier. On s'est vite habitués à entendre Delacroix trompeter : « Et maint'nant, m'sieurs-dames, le Cirrrque du Soleil prrrésente Mister Jingles, la sourrris trrrès savante et forrrmidable ! » Puis il faisait un drôle de bruit de gorge, une espèce de gargarisme – je suppose qu'il voulait imiter le roulement d'un tambour –, et lançait la bobine. Mister Jingles courait après et la rapportait soit en la poussant, soit, encore plus fort, en la faisant rouler avec ses pattes. Pas de doute, c'était là un véritable numéro de cirque qui ne vous aurait pas fait regretter votre argent.

Delacroix et la souris à la bobine tricolore étaient devenus notre principale attraction quand John Caffey a pris pension chez nous et les choses sont restées ainsi pendant quelque temps. Puis mon infection urinaire, qui m'avait lâché la grappe ces derniers jours, est revenue, précédant l'arrivée de William Wharton, qui apportait l'enfer avec lui.

10

Les dates me sont, pour la plupart, sorties de la tête. Bien sûr, je pourrais toujours demander à ma petite-fille, Danielle, de chercher certaines d'entre elles dans les journaux de l'époque, mais à quoi bon ? Les plus importantes, comme le jour où Delacroix nous a appelés et qu'on a vu la souris perchée sur son épaule ou celui où William Wharton est arrivé et a bien failli tuer Dean Stanton, n'y seraient pas, dans les journaux, de toute manière. Peut-être vaut-il mieux que je continue comme je l'ai fait jusqu'à présent ; en fin de compte, les dates ne sont pas essentielles, dès lors qu'on se souvient des événements et qu'on arrive à les classer dans l'ordre.

Faut dire que les événements se sont un tantinet bousculés. Quand j'ai enfin reçu du bureau de Curtis Anderson l'ordre d'exécution de Delacroix, ça m'a étonné de constater que le rendez-vous de notre pote cajun avec la Veuve Courant avait été avancé – un fait surprenant, même en ces temps où la mise à mort d'un homme soulevait moins d'émotion chez les bonnes âmes que celle d'un chien écrasé. Avancé de deux jours : le 25 octobre, au lieu du 27. Je ne suis pas sûr de la date, mais je me souviens bien de m'être dit que le vieux Toot récupérerait sa boîte à cigares plus tôt que prévu.

Wharton, de son côté, eut du retard sur son horaire d'arrivée. Primo, son procès dura quatre ou cinq jours de plus que ne l'avaient prédit les sources d'Anderson, pourtant réputées sûres (nous découvririons bien vite qu'avec Wharton rien n'était jamais « sûr », et surtout pas nos méthodes éprouvées et supposées infaillibles de maîtrise des détenus). Deuzio, après que le jury l'eut déclaré coupable – du moins, sur le papier –, il fut emmené à l'hôpital d'Indianola pour y subir des examens. Il avait eu plusieurs crises pendant le procès, dont deux assez graves pour l'expédier au tapis agité de convulsions et tambourinant des pieds sur le plancher. Son avocat, commis d'office, prétendait que son client souffrait d'épilepsie et qu'il avait perpétré ses crimes en état de démence. L'accusation, quant à elle, criait à la simulation et voyait là l'échappatoire scandaleuse d'un lâche qui cherchait à sauver sa peau. Témoins de ces « crises d'épilepsie », les jurés avaient suivi le procureur : en leur âme et conscience, c'était du bidon. Le juge s'était rangé à leur avis mais n'en avait pas moins ordonné une série d'examens avant de prononcer sa sentence. Dieu sait pourquoi ; peut-être était-ce simple curiosité de sa part.

C'est un miracle que Wharton ne se soit pas échappé de l'hôpital (et qu'il s'y soit trouvé en même temps que Melinda, l'épouse du directeur Moores, avait quelque chose d'ironique qui n'échappa à aucun de nous). Toujours est-il qu'il ne s'évada pas. Je suppose qu'il était sévèrement gardé et peut-être avait-il l'espoir d'être déclaré irresponsable de ses actes. Tout le monde a le droit de rêver.

Les médecins ne lui trouvèrent rien d'anormal – physiologiquement, s'entend – et Billy The Kid Wharton fut déclaré bon pour Cold Mountain. Ce devait être autour du 18 octobre ; si mes souvenirs sont bons, Wharton est arrivé deux semaines après John Caffey et une semaine avant que Delacroix franchisse la ligne verte.

Je ne suis pas près d'oublier le jour où notre nouveau psychopathe nous a rejoints. Je me suis réveillé ce matin-là avec l'entrejambe mal en point, le pénis brûlant et aussi enflé que si je l'avais fourré dans un nid de frelons. Avant même que je balance les jambes hors du lit, je savais que mon infection urinaire était repartie pour un tour, alors que j'avais cru à une amélioration. J'avais seulement eu droit à une accalmie.

J'ai mis le cap sur les gogues, qui se trouvaient alors dans le jardin (ce n'est que trois ans plus tard qu'on a fait installer les toilettes dans la maison), et je n'avais pas atteint la pile de bûches au coin de la baraque que j'ai compris que je ne pourrais pas tenir un pas de plus. J'ai baissé mon pantalon de pyjama presque en même temps que le robinet s'ouvrait de lui-même, et ce jet charriait avec lui la douleur la plus crucifiante de ma vie. J'ai eu des calculs rénaux en 1956, et je sais que les gens disent qu'il n'y a rien de pire ; eh bien, ces coliques néphrétiques n'étaient pas plus douloureuses qu'une brûlure d'estomac, comparées à cette torture.

Ça m'a coupé les jambes et je suis tombé à genoux, déchirant le fond de mon pyjama en écartant les jambes pour ne pas choir la tête la première dans ma propre pisse. Et encore aurais-je fait le plongeon si je ne m'étais pas soutenu de ma main libre à la pile de bois. Ce sale moment aurait pu se situer en Australie aussi bien que sur une autre planète, parce que je ne savais plus où j'étais. Il n'y avait plus que ce feu me ravageant le bas-ventre ; mon pénis – un organe auquel je n'accordais jamais d'intérêt en dehors des moments où il me procurait le seul plaisir digne de ce nom que Dieu ait jamais concédé à Adam et à ses descendants – me donnait l'impression de fondre à la flamme d'un chalumeau intérieur. Et, tandis que je le regardais, m'attendant à un flot de sang fumant, je ne voyais qu'un pipi des plus anodins.

Je me suis accroché aux bûches d'une main et j'ai plaqué l'autre sur ma bouche. Je ne tenais pas à réveiller ma femme par des hurlements. Et cette pisse qui n'en finissait pas. Le temps que la dernière goutte perle, la douleur s'était déplacée dans mon ventre et dans mes testicules, pour y planter ses dents de rouille. Pendant un long moment – peut-être bien une minute – j'ai été incapable de me relever. Enfin, la douleur a commencé de se calmer et je me suis remis debout avec peine. Mon urine s'enfonçait déjà dans le sol et je me suis demandé si Dieu n'était pas un rien sadique, Lui qui avait créé un monde où l'on souffrait le martyre pour évacuer quelques malheureuses gouttes.

Je vais me faire porter pâle, me suis-je dit, et je vais aller voir le Dr Sadler, pour en finir avec cette saloperie. Je détestais la puanteur et les effets des sulfamides de ce bon docteur, mais j'étais prêt à ingurgiter n'importe quoi plutôt que de me retrouver agenouillé dans la terre humide, à pisser des lames de rasoir en me retenant de hurler à la mort.

151

Mais, alors que je prenais de l'aspirine dans la cuisine et que j'écoutais les légers ronflements de Jane dans la chambre voisine, je me suis souvenu que c'était aujourd'hui que débarquait William Wharton et que Brutal était de service à l'autre bout de la prison, à aider au déménagement de la bibliothèque et de ce qui restait encore dans l'ancienne infirmerie. Douleur ou pas, ça ne me plaisait pas de laisser Dean et Harry s'occuper seuls de Wharton. C'étaient des hommes sûrs, mais le rapport de Curtis Anderson disait noir sur blanc que Wild Bill était une catastrophe ambulante. *Ce type se fout de tout*, avait-il écrit et souligné.

La douleur commençait à desserrer son étau et j'étais au moins capable de réfléchir. Le mieux était encore de partir tôt à la prison. Je pouvais être là-bas à six heures, heure à laquelle le directeur Moores arrivait d'habitude. Il pourrait donner l'ordre de réaffecter Brutus Howell au bloc E à temps pour la réception du colis empoisonné. Et moi, j'en profiterais pour aller, non pas chez, mais « au » Dr Sadler, car c'était bien d'une reddition qu'il s'agissait.

Par deux fois sur la route – Cold Mountain était à une trentaine de kilomètres de chez moi –, j'ai dû m'arrêter pour pisser, et ce, sans choquer personne, vu qu'à cette heure matinale la circulation sur les routes de campagne était inexistante. Aucune de ces deux vidanges n'a été aussi douloureuse que celle qui m'avait coupé les pattes un peu plus tôt mais chaque fois, j'ai quand même dû m'accrocher à la portière de ma petite Ford pour ne pas vaciller, sans parler de la sueur qui m'inondait le visage. Pas de doute, j'étais vraiment malade.

Mais j'ai tenu bon ; je suis entré par la porte sud, me suis garé à mon emplacement habituel et suis monté voir le directeur. Il devait être six heures. Mlle Hannah n'était pas encore là ; elle n'arriverait qu'à sept heures – ce qui était déjà passablement matinal – mais il y avait de la lumière dans le bureau de Moores.

J'ai frappé à la porte dont la partie supérieure était en verre dépoli et j'ai ouvert sans attendre de réponse. Moores a tressailli, étonné de voir quelqu'un si tôt, et j'aurais donné cher pour ne pas le surprendre dans l'état où il était. Lui, que j'avais toujours vu soigné, bien peigné, avait les cheveux en bataille, les yeux rougis, les paupières gonflées et un teint d'une pâleur à faire peur. On aurait dit un homme venant d'arriver au refuge après une longue marche en montagne par une nuit noire et glaciale.

— Je suis désolé, Hal, je reviendrai plus tard…

— Non, entre, Paul. Et ferme la porte, tu veux ? J'ai jamais eu autant besoin de ma vie de voir quelqu'un. Entre.

J'ai fait ce qu'il me demandait, oubliant ma propre misère pour la première fois depuis que je m'étais réveillé le matin.

— C'est une tumeur au cerveau, m'a dit Moores sans préambule. Ils ont fait un tas de radios et ils en étaient tout contents. L'un d'eux m'a dit que c'étaient les plus beaux clichés qu'ils aient jamais faits et qu'ils allaient les publier dans une revue médicale en Nouvelle-Angleterre. La tumeur est grosse comme un citron, et trop profonde pour qu'ils puissent opérer. D'après eux, Melinda ne passera pas Noël. Je ne lui ai pas dit. Je ne sais pas comment lui annoncer ça. Comment je…

Il a brusquement éclaté en sanglots qui m'ont empli de chagrin et de crainte à la fois – quand un homme aussi réservé que l'était Hal Moores lâche prise de cette façon, c'est une chose effrayante à voir. Je suis resté là, debout devant le bureau pendant de longues secondes, et puis je suis allé à lui et j'ai passé mon bras autour de ses épaules. Il s'est tourné et s'est accroché à moi, comme un homme qui se noie, en sanglotant contre mon ventre, sans retenue. Plus tard, quand il a retrouvé le contrôle de lui-même, il s'est excusé. Il l'a fait sans me regarder dans les yeux, tellement il se sentait gêné. Un homme peut en arriver à haïr celui qui l'a vu dans toute sa faiblesse. Je me suis dit que le directeur Moores n'était pas de cette espèce, mais il ne m'est pas venu une seule fois à l'esprit de lui avouer la raison de ma visite. Quand je l'ai laissé, au lieu de regagner ma voiture, je suis allé tout droit au bloc E. L'aspirine faisait son effet et la douleur s'était réduite à un élancement supportable. Allez, je tiendrais le coup. On mettrait Wharton au frais et, dans l'après-midi, je passerais revoir Hal Moores. Demain, j'irais voir le Dr Sadler. Enfin, quoi, j'avais traversé le plus difficile. J'ignorais encore que le pire, dans toute cette journée de malheur, n'avait pas encore pointé son groin.

11

— On pensait qu'il était encore dans les vapes après ses examens, expliquait Dean, ce soir-là.

Il parlait bas, d'une voix cassée, et avait au cou un collier d'ecchymoses violettes tirant sur le noir. Je voyais bien que ça lui faisait mal de parler et j'ai failli lui dire de laisser tomber mais, parfois, se taire peut être encore plus douloureux. C'était une de ces fois-là, alors, je me suis abstenu.

— Hein, qu'on a tous pensé qu'il était dans les vapes ?

Harry Terwilliger a hoché la tête. Même Percy, assis dans son coin de pestiféré, a acquiescé.

Brutal et moi, nous nous sommes regardés ; on avait la même chose en tête : c'est toujours comme ça dans la vie ; vous naviguez peinard, tout marche selon les lois de la pesanteur, et puis vous faites une petite erreur et, poum ! le ciel vous tombe sur la tête. Ils s'étaient dit qu'il était encore sous l'effet des calmants ; logique, sauf que personne n'avait cherché à vérifier. Il y avait, je crois, quelque chose d'autre dans le regard de Brutal : Harry et Dean tireraient la leçon de leur erreur. Surtout Dean, qui avait failli rentrer chez lui les pieds devant. Percy, lui, n'en apprendrait rien. Tout ce qu'il savait faire, c'était bouder dans son coin, parce qu'il était une fois de plus dans la merde.

Ils étaient sept à être partis à Indianola chercher Wild Bill Wharton : Harry, Dean, Percy, et quatre autres gardiens, deux devant, deux derrière (j'ai oublié leurs noms). Ils ont pris la fourgonnette qu'on surnommait la diligence – une Ford avec des parois renforcées de plaques de tôle et un pare-brise censé être à l'épreuve des balles. L'engin avait une allure bizarre : entre le camion de lait et le char d'assaut.

C'était Harry Terwilliger qui, en sa qualité de doyen des anciens, était responsable des opérations. Il a remis l'ordre de transfert au shérif du comté (pas Homer Cribus mais de la même espèce cul-terreuse) qui, en retour, lui a confié M. William Wharton, rejeton de l'enfer, comme aurait dit Delacroix.

L'intendance avait envoyé une tenue réglementaire mais le shérif et ses hommes n'avaient pas daigné en vêtir Wharton et avaient laissé ce soin à nos garçons. Wharton était en pyjama et pantoufles de l'hôpital quand la petite troupe est montée dans sa chambre au premier étage. Un type maigre avec un visage étroit et boutonneux, de longs cheveux filasse. Son pyjama tombait dans le dos, dévoilant son cul, étroit et boutonneux comme son visage. C'est même la partie de Wharton que Harry et les autres ont découverte en premier, parce que le gonze regardait par la fenêtre grillagée le parking où le fourgon était garé. Il ne s'est pas retourné et a continué de tenir le rideau écarté d'une main, aussi immobile et silencieux qu'un mannequin, tandis que Harry reprochait au shérif de ne pas avoir habillé le prisonnier, ce à quoi l'apostrophé répliqua – comme tout shérif qui se respecte – que cela n'entrait pas dans les « devoirs de sa tâche ». Et d'énumérer lesdits devoirs.

Quand Harry s'est fatigué de ce blabla (ce qui n'a pas dû lui prendre longtemps), il a dit à Wharton de se retourner. Wharton a obéi. Il n'avait pas l'air différent, poursuivit Dean de sa voix éraillée et laborieuse, de toutes les têtes de mule qu'on avait tous vues passer par Cold Mountain : un balourd avec de mauvais instincts. Parfois on découvre qu'ils sont lâches, quand ils ont le dos au mur, mais le plus souvent ils sont comme des chiens méchants. Mordre leur est naturel. Il y a des gens qui voient de la noblesse chez les Billy Wharton. Pas moi. Acculé, un rat aussi se battra. Le visage de cet homme ne semblait pas avoir plus de personnalité que son cul constellé d'acné, selon Dean. Il avait la mâchoire pendante, le regard lointain, les épaules voûtées, les bras ballants. Il avait l'air shooté à la morphine et aussi naze qu'un camé pouvait l'être.

À ces paroles, Percy a de nouveau acquiescé d'une tronche renfrognée.

— Enfile ça, a dit Harry en indiquant la tenue posée au pied du lit.

On l'avait sortie de son papier d'emballage marron mais personne n'y avait touché et elle était encore pliée comme ils le font à la blanchisserie de la prison, avec un caleçon de coton blanc et une paire de chaussettes blanches glissées dans les manches, une présentation maison.

Wharton se montra de bonne volonté mais fut incapable d'aller bien loin sans aide. Il eut raison du caleçon mais, quand ce fut le tour du futal, il s'obstina à fourrer les deux pieds dans une seule jambe. Dean finit par l'aider, alla jusqu'à lui remonter la fermeture Éclair de la braguette et lui ferma le bouton de la ceinture, tandis que Wharton restait là comme un empoté, ne se donnant même pas la peine de participer à la manœuvre. Il regardait les murs sans les voir, les mains molles, et il ne vint à l'esprit d'aucun des hommes que le petit salopard simulait. Non dans l'espoir de se faire la belle (du moins je ne le pense pas) mais dans le seul but de causer le maximum de dégâts sitôt que l'occasion se présenterait.

Les papiers furent signés. William Wharton, devenu la propriété du comté à son arrestation, appartenait désormais à l'État. Il fut emmené au rez-de-chaussée, passa par-derrière par les cuisines, entouré de ses sept gardiens. Il marchait la tête basse, les bras ballants. La première fois que sa casquette de toile bleue tomba, Dean la ramassa et la lui remit sur le crâne. La seconde fois, il se contenta de la fourrer dans sa poche revolver.

Wharton eut une nouvelle occasion de passer à l'acte dans la diligence, quand on l'enchaîna. Mais là encore, il se laissa faire sans broncher. S'il était capable de penser (ce dont je ne suis pas sûr, même maintenant), il a dû juger l'espace trop petit et ses anges gardiens trop nombreux pour que ça paie. Il se retrouva donc avec une chaîne entre les chevilles et une autre entre les poignets – cette dernière trop longue, comme il s'avéra par la suite.

Le trajet jusqu'à Cold Mountain leur prit une heure. Pendant tout ce temps, Wharton ne bougea pas le cul de son banc. La tête penchée en avant, les mains entravées pendouillant entre ses genoux. De temps à autre, il chantonnait, a dit Harry, et Percy est sorti de sa bouderie pour ajouter que ce grand con bavait, une goutte à la fois, jusqu'à ce qu'il y ait une petite flaque entre ses pieds. Comme un chien suant de la gueule par une chaude journée d'été.

Ils sont entrés par la grille sud et sont passés devant ma voiture, je suppose. Le garde a poussé la lourde porte qui sépare le parking de la cour de promenade et ils ont pris la direction du bloc E. Dans la cour, il n'y avait pas grand monde, la plupart des hommes travaillaient au potager – c'était la saison des potirons. Ils se sont arrêtés devant la porte du bloc. Le chauffeur est descendu déverrouiller la portière arrière, leur a dit qu'il allait vidanger la diligence, qui en avait bien besoin, et leur a souhaité une bonne journée. Les quatre autres gardiens sont repartis avec lui, laissant Wharton aux bons soins de Dean, de Harry et de Percy.

Trois matons pour un prisonnier enchaîné, c'était une escorte plus que suffisante. Enfin, ça aurait dû l'être et ça l'aurait été, s'ils ne s'étaient pas laissé abuser par ce gosse maigrelet, qui se tenait là, amorphe, comme ployant sous le poids de ses chaînes. Ils l'ont entraîné avec eux pour franchir les dix pas qui les séparaient de la porte d'entrée du bloc E. Ils marchaient en formation réglementaire, en triangle, Harry à la gauche de Wharton, Dean à sa droite, et Percy fermant la marche, sa matraque à la main. Personne ne m'a fait part de ce détail, mais je suis foutrement sûr qu'il l'avait sortie ; Percy aimait tant son bâton de noyer.

Quant à moi, j'attendais, assis dans la cage qui serait celle de Wharton, la première à droite dans le couloir quand vous alliez à la cellule de contention. J'avais mon bloc-notes à la main et je ne pensais à rien d'autre qu'à délivrer mon petit sermon et à me tirer de là. Je sentais que mon entrejambe me réservait un méchant retour de bâton, si je puis dire, et je n'avais qu'une hâte : m'enfermer dans mon bureau et attendre que ça passe.

Dean s'est avancé pour ouvrir la porte. Il a choisi la bonne clé dans le trousseau accroché à son ceinturon et l'a glissée dans la serrure. Wharton est revenu à la vie au moment où Dean tournait la clé et actionnait la poignée. Il a poussé un hurlement strident, façon Apache, qui a littéralement pétrifié Harry pendant quelques secondes et a éliminé Percy Wetmore du reste du film. Ce hurlement, je l'ai entendu par la porte entrouverte, mais je ne l'ai pas tout de suite associé à un homme ; j'ai pensé qu'un chien s'était aventuré dans la cour et qu'il s'était pris un coup de binette d'une de nos bêtes à deux pattes.

Wharton a levé les bras, a passé la chaîne de ses poignets par-dessus la tête de Dean et a commencé de serrer. Dean a émis un cri étranglé et il a trébuché en avant dans la froide lumière électrique de notre petit monde. Wharton était heureux d'y entrer avec lui, il lui a même donné une poussée, et sans jamais cesser de brailler et aussi de rire. Il avait entrecroisé ses poignets et tirait de toutes ses forces sur la chaîne.

Harry s'est jeté sur le dos de Wharton, l'a agrippé d'une main par la tignasse et, de l'autre, l'a frappé à la tempe aussi fort qu'il a pu. Il était armé d'une matraque et d'un revolver mais, dans son émoi, il n'a sorti ni l'un ni l'autre. Des problèmes avec des détenus, vous vous doutez bien qu'on en avait déjà eu, mais jamais nous n'avions été pris par surprise comme avec Wharton. Sa sournoiserie nous dépassait. Je n'avais encore jamais vu de type comme lui – et n'en ai jamais revu.

Sous ses airs mollassons se cachait une force de canasson. Harry a dit plus tard qu'il avait eu l'impression de se jeter sur un enchevêtrement de ressorts d'acier qui se détendraient soudain. À ce moment de l'action, Wharton se trouvait dans le couloir au niveau du bureau de permanence et, tournoyant sur lui-même, il s'est débarrassé de Harry et l'a envoyé valdinguer contre la table.

— Youpi, les mecs ! il gueulait en riant. On s'marre bien, non ?

Hurlant toujours, il s'est remis à cisailler le cou de Dean avec la chaîne. Et pourquoi pas ? Wharton savait ce que Brutal savait : ils ne pouvaient l'exécuter qu'une fois.

— Frappe-le, Percy ! Frappe-le ! hurlait Harry en se relevant.

Mais Percy était là, paralysé avec sa matraque à la main, les yeux comme des soucoupes. Elle était là, pourtant, l'occasion qu'il attendait, aurait-on pensé, l'occasion en or d'en faire bon usage, de son cher bout de bois, mais il était trop paniqué pour réagir. Ah, ce n'était pas un petit Français terrifié ni quelque géant noir qui ne savait même pas s'il habitait son propre corps ; non, devant lui, tournoyait un démon.

J'ai lâché mon bloc-notes et je suis sorti de la cellule de Wharton en tirant mon 38. Oubliée, cette saleté d'infection, et pour la seconde fois de la journée. Je n'ai jamais douté de la description que m'ont faite les gars du Wharton aux gestes mous et au regard sans vie, mais ce n'était pas le Wharton que j'ai vu. Ce que j'ai vu, c'était un visage de bête – une bête non pas intelligente, mais pleine de ruse, de cruauté… et de joie. Une bête féroce née pour tuer. Peu lui importaient le lieu et les circonstances. Ce que j'ai vu encore, c'était le visage de Stanton : violacé, les yeux révulsés. Dean Stanton était en train de mourir devant moi. Wharton a aperçu mon arme et il a tourné Dean dans ma direction pour que je ne puisse pas le toucher sans risquer d'atteindre mon collègue. Par-dessus l'épaule de Stanton, un œil bleu et étincelant me défiait de tirer.

TROISIÈME ÉPISODE

Les mains de Caffey

Titre original :

COFFEY'S HANDS

1

En me relisant, je vois que j'ai appelé « maison de retraite » l'endroit où je vis désormais, Georgia Pines. La direction n'apprécierait pas. Les brochures qu'on peut consulter à la réception et qu'ils envoient à leurs clients potentiels font état d'une « luxueuse résidence pour le troisième âge ». Il y aurait même, dixit le dépliant, un centre de loisirs. Les résidents (que je traite parfois de « détenus ») se contentent de l'appeler la salle de télé.

Les pensionnaires me trouvent distant parce que je descends rarement regarder la télévision dans la journée, mais c'est ce qu'il y a dans le poste que je ne supporte pas, et non ceux qui s'assoient devant. *Oprah, Ricki Lake, Carnie Wilson, Rolanda* – tout autour de nous, le monde s'effondre, et cette bande de gugusses ne sait rien faire d'autre que parler de baise devant un parterre de bonnes femmes en minijupes et de types débraillés. D'accord, il ne faut pas juger, de peur de l'être soi-même, comme dit la Bible, alors je descends de ma tribune. En tout cas, si je voulais passer une heure ou deux avec de la racaille, il me suffirait d'aller au *Joyeux Carambolage*, un bastringue pour routiers qui se trouve à trois kilomètres de Georgia Pines et s'attire tous les vendredis et samedis soir la visite des flics, sirènes hurlantes et gyrophares en action.

Mon amie préférée, Elaine Connelly, pense comme moi. Quatre-vingts ans au compteur, grande, mince, encore droite et l'œil vif, Elaine est une femme cultivée et intelligente. Elle marche avec précaution – un problème avec ses hanches – et je sais que l'arthrite dans ses mains lui fait bien des misères, mais elle a un long cou – aussi gracieux qu'un cou de cygne – et de beaux cheveux qui lui tombent sur les épaules quand elle ne les noue pas en chignon.

Surtout, elle ne me considère pas comme quelqu'un de bizarre ou d'insociable. Nous passons beaucoup de temps ensemble, Elaine et moi. Si je n'avais pas atteint un âge aussi grotesque, je pourrais parler d'elle comme de ma petite amie. Il n'empêche, avoir une amie – rien qu'une amie –, ce n'est déjà pas si mal et, par certains côtés, c'est même préférable ; ça nous évite bien des tourments. Je sais bien qu'aucune personne de moins de cinquante ans ne me croira, mais je prétends que les braises vous réchauffent parfois mieux que les flammes. Ça peut paraître étrange, c'est pourtant la vérité.

Donc, je ne regarde pas la télé pendant la journée. Je me promène, je lis. Ce dernier mois, toutefois, je l'ai passé à écrire ces pages parmi les plantes vertes du solarium. Je pense qu'il y a davantage d'oxygène dans cette pièce, et c'est bon pour une vieille mémoire, ça. Geraldo Rivera peut aller se rhabiller, je vous le dis !

Mais, des fois, quand je n'arrive pas à dormir, je descends en douce et j'allume la télé. On n'a pas de chaîne à péage à Georgia Pines – ce doit être un tout petit peu trop cher pour notre centre de loisirs –, mais on a le service minimum du câble, et par conséquent l'American Movie Channel. C'est cette chaîne (au cas où vous n'auriez même pas le câble) qui diffuse des films en noir et blanc, du temps où les femmes n'enlevaient pas leurs vêtements. Pour un vieil emmerdeur comme moi, c'est plutôt consolant. J'ai passé plus d'une nuit à m'endormir sur cet affreux canapé vert devant la lucarne, pendant que John Wayne nettoyait Dodge City de sa vermine ou que James Cagney traitait un quidam de sale rat et sortait son revolver. J'ai vu quelques-uns de ces films avec ma femme, Janice (ma petite et meilleure amie), et j'éprouve un plaisir tranquille à les revoir. Les costumes, la manière qu'avaient alors les gens de parler et de se tenir – même la musique de la bande sonore –, toutes ces choses m'apaisent. Elles me rappellent, je suppose, le temps où j'étais encore un homme arpentant le monde d'un pas alerte, et non cette relique rongée par les mites en train de se consumer lentement dans une maison de vieux, dont la plupart portent des couches et des culottes avec des petits élastiques.

Toutefois, cette nuit-là, ce que je venais de voir n'avait rien d'apaisant. Mais alors, rien du tout.

Elaine me rejoint parfois pour « La Matinée des lève-tôt » sur AMC ; l'émission commence à quatre heures du matin. Elle ne m'en dit jamais grand-chose, mais je sais que son arthrite la fait tellement souffrir qu'elle a du mal à dormir malgré les somnifères.

Quand elle est arrivée ce matin, glissant comme un fantôme dans son peignoir blanc, elle m'a trouvé assis sur le canapé, penché en avant sur les baguettes racornies qui étaient autrefois des jambes et les deux mains crispées sur mes genoux pour arrêter les tremblements qui me secouaient, comme le vent les branches d'un vieux pommier. J'avais froid partout, sauf dans

l'entrecuisse, brûlant du souvenir de cette infection urinaire qui m'en avait fait voir de toutes les couleurs à
l'automne 1932 – l'automne de John Caffey, de Percy
Wetmore et de Mister Jingles, la souris savante.

L'automne de William Wharton, aussi.

— Paul ! s'est écriée Elaine en accourant aussi vite
que le lui permettaient ses hanches rouillées. Paul,
qu'est-ce qui ne va pas ?

— Ce n'est rien, j'ai chevroté en serrant les dents
pour les empêcher de claquer. Accorde-moi seulement
une minute ou deux, et je te danse une gigue.

Elle s'est assise à côté de moi, a passé son bras autour
de mes épaules.

— J'en suis sûre, mais dis-moi ce qui s'est passé. Pour
l'amour du ciel, Paul, on dirait que tu viens de voir un
fantôme !

Justement, j'en ai vu un, j'ai pensé.

Et puis, devant son expression ébahie, j'ai compris
que j'avais parlé à voix haute.

— Enfin, pas vraiment, j'ai ajouté en lui tapotant
gentiment la main. Mais pendant une minute, Elaine,
bon Dieu ! je l'ai revu comme s'il était encore devant
moi !

— C'était au temps où tu étais gardien dans cette
prison ? Cette histoire que tu écris dans le solarium ?

J'ai acquiescé d'un signe de tête.

— Je travaillais dans le couloir de la mort…

— Je sais.

— Sauf qu'on l'appelait la ligne verte. À cause du
lino, par terre. En 32 – c'était l'automne –, on a récep-
tionné ce type, un vrai dingue, du nom de William
Wharton. Il avait un tatouage sur le bras : *Billy the Kid*,
pour qui il se prenait. Rien qu'un gosse, mais dangereux.

Je me souviens encore de ce que Curtis Anderson – il était alors sous-directeur – avait écrit à son sujet : « Un vrai frappadingue, et fier de l'être. Il a dix-neuf ans, mais *ce type se fout de tout.* » Il avait souligné la dernière phrase.

La main qu'elle avait passée autour de mes épaules me massait maintenant le dos, et je commençais à retrouver mon calme. En cet instant, j'aimais Elaine Connelly et j'aurais pu couvrir son visage de baisers. Je le lui ai dit, d'ailleurs. Peut-être que j'aurais dû le faire. Qu'on soit petit ou grand, c'est terrible d'être seul et d'avoir peur ; vieux, c'est pire encore. Mais j'avais la tête ailleurs, plongée dans la moiteur de cet automne 1932.

— Tu l'as deviné, aujourd'hui j'ai décrit l'arrivée de Wharton au bloc, quand il a bien failli tuer Dean Stanton, l'un des gars avec qui je travaillais alors.

— Comment a-t-il pu faire une chose pareille ?

— Méchanceté et négligence, j'ai dit, amer. Wharton a fourni la première, et les gardiens, la seconde. Il avait les poignets enchaînés, mais, grave erreur, la chaîne était trop longue. Quand Dean a ouvert la porte du bloc E, Wharton était derrière lui, encadré par deux gardes, mais Anderson avait raison : Wild Billy s'en foutait. Il a passé la chaîne par-dessus la tête de Dean et a voulu l'étrangler.

Elaine a frissonné.

— Tout à l'heure, je pensais à tout ça et impossible de trouver le sommeil. Alors, je suis descendu ici et j'ai mis AMC en me disant que tu viendrais peut-être et qu'on aurait notre petit rendez-vous nocturne…

Elle a ri et m'a embrassé sur le front, juste au-dessus du sourcil. Ça me donnait des frissons partout quand Janice le faisait et ça m'a encore fait plein de gouzi-

gouzi, là, au petit matin. Je suppose qu'il y a des choses qui ne changent jamais.

— ... Et à la télé, il y avait ce film de gangsters des années quarante, *Le Carrefour de la mort*, de Henry Hathaway.

Je me sentais menacé de nouveau par la tremblote qui revenait et j'ai fait un effort pour me maîtriser.

— Richard Widmark joue dedans. Un second rôle, mais un de ses meilleurs, je trouve. Je ne suis jamais allé voir ce film avec Janice – on boudait un peu les films policiers –, mais j'ai lu quelque part que Widmark avait été remarquable dans le rôle de ce tueur névropathe. Et, ma foi, il est sacrément convaincant. Il est pâle comme la mort. On n'a pas l'impression qu'il marche mais qu'il glisse. Et toujours à traiter les gens de « minables » et à crier sa haine des balances et des indics.

Et voilà ! J'avais renoué avec les frissons, en dépit de mes efforts. Ils arrivaient par vagues, une vraie marée.

— Et des cheveux blonds, j'ai dit en murmurant. Des cheveux filasse. J'ai regardé le film jusqu'à cette scène où il pousse cette vieille femme en fauteuil roulant dans l'escalier et puis j'ai éteint.

— Il t'a rappelé Wharton ?

— C'était Wharton. Jusqu'à la moelle.

— Paul...

Elle s'est tue ; son regard s'est tourné vers l'écran glauque de la télé (le décodeur du câble était posé sur le poste, son voyant numérique indiquant le chiffre 10, celui de canal AMC), puis s'est reposé sur moi.

— Qu'y a-t-il, Elaine ?

J'ai pensé : *Elle va me dire que je ferais mieux d'abandonner cette histoire. Que je devrais déchirer les pages que j'ai écrites et laisser les morts enterrer les morts.*

170

Elle m'a dit :

— Ne t'arrête pas pour ça.

Je l'ai regardée, stupéfait.

— Ferme la bouche, Paul, tu vas gober une mouche.

— Excuse-moi, c'est juste que je…

— Tu as cru que j'allais te dire le contraire, n'est-ce pas ?

— Oui.

Elle a pris mes mains dans les siennes (doucement, si doucement, ses belles mains aux doigts longs et fins, les phalanges torturées par les rhumatismes), et s'est penchée en avant pour plonger dans mes yeux bleus son regard noisette, légèrement embué par un début de cataracte.

— Mon corps a depuis longtemps jeté l'éponge, elle a dit, mais ma tête, elle, tient encore le coup. Quelques nuits sans sommeil, quelle importance à notre âge ? Et apercevoir un fantôme à la télé, tu parles d'une affaire ! Tu ne vas pas me dire que c'est le premier que tu vois ?

J'ai pensé au directeur Moores et à Harry Terwilliger et à Brutus Howell ; j'ai pensé à ma mère, à Janice, mon épouse, qui est morte en Alabama. Des fantômes, j'en connaissais, et toute une bande.

— Non, ce n'est pas le premier. Mais, Elaine, quel choc ! C'était lui ; c'était Wharton que j'ai vu.

Elle m'a encore embrassé et puis elle s'est levée, en grimaçant et en pressant les paumes de ses mains contre ses hanches, comme si elle craignait de se disloquer si elle ne faisait pas attention.

— Je n'ai plus très envie de regarder la télé, elle m'a dit. Je me suis gardé une pilule au cas où il pleuvrait un de ces jours ou une de ces… nuits. Je crois que je vais la prendre et aller au lit. Tu devrais peut-être en faire autant.

— Oui, sans doute.

Pendant quelques secondes, j'ai pensé à lui proposer d'aller au lit ensemble et puis j'ai vu cette douleur sourde dans ses yeux et j'ai préféré m'abstenir. Parce qu'elle aurait peut-être dit oui, mais uniquement pour me faire plaisir. Pas terrible.

On a quitté la salle de télé. Je calquais mon pas sur le sien, qui était lent et douloureux. Georgia Pines était silencieuse, hormis le gémissement d'un pensionnaire emporté dans un mauvais rêve derrière quelque porte close.

— Tu pourras dormir ? elle a demandé.

— Oui, je pense.

Je disais ça, mais c'était pour frimer. Je suis resté éveillé dans mon lit jusqu'à l'aube. Je pensais au *Carrefour de la mort*. Je revoyais Richard Widmark gloussant comme un dingue, attachant la vieille dans son fauteuil roulant et puis la poussant dans l'escalier.

« C'est comme ça qu'on traite les balances ! » il lui criait, et puis son visage prenait les traits de Wharton, le jour où il a fait irruption dans le bloc E. Wharton gloussant comme Widmark, Wharton hurlant : « Youpi, les mecs ! On s'marre bien, non ? »

Après ça, je ne me suis pas donné la peine de descendre pour le petit déjeuner ; je suis allé au solarium et je me suis mis à écrire.

Des fantômes ? Bien sûr.

J'en connais un bout sur la question.

— Youpi, les mecs ! criait Wharton en riant. On s'marre bien, non ?

Hurlant et riant, il a resserré la chaîne autour du cou de Dean. Pourquoi pas ? Wharton savait ce que moi, Dean, Harry et mon ami Brutus Howell savions : on ne peut exécuter un homme qu'une fois.

— Frappe-le ! a crié Harry Terwilliger en se relevant.

Il avait sauté sur le dos du forcené et tenté de le neutraliser avant qu'il y ait vraiment de la casse, mais Wharton l'avait envoyé valdinguer.

— Frappe-le, Percy !

Mais Percy, les yeux comme des soucoupes, sa matraque en noyer à la main, semblait pétrifié. Dieu sait s'il aimait cette foutue matraque, et on aurait pensé qu'il tenait enfin l'occasion d'en faire usage, lui qui ne rêvait que de ça depuis son parachutage au pénitencier de Cold Mountain. Mais, à présent que le moment tant attendu était arrivé, il avait bien trop la frousse pour entrer dans la bagarre. Ce n'était pas un petit bonhomme terrifié comme Delacroix ou un géant noir plus placide qu'un bœuf qu'il avait devant lui, mais un véritable démon.

Je suis sorti de la cellule de Wharton, mon 38 à la main. Oubliée, cette saleté d'infection, et pour la seconde fois de la journée. Je n'ai jamais douté de la description que m'ont faite les gars : un Wharton aux gestes mous et au regard sans vie, mais ce n'était pas ce Wharton-là que j'ai vu. Ce que j'ai vu, c'était un visage de bête – une bête non pas intelligente, mais pleine de ruse, de cruauté… et de joie. Une bête féroce née pour tuer. Peu lui importaient le lieu et les circonstances. Ce que j'ai vu encore, c'était le visage de Dean Stanton : violacé, les yeux révulsés. Il était en train de mourir devant moi. Wharton a aperçu mon arme et il a tourné Dean dans ma direction, pour que je ne puisse pas le toucher sans risquer d'atteindre mon collègue. Par-dessus l'épaule de Stanton, un œil bleu et étincelant me défiait de tirer. Les cheveux de Dean me cachaient l'autre œil.

Derrière eux, je pouvais voir Percy, englué dans sa trouille, la matraque à moitié levée. Et puis, sur le seuil de la porte restée ouverte, est apparu un miracle en chair et en os : Brutus Howell. Ils avaient terminé de déménager l'infirmerie, et Brutal passait voir si on voulait du café.

Il a réagi sans l'ombre d'une hésitation : il a repoussé Percy contre le mur avec une force surhumaine, a dégagé sa matraque de son ceinturon et en a asséné un grand coup sur le crâne de Wharton.

Ça a fait un drôle de bruit : sourd et creux, comme s'il n'y avait pas de cervelle dans cette tête brûlée. Wharton s'est effondré comme un sac de patates, tandis que Dean, haletant, s'écartait en rampant, une main sur la gorge et les yeux exorbités.

Je me suis agenouillé près de lui pour l'aider à se relever, mais il a secoué la tête avec véhémence et, faisant un signe vers le corps de Wharton, il m'a dit d'une voix à peine audible :

— Occupe-toi… d'lui ! Cellule ! Double tour !

Sur le moment, j'ai pensé qu'il n'avait plus besoin de cellule, après le coup que Brutal lui avait refilé, et que quatre planches en bois suffiraient. Hélas, Wharton avait son compte, mais il était loin d'être mort. Il était étendu sur le côté, les yeux fermés, la respiration lente et régulière. Il y avait même un petit sourire paisible sur son visage, comme s'il s'était endormi au son de sa berceuse préférée. Un mince filet de sang sourdait de ses cheveux et rougissait le col de sa chemise bleue. C'était tout.

— Percy ! Aide-moi !

Scotché au mur contre lequel Brutal l'avait poussé, Percy n'a pas bougé. Il contemplait la scène d'un regard absent.

— Percy, nom de Dieu ! Prends-lui les jambes !

Il s'est enfin remué et Harry lui a filé un coup de main. À nous trois, on a emmené Wharton dans sa cellule, pendant que Brutal relevait Dean et l'aidait, avec une sollicitude toute maternelle, à retrouver le souffle.

Quand, presque trois heures plus tard, notre nouveau pensionnaire à emmerdes s'est réveillé, il n'avait pas la moindre migraine. Il est revenu à lui de la même façon qu'il se déplaçait : vite. Il était là, gisant sur sa couchette, comme mort, et, l'instant d'après, il se tenait devant les barreaux de sa cage, silencieux comme un chat, et il me regardait écrire mon rapport à la table de permanence. Quand j'ai pris conscience que quelqu'un m'observait, j'ai levé les yeux de ma feuille et je l'ai vu me sourire ; une grimace qui dévoilait une denture pourrie n'ayant rien à envier à celle du vieux Toot-Toot. Ça m'a fait un coup de le voir là, comme ça. Bien sûr, je me suis efforcé de dissimuler ma stupeur, mais je ne pense pas l'avoir trompé.

— Hé, le larbin. La prochaine fois, ce s'ra toi. Et j'te raterai pas.

— Salut, Wharton, je lui ai répliqué du ton le plus détaché possible. Après ce qui s'est passé, je peux m'épargner le discours de bienvenue au club, tu ne crois pas ?

J'ai vu son sourire s'altérer un brin. Manifestement, il ne s'attendait pas à ce genre de réplique. Moi non plus, d'ailleurs. En d'autres circonstances, je n'aurais pas eu la repartie aussi sereine. Mais il s'était produit quelque chose pendant que Wharton était inconscient. Quelque chose d'essentiel, peut-être la seule raison qui me pousse à vous raconter cette histoire. Je parie que vous n'allez pas me croire, et pourtant…

3

À part une gueulante à l'adresse de Delacroix, Percy l'a bouclée, une fois le barouf terminé. L'effet de choc, probablement – le tact était aussi étranger à Percy Wetmore que l'était pour moi l'éléphant d'Afrique –, mais une sacrée bonne chose, en tout cas. S'il s'était mis à se plaindre parce que Brutal l'avait poussé, ou à demander pourquoi personne ne l'avait averti que des salopards du gabarit de Wild Billy Wharton se pointaient parfois chez nous, je crois que nous l'aurions tué. Alors, on aurait connu la ligne verte d'une tout autre façon. C'est une idée amusante, quand on y pense. J'ai raté de peu l'occasion de faire comme James Cagney dans *L'enfer est à lui*.

Enfin, quand on a été sûrs que Dean allait continuer de respirer et qu'il ne trépasserait pas dans nos bras, Harry et Brutal l'ont emmené à l'infirmerie. Delacroix, qui n'avait pas moufté pendant la bagarre (il connaissait les us et coutumes des prisons, celui-là, et savait quand il était prudent de la fermer et quand on pouvait raisonnablement l'ouvrir), s'est mis à donner de la voix au moment où Harry et Brutal sont passés devant sa cellule en soutenant Dean. Delacroix voulait tout savoir des derniers événements. On aurait cru, à l'entendre, qu'on avait violé ses droits constitutionnels.

— Ta gueule, sale pédé ! a aboyé Percy.

Il était tellement furieux qu'il en avait les veines du cou toutes palpitantes. J'ai posé la main sur son bras et j'ai senti qu'il tremblait. Un résidu de peur, bien sûr (de temps à autre, j'essayais de me rappeler que Percy n'avait que vingt et un ans, guère plus que Wharton), mais c'était surtout de la rage. Il haïssait Delacroix. Je ne sais pas pourquoi, c'était ainsi.

— Va voir si le directeur Moores est encore à son bureau, j'ai dit à Percy. S'il est là, fais-lui un compte rendu de ce qui est arrivé. Dis-lui que mon rapport sera sur son bureau demain.

J'ai vu Percy se gonfler d'importance ; pendant quelques affreuses secondes, j'ai craint qu'il ne me salue en claquant les talons.

— Bien, monsieur.

— Dis-lui d'entrée que le calme est revenu au bloc E. Ce n'est pas un conte de fées, et le directeur n'apprécierait pas que tu fasses durer le suspense.

— Oui, monsieur.

— Va, maintenant.

Il s'est dirigé vers la porte puis s'est retourné. Il y avait une chose sur laquelle on pouvait compter avec Percy, c'était son don de vous contrarier. J'avais désespérément envie qu'il dégage, j'avais le robinet en feu, et voilà qu'il avait l'air de vouloir rester.

— Vous vous sentez bien, Paul ? il m'a demandé comme ça. Vous avez de la fièvre ? Un début de grippe, peut-être ? Parce que vous êtes tout en sueur.

— J'ai peut-être un début de quelque chose, mais ça va. Cours, Percy, avant que Moores s'en aille.

Dieu merci, il a hoché la tête et tourné les talons. Sitôt que la porte s'est refermée, j'ai foncé à mon bureau. Le règlement interdisait qu'on laisse le couloir sans surveillance, mais du diable si je m'en souciais ; ça me faisait mal, mal comme au réveil.

J'ai réussi à gagner les toilettes et à sortir mon affaire du pantalon, évitant d'une goutte une miction précoce. J'ai dû porter une main à ma bouche pour étouffer un cri quand ça s'est mis à brûler et je me suis accroché de l'autre au tuyau de la chasse d'eau. Je n'étais pas dans le jardin, où je pouvais tomber à genoux et pisser au pied de la pile de bois ; si je ne voulais pas inonder le carrelage, je devais rester debout.

Je suis parvenu à tenir sur mes jambes et à ne pas hurler, mais il s'en est fallu de peu. J'avais l'impression que mon urine charriait des éclats de verre. Une odeur forte et nauséabonde montait de la cuvette et, à la surface de l'eau, flottait une substance blanchâtre, qui ne pouvait être que du pus.

Je suais à grosses gouttes et me suis épongé le visage avec l'essuie-mains. La petite glace au-dessus du lavabo me renvoyait le visage d'un homme qui avait une fièvre de cheval. 39,5 ? 40 ? Je préférais ne pas le savoir. J'ai tiré la chasse et j'ai retraversé mon bureau d'un pas traînant. J'avais peur que Bill Dodge ou quelqu'un d'autre soit entré et qu'il ait vu trois détenus et pas un seul surveillant, mais le couloir était vide. Wharton était encore dans les vapes sur sa couchette, Delacroix se taisait, et j'ai soudain réalisé que John Caffey n'avait pas émis le moindre bruit ni même jeté un coup d'œil par les barreaux. Inquiétant.

Je suis allé jusqu'à sa cellule, m'attendant à demi à découvrir qu'il s'était suicidé en se pendant avec son pantalon ou en se tranchant les veines avec les dents, deux manières communes de mettre fin à ses jours chez les condamnés à mort. Mais il n'avait fait ni l'un ni l'autre. Assis à un bout de sa couchette, les mains pendant entre ses genoux, il m'a regardé avec ses étranges yeux mouillés.

— Cap'taine ?

— Qu'y a-t-il, big boy ?

— Faut que j'vous voie.

— Mais tu m'as devant toi, John Caffey.

Il n'a rien dit à cela, a seulement continué de m'observer. J'ai soupiré.

— Une minute, garçon.

J'ai jeté un coup d'œil à Delacroix qui se tenait près des barreaux de sa cellule. Il tendait les mains devant lui, et Mister Jingles, sa souris (Delacroix vous aurait affirmé qu'il avait dressé la bestiole à accomplir des tours, mais nous, les gardiens, pensions tous que Mister Jingles s'était dressé tout seul), sautait sans relâche de l'une à l'autre, tel un acrobate s'élançant de trapèze en trapèze. Ses petits yeux semblaient avoir pris du volume et ses oreilles étaient couchées sur son crâne de soie grise. J'avais la certitude que le bestiau réagissait à la nervosité de Delacroix. Soudain, il est descendu par une jambe de pantalon et a couru chercher à l'autre bout de la cellule sa bobine coloriée. Il l'a poussée jusqu'aux pieds de Delacroix et a levé la tête vers lui avec impatience, mais le petit Cajun, préoccupé, l'a ignoré.

— Y s'est passé quoi, boss ? il m'a demandé. Y a des blessés ?

— Tout baigne, Del. C'est juste le petit nouveau qui est arrivé comme un lion et qui repose maintenant comme un agneau. Tout est bien qui finit bien.

— C'est pas terminé, boss, a déclaré Delacroix en jetant un regard anxieux en direction de la cellule de Wharton. C'est un méchant, çui-là.

— Allons, ne te laisse pas abattre, Del. Personne ne t'enverra dans la cour de promenade jouer à saute-mouton avec lui.

J'ai perçu un grincement derrière moi. Caffey s'était levé de sa couchette.

— M'sieur Edgecombe ! il m'a appelé, d'une voix pressante, cette fois. Faut que j'vous parle !

Je me suis tourné vers lui en pensant : Pas de problème (parler était ma spécialité). Et, pendant tout ce temps, je m'efforçais de ne pas frissonner, parce que la fièvre, après m'avoir brûlé, me glaçait maintenant. Seul le bas-ventre me cuisait ; j'avais l'impression qu'on me l'avait ouvert au scalpel, qu'on l'avait rempli de braises et qu'on avait recousu le tout.

— Eh bien, je t'écoute, John Caffey.

Malgré la douleur, j'avais essayé de garder un ton serein. Pour la première fois depuis son arrivée au bloc E, le géant noir avait l'air d'être vraiment là, parmi nous. Pour la première fois aussi, pas une seule larme n'embuait ses yeux, et je savais qu'il voyait ce qu'il regardait : moi, Paul Edgecombe, gardien-chef du bloc E, et non quelque lieu lointain où il aurait aimé se réfugier en emportant avec lui son terrible crime.

— Non, faut qu'vous veniez ici, il a dit avec un mouvement de tête pour désigner sa cellule.

— Allons, tu sais bien que je ne peux pas, j'ai répondu, affectant un ton léger. En tout cas, pas en ce moment. Je suis seul, comme tu le vois, et tu pèses une tonne de plus que moi. On a eu notre part de bagarre, cet après-midi, et ça suffit pour la journée. Alors, faudra qu'on parle à travers la grille, si tu n'y vois pas d'inconvénient, et…

— S'il vous plaît !

Il serrait les barreaux si fort qu'il en avait les phalanges et les ongles blanchis. Son visage exprimait un indicible désespoir et il y avait dans son regard une urgence que je ne pouvais comprendre. Je me souviens d'avoir pensé que je l'aurais peut-être comprise si je n'avais pas été aussi malade, et qu'alors j'aurais pu trouver le moyen de l'aider. On connaît mieux un homme quand on connaît ses besoins.

— S'il vous plaît, boss Edgecombe ! Faut qu'vous veniez !

C'était le truc le plus dingue qu'on m'ait jamais demandé : King Kong invitant son geôlier à entrer dans la cage ! Et, plus dingue encore, j'allais répondre à son invitation ! J'avais mon trousseau de clés à la ceinture et j'étais déjà en train de chercher celle de sa cellule. Même si j'avais été en pleine forme et capable de me défendre, il aurait pu me briser en deux contre son genou comme il l'aurait fait d'une branche de bois mort. Or, ce jour-là, c'est tout juste si je tenais sur mes jambes. Il n'empêche, j'allais le faire. Tout seul, comme un grand. Alors qu'à peine une demi-heure plus tôt j'avais eu une magistrale démonstration des dangers auxquels vous exposent la négligence et la stupidité quand vous avez affaire à de dangereux assassins, je m'apprêtais à pénétrer dans la cellule de ce géant et à m'asseoir avec lui sur sa couchette. Si l'on me découvrait, il y avait des chances qu'on me prie d'aller exercer ailleurs mes talents d'étourneau, même si Caffey restait sage comme une image.

Arrête, me suis-je dit, *arrête, Paul.* Mais non, j'ai déverrouillé la serrure du haut, puis celle du bas, et j'ai fait glisser la grille sur son rail.

— Dites, m'sieur Edgecombe, c'est peut-être pas une bonne idée, ça, a dit Delacroix d'une voix que l'inquiétude rendait tellement fluette que j'en aurais ri en d'autres circonstances.

— Occupe-toi de tes affaires et je m'occupe des miennes, j'ai répliqué sans me retourner.

J'avais les yeux fixés sur John Caffey ; « cloués » serait plus juste. J'avais l'impression d'être hypnotisé. Ma voix me parvenait aussi lointaine qu'un écho renvoyé du fond d'une vallée. Bon Dieu, hypnotisé, je l'étais, pas de doute.

— V'nez vous asseoir, boss.

— C'est une maison de fous, disait la voix tremblante de Delacroix. Mister Jingles, qu'on m'passe à la chaise et qu'tout soit fini !

Caffey a reculé quand je suis entré ; reculé jusqu'à sa couchette et, quand ses mollets ont buté contre le rebord (oui, il était grand à ce point), il s'est assis. Il a tapoté la paillasse à côté de lui sans jamais me quitter des yeux. J'ai obéi et il a passé son bras autour de mes épaules, comme si on était au cinéma et que j'étais sa petite amie.

— Qu'est-ce que tu veux, John Caffey ? je lui ai demandé, mon regard toujours rivé à ces yeux emplis de tristesse et de douceur.

— Juste aider.

Il a soupiré comme un homme confronté à un travail

qu'il n'a pas trop envie de faire et puis il a plaqué sa main sur mon bas-ventre, juste au-dessus de mon pénis, précisément sur le pubis.

— Hé ! je me suis écrié. Bas les pattes...

Au même instant, j'ai ressenti une secousse, l'impression d'encaisser un grand coup dans le bide mais sans éprouver la moindre douleur. Le choc m'a tout de même projeté en avant, dos cambré, comme Arlen Bitterbuck quand les cent mille volts l'avaient étreint. Mais ici, ni chaleur ni choc électrique. Pendant un moment, cependant, tout ce qui m'entourait fut affecté d'une étrange distorsion. Je pouvais voir chaque pore du visage de John Caffey, le lacis de veinules violettes dans ses yeux hantés, une fine cicatrice sur son menton. Je sentais mes doigts agriffer l'air et mes pieds battre frénétiquement le sol de la cellule.

Et puis ça s'est arrêté. Je ne souffrais plus. Le feu et la douleur lancinante avaient déserté le bas de mon ventre, la fièvre n'était plus qu'un souvenir. La sueur perlait encore à mon front, mais c'était une sensation agréable, rafraîchissante.

— Qu'est-ce qu'y s'passe ? a demandé Delacroix d'une voix aiguë.

L'appel semblait encore venir de loin mais, quand John Caffey a arraché son regard du mien, la voix du petit Cajun m'est parvenue avec une soudaine clarté. C'était comme si quelqu'un m'avait ôté des oreilles les boules de cire qui les obstruaient.

— Qu'est-ce qu'y vous a fait ?

Je n'ai pas répondu. Caffey se tenait le buste penché en avant, le visage grimaçant, les yeux saillants, la gorge gonflée, l'air d'un homme avec un os de poulet coincé en travers de la gorge.

— John ! Qu'est-ce que tu as ?

Ne sachant que faire, je lui ai tapé dans le dos.

Il a tressailli sous ma main et a poussé un hoquet douloureux, comme s'il allait vomir. Il a ouvert la bouche,
avec réticence d'abord, comme les chevaux quand on
leur passe le mors, puis toute grande et il a exhalé un
nuage de petits insectes qui ressemblaient à des moucherons. C'est du moins ce que j'ai cru voir. Ils ont tour-
billonné furieusement entre ses genoux, sont devenus
blancs et ont disparu.

Soudain, je me suis senti vidé de mes forces. C'était
comme si tous mes muscles s'étaient liquéfiés d'un coup.
Je me suis écroulé, le dos contre le mur. Je me souviens
d'avoir invoqué le nom du Sauveur – répétant mon Dieu,
mon Dieu, comme une vieille femme – et d'avoir pensé
que ça y était, la fièvre m'avait fait perdre la raison.

Puis j'ai pris conscience des cris de Delacroix. Ce
crétin hurlait que John Caffey était en train de m'assas-
siner. Sûr, Caffey était penché au-dessus de moi, mais
c'était pour s'assurer que j'allais bien.

— Ta gueule, Del ! j'ai répliqué.

Je me suis redressé, m'attendant que la douleur
renaisse comme une mauvaise herbe, pourtant rien de
tel ne s'est produit. J'allais mieux. Vraiment mieux. J'ai
éprouvé un léger vertige en me remettant debout, mais
je me suis retenu aux barreaux et j'ai retrouvé l'équilibre.

— Tu vois bien que ça va.

— Alors, sortez d'là, m'a dit Del, du ton d'une grand-
mère enjoignant à son galopin de petit-fils de descendre
de ce pommier. Z'avez pas l'droit d'être là-dedans quand
y a personne d'autre dans le bloc.

J'ai regardé John Caffey, assis sur sa couchette avec

ses grandes mains entre ses genoux. Il m'a rendu mon regard en penchant légèrement la tête de côté.

— Qu'est-ce que tu m'as fait, big boy ? je lui ai demandé à voix basse. Qu'est-ce que tu m'as fait ?

— J'ai fait, il m'a dit. J'l'ai fait, pas vrai ?

— Ça, je ne dis pas le contraire, mais *comment* ?

Il a secoué la tête, une fois à droite, une fois à gauche, et retour au milieu. Il ne savait pas comment il avait fait (comment il m'avait *guéri*), et l'expression paisible de son visage disait qu'il s'en fichait comme de l'an quarante, de la même façon que je me moquais moi-même des mécanismes physiologiques de la course à pied quand je menais dans la dernière ligne droite du 3 000 mètres de la fête de l'Indépendance. J'ai pensé à lui demander comment il avait bien pu déceler mon malaise, et surtout son origine, mais j'aurais obtenu la même réponse indifférente. Il y a une phrase que j'ai lue quelque part et que je n'ai jamais oubliée : « Une énigme enveloppée de mystère. »

Cela décrit parfaitement John Caffey, et s'il pouvait dormir la nuit, ce devait être grâce à une bonne dose d'indifférence. Percy l'appelait l'idiot, ce qui était méchant mais pas trop éloigné de la vérité. Notre colosse connaissait son nom, savait qu'on ne l'écrivait pas pareil que la boisson, mais il ne désirait pas trop en savoir plus.

Comme pour souligner ce qu'il m'avait dit – ou, plutôt, ne m'avait pas dit –, il a secoué encore une fois la tête puis s'est allongé sur sa couchette, les mains jointes comme un oreiller sous sa joue gauche, le visage tourné vers le mur. Ses jambes pendaient dans le vide, mais ça n'avait pas l'air de le gêner. Sa chemise s'était relevée dans le dos, dévoilant un entrelacs de cicatrices.

J'ai refermé la cellule derrière moi et je me suis tourné vers Delacroix, qui s'accrochait des deux mains aux barreaux en me regardant d'un air où la curiosité le disputait à la peur. Mister Jingles était perché sur son épaule, les moustaches frémissantes.

— Y vous a fait quoi, c'grand nègre ? Le grigri ? Hein, qu'y vous a fait le grigri ?

— Je ne sais pas de quoi tu parles, Del.

— Du diable si vous savez pas ! Vous z'êtes pas vu dans une glace ! Z'êtes plus le même. Vous marchez même plus pareil, boss !

Ça, je voulais bien le croire. Je n'avais plus mal et j'en éprouvais comme une extase – quiconque a expérimenté la douleur et sa disparition soudaine saura de quoi je parle.

— Tout va bien, Del. John Caffey voulait me parler d'un sale cauchemar qu'il a eu, c'est tout.

— John Caffey est homme grigri !

Véhément, Delacroix. De la sueur perlait à sa lèvre supérieure. Il n'avait pas vu grand-chose, mais assez pour lui foutre une trouille du diable.

— Il est homme vaudou !

— Qu'est-ce qui te fait dire ça, Del ?

Delacroix a cueilli la souris dans sa main et l'a approchée de son visage. De sa main libre, il a sorti de sa poche un bout de bonbon à la menthe. Mister Jingles a d'abord ignoré la friandise ; il a tendu le cou vers son maître, humant l'haleine du petit Cajun comme on le ferait d'un bouquet de fleurs. Et j'ai vu cette bestiole qui fermait à demi les yeux avec un air de béatitude. Et qui se laissait embrasser le museau, quand Delacroix a avancé sa bouche en cul-de-poule. Quel couple ! Enfin Mister Jingles a pris le bonbon et a commencé à le grignoter sous l'œil grave et attendri de Delacroix. Puis il m'a regardé. Et j'ai compris.

— C'est la souris qui te l'a dit, c'est ça ?

— Oui.

— Comme la fois où il t'a dit son nom ?

— Oui, à l'oreille il me le chuchote.

— Allez, Del, pique donc une petite sieste. Après tous ces chuchotements, tu dois être épuisé.

Il m'a dit quelque chose d'autre – m'a accusé de ne pas le croire, je suppose. Sa voix semblait venir de si loin. J'ai gagné le bureau de permanence et je n'avais pas l'impression de marcher, plutôt celle de flotter, les cellules défilant de chaque côté de moi, comme si elles avaient été un décor de cinéma monté sur des roues invisibles.

J'allais m'asseoir quand mes jambes m'ont soudain lâché et j'ai chu sur le coussin bleu que Harry avait apporté de chez lui l'année d'avant. Heureusement que la chaise était là, sinon je me serais retrouvé le cul par terre.

Je suis resté assis, l'entrecuisse en paix quand, moins de dix minutes plus tôt, y grondait un feu de forêt. *J'l'ai fait, pas vrai ?* avait dit John Caffey, et mon corps ne prétendrait pas le contraire. Mon esprit, toutefois, n'affichait pas la même sérénité.

Mes yeux sont tombés sur le tas de formulaires sous le cendrier en fer-blanc posé au coin de la table. En en-tête il y avait la mention : RAPPORT JOURNALIER, et, après un blanc d'une demi-page, *Incidents particuliers*. J'aurais l'usage de cette rubrique, ce soir, quand je rendrais compte de la furie Wharton. Mais supposons un instant que j'y ajoute ce qui m'était arrivé dans la cellule de Caffey ? Je me voyais prendre le crayon – celui que

Brutal ne peut s'empêcher de lécher – et écrire un seul mot en lettres capitales : MIRACLE.

Cela aurait dû m'amuser mais, au lieu de sourire, j'ai senti tout de suite que j'allais pleurer. J'ai porté les mains à mon visage, paumes contre ma bouche pour étouffer les sanglots ; je ne voulais pas effrayer encore une fois Delacroix, alors qu'il commençait à se calmer. De sanglots, il n'y en eut pas, ni de larmes. Au bout d'un moment, j'ai baissé les mains et les ai croisées devant moi. Je ne savais pas ce que je ressentais et je souhaitais seulement que personne ne débarque dans le bloc avant que j'aie retrouvé mes esprits. J'avais peur que mon trouble se lise sur mon visage.

J'ai tiré vers moi un formulaire de rapport. J'attendrais d'avoir vraiment toute ma tête pour entreprendre de raconter comment notre dernière recrue avait presque étranglé Dean Stanton. D'ici là, je pouvais noter l'ordinaire de la journée. Je pensais que ma main allait se mettre à trembler (elle ne s'en prive pas, aujourd'hui), mais non, elle était aussi ferme que d'habitude.

Au bout de cinq minutes, j'ai reposé le crayon et je suis allé aux toilettes. Je n'avais pas une envie pressante d'uriner mais assez, tout de même, pour vérifier si la réparation tenait bon. Et, tandis que j'étais là, devant la cuvette, attendant la miction, j'étais de plus en plus convaincu que ça me ferait mal, que de nouveau j'allais pisser du verre brisé, que l'intervention de Caffey n'avait été qu'une espèce d'hypnose. Et, dans un sens, ça m'aurait presque soulagé de savoir ça, malgré la douleur.

Sauf que je ne souffris pas. Et ce qui glouglouta dans la cuvette était clair comme un pipi de bébé, sans la moindre trace de pus. J'ai reboutonné ma braguette, tiré la chaîne et regagné ma table d'un pas alerte.

Je savais ce qui s'était passé ; je le savais même quand j'essayais de me persuader que j'avais été hypnotisé. J'avais fait l'expérience d'une authentique guérison, une de celles qu'on saluait d'un « Le Seigneur soit loué, le Seigneur est tout-puissant ». Des histoires de miracles, toujours ponctuées par un chœur de louanges et de grâces au Seigneur, j'en avais entendu des tas dans les églises baptistes et pentecôtistes où me traînaient ma mère et ses sœurs quand j'étais gosse. Je ne croyais pas à la moitié d'entre elles, mais ça dépendait surtout de qui les racontait. Il y avait un homme, un certain Roy Delfines, qui vivait avec sa famille à trois kilomètres de chez nous. Je devais avoir douze ans à cette époque. Delfines avait tranché d'un coup de hache le petit doigt de son garçon de huit ans. Un accident : le gosse tenait les bûches que son père fendait et, à un moment, il avait bougé la main. Roy Delfines disait qu'il avait usé le tapis jusqu'à la corde avec ses genoux à force de prier pendant tout l'automne et tout l'hiver, mais qu'au printemps le petit doigt de son fils avait repoussé, ongle compris. Je l'ai cru, Roy Delfines, quand il a raconté ça au temple. Il y avait une telle simplicité, une telle franchise dans ce qu'il disait, tandis qu'il se tenait là, les mains dans les poches de sa salopette, qu'on ne pouvait pas ne pas le croire.

« Ça lui a gratté quand l'doigt a commencé de repousser et il pouvait plus dormir, mais il savait que c'était le Seigneur qui le grattait, alors il acceptait. Gloire au Seigneur ! Loué soit le Tout-Puissant ! »

Une histoire parmi tant d'autres que celle de Roy Delfines ; j'ai grandi dans une tradition de guérisons miraculeuses. J'ai grandi parmi des gens qui faisaient confiance aux grigris et aux remèdes de bonne femme :

un quartier de pomme pour les verrues, de la mousse sous l'oreiller pour les maladies d'amour, un trèfle à quatre feuilles pour la chance, mais je ne pouvais pas accepter l'idée que John Caffey soit un homme grigri. J'avais plongé mes yeux dans les siens. Surtout, j'avais senti ses mains. Etre touché par lui, c'était comme être touché par quelque étrange et merveilleux docteur.

J'l'ai fait, pas vrai ?

Ces mots chantaient dans ma tête comme un refrain qui ne vous quitte pas ou une formule incantatoire qu'on prononcerait pour se protéger d'un maléfice.

J'l'ai fait, pas vrai ?

Sauf que ce n'était pas lui, mais Dieu, et Dieu seul. Et si John Caffey disait « je », c'était par ignorance plus que par orgueil. J'avais appris dans ces églises pentecôtistes – ces humbles temples en planches de pin résonnant des « Gloire au Seigneur ! » qu'avaient tant aimés ma jeune mère de vingt ans et mes tantes – que la guérison était toujours la volonté de Dieu ; et que le guéri comme son guérisseur n'y étaient pour rien. C'était tout à fait normal de se réjouir qu'un malade recouvre la santé, mais le bénéficiaire de la grâce divine avait l'obligation de s'interroger sur la volonté de Dieu et de Ses voies impénétrables.

Dans mon cas, qu'attendait Dieu de moi ? Que désirait-Il si fort pour placer le pouvoir de guérir entre les mains d'un meurtrier d'enfants ? Pourquoi étais-je là, au travail, au lieu d'être chez moi, malade comme un chien, frissonnant dans mon lit, avec l'odeur infecte des sulfamides sourdant par tous les pores ? Peut-être étais-je ici, et non alité à la maison, pour prévenir un autre coup de vice de Wharton ou m'assurer que Percy Wetmore ne nous entraînerait pas dans une catastrophe de son cru. Si c'était ça, eh bien, soit. Je garderais les yeux ouverts… et ma bouche fermée, notamment à propos des guérisons miraculeuses.

Et puis, pourquoi s'étonnerait-on de ma bonne mine ? J'avais déjà dit à tout le monde que j'allais mieux et, jusqu'à mon lever matinal, j'en étais réellement convaincu. J'avais même dit à Moores que j'étais en voie de rétablissement. Seul Delacroix avait compris ce qui s'était passé, mais il la fermerait, de peur que John Caffey ne lui jette un sort. Quant à Caffey, il n'était qu'un instrument, après tout, et il avait probablement déjà oublié toute l'affaire. Le pianiste parti, il n'y a pas un seul piano au monde qui se souvienne du récital donné. J'ai donc décidé de ne souffler mot à personne de cette histoire, sans même me demander si je la raconterais un jour.

Mais big boy Caffey éveillait mon intérêt depuis son arrivée, je devais bien l'avouer. Après ce qui venait de se passer, ma curiosité était à son comble.

4

Avant de partir cette nuit-là, je me suis arrangé avec Brutal pour qu'il me remplace le lendemain, au cas où j'arriverais en retard, car je comptais me rendre dès l'aurore à Tefton, dans le comté de Trapingus.

À mon départ, Janice m'a remis un casse-croûte maison ; elle n'avait aucune confiance dans les gargotes de bord de route : elles n'offraient rien d'autre au menu que des maux d'estomac, disait-elle.

— Je n'aime pas beaucoup que tu t'inquiètes comme ça pour ce Caffey. Ça ne te ressemble pas.

— Je ne m'inquiète pas. Je suis curieux, c'est tout.

— Oui, on dit toujours ça au début et, après, on se fait des cheveux, a-t-elle répliqué d'un ton sec, avant de me donner un bon et gros baiser sur la bouche. En tout cas, tu as l'air d'aller mieux. Tu m'as fait peur pendant un moment. La plomberie va bien ?

— À merveille.

Sur ce, j'ai pris la route en chantant des chansons comme *We're in the Money* et *Come, Josephine, in my Flying Machine* pour me tenir compagnie.

À Tefton, je suis d'abord passé au siège de l'*Intelligencer* ; là, on m'a dit que Burt Hammersmith, le type que je cherchais, était certainement au tribunal du comté. Au tribunal, j'ai appris que mon bonhomme était parti, après que l'éclatement d'une conduite d'eau avait interrompu le procès – un procès pour viol (l'*Intelligencer*, dans ses pages, parlerait d'« attentat à la pudeur sur la personne d'une femme », car c'était ainsi qu'on s'exprimait en ce temps-là, avant que les Ricki Lake et les Carnie Wilson entrent en scène). Au tribunal, on supposait que Hammersmith était rentré chez lui. On m'a indiqué la route, un chemin de terre si cabossé que j'ai failli ne pas m'y aventurer avec ma Ford et au bout duquel j'ai trouvé mon homme.

Hammersmith avait signé la plupart des articles relatant le procès de Caffey et c'est lui qui m'a fourni certains détails de la brève poursuite qui avait abouti à l'arrestation du géant ; je parle des détails que l'*Intelligencer* avait jugés trop horribles pour en faire état dans ses pages.

Mme Hammersmith était une jeune femme au beau

visage las et aux mains rougies par les lessives. Elle ne m'a pas demandé ce qui m'amenait chez eux, m'a seulement invité à la suivre, à travers une maison qui fleurait bon les cookies, jusqu'au porche de derrière où son mari était assis, une bouteille de soda à la main et un numéro du magazine *Liberty* sur les genoux. Au bas d'un petit jardin en pente douce, deux enfants jouaient à la balançoire en riant. Il était difficile d'en juger depuis le porche, mais ce devait être une petite fille et un petit garçon. Des jumeaux peut-être, ce qui était intéressant, compte tenu du rôle que leur père avait joué durant le procès Caffey. Un peu plus proche, posée comme une île au milieu d'un rond de terre dénudé et jonché de crottes, se dressait une niche. Mais point de Fido en vue ; c'était encore une journée de canicule et je me suis dit qu'il devait être quelque part dans la maison, à somnoler.

— Burt, tu as de la visite, a annoncé Mme Hammersmith.

Il m'a jeté un regard, ainsi qu'à sa femme, et a reporté son attention sur les enfants, manifestement l'objet de toute sa tendresse. C'était un homme maigre – presque douloureusement maigre, comme s'il se remettait à peine d'une grave maladie – et il commençait à perdre ses cheveux. La femme a posé doucement une main enflée et rougie sur l'épaule de l'homme. Il n'a pas fait un geste pour prendre cette main, et elle a fini par la retirer. Je trouvais qu'ils se ressemblaient et faisaient plus frère et sœur que mari et femme : il avait l'intelligence, elle, la beauté, mais ils partageaient une hérédité cachée à laquelle ils ne pouvaient échapper. Plus tard, sur le chemin du retour, j'ai réalisé qu'ils n'étaient nullement semblables. Ce qui leur donnait cette apparente similitude était le malheur qui les avait frappés et le chagrin qui ne partirait plus. C'est étrange comme la douleur marque nos visages et donne aux souffrants un air de famille.

Elle m'a demandé :

— Voulez-vous boire quelque chose, monsieur… ?

— Edgecombe. Paul Edgecombe. Je vous remercie, une boisson fraîche serait la bienvenue, madame.

Elle est retournée dans la maison. J'ai tendu la main à Hammersmith, qui l'a serrée brièvement. Une poignée molle et froide. Il n'avait pas une seule fois quitté des yeux les enfants qui jouaient dans le fond du jardin.

— Monsieur Hammersmith, je suis gardien-chef du bloc E, au pénitencier de Cold Mountain. Le bloc E est…

— Je sais ce qu'est le bloc E, a-t-il dit en me regardant avec une pointe d'intérêt. Et qu'est-ce qui peut bien amener le grand manitou de la ligne verte à faire cent kilomètres pour parler à l'unique journaliste à plein temps du canard local ?

— John Caffey.

Je m'attendais à une réaction plus vive de sa part (cette fillette et ce garçonnet qui étaient peut-être des jumeaux, et peut-être aussi la niche – les Detterick avaient eu un chien), mais ma question ne provoqua qu'un haussement de sourcils chez Hammersmith.

— Caffey est désormais votre affaire, non ?

— Certainement, et il ne nous crée pas de problèmes. Il n'aime pas l'obscurité et il pleure beaucoup ; à part ça, il se tient parfaitement tranquille.

— Il pleure beaucoup, vous dites ? Ma foi, il y a de quoi. Après ce qu'il a fait… Que voulez-vous savoir ?

— Tout ce que vous pouvez me dire. J'ai lu vos arti-

194

cles, aussi c'est plutôt ce que vous n'avez pas écrit qui m'intéresse.

Il m'a jeté un regard aigu et sévère.

— À quoi les petites ressemblaient, par exemple ? Ce qu'il leur a fait, exactement ? C'est ce genre de choses que vous désirez entendre, monsieur Edgecombe ?

— Non, j'ai répondu en m'efforçant de garder une voix calme. Je ne suis pas ici pour les jumelles Detterick. Pauvres petites, elles sont mortes. Mais Caffey, lui, ne l'est pas – pas encore – et je suis curieux à son sujet.

— Très bien, prenez une chaise et asseyez-vous, monsieur Edgecombe. Vous me pardonnerez si je viens de vous parler un peu durement, mais je rencontre pas mal de vautours dans mon métier. Bon sang, on m'a même accusé d'en être un ! Je voulais seulement m'assurer que vous n'étiez pas de cette espèce.

— Et vous êtes satisfait ?

— Je le pense, m'a-t-il répondu d'un air presque indifférent.

L'histoire qu'il m'a alors racontée est identique à celle que j'ai déjà rapportée : comment Mme Detterick avait trouvé la véranda vide, avec la moustiquaire arrachée, les couvertures rejetées dans un coin et du sang sur les marches ; comment son fils et son mari s'étaient lancés à la poursuite du ravisseur, comment la battue les avait rejoints et était tombée un moment plus tard sur John Caffey. Comment le géant noir était assis au bord de l'eau hurlant à la mort, les deux fillettes ensanglantées dans ses bras. Le reporter, en pantalon de ville et chemise blanche, col ouvert sur un cou décharné, parlait d'une voix basse, sans émotion, mais sans jamais quitter des yeux ses enfants qui babillaient et jouaient au fond du jardin. À un moment, au milieu de l'histoire,

Mme Hammersmith est revenue avec une bouteille de root beer faite maison, fraîche et délicieusement forte. Elle est restée un instant à écouter puis a appelé les enfants, leur a dit de venir tout de suite, que les cookies étaient sortis du four.

— On arrive, maman ! a répondu la fillette, et leur mère est retournée à l'intérieur.

Quand Hammersmith eut terminé, il m'a dit :

— Alors, que voulez-vous savoir ? C'est bien la pre-mière fois qu'un gardien-chef de la Grande Maison vient me voir.

— Je vous l'ai dit…

— Oui, vous êtes curieux. La curiosité est humaine, et c'est une bonne chose, grâce à Dieu, sinon personne ne lirait les journaux et je n'aurais plus qu'à changer de métier. Mais cent kilomètres, c'est beaucoup de route pour satisfaire une simple curiosité, surtout quand les trente dernières bornes ne sont qu'une saloperie de chemin de terre. Alors, pourquoi ne pas me dire la vérité, monsieur Edgecombe ? J'ai satisfait votre… curiosité, alors faites-en autant pour la mienne.

Ma foi, je pouvais lui dire, j'avais une infection urinaire qui me faisait un mal du diable, et John Caffey a posé ses mains sur moi et m'a guéri. L'homme qui a violé et tué ces deux petites filles a fait ça. Alors, bien sûr, je me pose des questions sur lui, tout le monde s'en poserait. Je me demande même si Homer Cribus et Rob McGee n'ont pas épinglé un innocent. Oui, je me le demande, malgré toutes les preuves qui pèsent contre lui. Parce qu'un homme qui a un pouvoir pareil dans les mains, on a du mal à l'imaginer en train de violer et de tuer des enfants.

Je pouvais, mais ça ne marcherait pas.

— Il y a deux questions que je me suis posées, je lui ai

répondu. La première est : A-t-il déjà commis ce genre de crime ?

Hammersmith s'est tourné vers moi, le regard soudain vif et luisant d'intérêt. Ce type était intelligent, ça se voyait ; peut-être même brillant, à sa façon, tranquillement.

— Pourquoi ? il m'a demandé. Que savez-vous, monsieur Edgecombe ? Il en a parlé ?

— Non. Mais, en règle générale, les hommes qui font ça l'ont déjà fait. Ils recommencent parce qu'ils ont aimé ça.

— Oui, c'est certainement vrai.

— J'ai donc pensé qu'avec un type de sa taille, un nègre qui plus est, ça ne devrait pas être trop dur de voir s'il y a des antécédents.

— Eh bien, détrompez-vous. En tout cas, en ce qui concerne Caffey. Je le sais.

— Vous avez cherché ?

— Oui, et je suis revenu bredouille. Deux employés du chemin de fer pensent l'avoir vu traîner dans le dépôt de Knoxville, deux jours avant le meurtre des petites Detterick. Rien d'étonnant à ça, il était juste de l'autre côté de la rivière et de la voie ferrée de la Great Southern quand ils l'ont attrapé, et c'est probablement par là qu'il est descendu du Tennessee. J'ai aussi reçu une lettre d'un bonhomme qui disait avoir employé un grand Noir au crâne rasé au début du printemps, cette année, et c'était dans le Kentucky. Je lui ai envoyé une photo de Caffey et il m'a répondu que c'était bien l'homme. Mais à part ça...

Hammersmith a haussé les épaules et secoué la tête.

— Vous ne trouvez pas ça bizarre ?

— Je trouve ça très bizarre, monsieur Edgecombe.

C'est comme s'il était tombé du ciel. Et lui-même n'est pas d'un grand secours ; il ne peut même pas se souvenir de la semaine qui vient de passer.

— Non, il ne peut pas. Mais comment expliquez-vous ça ?

— Nous sommes dans une dépression, voilà comment je l'explique. Les gens sont sur les routes. Les ouvriers agricoles veulent cueillir des pêches en Californie, les petits Blancs veulent travailler dans les usines automobiles de Detroit, les Noirs du Mississippi veulent aller dans les fabriques de chaussures et les minoteries de la Nouvelle-Angleterre. Tout le monde – les Blancs comme les Noirs – pense que l'herbe est plus verte sur l'autre versant. C'est cette foutue façon de vivre américaine. Même un géant comme Caffey circule partout sans se faire remarquer... jusqu'au moment où il lui prend l'envie de tuer deux petites filles. Des petites Blanches.

— Vous croyez une chose pareille ? j'ai demandé, incrédule.

Il m'a jeté un regard impassible.

— Ça m'arrive.

Sa femme s'est penchée à la fenêtre de la cuisine comme un mécanicien à la portière d'une locomotive et elle a appelé :

— Les enfants ! Les gâteaux sont servis !

Elle s'est tournée vers moi et m'a demandé :

— J'ai fait des cookies aux raisins secs. En voulez-vous, monsieur Edgecombe ?

— Je suis sûr qu'ils sont délicieux, madame, mais je vous remercie, pas cette fois-ci.

— Comme vous voudrez, elle a dit, et elle a de nouveau disparu à l'intérieur.

— Vous avez vu les cicatrices sur son dos ? m'a demandé abruptement Hammersmith.

Il continuait de regarder les enfants qui avaient du mal à abandonner les plaisirs de la balançoire, même pour les bons cookies de maman.

— Oui.

J'étais étonné qu'il ait vu les marques en question et ma réaction l'a fait rire.

— La grande victoire de l'avocat de la défense a été de demander à Caffey d'enlever sa chemise pour montrer ses cicatrices au jury. Le procureur, George Peterson, a objecté comme un beau diable, mais le juge l'a autorisé. Le vieux George aurait pu épargner sa salive et son souffle, parce que s'il y a une chose dont les jurés, dans ce comté, se fichent pas mal, c'est qu'un type ait été maltraité et qu'à ce titre il puisse avoir des excuses. Pour eux, le pire des traitements n'est jamais une excuse, et j'ai tendance à partager leur point de vue, même si je dois dire que ces marques n'étaient pas belles à voir. Vous les avez vues, dites-vous, et qu'avez-vous noté ?

Je savais où Hammersmith voulait en venir.

— Elles s'entrecroisent sur tout le dos mais ne datent pas d'hier.

— Et vous en avez déduit ?

— Qu'il a été salement fouetté quand il était gosse.

— Mais pas assez pour tuer le diable en lui, n'est-ce pas, monsieur Edgecombe ? Ils auraient peut-être mieux fait de laisser tomber le fouet et de le noyer dans la rivière comme une portée de chats, vous ne pensez pas ?

Je suppose qu'à ce moment-là j'aurais dû me contenter d'approuver poliment et prendre congé, mais je ne pouvais pas faire ça. Je connaissais Caffey. Surtout, j'avais senti ses mains sur moi.

— C'est un homme étrange, j'ai dit. Mais je ne pense pas que ce soit un violent. Je sais bien qu'on l'a surpris avec les deux petites mortes, et c'est justement ça qui ne colle pas avec ce que je vois de lui tous les jours, au bloc. Je connais des hommes violents, monsieur Hammersmith.

Je pensais à Wharton, bien sûr, Wharton étranglant Dean Stanton avec la chaîne de ses menottes en criant : *Youpi, les gars ! Qu'est-ce qu'on s'marre, hein ?*

Hammersmith me regardait avec attention, un léger sourire aux lèvres, un sourire incrédule, auquel je n'attachai guère d'importance.

— Vous n'êtes pas venu ici pour savoir s'il n'aurait pas tué d'autres petites filles avant les jumelles Detterick, monsieur Edgecombe. Vous êtes venu pour voir si je n'avais pas de doutes quant à sa culpabilité. C'est ça ? Allons, dites-moi la vérité, Edgecombe.

J'ai bu une dernière gorgée de root beer, ai reposé la bouteille à côté de la sienne sur la petite table et lui ai dit :

— Et vous, vous n'en avez pas, de doutes ?

— Les enfants ! a-t-il appelé en se penchant en avant sur sa chaise. Venez, maintenant, vos cookies vous attendent !

Puis il s'est renversé en arrière et m'a regardé. Ce petit sourire – celui qui ne me gênait pas – était revenu.

— Je vais vous raconter une histoire, il a dit. Et vous feriez bien d'écouter attentivement, parce qu'il se peut qu'elle réponde aux questions que vous vous posez.

— Je vous écoute.

— On avait un chien, qu'on avait baptisé Sir Galahad. (Il a fait un signe en direction de la niche.) Un bon chien. Un bâtard, mais gentil. Calme. Toujours prêt à vous lécher la main ou à rapporter le bâton que vous lui lanciez. Bref, une brave bête, comme il y en a beaucoup, n'est-ce pas ?

J'ai hoché la tête.

— Par certains côtés, un bon chien est comme votre nègre. Il gagne à être connu et on se prend à l'aimer. Il ne vous est pas d'une grande utilité mais vous le gardez parce que vous pensez qu'il vous aime. Et si vous avez de la chance, monsieur Edgecombe, vous ne vous repentirez jamais d'avoir eu ce chien. Cynthia et moi, on n'a pas eu cette chance.

Il a poussé un long soupir qui faisait songer à un bruissement de feuilles mortes soulevées par le vent. Il a de nouveau désigné la niche et je me suis alors demandé pourquoi je n'avais pas remarqué plus tôt son air abandonné ou le fait que les excréments qu'on voyait çà et là étaient blancs et secs.

— Je balayais toujours autour de sa niche, a repris Hammersmith, et je veillais à ce que le toit soit bien étanche et ne prenne pas la pluie. À sa manière, Sir Galahad était comme votre nègre, qui ne ferait pas ces choses de lui-même. Aujourd'hui, je n'y touche plus, je ne m'en suis pas même approché depuis l'accident – si on peut appeler ça un accident. C'est là que je l'ai tué d'un coup de fusil et, depuis, j'ai tout laissé comme ça. Un jour, je démonterai cette niche et j'effacerai toutes les traces.

Les enfants remontaient du jardin et, soudain, j'ai regretté qu'ils ne soient pas restés à jouer, parce que je ne voulais pas voir ça. La petite fille était mignonne mais le garçon...

Ils ont grimpé les marches, m'ont regardé en riant et se sont dirigés vers la porte de la cuisine.

— Viens, Caleb, a dit Hammersmith d'une voix douce. Juste une minute.

La petite fille – ils étaient apparemment du même âge, quatre à cinq ans, et devaient effectivement être jumeaux – a disparu dans la maison. Le gamin s'est approché de son père en baissant les yeux. Il savait qu'il était laid. Ce n'était qu'un gosse mais déjà assez grand pour faire la différence entre le laid et le beau. Son père a posé deux doigts sous le menton du garçonnet, pour lui relever la tête. Au début, Caleb a résisté, mais Hammersmith lui a dit : « S'il te plaît, fiston », avec une telle douceur et un tel amour que le môme a fait ce qu'on lui demandait.

Une énorme cicatrice partait en croissant de lune de la racine des cheveux, en passant par un œil crevé et tout de travers, jusqu'au coin d'une bouche figée dans un rictus atroce. Une joue était lisse et jolie ; l'autre n'était qu'un amas de peau froissée. Elle avait sûrement été perforée mais les chairs s'étaient refermées.

— Il n'a plus qu'un œil, a dit Hammersmith en caressant la joue dénaturée d'une main aimante. Il a eu de la chance de ne pas perdre les deux. Nous en remercions le ciel tous les jours, hein, Caleb ?

— Oui, m'sieur, a dit le garçonnet d'une voix timide.

Il connaîtrait l'enfer à l'école, où il serait impitoyablement moqué à chaque récréation par une bande de petites brutes ricanantes ; on ne l'inviterait pas à jouer à chat perché ou au furet et, plus tard, devenu homme, il ne coucherait jamais avec une femme sans devoir la payer. Il resterait à jamais en dehors du cercle de ses pairs, ce garçon qui, toute sa vie durant, ne pourrait se regarder dans la glace sans y voir ce masque de cauchemar.

— Va manger tes gâteaux, lui a dit son père en embrassant tendrement le petit visage torturé.

— Oui, m'sieur, a dit Caleb, et il a couru à l'intérieur.

Hammersmith a sorti un mouchoir de sa poche et s'est essuyé les yeux, qu'il avait secs, mais il avait dû prendre l'habitude de les avoir mouillés.

— On avait déjà le chien quand ils sont nés. Je l'ai emmené dans la maison pour qu'il sente les bébés quand Cynthia est rentrée de la maternité, et Sir Galahad leur a léché les mains, de si petites mains. (Il a hoché la tête, comme s'il se parlait à lui-même.) Le chien jouait avec eux, il léchait le visage d'Arden jusqu'à ce qu'elle s'écroule de rire. Caleb lui tirait les oreilles et, quand il a commencé à marcher, il le tenait par la queue. Sir Galahad n'a jamais bronché, à peine un petit grognement de temps en temps.

Les larmes lui venaient, maintenant ; il les a essuyées d'un air indifférent, en homme abonné au chagrin.

— C'est arrivé sans raison. Caleb ne lui avait rien fait, pas donné de coup de pied, pas crié après, rien. Je le sais. J'étais là. Si je n'avais pas été là, il aurait certainement tué le petit. Ce qui s'est passé, monsieur Edgecombe, ne s'explique pas. Caleb a seulement approché son visage de la gueule du chien et je ne sais pas ce qui a traversé la tête de Sir Galahad, mais il lui est venu l'idée de mordre. De mordre et de tuer, si possible. Le petit lui offrait son visage et le chien a mordu dedans. Et c'est ce qui s'est passé avec Caffey. Il était là, il les a vues sur la véranda, les a enlevées, les a violées et les a tuées. Vous vous êtes demandé s'il n'avait pas déjà fait une chose comme ça, et je comprends que vous vous posiez la question, mais peut-être que c'était la première fois. Mon chien n'avait jamais mordu personne et peut-être qu'il n'aurait pas recommencé. Mais je ne me suis pas interrogé là-dessus. J'ai été prendre mon fusil, j'ai empoigné cette bête par le collier et lui ai fait sauter la tête.

Il était essoufflé et s'est interrompu un bref instant pour reprendre haleine.

— Je suis un homme aussi bien éduqué qu'un autre, monsieur Edgecombe. Je suis allé à l'université, j'ai fait histoire et journalisme, un peu de philo aussi. Les gens du Nord ne seraient probablement pas de cet avis, mais je me considère comme un humaniste. Je ne voudrais pas voir l'esclavage revenir pour tout l'or du monde. Je pense que nous devons nous montrer humains et ne pas épargner notre peine pour résoudre les problèmes raciaux. Mais nous devons nous rappeler que votre nègre mordra, comme mordra un chien si l'occasion s'en présente et qu'il lui vienne l'idée de sortir les crocs. Vous voulez savoir s'il l'a fait, votre M. Caffey qui pleure beaucoup et a des cicatrices plein le dos ?

J'ai fait oui de la tête.

— Il l'a fait. N'en doutez pas une seule seconde et ne lui tournez jamais le dos. Oh, vous pourriez vous y risquer cent fois, mille fois, sans qu'il vous arrive quoi que ce soit, et puis un jour…

Il a levé une main devant mes yeux et, refermant brusquement les quatre doigts joints sur le pouce, a mimé une morsure.

— Vous comprenez ?

J'ai de nouveau acquiescé.

— Il les a violées, les a tuées ; ensuite, il a été désolé… mais les fillettes sont restées violées, les fillettes sont restées mortes. Vous veillerez à ce qu'il ne recommence plus, n'est-ce pas, monsieur Edgecombe ? Dans quelques semaines, vous y veillerez, et il ne pourra plus jamais récidiver.

Il s'est levé, a fait quelques pas jusqu'à la balustrade et a jeté un regard vers la niche, au milieu de son bout de terre nu jonché de crottes desséchées.

— Vous voudrez bien m'excuser, il a dit, mais comme je ne vais pas au tribunal cet après-midi, je veux profiter de ma petite famille. On a si peu le temps de voir ses enfants grandir.

— Faites donc, je lui ai dit d'une voix qui m'a paru lointaine. Et merci de m'avoir accordé cet entretien.

— De rien.

Je suis rentré directement de chez Hammersmith à la prison. C'était une longue route et pas question de l'abréger à coups de chansons, cette fois. J'avais le sentiment que je ne rechanterais pas de sitôt. Je n'arrêtais pas de revoir le visage défiguré de ce pauvre petit et la main de Hammersmith mordant brusquement l'air devant moi.

5

Wild Bill Wharton a fait son premier séjour dans la cellule d'isolement le lendemain même. Il avait passé la matinée et l'après-midi aussi paisiblement qu'un agneau, état qui, nous allions très vite le découvrir, ne lui était pas naturel et présageait des ennuis. Vers les sept heures et demie, ce soir-là, Harry a senti quelque chose de chaud sur les revers de son pantalon, frais sorti du pressing. C'était de la pisse. William Wharton, pressé contre les barreaux de sa cellule, la gueule fendue d'un grand sourire, pissait d'un jet dru sur les pieds de Harry Terwilliger.

— L'enfant de putain a dû se retenir toute la journée, a dit plus tard Harry, dégoûté et furieux.

C'était la goutte qui fit déborder le vase, si je puis dire. Il était temps de montrer à William Wharton qui commandait. Harry nous a appelés, Brutal et moi, et j'ai alerté Percy et Dean, qui étaient également de service. Nous avions désormais trois prisonniers et marchions à plein effectif, avec mon groupe de sept heures du soir à trois heures du matin – les heures les plus « chaudes » – et deux autres équipes, composées de gardiens affectés temporairement au bloc E, pour couvrir le reste de la journée, le plus souvent sous la direction de Bill Dodge.

Ces horaires arrangeaient tout le monde et je me disais que si je pouvais affecter Percy à l'une des équipes de jour, les choses iraient encore mieux. Ça n'a jamais pu se faire. Mais cela aurait-il changé quelque chose ?

Bref, il y avait une arrivée d'eau dans la réserve, de l'autre côté de la chaise électrique ; Dean et Percy y ont vissé l'embout d'un tuyau d'incendie et ont attendu qu'on leur donne l'ordre d'ouvrir la vanne.

Dans sa cellule, Wharton, le robinet à l'air, se fendait encore la gueule, quand Brutal et moi sommes arrivés. J'avais sorti la camisole de force de la cellule d'isolement pour la ranger sur une étagère dans mon bureau avant de rentrer à la maison, la veille au soir, persuadé qu'on en aurait sûrement l'usage avec notre nouveau turbulent.

Je tenais maintenant la chemise par l'une des sangles

de toile et Harry marchait derrière nous, tirant la lance d'incendie, tandis que, là-bas dans la réserve, Dean et Percy déroulaient le tuyau sur son tambour aussi vite qu'ils le pouvaient.

— Hé ! vous avez aimé ça ? Faut croire, sinon vous viendriez pas si nombreux. J'suis en train de vous préparer une belle merde pour aller avec. De beaux étrons bien mous. Vous m'en direz des nouvelles demain…

Qu'est-ce qu'il se marrait, Wild Bill, en nous disant ça ! À s'en étouffer. Les larmes ruisselaient sur son visage. Puis il a vu que je déverrouillais la grille et il a plissé les yeux. Et plissé derechef en voyant Brutal tenir d'une main son revolver et de l'autre sa matraque.

— Vous entrez là-dedans sur vos jambes, vous en repartez sur le dos, Billy the Kid vous le garantit, il nous a dit, et son regard s'est arrêté sur moi. Et toi, ducon, tu peux toujours te toucher, si tu crois que tu vas me faire enfiler cette chemise.

— C'est pas toi qui donnes les ordres, ici, je lui ai rétorqué. Tu devrais le savoir mais comme t'es trop bête pour comprendre ça, on va t'aider à apprendre.

J'ai terminé de déverrouiller la grille et l'ai repoussée sur son rail. Wharton a reculé jusqu'à sa couchette, la bite toujours sortie, a tendu les mains vers moi en me faisant signe d'approcher avec ses doigts.

— Viens donc m'apprendre, vieux con, et Billy va te faire voir qui c'est le prof, ici.

Puis, tournant son sourire d'édenté vers Brutal :

— Approche, gros cul, tu s'ras le premier. Cette fois, tu peux pas m'attaquer en traître. Pose ton feu – tu tireras pas, de toute façon –, qu'on s'explique d'homme à homme, qu'on voie qui c'est le meilleur…

Brutal est entré dans la cellule, mais pas en direction

de Wharton. Il s'est écarté sur la gauche, sitôt qu'il a passé la porte, et le regard de Wharton a zoomé sur la lance d'incendie pointée sur lui.

— Non… non, vous f'rez pas ça ! Non…

— Dean ! j'ai appelé. Vas-y ! Envoie la flotte !

Wharton a bondi en avant, et Brutal lui a flanqué un fameux coup de matraque entre les deux yeux, un coup comme devait en rêver Percy. Wharton, qui croyait qu'on n'avait jamais connu le baptême du feu avant qu'il arrive, est tombé à genoux, les yeux ouverts mais la vue brouillée. Puis l'eau a jailli, avec une telle force que Harry a fait un pas en arrière sous la puissance du jet mais il a bien calé la lance entre ses mains et l'a pointée comme un fusil. Le jet a cueilli Wild Bill Wharton en pleine poitrine et l'a projeté sous la couchette. Dans le couloir, Delacroix sautillait d'une jambe sur l'autre, caquetant furieusement et maudissant John Caffey, qui ne lui disait rien de ce qui se passait, ni qui gagnait, ni comment le frappadingue appréciait le supplice chinois de l'eau. John ne disait rien ; il était debout, placide, avec son pantalon bien trop court et ses chaussons aux pieds. Il m'avait suffi d'un bref regard vers lui pour voir la même expression sur son visage, à la fois triste et sereine. On aurait dit qu'il avait déjà assisté à une scène semblable, et pas qu'une fois.

— Arrête l'eau ! a crié Brutal par-dessus son épaule, et il a foncé sur Wharton.

L'empoignant par les aisselles, il l'a tiré de sous la couchette. Wharton était groggy ; il toussait et crachait. Du sang sourdait de son front, que le coup de Brutal avait très légèrement ouvert.

Brutal et moi, on était passés maîtres dans l'art de la camisole ; on n'avait jamais lésiné sur l'entraînement et, de temps à autre, on récoltait le fruit de nos efforts. Brutal a assis Wharton sur la couchette et lui a soulevé les bras vers moi, comme une petite fille pourrait le faire avec une poupée articulée. Les yeux de Wharton reprenaient vie et, avec elle, la conscience que s'il ne réagissait pas sur-le-champ il serait trop tard, mais la communication entre son cerveau et ses muscles laissait encore à désirer. Avant que la liaison se rétablisse, je lui ai enfilé les manches de la camisole et, pendant que Brutal bouclait les sangles dans le dos, j'ai croisé les bras de Wharton et j'ai noué les autres sangles de telle façon qu'il donnait l'impression de s'étreindre lui-même.

— Que l'diable t'emporte, abruti, qu'est-ce qu'y lui font ?

Delacroix n'en pouvait plus de ne rien voir. J'ai entendu Mister Jingles couiner, comme si lui aussi voulait savoir.

Percy est arrivé, la chemise trempée – l'embout du tuyau d'incendie giclait un peu sur le côté – et le visage rouge d'excitation. Dean était derrière lui, le cou encore vilain à voir ; il semblait beaucoup moins emballé que Percy.

— Allez, Wild Bill, j'ai dit en relevant Wharton. On va faire une petite promenade.

— M'appelle pas comme ça !

Wharton avait hurlé et je pense que, pour la première fois, il s'exprimait sincèrement et ne se réfugiait pas derrière quelque camouflage de bête rusée.

— Wild Bill Hicock, il était pas un coureur de prairie ! Il a jamais combattu un ours avec un couteau de chasse ! C'était rien qu'un marshal de merde ! Un crétin qui s'asseyait le dos à la porte et qui s'est fait descendre par un ivrogne !

— Ça, c'est la meilleure ! Une leçon d'histoire, maintenant ! s'est exclamé Brutal, et il a poussé Wharton hors de la cellule. Toi aussi, tu vas bientôt appartenir à l'Histoire, Wild Bill. En attendant, avance dans le couloir. On a un logement spécial pour toi. Une espèce de salle de refroidissement.

Wharton a poussé un cri furieux et, bien que saucissonné dans sa camisole, il s'est jeté sur Brutal. Percy a porté la main à sa matraque – la solution Wetmore à tous les problèmes – mais Dean Stanton a arrêté son geste. Percy lui a lancé un regard perplexe et vaguement indigné, comme pour dire qu'après ce que Wharton avait fait à Dean celui-ci aurait dû être le dernier enclin à l'indulgence.

Brutal a repoussé Wharton dans ma direction. J'ai bloqué le colis et l'ai expédié à Harry. Et Harry l'a propulsé sur la ligne verte, devant les cellules d'un Delacroix éberlué et d'un Caffey impavide. Wharton devait trottiner pour ne pas tomber la tête la première. Il a craché des jurons pendant tout le chemin. Les crachait comme un chalumeau crache des étincelles. On l'a envoyé valdinguer dans la dernière cellule de droite, tandis que Dean, Harry et Percy (qui, pour une fois, ne se plaignait pas d'être accablé de travail) ont vidé de son fatras notre mitard capitonné. Pendant qu'ils s'activaient, j'ai eu une brève conversation avec Wharton.

— Tu te prends pour un dur, et peut-être que t'en es un, petit, mais ici, ça ne compte pas. Ta carrière de bagarreur est terminée. Si tu nous fous la paix, on te foutra la paix. Si tu nous la joues coriace, tu mourras de toute façon, sauf qu'on t'aura tellement tanné le cuir qu'on pourra en faire des sacs pour dames avant que tu prennes ton billet pour l'enfer.

— C'est vous qui serez vachement heureux de me voir partir, il m'a rétorqué d'une voix rauque.

Il se débattait dans sa camisole, alors qu'il aurait dû savoir que ça ne servait à rien, et son visage était rouge comme une tomate.

— Parce que j'vous garantis que je vais vous faire chier.

Sur ce, il a montré les crocs comme un babouin.

— Si c'est tout ce que tu veux, nous faire chier, tu peux arrêter, parce que tu as déjà réussi, lui a dit Brutal. Mais tant que tu seras au bloc E, Wharton, on s'en foutra pas mal que tu passes tout ton temps entre quatre murs capitonnés. Et tu porteras la chemise des jobards jusqu'à ce que tes bras se gangrènent par manque de circulation et en tombent par terre. Et si tu crois que quelqu'un s'inquiétera de ce qui t'arrive, cow-boy, alors tu ferais mieux de revoir ta copie. Parce que, pour tout le monde, dedans comme dehors, t'es qu'un bandit déjà mort.

Wharton a regardé attentivement Brutal et son visage a légèrement pâli.

— Enlevez-moi cette saloperie de camisole, il a dit d'une voix trop raisonnable pour être crédible. Je me tiendrai peinard. Sincère.

Harry est apparu sur le seuil. Le fond du couloir ressemblait à une brocante, mais on rangerait tout ça en moins de deux. On l'avait déjà fait et on connaissait notre boulot.

— La chambre de Monsieur est prête, a dit Harry.

Brutal a empoigné Wharton par la bosse que formait le coude sous la grosse toile et l'a remis debout.

— Allez, Wild Bill. Et prends les choses du bon côté. Tu vas avoir vingt-quatre heures pour te rappeler qu'il faut jamais s'asseoir le dos à la porte et ne jamais bluffer quand on n'a qu'une paire de huit.

— Me faites pas ça, les gars, a dit Wharton en nous regardant tous les trois, Brutal, Harry et moi. Vous m'avez donné une bonne leçon et je vous promets que... Ahhhhh !

Il s'est soudain effondré entre la cellule et la ligne verte, tout agité de convulsions.

— Bon Dieu, il fait une crise, a murmuré Percy.

— Sûr, et ma sœur est la putain de Babylone, a dit Brutal. Elle fait la danse du ventre pour Moïse tous les samedis soir, vêtue d'un long voile blanc.

Il s'est penché, a crocheté d'une main Wharton par une aisselle, pendant que je prenais l'autre. Wild Bill gigotait entre nous comme un poisson découvrant l'oxygène. On l'a tiré ; il grognait par un bout, pétait par l'autre, et ce n'est pas un des meilleurs souvenirs de ma vie.

J'ai relevé la tête et j'ai rencontré le regard de John Caffey. Il avait les yeux rougis, les joues humides. Il avait encore pleuré. J'ai pensé à Hammersmith, à son geste avec la main, et j'ai frissonné un peu. Puis j'ai reporté mon attention sur Wharton.

On l'a balancé comme un colis dans la cellule et on l'a regardé continuer de s'agiter par terre dans la camisole de force.

— Je m'en fous qu'il avale sa langue ou je ne sais quoi et qu'il crève, a dit Dean de sa voix râpeuse, mais on n'aurait pas fini d'en remplir, des rapports !

— Les rapports, c'est rien, mais pense au bruit que ça ferait, a grommelé Harry. Merde, on perdrait notre job. On se retrouverait à cueillir des haricots dans le Mississippi. Et tu sais ce que ça veut dire « Mississippi » ? C'est le trou du cul, en indien.

212

— Il crèvera pas et il avalera pas sa langue non plus, a déclaré Brutal. Demain, quand on ouvrira cette porte, il sera en pleine forme. Croyez-moi sur parole.

Et c'est bien ce qui s'est passé. L'homme qu'on a ramené dans sa cellule le lendemain soir était tranquille, pâle, et apparemment assagi. Il marchait la tête basse, n'a attaqué personne quand on lui a enlevé la camisole et s'est contenté de me regarder d'un air bête quand je lui ai annoncé que, la prochaine fois, ce serait quarante-huit heures d'isolement et que c'était à lui de voir combien de temps il avait envie de passer à pisser dans son pantalon et à se faire nourrir à la petite cuiller.

— Je me tiendrai bien, boss, j'ai appris ma leçon, il a murmuré d'une petite voix humble.

On a refermé la porte et Brutal m'a lancé un clin d'œil.

Plus tard, le lendemain, William Wharton, qui aimait se faire appeler Billy the Kid et surtout pas Wild Bill Hicock, du nom de ce bouseux de marshal, a acheté une tarte au chocolat au vieux Toot-Toot. Un tel commerce était formellement interdit mais l'équipe de l'après-midi était composée de bleus, comme je crois l'avoir dit, et l'affaire s'est faite. Pour Toot, qui connaissait par cœur le règlement, un sou était un sou, et bien fou qui s'en fout.

Ce soir-là, quand Brutal a pris son service, Wharton se tenait à la porte de sa cellule. Il a attendu que Brutal tourne la tête vers lui et, appuyant de ses mains sur ses joues gonflées, il lui a craché en pleine poire un jet épais et incroyablement long de bouillie chocolatée. Notre enfant terrible avait enfourné toute la tarte, attendu qu'elle tourne en jus de chique et balancé la sauce.

Wharton est retombé sur sa couchette, une barbiche

brunâtre au menton, moulinant des jambes et hurlant de rire en pointant l'index sur Brutal qui, lui, portait plus qu'une barbiche.

— Missié ga'dien, comment toi aller, dis-moi ?

Et de s'esclaffer en se tenant les côtes.

— Ah, dommage que c'était pas du caca ! Si j'en avais eu sous la main…

— C'est toi, la merde, a grogné Brutal, et j'espère que t'as fait ton baluchon, parce que tu vas retourner dans tes chiottes préférées.

Une fois de plus, Wharton a enfilé la camisole de force et a gagné la cellule aux murs capitonnés. Pour deux jours. De temps en temps, on l'entendait tempêter et jurer, gueuler qu'il avait compris et qu'il ne le referait plus, qu'il avait besoin d'un docteur, qu'il était en train de mourir. Mais, le plus souvent, il se tenait silencieux.

Il n'a pas dit un mot quand on l'a sorti et qu'il est retourné, la tête basse et le regard vide, dans sa cellule, ne répondant même pas à Harry qui lui disait :

— Souviens-toi, ça tient qu'à toi.

Il se ferait oublier pendant quelque temps, et puis il recommencerait. Tous les tours qu'il nous jouait, d'autres nous les avaient joués avant lui (à part le coup de la tarte, peut-être, que même Brutal trouvait assez original), mais c'était son obstination qui nous posait un problème. J'avais peur que, tôt ou tard, un collègue n'ait un moment de distraction qui lui coûte cher. Et cette situation pouvait durer longtemps, parce que le Kid avait un avocat qui battait la campagne pour convaincre le monde que ce serait une bien vilaine chose que d'exécuter un garçon – un jeune Blanc, qui plus est – sur le front duquel la rosée de la jeunesse n'avait pas encore séché. Il n'y avait rien à redire à cela, parce que le travail de l'avocat était de sauver Wharton de la chaise électrique. Le nôtre, de travail, était de le garder sain et sauf jusqu'au jour où on le confierait à Miss Cent Mille Volts.

6

C'était la semaine où Melinda Moores est sortie de l'hôpital d'Indianola. Les médecins en avaient terminé avec elle. Ils avaient hérité de bien beaux clichés de sa tumeur au cerveau, avaient noté la paralysie de sa main, ainsi que les douleurs térébrantes qui la mettaient au supplice et, maintenant, ils en avaient fini avec elle. Ils lui ont filé une boîte de pilules à base de morphine et l'ont envoyée mourir chez elle. Hal Moores avait quelques jours de congé à rattraper – pas beaucoup, car l'administration les lâchait avec un élastique en ce temps-là – mais il a pris tout ce qu'il lui restait, afin d'être auprès de sa femme.

Janice et moi, nous sommes allés la voir trois jours après son retour d'Indianola. J'avais passé un coup de fil à Hal avant de partir, et il m'avait dit que ça tombait bien, Melinda se sentait plutôt mieux et elle serait enchantée de nous revoir.

— Je déteste ce genre de visite, j'ai dit à Janice, tandis qu'on roulait en direction de la petite maison qu'habitaient les Moores depuis leur mariage.

— Personne n'aime ça, chéri, elle m'a répondu en me tapotant la main. Mais on fera comme si tout allait bien, et elle aussi.

Melinda était dans le salon, assise dans un rayon de soleil trop ardent pour un mois d'octobre. En la voyant, je me suis dit avec stupeur qu'elle avait dû perdre au moins vingt kilos. Ce n'était pas vrai, évidemment – elle n'aurait pas été là, sinon –, en tout cas, ç'a été ma première pensée. Son visage semblait avoir fondu ; l'ossature du crâne se dessinait cruellement et ses yeux cernés de mauve contrastaient avec une peau qui avait la pâleur cireuse du parchemin. C'était la première fois que je la voyais dans son fauteuil à bascule sans avoir les mains occupées par un ouvrage de broderie ou de tapisserie. Elle se contentait d'être assise. Comme quelqu'un attendant le train.

— Melinda, a dit ma femme avec chaleur.

Elle était aussi choquée que moi – plus, peut-être – mais elle réagissait magnifiquement, comme souvent les femmes savent si bien le faire. Elle s'est approchée de Melinda, s'est agenouillée à côté du fauteuil et a pris la main de la malade dans les siennes. Je les ai regardées et mon regard est tombé sur le tapis bleu près de la cheminée. Il m'a semblé alors qu'il aurait dû être d'un vert pisseux, parce que ce salon n'était plus qu'une version de la ligne verte.

— Je t'ai apporté du tilleul, a dit Janice. Celui que je cueille et qui fait de délicieuses tisanes, qui sont bonnes pour le sommeil. Je l'ai laissé dans la cuisine.

— Merci beaucoup, ma chérie, a dit Melinda d'une voix vieillie, comme rouillée.

— Comment te sens-tu ? a demandé ma femme.

— Mieux. Pas au point d'avoir envie de danser mais, au moins, je ne souffre pas, aujourd'hui. Ils m'ont donné des pilules pour les douleurs. Et, parfois, elles agissent.

— Heureusement.

— Mais c'est ma main qui ne va pas.

Elle a levé sa main, l'a regardée comme si elle ne l'avait encore jamais vue, puis l'a reposée sur ses genoux.

— Je ne sais pas ce qui m'est arrivé mais…

Elle s'est mise à pleurer sans bruit et cela m'a fait penser à John Caffey. Et ce qu'il m'avait dit est revenu dans ma tête avec l'insistance d'un refrain : *J'l'ai fait, pas vrai ? J'l'ai fait, pas vrai ?*

Sur ces entrefaites, Hal est apparu. Il m'a pris par l'épaule et m'a entraîné avec lui dans la cuisine, et vous ne pouvez pas savoir combien j'étais content de quitter le salon. Il a sorti deux verres et les a remplis à moitié d'une eau-de-vie qu'il achetait à un bouilleur de cru. Une vraiment raide. On a trinqué. Ça vous descendait dans le gosier en allumant le feu au passage mais ça s'épanouissait dans le ventre que c'en était une bénédiction. Tout de même, quand Moores a voulu m'en servir un second, j'ai fait non de la tête. Wild Bill Wharton n'était pas en isolement – pour le moment, du moins – et il n'aurait pas été prudent de s'approcher de lui avec le cerveau embrumé par la gnôle. Même avec des barreaux pour nous séparer.

— Je ne sais pas combien de temps je pourrai tenir, Paul, m'a dit Moores à voix basse. Il y a une fille qui vient le matin pour m'aider, mais les médecins m'ont dit qu'elle risquait de perdre le contrôle de ses intestins et… et…

Il s'est tu, a dégluti douloureusement, se retenant pour ne pas pleurer de nouveau devant moi.

— Tenez bon, Hal, je lui ai dit en lui serrant brièvement la main. Tenez bon, aussi longtemps qu'il le faudra, jusqu'à ce que Dieu prenne le relais. Que faire d'autre ?

— Rien. Mais c'est dur, Paul. Je prie pour que vous n'ayez jamais à vivre une chose pareille.

Il a fait un dernier effort pour se reprendre.

— Maintenant, donnez-moi des nouvelles. Comment ça se passe avec William Wharton ? Et avec Percy Wetmore ?

Nous avons parlé boutique pendant un moment et puis, Janice et moi, nous avons pris congé. Sur le chemin du retour, nous avons peu parlé. Ma femme regardait devant elle, les yeux pensifs et humides. Quant à moi, les paroles de Caffey tournaient dans ma tête comme Mister Jingles dans la cellule de Delacroix : *J'l'ai fait, pas vrai ?*

— C'est terrible, a dit ma femme à un moment. Et il n'y a rien qu'on puisse faire.

J'ai acquiescé d'un signe de la tête et j'ai pensé : *J'l'ai fait, pas vrai ?* Mais c'était de la folie, et je me suis efforcé de chasser pareille idée de mon esprit.

Comme nous arrivions à la maison, elle a parlé pour la seconde fois, pas de son amie Melinda mais de mon infection urinaire. Elle voulait savoir si c'était vraiment guéri. Vraiment guéri, je lui ai dit.

— Bonne nouvelle, elle a dit en m'embrassant au-dessus du sourcil, là où ça me faisait toujours frissonner. Alors, nous pourrions peut-être nous accorder une petite récréation. Enfin, si tu en as le temps et l'envie.

Ne manquant pas de la dernière, et disposant d'un peu du premier, je l'ai prise par la main et l'ai entraînée dans notre chambre et l'ai déshabillée pendant qu'elle caressait cette partie de moi qui enflait et élançait, mais sans la moindre douleur. Et, quand je suis entré dans sa douceur, m'y glissant lentement comme elle et moi nous aimions, j'ai encore pensé à John Caffey et la petite voix a repris : *J'l'ai fait, pas vrai ? J'l'ai fait, pas vrai ? J'l'ai fait, pas vrai ?* Comme des paroles d'une chanson qui ne vous quitte plus jusqu'à ce que le plaisir vous emporte.

Plus tard, alors que je roulais vers la prison, j'ai pensé que ce serait bientôt l'exécution de Delacroix et qu'il allait falloir répéter. Cette pensée en a entraîné une autre qui avait pour nom Percy. Ce serait lui le régisseur, cette fois, et cette perspective m'a soudain glacé. Je me suis exhorté à ne pas me faire de mouron, parce que après cette exécution nous serions débarrassés pour de bon de Percy Wetmore, mais j'ai continué de frissonner, comme si l'infection dont j'avais souffert n'était pas partie et s'était seulement déplacée de mon bas-ventre à ma colonne vertébrale.

7

— Debout, Del, a dit Brutal à Delacroix, le lendemain soir. On va faire une petite balade, toi et moi et Mister Jingles.

Delacroix, assis sur sa couchette, l'a considéré d'un air incrédule puis il a tendu la main vers la boîte à cigares où sommeillait la souris. Il l'a prise dans sa main et a regardé Brutal.

— De quoi tu parles ? il a demandé, les yeux plissés.

— C'est le grand soir pour Mister Jingles et toi, a dit Dean, rejoignant Brutal en compagnie de Harry.

Les ecchymoses qui lui faisaient un collier autour du cou avaient viré au jaune mais au moins il pouvait parler sans donner l'impression d'avoir avalé une râpe à fromage. Il s'est tourné vers Brutal :

— Tu crois qu'on devrait lui mettre les chaînes, Brute ?

— Non, a répondu Brutal après un instant de réflexion. Il va bien se tenir, hein, Del ? Et Mister Jingles aussi. Tu sais que tu vas te produire devant les grands manitous, ce soir ?

Percy et moi, on observait la scène depuis la permanence. Percy avait les bras croisés et un petit sourire méprisant aux lèvres. Au bout d'un moment, il a sorti son peigne en corne et a entrepris de se recoiffer. Debout derrière les barreaux de sa cellule, John Caffey aussi observait la scène en silence. Wharton gisait sur sa couchette, contemplant le plafond et ignorant tout le monde. C'est ce qu'il appelait être « sage » ; les médecins de Briar Ridge, eux, usaient d'un autre mot : catatonique. Et puis il y avait quelqu'un d'autre, planqué dans mon bureau, mais dont la silhouette maigrichonne se découpait sur la ligne verte.

— Qu'est-ce que ça veut dire ? a demandé Del d'un ton plaintif.

Quand Brutal a déverrouillé la porte de la cellule, Delacroix a ramené ses jambes sur la couchette et a promené sur les trois hommes un regard inquiet.

— Je vais t'expliquer, a répondu Brutal avec bonhomie. M. Moores a pris un peu de congé – sa femme n'est pas bien, comme tu l'as peut-être appris. C'est M. Anderson qui le remplace. M. Curtis Anderson.

— Ah ouais ? Et quel rapport avec moi ?

— Le nouveau patron a entendu parler de ta souris,

Del, a dit Harry. Et il veut que tu lui montres de quoi elle est capable. Ils sont six ou sept à t'attendre là-bas, à l'administration. Et pas des simples gardiens. Non, des huiles, comme t'a dit Brute. Il y en a même un, un politicien, qui est venu exprès de la capitale de l'État.

Delacroix s'est redressé et a bombé le torse. Il n'y avait plus une ombre de méfiance sur son visage. Bien sûr qu'ils étaient curieux de voir Mister Jingles ; qui ne le serait pas ?

Il s'est levé et, après une brève fouille sous sa couchette et sous son oreiller, a trouvé ce qu'il cherchait : un gros bonbon rose à la menthe et la bobine coloriée. Il a levé un regard interrogateur vers Brutal, et ce dernier a hoché la tête.

— Ouais. C'est le tour avec la bobine qu'il leur tarde de découvrir, mais c'est marrant aussi de la voir manger une des menthes. N'oublie pas la boîte à cigares. Pour transporter Mister Jingles.

Delacroix a pris la boîte, il a rangé dedans le matériel et juché Mister Jingles sur son épaule. Puis il est sorti de la cellule, fier comme un coq, et a regardé Dean et Harry.

— Vous venez aussi, les gars ?

Dean a fait non de la tête.

— On a d'autres chats à fouetter, il a dit. Mets-en-leur plein la vue, Del. Montre-leur ce qu'un gars de Louisiane sait faire quand il le veut.

— Un peu, oui.

Un sourire a illuminé le visage du petit Cajun, un sourire si plein de bonheur que ça m'a serré le cœur de voir ça, malgré tout le mal qu'avait pu faire ce tordu. Dans quel monde on vit ! Dans quel monde !

Delacroix s'est tourné vers John Caffey, avec qui il

s'était lié d'amitié, une de ces amitiés timides et embarrassées comme j'en avais souvent remarqué chez nos pensionnaires.

— Montre-leur, Del, a dit Caffey avec un grand sérieux. Montre-leur tous les tours qu'elle fait.

Delacroix a hoché la tête. Il a porté la main à son épaule et la souris est montée dessus comme sur une plate-forme. Quand il a approché sa main des barreaux de la cellule de Caffey, le géant a tendu un énorme doigt, et que je sois maudit si la souris, étirant comiquement le cou, ne l'a pas léché, tout comme un chien.

— Allez, Del, ne traînons pas, a dit Brutal. Ces messieurs de l'administration ont un bon dîner qui les attend chez eux, et faut pas les faire languir.

Bien sûr, ce n'était pas vrai. Anderson ne partait jamais avant huit heures du soir et les gardiens qu'il avait rassemblés pour voir le « numéro » de Delacroix seraient encore là à onze heures, minuit, cela dépendait de l'horaire de rotation des équipes. Quant au politicien venu de la capitale, ce serait un type du greffe à qui on aurait passé une cravate. Mais Delacroix ne risquait pas de le savoir.

— J'suis prêt, a dit le Cajun avec la simplicité d'une grande vedette qui a réussi à garder la tête froide. Allons-y.

Et, comme Brutal remontait avec lui la ligne verte, le Cajun, avec sa souris perchée sur l'épaule, s'est mis à entonner : « M'sieurs et m'dames ! Bienvenue au cirrrque de la sourrris ! »

Mais il avait beau s'enivrer à l'avance du triomphe qu'il était certain de se tailler, il n'en est pas moins passé devant Percy en lui décochant un regard méfiant et en faisant un large crochet.

Harry et Dean se tenaient devant la cellule vide en face de celle de Wharton, qui n'avait toujours pas bougé. Ils ont observé Brutal qui ouvrait la porte donnant sur la cour de promenade pour faire sortir Delacroix, en route vers la gloire.

J'ai attendu que la porte se referme pour regarder dans mon bureau. La silhouette, maigre comme la famine, se découpait toujours sur le lino, et j'étais content que Delacroix, excité comme il l'était, ne l'ait pas remarquée.

— Allez, sors de là, j'ai crié, et ne traînons pas, les gars. Je veux qu'on fasse au moins deux répètes et on n'a pas des masses de temps.

Le vieux Toot-Toot, toujours aussi hirsute, est sorti de sa planque et est allé s'asseoir sur la couchette de Delacroix.

— J'm'assois, j'm'assois, j'm'assois, a-t-il commencé à psalmodier.

Le cirque, le vrai, il est ici même, j'ai pensé en fermant les yeux une seconde. Oui, le vrai cirque, et nous sommes tous des souris dressées. Puis j'ai chassé de ma tête cette pensée pas si saugrenue que ça, et nous nous sommes mis au boulot.

8

La première répétition s'est bien passée, et il en a été de même de la seconde. Percy s'est comporté au-delà de mes espérances les plus folles. Ça ne voulait pas dire qu'il en serait de même quand l'heure viendrait pour le

Cajun de remonter la ligne verte, mais c'était un fameux pas dans la bonne direction. Il m'est venu à l'esprit que nous devions peut-être cette amélioration au fait que Percy faisait enfin quelque chose qui lui plaisait. Mais je me suis empressé de chasser le sentiment d'écœurement que m'inspirait cette idée. Quelle importance, de toute façon ? Il poserait la calotte sur le crâne de Delacroix, donnerait l'ordre d'envoyer le jus, et puis tous deux disparaîtraient de notre vue. Si ce n'était pas un happy end, ça ! Et puis, comme Moores l'avait fait remarquer, les noix de Delacroix grilleraient, avec ou sans Percy à la manœuvre.

N'empêche, Percy s'était montré à son avantage dans son nouveau rôle, et il le savait. Nous le savions tous. Il me semblait que tout allait bien se passer. Ce type avait été une vraie migraine et j'étais drôlement soulagé qu'il cesse un peu de me marteler les tempes. Et soulagé, je l'étais d'autant plus que Percy se mettait à écouter nos suggestions sur la manière d'améliorer sa prestation ou, du moins, de réduire les risques de catastrophe. Si vous voulez tout savoir, on était même franchement satisfaits de la nouvelle capacité d'écoute de l'apprenti bourreau. Même Dean qui, d'ordinaire, observait vis-à-vis de Percy la distance due aux lépreux, y allait de son tuyau. Après tout, ce n'était pas surprenant, car, pour la plupart des hommes, rien n'est plus flatteur que d'avoir un jeune qui prête attention à leurs recommandations, et nous étions comme tout le monde à cet égard. Conséquence, personne n'avait remarqué que Wild Bill Wharton ne contemplait plus le plafond de sa cellule. Moi pas plus que les autres, mais je suis sûr qu'il devait nous regarder, groupés devant la permanence, trois vétérans transmettant leur expérience au jeune bleu. Le gavant de conseils ! Et Percy qui prêtait l'oreille ! Quelle rigolade, quand on pense à ce qui s'est passé ensuite !

Le bruit d'une clé dans la porte donnant sur la cour de promenade a mis fin à notre petit conciliabule post-répétition. Dean a lancé un coup d'œil à Percy.

— Pas un mot ni rien, il a dit. Il ne faut pas qu'il sache ce que nous avons fait. C'est mauvais pour eux. Ça les secoue.

Percy a hoché la tête et posé l'index sur ses lèvres avec une mimique de conspirateur qui se voulait drôle et qui ne l'était pas. La porte s'est ouverte et Delacroix est entré, escorté par Brutal qui, tel l'assistant d'un magicien en charge du matériel, portait la boîte à cigares dans laquelle était rangée la bobine. Mister Jingles était perché sur l'épaule de Delacroix.

Delacroix ! Il n'aurait pas été plus radieux s'il s'était produit à la Maison-Blanche.

— Ils aiment Mister Jingles ! il a claironné. Ils rient et ils applaudissent et sont bien contents !

— Bravo, a dit Percy d'un ton bienveillant qui ne lui ressemblait pas. Allez, le vétéran, on retourne au bercail.

Delacroix a coulé un regard médusé vers Percy qui a paru soudain se réveiller. Il a montré les dents en feignant de grogner et a esquissé le geste de saisir Delacroix. Il plaisantait, bien sûr, mais Delacroix s'est mépris. Il a fait un bond en arrière avec une expression de peur et de méfiance et a trébuché sur le pied de Brutal. Il est tombé en arrière, la tête contre le lino. Mister Jingles a sauté à temps pour ne pas être écrasé et est allé se réfugier dans la cellule de son ami.

Delacroix s'est relevé, a lancé un regard haineux à

Percy et a trottiné après sa souris en se frottant l'arrière du crâne. Brutal (qui ne savait pas que Percy avait donné des signes encourageants de bonne volonté) a jeté à Percy un regard de profond mépris et a couru après Del en faisant tinter ses clés.

Je pense que ce qui s'est passé ensuite est arrivé parce que Percy a voulu s'excuser – je sais que ça paraît extravagant, mais le garçon avait l'humeur conciliante, ce jour-là. Et ça prouverait que ce vieux dicton cynique dit vrai : une bonne action n'est jamais impunie. Souvenez-vous que je vous ai déjà raconté comment, un soir qu'il avait chassé la souris jusqu'à la cellule de contention – c'était avant que Delacroix débarque –, il était passé trop près de la cellule du Président. Faire une chose pareille était dangereux, c'est pourquoi le couloir de la ligne verte était si large – quand on marchait au milieu, on ne pouvait pas être atteint par les détenus enfermés dans leurs cages. Le Président n'avait rien fait à Percy mais je me souviens d'avoir pensé qu'Arlen Bitterbuck aurait pu prendre la relève, si Percy était passé à sa portée. Histoire de lui donner une leçon.

Le Président et le Chef n'étaient plus là, mais on pouvait compter sur Wild Bill Wharton pour jouer les remplaçants. Il avait des manières autrement plus violentes que ces deux-là et il avait observé la scène avec l'espoir d'y décrocher lui aussi un petit rôle. Et voilà que la chance lui souriait, avec la permission de Percy Wetmore.

— Hé, Del ! a appelé Percy.

Et, riant à moitié, il est parti derrière Brutal et Delacroix en passant trop près, l'inconscient, du côté de Wharton.

— Hé, espèce de couillon, je voulais pas te faire mal ! C'était rien qu'une…

Wharton avait bondi de sa couchette en un éclair – je n'ai jamais vu de toute ma carrière quelqu'un capable de se déplacer avec une telle rapidité, même parmi les jeunes gens athlétiques dont on s'est occupés plus tard, Brutal et moi, à la Correctionnelle. Wild Bill a passé ses bras par les barreaux et a agrippé Percy par la manche de son blouson, l'a tiré violemment vers lui et lui a passé son bras libre autour de la gorge. Épinglé contre les barreaux tel un papillon sur son liège, Percy couinait comme un cochon qu'on s'apprête à égorger et je lisais dans ses yeux qu'il croyait sa dernière heure arrivée.

— T'es un sucre, toi, a murmuré Wharton en ébouriffant de sa main libre les cheveux de Percy. C'est tout doux, ça ! Comme les cheveux d'une fille. Tu sais que je préférerais te le mettre dans le cul plutôt que dans la fente de ta sœur.

Et d'embrasser Percy dans le cou. Un vrai baiser !

Je crois que Percy – qui avait matraqué Delacroix parce que le malheureux avait involontairement effleuré sa braguette – savait parfaitement ce qui le menaçait. Je me demande même s'il aurait résisté, si nous avions laissé à l'autre le loisir de faire ce qu'il voulait. En tout cas, Percy était blanc comme un linge et il ouvrait de grands yeux humides. Un filet de salive coulait de sa bouche grimaçante. Ça s'était passé si vite. L'incident n'a pas dû prendre plus de dix secondes en tout, je dirais.

Harry et moi, on s'est avancés, la matraque à la main. Dean a sorti son revolver. Mais avant que les choses aillent plus loin, Wharton a libéré Percy et a reculé en levant les mains en l'air et en souriant d'une oreille à l'autre.

— Je l'ai lâché, j'voulais juste rigoler un peu et le lâcher, il a dit. J'lui ai pas arraché un seul de ses beaux cheveux, à votre mignon, alors vous allez pas me refoutre dans cette putain de cellule de merde.

Percy Wetmore est allé se réfugier contre les barreaux d'une cellule vide, de l'autre côté du couloir. Il respirait si vite et si bruyamment qu'on aurait dit qu'il sanglotait. Il avait enfin appris, mais par la manière forte, qu'il valait mieux rester au milieu de la ligne verte, hors d'atteinte des ogres armés de dents et de griffes. Je me suis dit que c'était là une leçon qui lui resterait plus longtemps que tous les conseils qu'on lui avait prodigués après les répétitions. Son visage exprimait une profonde terreur, qui s'accordait avec le désordre de ses précieux cheveux. Il avait l'air de quelqu'un qui vient d'échapper à un viol.

Il y a eu un moment de silence – on n'entendait plus que la respiration haletante de Percy. Et puis un rire grinçant a rompu la quiétude. Un rire si soudain et tellement fou que c'en était éprouvant. J'ai tout de suite pensé à Wharton, mais ce n'était pas lui. C'était Delacroix : il se tenait devant la porte ouverte de sa cellule et pointait le doigt vers Percy. La souris avait regagné l'épaule du Cajun, qui ressemblait à un petit sorcier malveillant.

— R'gardez ! Il a pissé dans son froc ! hurlait Delacroix. R'gardez donc c'que c'fanfaron a fait ! Il sait taper sur les gens avec sa matraque, comme le mauvais homme qu'il est, mais si quelqu'un le touche, y se fait pipi dessus comme un bébé !

Et de s'esclaffer en braquant son index comme une arme. Toute sa peur et sa haine de Percy jaillissaient

dans ce rire moqueur. Percy l'a regardé ; il semblait incapable de bouger ou de parler. Wharton s'est approché
des barreaux de sa cellule, a regardé la tache sombre
dans l'entrejambe de Percy – petite mais sur laquelle on
ne pouvait se méprendre – et a eu un grand sourire.

— Quelqu'un devrait acheter une barboteuse à ce
dur à cuire, il a dit avant de retourner à sa couchette en
gloussant.

Brutal a marché vers Delacroix et le Cajun s'est
empressé de se réfugier sur sa couchette.

J'ai pris Percy par l'épaule.

— Percy…

Il a repoussé ma main puis il a baissé les yeux sur son
pantalon, a vu la tache et s'est mis à rougir. Il nous a
regardés, Harry, Dean et moi. J'étais bien content que le
vieux Toot-Toot soit déjà parti. S'il avait été là, l'affaire
aurait fait le tour de la prison en moins d'une journée.
Et vu le nom de famille de Percy[1] – bien malencontreux,
en l'occurrence –, ç'aurait été une histoire qui se serait
transmise de génération en génération de détenus.

— Si jamais vous parlez de ça, j'vous promets qu'en
moins de deux vous irez faire la queue à la soupe populaire, il a chuchoté avec rage.

C'était le genre de saloperie qui lui aurait valu une
baffe de ma part en d'autres circonstances, mais là, sur le
moment, j'ai eu plutôt pitié de lui. Et je crois qu'il a senti
cette pitié, ce qui était peut-être pire qu'une bonne gifle.

— Ce qui se passe ici sort pas d'ici, a dit Dean calmement. T'inquiète pas pour ça, Wetmore.

Percy a regardé par-dessus son épaule vers la cellule
de Delacroix. Brutal était en train de refermer la porte,

---

1. Wetmore : « Mouille Plus », de *wet* (mouiller) et *more* (plus).
(*N.d.T.*)

et on entendait parfaitement Delacroix qui se marrait toujours. Le regard de Percy était noir comme le tonnerre. J'ai failli lui dire qu'on récolte toujours ce qu'on a semé mais je me suis dit que ce n'était peut-être pas le bon moment pour ce genre de sermon.

— Quant à lui…

Il n'a pas fini sa phrase. Il est parti, la tête basse, en direction de la réserve pour y prendre un pantalon propre.

— Il est tellement mignon, a dit Wharton d'une voix rêveuse.

Harry lui a dit de fermer sa gueule s'il ne voulait pas aller dormir entre des murs matelassés, juste pour le principe. Wharton a croisé les bras, a fermé les yeux et n'a plus bougé.

9

La veille de l'exécution de Delacroix, il faisait plus chaud que jamais – trente et quelques degrés au thermomètre à la fenêtre de la cantine, quand je suis arrivé à six heures du soir. Une température pareille fin octobre, vous vous imaginez ? Et le tonnerre qui grondait à l'ouest comme si on était en juillet. L'après-midi, en ville, j'avais rencontré un des membres de ma congrégation, et il m'avait demandé avec un grand sérieux si je pensais qu'un temps comme ça n'annonçait pas la fin du monde. Je lui ai répondu que je n'en étais pas sûr mais il m'a traversé l'esprit que c'était la fin du monde pour Delacroix. Et ça l'a été, je vous le garantis.

Bill Dodge se tenait à la porte donnant sur la cour de promenade, une tasse de café dans une main, une cigarette dans l'autre.

— Regardez qui va là, il a dit en me voyant arriver. Paul Edgecombe en personne.

— Comment s'est passée la journée, Billy ?

— Comme sur des roulettes.

— Delacroix ?

— Ça va. On dirait qu'il comprend que c'est pour demain et, en même temps, on le dirait pas. Mais tu sais comment ils sont quand le dernier jour est arrivé.

J'ai hoché la tête.

— Wharton ?

Bill a ri.

— Quel comédien, celui-là ! À côté, Groucho Marx a l'air d'un curé. Il a dit à Rolfe Wettermark qu'il avait une gueule à lécher de la confiture de fraises sur la chatte de sa femme.

— Qu'est-ce que Rolfe a dit ?

— Qu'il n'était pas marié. Et puis que Wharton parlait sûrement pour sa mère.

Ça m'a fait marrer. C'était drôle, bien qu'un peu gras, mais c'était tellement bon de pouvoir rire de nouveau sans avoir la sensation qu'un salopard craquait des allumettes sous mes bijoux de famille. Bill a rigolé avec moi puis il a jeté le reste de son café dans la cour, qui était déserte, à part quelques anciens qui donnaient l'impression de traîner les pieds dans la poussière depuis mille ans.

Le tonnerre a grondé au loin et un éclair a zébré le ciel qui s'assombrissait. Bill s'est arrêté de rire et a levé les yeux :

— Tu sais, j'aime pas beaucoup ce temps-là. J'ai dans

l'idée qu'y va s'passer quelque chose. Quelque chose de moche.

Il ne croyait pas si bien dire. Il s'est passé quelque chose de moche sur le coup des dix heures, cette nuit-là. Percy a tué Mister Jingles.

10

Au début, ça s'est plutôt annoncé comme une assez bonne nuit, en dépit de la chaleur. John Caffey se tenait tranquille, comme d'habitude, Wild Bill jouait à l'enfant sage, et Delacroix était de bonne humeur pour un homme qui avait rendez-vous avec la Veuve Courant dans un petit peu plus de vingt-quatre heures.

Il savait très bien ce qui l'attendait – en gros, du moins. Il avait commandé des tacos pour son dernier repas (« au moins quatre ») et il m'avait donné des recommandations spéciales pour la cuisine.

— Dites-leur bien de mettre de la sauce pimentée, celle qui emporte la gueule. C'truc-là, ça m'fait un effet que c'est pas croyable, j'peux plus décoller le cul des toilettes, le lendemain, mais y aura pas de problème, cette fois, pas vrai ?

La plupart d'entre eux s'inquiètent pour leur âme avec une espèce de férocité imbécile, mais Delacroix, lui, n'avait pas manifesté beaucoup d'intérêt quand je lui avais demandé quelle assistance spirituelle il désirait. Si « c'type » Schuster avait été assez bon pour le grand chef Bitterbuck, m'avait-il dit, alors il serait assez bon pour Delacroix. Non, ce qui l'inquiétait – vous l'aurez déjà deviné, j'en suis sûr –, c'était le sort de Mister Jingles, quand il ne serait plus là pour s'en occuper et le protéger. J'avais l'habitude de passer de longues heures avec les condamnés, la nuit précédant leur dernière marche, mais c'était la première fois que je les passais penché sur le destin d'une souris.

Del considérait chaque scénario et en examinait les avantages et les inconvénients à la lueur de sa petite cervelle. Tandis qu'il pensait tout haut, impatient d'assurer l'avenir de sa souris, comme s'il s'était agi d'envoyer un enfant au collège, il jetait cette bobine coloriée contre le mur. Et chaque fois, Mister Jingles bondissait et la rapportait aux pieds de Del.

Le manège finissait par me taper sur le système – il y avait d'abord le petit claquement de la bobine contre le mur, puis le trottinement griffu de Mister Jingles. C'était un tour du tonnerre mais, au bout d'une heure et demie, ça devenait emmerdant comme la pluie. Et la souris qui semblait ne jamais s'en lasser. De temps à autre, elle faisait une pause rafraîchissement, s'accordant quelques gouttes d'eau dans la soucoupe que Delacroix lui gardait à cet effet, ou encore croquait une miette de bonbon à la menthe, et puis se remettait à l'ouvrage. Plusieurs fois déjà, j'avais failli dire à Delacroix d'arrêter avec sa bobine, mais comme il n'avait plus que cette nuit-là et le lendemain pour jouer avec sa souris, je m'étais abstenu. À la fin, toutefois, j'en ai eu assez de ce bruit qui se répétait, mais j'avais à peine ouvert la bouche que quelque chose m'a fait tourner la tête vers le couloir.

John Caffey se tenait à la porte de sa cellule ; il m'a regardé et a secoué la tête : une fois à gauche, une fois à droite et arrêt au milieu. Comme s'il avait lu dans mes pensées et qu'il me disait de ne pas le faire.

J'ai suggéré à Delacroix que Mister Jingles pourrait aller chez cette tante, celle qui avait envoyé le gros paquet de bonbons. Bien sûr, il ne partirait pas sans sa bobine ni même sans sa « maison » – on ferait une collecte, pour dédommager Toot de la perte de sa boîte à cigares.

Non, a dit Delacroix après réflexion (il a eu le temps de lancer au moins cinq fois la bobine, et Mister Jingles l'a rapportée en la poussant tantôt de la tête, tantôt avec ses pattes), ça ne marcherait pas. Mister Jingles était trop remuant pour une vieille dame comme tante Hermoine et puis il y avait des chances qu'il lui survive. Que lui arriverait-il, alors ? Non, non, tante Hermoine ne pourrait jamais faire l'affaire.

Eh bien, l'un d'entre nous pourrait le prendre, non ? On le garderait ici, au bloc E, où il avait ses habitudes. Non, a dit Delacroix, il me remerciait beaucoup de ma proposition, mais Mister Jingles aspirait à la liberté. Delacroix le savait, Mister Jingles le lui avait soufflé à l'oreille.

— Dans ce cas, celui d'entre nous qui le prendra l'emmènera chez lui, Del. Dean Stanton, peut-être. Il a un petit garçon qui adorerait sûrement avoir un compagnon.

Pareille perspective a littéralement fait pâlir d'horreur le Cajun. Quoi, ce rongeur de génie qu'était Mister Jingles entre les mains d'un gosse ? Comment un moutard saurait-il poursuivre le dressage de la souris savante, lui apprendre de nouveaux tours ? Et à supposer que ce garnement se désintéresse de Mister Jingles et l'abandonne sans manger pendant deux, trois jours ? Delacroix, qui avait brûlé vives six personnes dans le seul but de maquiller son premier crime, a frissonné comme un ami des bêtes auquel on parle de vivisection.

— Dans ce cas, j'ai dit, je le prendrai avec moi (promettre, toujours promettre quand leur dernier jour était arrivé).

— Non, boss Edgecombe, m'a répondu Del en jetant pour la énième fois la bobine. Merci, merci beaucoup, mais vous vivez loin d'ici dans les bois, et Mister Jingles, il aurait peur de vivre là-bas, je le sais, parce que…

— Je crois savoir comment tu le sais, Del.

Delacroix a hoché la tête en souriant.

— Mais on va réfléchir.

Lancement de la bobine, petit tricotis de pattes, j'ai essayé de ne pas faire la grimace.

Pour finir, c'est Brutal qui nous a sauvés. Il était resté à côté du bureau de permanence, à regarder Dean et Harry jouer aux cartes. Percy était là aussi, et Brutal, lassé d'essayer d'avoir une conversation avec lui et de ne récolter que des grognements maussades en retour, avait fini par se rapprocher de la cellule de Delacroix, devant laquelle j'étais assis sur un tabouret. Il nous écoutait, les bras croisés.

— Vous avez pensé à Sourisville ? il nous a demandé soudain, après que Delacroix eut rejeté ma proposition de prendre en charge Mister Jingles.

— Sourisville ?

Delacroix a jeté à Brutal un regard étonné et curieux à la fois.

— C'est quoi, ça ?

— Un parc d'attractions pour touristes. En Floride. À Tallahassee, j'crois bien. C'est bien Tallahassee, hein, Paul ?

— Exact, j'ai répondu sans la moindre hésitation tout

en me disant : Dieu bénisse Brutus Howell. Tallahassee. C'est sur la route qu'on prend pour aller à l'école des chiens.

J'ai vu Brutal pincer les lèvres et j'ai pensé qu'il allait tout gâcher d'un éclat de rire, mais il a gardé le contrôle et a embrayé d'un hochement de tête approbateur. Je me suis dit que cette école des chiens ferait plus tard l'objet de plus d'une rigolade.

Cette fois, Del n'a pas relancé la bobine, et pourtant, Mister Jingles attendait impatiemment, ses pattes avant appuyées sur la pantoufle du maître. Le Cajun nous a regardés tour à tour, Brutal et moi.

— Et qu'est-ce qu'y font, à Sourisville ? il a hasardé, timide.

— Tu crois qu'ils accepteraient Mister Jingles ? m'a demandé Brutal, ignorant Delacroix tout en excitant sa curiosité. Il a l'étoffe, à ton avis ?

J'ai feint de réfléchir à la question, avant de répondre :

— Écoute, plus j'y pense, plus ça me paraît une fameuse idée.

Du coin de l'œil, j'ai vu Percy qui descendait la ligne verte (en passant au large de la cellule de Wharton, une leçon qui, dans le cas de Percy, n'aurait pas besoin de révision) et s'adossait contre les barreaux d'une cellule vide, pour nous écouter avec un petit sourire méprisant.

— C'est quoi, ce Sourisville ? a demandé Del, avide de savoir, maintenant.

— J't'e l'ai dit, un parc d'attractions, a répondu Brutal. Doit y avoir, je sais pas, moi, une bonne centaine de souris, là-bas. À ton avis, Paul ?

— Plus de cent cinquante à ce jour. C'est un grand

succès. J'ai entendu dire qu'ils projetaient d'ouvrir un autre parc à L.A. Sourisville Ouest, ça s'appellera. C'est une affaire qui marche. Paraît que les souris savantes, c'est à la dernière mode dans la haute société.

Del nous regardait, la bobine tricolore dans la main, oublieux de sa situation et du compte à rebours qui avait commencé pour lui.

— Attention, ils n'engagent que les meilleures, a dit Brutal. Celles qui savent faire des tours. Et pas de souris blanches non plus, parce que les blanches, c'est bon que pour les boutiques d'animaux.

— C'est pas des souris, les blanches ! a dit Delacroix avec force. C'est rien que des joujoux !

Et Brutal, le regard lointain, comme s'il revoyait la chose, a repris :

— Ils ont ce grand chapiteau…

— Comme un cirque, quoi ! s'est exclamé Del. Faut payer pour entrer ?

— Tu rigoles ? Bien sûr qu'il faut payer. Dix *cents* pour les adultes, deux *cents* pour les enfants. Et t'as toute une ville faite de boîtes en bakélite avec des fenêtres en mica pour qu'on puisse voir les souris…

— Ah ouais !

Delacroix était en extase, à présent. Il s'est tourné vers moi :

— Des f'nêtres en miquoi ?

— En mica. Tu sais, ces petites plaques transparentes qu'il y a sur les poêles, pour qu'on voie les flammes ?

— Ah, c'machin !

Il a tendu la main (celle qui tenait la bobine) vers Brutal pour lui faire signe de continuer, et les petits yeux noirs de Mister Jingles ont littéralement jailli de leurs orbites pour ne pas perdre de vue son jouet. C'était drôle de voir ça. Percy s'est rapproché, comme pour mieux voir, et j'ai remarqué le froncement de sourcils de John Caffey, qui observait Percy, mais j'étais trop fasciné par l'histoire de Brutal pour y prêter beaucoup d'attention. Faut dire que ce que faisait Brutal – conter à un condamné à mort la belle histoire capable de lui faire oublier que c'était pour le lendemain – forçait mon admiration, je vous le dis.

— Ça, c'est Sourisville, mais ce que les gosses aiment tant, c'est le Grand Cirque de Sourisville, là où y a des souris qui font du trapèze, d'autres qui font rouler des petits tonneaux ou qui entassent des pièces...

— Ah ouais ! C'est ça qu'y faut à Mister Jingles !

Les yeux de Delacroix étincelaient et le feu lui était monté aux joues. J'ai pensé à ce moment-là que Brutus Howell était une espèce de saint.

— Tu vas faire souris de cirque, Mister Jingles ! Tu vas vivre dans une ville de souris en Floride ! Avec des fenêtres en moka et tout ! Hourra !

Et il a lancé fort la bobine. Elle a rebondi follement contre le mur, a traversé la cellule, passé les barreaux et terminé sa course sur la ligne verte. Mister Jingles s'est élancé après elle, et Percy a vu sa chance.

— Malheur, fais pas ça ! a hurlé Brutal.

Mais Percy ne l'a pas écouté. Mister Jingles, trop pris par le jeu pour s'apercevoir de la présence de son vieil ennemi, a atteint la bobine juste au moment où un lourd brodequin noir s'abattait sur lui. On a tous entendu le craquement de la colonne vertébrale, tous vu le sang jaillir de la bouche. Et, dans les petits yeux noirs qui saillaient, j'ai lu une expression d'agonie et de stupeur qui était bien trop humaine.

Dans le hurlement qu'a poussé Delacroix, il y avait

tout l'effroi et toute la souffrance du monde. Il s'est jeté contre la grille de sa cage, les bras tendus entre les barreaux aussi loin qu'il le pouvait, criant sans cesse le nom de Mister Jingles.

Percy s'est tourné vers lui. Et vers nous, qui étions là, devant la cellule. Percy souriait.

— Voilà, il a dit. J'savais bien que j'l'aurais tôt ou tard. C'était rien qu'une question de temps.

Puis il a tourné les talons et a remonté la ligne verte, sans se presser, laissant Mister Jingles gisant dans son sang sur le lino.

QUATRIÈME ÉPISODE

La mort affreuse d'Edouard Delacroix

Titre original :

THE BAD DEATH OF EDUARD DELACROIX

1

Outre l'histoire que je vous conte ici, je tiens un petit journal de bord depuis que j'ai pris pension à Georgia Pines – oh, peu de chose, pas plus de quelques paragraphes chaque jour, pour parler surtout de la pluie et du beau temps. Ce journal, je l'ai relu hier au soir. Je voulais savoir combien de temps s'était écoulé depuis que mes petits-enfants, Christopher et Lisette, m'ont plus ou moins forcé à me retirer ici.

« C'est pour ton bien, grand-père. »

N'est-ce pas ce que disent toujours les gens quand ils ont enfin trouvé le moyen de résoudre un problème qui marche encore sur ses deux jambes et n'a pas sa langue dans sa poche ?

Eh bien, ça fait un peu plus d'un an. C'est bizarre, mais je ne sais plus très bien ce que ça représente, une année. Ma notion du temps semble fondre comme un bonhomme de neige au dégel. L'impression que les mesures habituelles du temps – l'heure d'hiver, l'heure d'été, les huit heures d'une journée de travail – n'existent plus. Ici, on est à l'heure de Georgia Pines : celle des membres raides, de la tremblote et du pipi au lit. Le reste ? Envolé, disparu.

Une maison bigrement dangereuse, croyez-moi. Oh, on ne s'en rend pas compte, au début. On trouve l'endroit ennuyeux, aussi paisible qu'une crèche à l'heure du dodo, mais attention, le danger guette. J'en ai vu plus d'un ici qui glissait dans la sénilité et, quand je dis glisser, c'est une façon de parler, parce qu'ils s'enfonçaient vers les abysses à la vitesse d'un sous-marin fuyant une torpille.

Certes, quand ils débarquent, ils ont la vue plutôt basse, la canne soudée à la paume, la vessie pas vraiment étanche. Mais à part ça, ils sont encore d'équerre. Et puis, il leur arrive quelque chose. Un mois plus tard, ils sont assis devant la télé, l'œil sans vie, la mâchoire pendante, un verre de jus d'orange oublié dans une main qui fait le shaker. Le deuxième mois, il faut leur rappeler les noms de leurs enfants venus leur faire coucou. Le troisième, c'est leur propre nom qu'ils ont oublié. Oui, il leur arrive quelque chose : ils se sont mis sans le savoir à l'heure de Georgia Pines, une heure qui agit comme un acide doux, qui leur ronge d'abord la mémoire, et après le désir de vivre.

Faut se battre contre ça. Je l'ai dit à mon amie Elaine Connelly. Je me sens beaucoup mieux depuis que j'ai entrepris d'écrire ce qui s'est passé en 1932, l'année où John Caffey est entré au bloc E. Ce sont souvent des souvenirs terribles, mais je les sens qui affûtent mon esprit et ma vigilance comme une lame aiguisée la pointe d'un crayon, et ça vaut le coup de souffrir un peu.

Malgré tout, écrire et se souvenir, ce n'est pas suffisant. J'ai aussi un corps – décharné et grotesque, assurément – et je lui fais faire de l'exercice autant que je le peux. Ç'a été dur, au début, parce que les vieux croûtons de mon espèce ne sont pas très fortiches quand il s'agit de faire des efforts uniquement pour le goût de l'effort, mais ça m'est plus facile maintenant que mes promenades ont un but.

Ma première, je la fais avant le petit déjeuner – dès que le jour s'est levé. Il pleuvait ce matin et l'humidité n'arrange pas mes rhumatismes. J'ai quand même décroché un ciré du portemanteau près des cuisines et je suis sorti. Quand un homme a quelque chose à faire, il doit s'y atteler, et tant pis si c'est douloureux. Et puis, il y a des compensations. Tout d'abord, garder le sens du temps réel, à l'opposé de celui de Georgia Pines. Ensuite, arthrite ou pas, j'aime la pluie. Surtout au petit matin, quand le jour est encore jeune et porteur d'espoir, même pour le vieux croûton que je suis.

Je me suis arrêté à la cuisine pour mendier deux tranches de pain grillé à l'un des cuistots aux yeux ensommeillés et je suis sorti. J'ai suivi le parcours de croquet et le petit green envahi d'herbes folles. Au-delà, il y a un bosquet, que traverse un sentier sinueux, et deux remises abandonnées et rongées par les vers. Je marchais lentement, écoutant le secret chuintement de la pluie dans les pins, grignotant un morceau de pain avec les dents qui me restent. J'avais mal aux jambes, mais c'était une douleur sourde, supportable. Je me sentais plutôt bien et je respirais l'air humide à pleins poumons, comme pour m'en nourrir.

Je suis entré dans la seconde remise et j'y suis resté le temps de faire ce que j'avais à faire.

Quand, vingt minutes plus tard, je suis revenu par le même sentier, la faim me tiraillait gentiment la panse et j'ai pensé qu'il était temps de manger quelque chose de plus substantiel qu'un toast. Une bouillie d'avoine, peut-être même un œuf brouillé avec une saucisse grillée. J'ai toujours aimé les saucisses, mais je dois me contenter d'une seule, maintenant, si je ne veux pas avoir des ennuis d'estomac. Et, une fois le ventre plein et l'esprit revigoré par l'air vif du matin (du moins, je l'espérais), j'irais dans le solarium pour raconter l'exécution d'Edouard Delacroix. Je le ferais le plus vite possible, pour ne pas perdre courage.

Je songeais à Mister Jingles, quand j'ai traversé de nouveau le parcours de croquet : je revoyais Percy Wetmore l'écraser sous sa chaussure et il me semblait réentendre le cri qu'avait poussé Delacroix en réalisant ce que son ennemi avait fait. Perdu dans mes souvenirs, je n'ai vu Brad Dolan, à demi caché par les poubelles, qu'au moment où il m'a saisi le poignet.

— On a fait sa p'tite promenade, Paulie ?

J'ai sursauté et je me suis dégagé instinctivement. Mon tressaillement était bien naturel – réflexe compréhensible, quand quelqu'un vous surprend de cette façon –, mais il n'y avait pas que ça. Comme je vous le disais, je pensais justement à Percy Wetmore, et Brad me rappelle Percy. Comme lui, Brad se trimballe toujours avec de la lecture dans la poche (Wetmore, c'étaient des magazines d'aventures ; Brad préfère ces recueils de blagues qui ne sont drôles que si vous êtes bête et méchant). Comme Percy, il ne se prend pas pour de la merde, mais surtout c'est un sournois et il aime faire souffrir les autres.

Il venait juste d'arriver à son travail et n'avait pas encore enfilé sa blouse blanche de garçon de salle. En jean et chemise à carreaux, il tenait à la main les restes d'un sandwich au fromage qu'il avait raflé à la cuisine et était venu manger sous l'auvent, à l'abri de la pluie.

D'où il pouvait aussi m'épier, j'en suis sûr, maintenant. De ça et d'autre chose aussi : je ferai désormais très attention au sieur Brad Dolan. Il ne m'aime pas. Je ne sais pas pourquoi, mais je n'ai jamais compris non plus la raison de l'antipathie de Percy Wetmore pour Delacroix. Antipathie, le mot est vraiment trop faible. Percy vouait une haine féroce au petit Français, et ça a commencé à la minute même où celui-ci a posé les pieds sur la ligne verte.

— C'est quoi, ce ciré que tu as mis, Paulie ? il m'a demandé en tirant sur mon col. L'est pas à toi, c'machin.

— Je l'ai pris dans le couloir.

Je déteste qu'il m'appelle Paulie, et il le sait très bien. Mais je ne le montre jamais, ça lui ferait bien trop plaisir !

— Il y en a toute une rangée sur le portemanteau. Et un peu de pluie, ça ne risque pas de l'abîmer, non ? C'est même fait pour ça, un ciré.

— Mais il est pas à toi, Paulie, il a dit en tirant de nouveau sur mon col. Tout est là. Ces cirés, c'est pour les employés, pas pour les résidents.

— Je ne vois pas quel mal il y a.

Il m'a gratifié d'un mince sourire.

— S'agit pas de mal, s'agit du règlement. Et la vie serait quoi, sans le règlement ? Ah, Paulie, Paulie, Paulie…

Il a secoué la tête, l'air de dire que ça le désolait rien que de me regarder, et il a ajouté :

— Tu crois peut-être qu'un vieil emmerdeur comme toi n'a pas à se soucier du règlement, mais tu te trompes, *Paulie*.

Il me souriait. Me détestait. Peut-être même qu'il me

haïssait. Et pourquoi ? Je ne sais pas. Parfois, il n'y a pas de pourquoi. C'est ça qui est effrayant.

— Eh bien, je suis désolé si j'ai enfreint la règle, j'ai dit.

Le ton de ma voix m'a paru plaintif, un peu trop aigu, et je m'en suis voulu, mais je suis vieux, et les vieux, ça geint facilement. Ça prend peur facilement.

Brad a hoché la tête.

— J'accepte tes excuses et, maintenant, tu vas me raccrocher ce truc où tu l'as pris. Et puis, t'as rien à faire dehors sous la pluie. Surtout dans le bois. Qu'est-ce qui se passerait si tu glissais et que tu te casses ta putain de hanche ? Hein ? Qui c'est qui devrait te porter sur son dos ?

— Je n'en sais rien.

Je n'avais qu'une envie : m'éloigner de lui. Plus je l'écoutais, plus il me rappelait Percy. William Wharton, le dingue qui avait débarqué au bloc à l'automne 32, avait réussi à choper Percy, qui avait eu l'imprudence de passer trop près de la cage. De terreur, Wetmore en avait pissé dans son pantalon. *Si jamais vous parlez de ça*, nous avait menacés Percy, *j'vous promets qu'en moins de deux, vous irez faire la queue à la soupe populaire.*

Et voilà que soudain, après toutes ces années, il me semblait entendre Brad Dolan prononcer les mêmes mots, sur le même ton. J'avais l'impression qu'en racontant les événements de ce maudit automne 32 j'avais ouvert une porte reliant le passé et le présent – Percy Wetmore et Brad Dolan, Janice Edgecombe et Elaine Connelly, le pénitencier de Cold Mountain et la maison de retraite de Georgia Pines. Avec ce genre de pensées, j'étais assuré de passer une nuit blanche.

Je me suis tourné vers la porte des cuisines et Brad

m'a saisi de nouveau par le poignet. Et, cette fois, c'était pour me faire mal. Il serrait aussi fort qu'il pouvait, tout en coulant des regards sur le côté pour s'assurer que personne ne le verrait molester l'un de ces petits vieux dont il était censé s'occuper.

— Qu'est-ce que tu vas faire sur ce sentier ? il m'a demandé. Je sais que t'y vas pas pour te tripoter, pour toi c'est fini depuis longtemps, ce genre de truc. Alors qu'est-ce que tu fabriques là-bas ?

— Rien.

Je m'exhortais au calme, pour ne pas lui montrer qu'il me faisait mal. Il n'avait parlé que du sentier, il ne savait donc pas, au sujet de la remise.

— Je marche, c'est tout. Ça m'éclaircit les idées.

— Mais c'est bien trop tard pour ça, Paulie. Tes idées, elles seront plus jamais claires.

Il a raffermi sa prise, le regard toujours aux aguets ; il n'avait pas peur, lui, d'enfreindre le règlement ; il redoutait seulement d'être pris en flagrant délit. Et en cela aussi, il était comme Percy Wetmore, qui ne manquait jamais de vous rappeler qu'il était le neveu du gouverneur.

— Vieux comme t'es, c'est un miracle que tu puisses te rappeler seulement comment tu t'appelles. T'es décidément trop vieux ; même pour un musée comme ici. Tu me fous les jetons, Paulie.

— Lâche-moi.

Cette fois, j'ai essayé de gommer les aigus. Ce n'était pas seulement par fierté. Je pensais que le son de la peur l'exciterait davantage, de même que l'odeur de la sueur pousse parfois un chien – qui autrement se serait contenté de gronder – à mordre. Et ça m'a fait penser, bien sûr, à ce journaliste qui avait couvert le procès de

John Caffey. Un type inquiétant du nom de Hammer-smith, mais le pire, c'est que le bonhomme ne savait pas à quel point il était inquiétant.

Dolan ne m'a pas lâché ; il a encore resserré son étau. La douleur m'est descendue jusqu'aux chevilles.

— Qu'est-ce que tu fais dans ce bois, Paulie ? Dis-le-moi.

— Rien !

Je ne pleurais pas, pas encore, mais j'avais peur de commencer s'il continuait à me tourmenter comme ça.

— Rien. Je me promène, j'aime me promener, lâche-moi !

Il m'a lâché mais a aussitôt empoigné mon autre main. Celle-là, je la tenais fermée.

— Ouvre. Montre à papa.

J'ai ouvert ma main et il a grogné de dégoût en voyant les restes de ma tartine. J'avais serré le poing quand il avait commencé à me faire mal, et mes doigts étaient luisants de beurre – de la margarine, en fait, parce que du beurre, du vrai, il n'y en a pas, ici.

— Allez, va te laver. Si c'est pas malheureux de voir ça.

Il a fait un pas en arrière et a mordu dans son sand-wich.

J'ai grimpé les marches du perron. J'avais les jambes tremblantes et mon cœur cognait comme un moteur aux bielles usées. Juste comme j'allais pousser la porte, j'ai entendu la voix de Dolan derrière moi.

— Et t'avise pas d'aller raconter que j'ai fait des misères à ton petit poignet, Paulie, parce que je leur dirai que t'hallucines, que tu nous fais un peu de démence sénile. Et j'te garantis qu'y me croiront. Quant

aux marques, ils penseront que tu te les es faites toi-
même.

Oui. Tout cela était vrai. Et une fois de plus, Percy
aurait pu tenir ces propos, un Percy resté jeune, pendant
que moi je serais devenu vieux et faible.

— Je ne dirai rien à personne, j'ai marmonné. Je n'ai
rien à dire.

— C'est très bien, papy, il a dit d'une voix moqueuse,
la voix d'un « grand con » (pour employer l'expression
favorite de Percy), qui pensait qu'il resterait toujours
jeune. Et puis, j'finirai bien par savoir ce que tu fabriques. J'en fais mon affaire, tu entends ?

J'avais entendu mais je n'ai rien dit, il aurait été trop
content que je lui réponde. Je suis entré. Il y avait une
bonne odeur d'œufs et de saucisses grillées dans la cuisine, mais je n'avais plus faim. J'ai raccroché le ciré à
sa patère. Je suis monté dans ma chambre, pour m'allonger un peu et laisser le temps à mon cœur de ralentir
la cadence.

Quand je me suis senti reposé, je me suis levé, j'ai
pris mon bloc-notes et mon stylo et je suis descendu
au solarium.

Je venais juste de m'asseoir à la petite table près de la
fenêtre, quand mon amie Elaine a passé la tête dans la
pièce. Elle n'avait pas l'air en forme. Elle s'était peignée
mais avait gardé sa robe de chambre. Nous, les usagés,
on ne se donne plus beaucoup la peine de paraître ; à
vrai dire, on n'en a plus les moyens.

— Je ne veux pas te déranger, elle m'a dit. Je vois que
tu t'es installé pour écrire…

— Dis pas de bêtises, Elaine. J'ai l'éternité devant
moi. Entre.

Elle a fait deux ou trois petits pas à l'intérieur.

— Je n'arrivais pas à dormir et, tout à l'heure, j'étais à ma fenêtre et…

— Et tu m'as vu converser gentiment avec M. Dolan.

J'espérais qu'elle avait gardé sa fenêtre fermée et ne m'avait pas entendu geindre comme un moutard.

— Je n'ai rien vu de gentil ni d'amical. Paul, figure-toi que, la semaine passée, il m'a posé des questions à ton sujet, ce Dolan. Sur le moment, je n'y ai pas attaché d'importance : tout le monde sait qu'il adore fourrer son nez dans les affaires des autres. Mais maintenant je me demande ce qu'il a après toi.

— Quelles questions ? j'ai demandé, affectant un air détendu.

— Tes promenades l'intriguent. Il veut savoir où tu vas comme ça, et *pourquoi* tu y vas.

J'ai essayé de rire.

— Décidément, ce type ne croit pas aux vertus de la marche à pied.

— Il croit que tu as un secret. (Elle a marqué une pause.) Et moi aussi.

J'ai ouvert la bouche – pour dire que je ne voyais pas de quoi elle parlait –, mais elle a levé sa belle main fine et toute déformée par l'arthrite, avant que je puisse articuler un seul mot.

— Si c'est le cas, Paul, je ne veux pas le savoir. Ça te regarde, j'ai été élevée dans le respect de l'intimité d'autrui. Mais tout le monde n'a pas eu cette chance. Sois prudent. C'est tout ce que je peux dire. Et maintenant, je vais te laisser travailler.

Elle a fait demi-tour mais je l'ai rappelée avant qu'elle franchisse la porte. Elle s'est retournée et m'a regardé, l'œil interrogateur.

— Quand j'aurai terminé mon histoire…

J'ai secoué la tête, parce que j'avais l'impression de dire n'importe quoi. Et puis j'ai repris :

— Si jamais je termine cette histoire, est-ce que tu voudras la lire ?

Elle a paru réfléchir et m'a lancé un sourire à faire fondre un homme, même aussi décrépit que moi.

— Ce serait un honneur.

— Attends de lire, avant de parler d'honneur, j'ai répliqué, parce que je pensais à la mort de Delacroix.

— Peut-être, mais je la lirai, ton histoire, et sans en perdre un mot. Promis. Mais termine-la d'abord.

Elle m'a laissé et il s'est passé un long moment avant que je prenne la plume. Je suis resté assis là une bonne heure, à regarder par la fenêtre, tapotant mon stylo contre le bord de la table, observant le ciel qui s'éclaircissait. Je pensais à Brad Dolan, qui m'appelle Paulie et ne se lasse jamais des méchantes blagues sur les Chinetoques, les Latinos et les Irlandais, à Elaine Connelly qui venait de me dire : *Il croit que tu as un secret. Et moi aussi.*

Et peut-être que j'en ai un. Oui, peut-être bien. Et, naturellement, Brad Dolan veut savoir. Non parce qu'il y attache de l'importance (ça n'en a pas, sauf pour moi), mais parce qu'il pense qu'un vieil homme comme moi ne devrait pas avoir de secrets. Ni prendre les cirés accrochés dans le couloir qui mène à la cuisine. Ni croire qu'à notre âge on est encore humains. Et pourquoi on ne le croirait pas ? Il n'en sait rien. Et pour ça aussi, il est comme Percy.

Ainsi, mon esprit, telle une rivière formant un méandre, m'a ramené à la case départ, aux pensées que j'avais quand Brad Dolan est sorti de sa cachette derrière les poubelles et m'a saisi le poignet : à Percy Wetmore, vicelard et haineux, et à la terrible revanche qu'il avait prise sur l'homme qui s'était moqué de lui.

Delacroix avait lancé fort la bobine – celle que Mister Jingles aimait tant rapporter. La bobine a rebondi contre le mur, a traversé la cellule, passé les barreaux et terminé sa course sur la ligne verte. Mister Jingles s'est élancé après elle, et Percy a vu sa chance.

2

— Malheur, fais pas ça ! a hurlé Brutal.

Mais Percy ne l'a pas écouté. Mister Jingles, trop pris par le jeu pour s'apercevoir de la présence de son vieil ennemi, a atteint la bobine juste au moment où un lourd brodequin noir s'abattait sur lui. On a tous entendu le craquement de la colonne vertébrale, tous vu le sang jaillir de la bouche. Et, dans les petits yeux qui saillaient, j'ai lu une expression d'agonie et de stupeur qui était bien trop humaine.

Dans le hurlement qu'a poussé Delacroix, il y avait toute l'horreur et toute la souffrance du monde. Il s'est jeté contre la grille de sa cellule, les bras tendus entre les barreaux aussi loin qu'il le pouvait, criant sans cesse le nom de Mister Jingles.

Percy s'est tourné vers lui. Et vers nous, qui étions là, devant la cellule. Percy souriait.

— Voilà. J'savais bien que j'l'aurais tôt ou tard. C'était rien qu'une question de temps.

Puis il a tourné les talons et a remonté la ligne verte,

sans se presser, laissant Mister Jingles qui gisait dans son sang sur le lino.

Dean a heurté la table de permanence en se levant brusquement, et tapis, cartes et jetons ont volé dans toutes les directions. Ni Dean ni Harry n'ont prêté la moindre attention à leur jeu renversé.

— Qu'est-ce que t'as fait, cette fois, hein ? a crié Dean à Percy. Qu'est-ce que t'as fait, p'tite ordure ?

Percy n'a pas répondu. Il est passé devant eux sans un mot en se lissant les cheveux. L'instant d'après, il a disparu dans mon bureau et je l'ai entendu entrer dans la remise. C'est William Wharton qui a répondu à sa place.

— Hé, Dean ? Le mignon a juste voulu montrer à cette noix de Cajun qu'y fallait pas s'moquer de lui.

Sur ce, il s'est mis à rire tout seul. Un bon rire de péquenot, fort et joyeux. Il y a des types que j'ai rencontrés durant cette période de ma vie (des types terrifiants, pour la plupart) qui n'avaient l'air normaux que lorsqu'ils riaient. Wild Bill Wharton était de ceux-là.

Stupéfait, j'ai regardé de nouveau la souris. Elle respirait encore mais de petites gouttes de sang perlaient à ses moustaches et ses yeux noirs autrefois si brillants se voilaient peu à peu. Brutal s'est baissé pour ramasser la bobine et a levé vers moi un regard où je pouvais lire ma propre stupeur.

Derrière nous, Delacroix continuait de hurler sa douleur. Ce n'était pas seulement à cause de la souris, bien sûr. Percy avait percé les défenses de Delacroix et la peur, jusqu'ici contenue, s'emparait maintenant de lui. La perte de Mister Jingles en était le point d'orgue, et c'était terrible de l'entendre.

— Oh non, criait-il entre deux flots de supplications

en cajun. Oh non, pauvre Mister Jingles, pauvre Mister Jingles, oh non !

— Donnez-le-moi.

J'ai levé les yeux, déconcerté par cette voix profonde, ne sachant trop sur le moment à qui l'attribuer. Et puis j'ai vu John Caffey. Comme Delacroix, il tendait les bras à travers les barreaux de sa cellule, sauf qu'il ne pouvait aller plus loin que les coudes, car ses biceps étaient bien trop gros pour passer. À la différence de Del, il n'agitait pas les mains, mais les tenait simplement ouvertes, comme un mendiant. Il y avait dans son geste une prière et une intensité qui me frappèrent. Et sa voix exprimait une urgence qui m'avait empêché de la reconnaître tout de suite. Ce n'était plus ce pauvre hère au visage ruisselant de larmes qui semblait porter sur ses épaules toute la misère du monde.

— Donnez-moi la souris, boss Edgecombe ! Vite, tant qu'il est encore temps !

Je me suis souvenu de ce qu'il avait fait pour moi et j'ai compris. Je me suis dit que ça ne changerait pas grand-chose, en bien comme en mal. J'ai cueilli délicatement la souris et je n'ai pas pu m'empêcher de grimacer : je sentais sous mes doigts tous ces petits os brisés pointer à travers la fourrure. Rien à voir avec une infection urinaire. Il n'empêche…

— Bon Dieu, qu'est-ce que tu fais ? a demandé Brutal en me voyant déposer Mister Jingles sur l'énorme main que tendait Caffey.

Le géant a rentré son bras. Sur la paume de Caffey, Mister Jingles gisait sans bouger, et seul le bout de sa queue, pendant entre le pouce et l'index, remuait faiblement. Puis Caffey a joint ses mains en coupe, les a portées à son visage en écartant les doigts de la droite, de façon à créer des espaces comme ceux des barreaux d'une cage.

Brutal, qui tenait toujours à la main la bobine coloriée, s'est approché de moi.

— Qu'est-ce qu'il fait, à ton avis ?

— Chut, je lui ai répondu.

Delacroix s'était arrêté de crier.

— S'il te plaît, John, il a murmuré avec ferveur. Oh, Johnny, fais-le, s'il te plaît, fais-le !

Dean et Harry nous ont rejoints. Harry avait à la main notre vieux jeu de cartes.

— Qu'est-ce qui se passe ? a demandé Dean.

J'ai secoué la tête, c'est tout ce que j'étais capable de faire ; j'étais de nouveau hypnotisé.

Caffey a pressé sa bouche entre deux de ses doigts et il a aspiré profondément. Pendant un moment, un silence total a figé toutes choses. Quand il a relevé la tête, j'ai vu le visage d'un homme qui semblait frappé d'un mal subit et terrible. Son regard était acéré et étincelant comme une lame ; il se mordait la lèvre inférieure, et sa peau noire avait pris une teinte grisâtre. Soudain, il a été pris d'un violent haut-le-cœur.

Brutal, les yeux écarquillés, a chuchoté d'une voix blanche :

— Seigneur tout-puissant !

Et Harry a presque aboyé :

— Quoi ? Qu'est-ce qu'il y a ?

— La queue ! La queue de Mister Jingles !

L'appendice de la souris n'était plus un pendule inerte ; elle fouettait l'air de droite et de gauche, comme celle d'un chat qui vient de voir un oiseau. Puis, de la coupe que formaient les mains de Caffey, nous est parvenu un couinement familier.

Caffey a émis de nouveau un puissant hoquet et il a tourné la tête de côté comme un homme qui s'apprête à cracher. À la place, il a exhalé par la bouche et les narines une nuée d'insectes noirs – je dis « insectes », et les autres ont pensé alors comme moi mais, aujourd'hui, je me pose des questions. Ce qui est sûr, c'est qu'on a tous vu le nuage obscurcir un instant ses traits.

— Dieu du Ciel, c'est quoi, ça ? a demandé Dean d'une voix aiguë, vibrante de peur.

— C'est rien, je me suis entendu dire. Vous affolez pas, tout va bien, dans quelques secondes ils seront partis.

Comme la fois où Caffey m'avait guéri de mon infection urinaire, les « insectes » sont passés du noir au blanc et puis ont disparu.

— Putain de Dieu, a murmuré Harry.

— Paul ? m'a dit Brutal à voix basse. Paul ?

J'étais là et je voyais ce qu'il voyait, mais je pense qu'il voulait s'en assurer. Caffey semblait aller mieux – comme un type qui vient de recracher le morceau de viande qui l'étouffait. Il s'est penché, a posé ses mains toujours jointes sur le sol, a regardé entre ses doigts et puis les a ouverts.

Mister Jingles, parfaitement indemne, sans une seule bosse à l'échine, la fourrure lisse comme de la soie, a quitté la main de son sauveur et a trottiné vers les barreaux. Il s'est arrêté un moment à la porte de la cellule de Caffey puis s'est hâté de traverser la ligne verte et de se réfugier dans la cellule de Delacroix. Comme je le suivais des yeux, j'ai remarqué les petites gouttes de sang encore accrochées à ses moustaches.

Delacroix l'a recueilli dans ses mains. Il riait et pleurait en même temps et couvrait sa souris de bisous sonores. Ébahis, Dean, Harry et Brutal observaient la scène en silence. Puis Brutal s'est avancé et a tendu la bobine à travers les barreaux. Delacroix, trop ému par la résurrection de Mister Jingles, n'a même pas remarqué la haute silhouette de Brutal devant la cellule. Il était comme un père dont le fils vient d'être sauvé de la noyade. Brutal lui a tapoté l'épaule avec la bobine. Delacroix a levé les yeux, l'a enfin vu, a pris le petit cylindre tricolore et s'est remis à caresser et à dévorer des yeux Mister Jingles, pour s'assurer encore et encore que sa souris était saine et sauve.

— Lance la bobine, Del, a dit Brutal. J'veux voir Mister Jingles courir.

— Il va bien, boss Howell, il va bien, gloire à Dieu...

— Lance-la, a répété Brutal. Fais-le pour moi, Del.

Delacroix s'est penché à contrecœur, peu désireux de lâcher Mister Jingles. Puis, très doucement, il a lancé la bobine. Elle a roulé lentement dans la cellule, frôlé la boîte à cigares et terminé sa course contre le mur.

Mister Jingles a couru après, mais pas à la vitesse qu'on lui connaissait. Il semblait boitiller un peu de la patte arrière gauche, et c'est ça qui m'a frappé le plus, parce que c'était ça qui nous prouvait qu'on n'avait pas rêvé. Cette petite boiterie.

N'empêche, il est allé la chercher, sa bobine, et il l'a rapportée à Delacroix avec son enthousiasme coutumier. Je me suis tourné vers John Caffey, qui se tenait à la porte de sa cellule et souriait. Un sourire las, pas vraiment joyeux, mais un sourire quand même. Le désespoir aigu que j'avais lu sur son visage quand il avait supplié qu'on lui donne la souris n'était plus là, ni l'expression de douleur et de peur quand il avait été pris de cette étrange nausée. Il était redevenu notre John Caffey, avec ses yeux noyés dans un lac d'absence.

— Tu l'as fait, je lui ai dit. Hein, big boy ?

— J'l'ai fait.

Son sourire s'est élargi un peu, et pendant une minute ou deux, je l'ai senti heureux, véritablement.

— J'l'ai fait. J'l'ai fait à la souris à Del. J'l'ai fait à Mister…

Il s'est tu, incapable de se rappeler le nom.

— Jingles. Mister Jingles, a lancé Dean, qui contemplait Caffey d'un regard à la fois circonspect et empli d'étonnement, comme s'il s'attendait que Caffey se transforme en buisson ardent ou se mette à flotter au plafond.

— Ouais, Mister Jingles, a dit Caffey. La souris de cirque. Qui va vivre dans la ville des souris.

— Un peu, oui ! a dit Harry, qui lui aussi considérait Caffey d'un tout autre œil.

Derrière nous, Delacroix, étendu sur sa couchette, chantait en cajun une berceuse à Mister Jingles, assis sur sa poitrine.

Caffey a regardé vers le bout du couloir et la porte de mon bureau.

— Boss Percy, mauvais homme, il a dit. Il a marché sur la souris à Del. Il a marché sur Mister Jingles.

Et puis, avant qu'on ait pu ajouter un mot – si toutefois on avait quoi que ce soit d'autre à dire –, John Caffey est allé s'allonger sur sa paillasse et s'est tourné vers le mur.

Percy nous tournait le dos quand Brutal et moi sommes entrés dans la réserve, environ vingt minutes plus tard. Il avait trouvé une boîte de cire sur l'étagère au-dessus de la corbeille à linge où nous déposions nos uniformes sales (et, parfois, nos vêtements civils, car la blanchisserie de la prison lavait indifféremment les uns et les autres) et il polissait les accoudoirs et les pieds de la chaise électrique.

Ça vous paraît peut-être étrange, voire macabre, mais pour Brutal et moi, c'était une chose parfaitement normale et, pour la première fois de la soirée, nous n'avions rien à reprocher à Percy. La Veuve Courant donnait une représentation le lendemain, et c'était lui qui serait le régisseur – du moins officiellement.

— Percy.

J'avais parlé doucement. Il s'est retourné. Le petit air qu'il chantonnait est mort dans sa gorge, et il nous a regardés. Je n'ai pas vu la peur que j'attendais, du moins pas tout de suite. Bizarrement, il m'a paru moins jeune. John Caffey avait raison. La méchanceté se lisait sur son visage. La méchanceté est comme une drogue – personne sur terre n'est plus qualifié que moi pour l'affirmer. Percy y avait goûté et il était accro. Il aimait ce qu'il avait fait à la souris. Et, plus encore, il avait joui de la douleur de Delacroix.

— Vous allez pas commencer, il a dit d'une voix qui se voulait conciliante. Quoi, c'était rien qu'une souris. D'abord, elle a jamais rien eu à foutre ici, et vous le savez bien.

— La souris va bien, j'ai dit.

Mon cœur battait fort dans ma poitrine mais j'ai réussi à garder un ton calme, presque indifférent.

— Elle va très bien, même. Elle gambade et couine et court après sa bobine comme avant. T'arrives pas plus à tuer une souris qu'à faire quoi que ce soit de bon de tes dix doigts.

Il m'a regardé, stupéfait et incrédule.

— Vous croyez que j'vais avaler ça ? Cette saleté a craqué sous mon pied ! Je l'ai entendu. Alors vous pouvez toujours…

— Ta gueule.

Il a ouvert de grands yeux.

— Quoi ? Qu'est-ce que vous m'avez dit ?

J'ai fait un pas vers lui. Je sentais battre une veine à mon front. Jamais je n'avais été pris d'une telle colère envers quelqu'un.

— Tu n'es pas content que Mister Jingles soit sain et sauf ? Après tout ce qu'on t'a dit sur la nécessité de calmer les détenus, surtout quand la fin approche pour eux, je m'attendais que tu accueilles un peu mieux que ça cette bonne nouvelle. J'aurais cru que tu serais soulagé, avec Del qui nous quitte demain, et tout.

Le regard de Percy est allé de Brutal à moi et j'ai vu son apparente tranquillité se muer en incertitude.

— C'est quoi, ce jeu que vous jouez, les gars ?

— C'est pas un jeu, petit, a rétorqué Brutal. Pour toi, on joue, hein ? Eh bien, tu vois, c'est jamais qu'une preuve de plus qu'on peut vraiment pas te faire confiance. Et tu veux savoir la vérité ? T'es rien qu'un pauvre type.

— Attention à c'que tu dis.

La voix de Percy manquait d'assurance. La peur revenait, la peur de ce qu'on pouvait lui vouloir. Et j'en étais bien content. Ça allait nous rendre les choses plus faciles.

— J'ai le bras long, je connais du monde.

— Ouais, rêve toujours, a dit Brutal, l'air de se marrer doucement.

Percy a laissé choir son chiffon sur la chaise.

— J'ai tué cette souris, il a dit d'une voix qui chevrotait légèrement.

— Va voir par toi-même, c'est un pays libre, je lui ai répliqué.

— Un peu, que j'y vais.

Et il est parti, les lèvres pincées, ses petites mains (Wharton avait raison, elles étaient jolies) pêchant son peigne dans la poche-revolver. Il a grimpé les marches et a disparu dans mon bureau.

Brutal et moi, on est restés à côté de Miss Cent Mille Volts et on a attendu qu'il revienne. On ne s'est pas parlé. Personnellement, je ne savais que dire ni même que penser de ce qui venait de se passer.

Trois minutes se sont écoulées. Brutal a pris le chiffon sur la chaise et s'est mis en devoir de polir les épaisses lattes de bois du dossier. Il a eu le temps d'en finir une et il en attaquait une autre quand Percy a reparu. Il semblait tenir à peine sur ses jambes et il a failli tomber en descendant les marches. Son visage exprimait la plus grande stupéfaction.

— Vous l'avez remplacée par une autre, il nous a accusés d'une voix aiguë. Vous avez mis une autre souris, salopards. J'vous conseille d'arrêter ce p'tit jeu avec moi, sinon vous allez le regretter ! Z'allez faire la queue à la soupe populaire, j'vous le garantis ! Pour qui vous vous prenez ?

Il s'est tu, hors d'haleine, les poings serrés.

J'ai fait un pas vers lui.

— Je vais te dire qui on est : on est les gens avec qui tu travailles, Percy… mais pas pour très longtemps.

J'ai tendu les bras et je l'ai empoigné par les épaules. Sans trop serrer, mais assez tout de même pour bien le tenir.

— Ne me touchez pas…

Il a esquissé un mouvement pour se dégager, mais Brutal lui a saisi la main droite ; la menotte, douce et blanche, a disparu dans le poing bruni par le soleil de Brutal.

— Ferme-la, petit merdeux, a grondé Brutal, et laisse pas passer ta chance, parce que c'est la dernière. Alors décrasse-toi les oreilles et écoute.

Je l'ai soulevé à bout de bras pour le jucher sur la plate-forme et puis je l'ai poussé en arrière jusqu'à ce que ses genoux heurtent le siège de la chaise électrique et qu'il soit obligé de s'asseoir. Envolées, la méchanceté et l'arrogance. Il ne manquait ni de l'une ni de l'autre mais, souvenez-vous, Percy était très jeune. À cet âge, même les tares ne sont encore qu'un mince vernis qui se craquelle facilement. Il suffit de gratter un peu pour atteindre la chair. Je savais que Percy était maintenant prêt à écouter.

— Je veux ta parole, j'ai dit.

— Ma parole, pour quoi faire ?

Sa bouche avait encore ce petit rictus de mépris mais dans les yeux, c'était la panique. Le courant avait beau être disjoncté dans la cabine, le siège en bois de la Veuve Courant avait sa propre énergie et, en cet instant, Percy la sentait, j'en suis sûr.

— Ta parole que si on te place demain en première ligne, tu demanderas le lendemain – le lendemain, t'entends ? – ton transfert à Briar Ridge, a dit Brutal avec une véhémence que jamais encore je ne lui avais vue.

— Et si c'était non ? Si j'appelais certaines personnes pour leur dire que vous n'arrêtez pas de me mener la vie dure, de me menacer, de me persécuter ?

— On pourrait peut-être se faire vider, si tes relations sont aussi influentes que tu le prétends, j'ai dit, mais je te promets, Percy, que tu y laisserais ta part de plumes.

— Et tout ça pour une souris, hein ? Vous croyez vraiment qu'en dehors de cette cage aux fous quelqu'un va m'en vouloir d'avoir écrasé la souris d'un assassin ?

— Non, tout le monde s'en foutrait, de ça. Mais trois hommes t'ont vu en train de faire dans ta culotte, pendant que Wild Bill Wharton étranglait Dean Stanton avec sa chaîne. Et pour ça, Percy, je t'assure que les gens t'en voudront. Même le gouverneur n'appréciera pas.

Les joues et le front de Percy étaient devenus écarlates.

— Et vous pensez qu'ils vont vous croire ?

Sa voix n'avait plus la même assurance. Oui, il devait se dire que quelqu'un risquerait de nous croire. Et Percy n'aimait pas avoir d'ennuis. Enfreindre les règles, d'accord. Mais se faire pincer, pas question.

— J'ai pris des photos du cou de Dean, quand les marques se voyaient comme le nez au milieu de la figure, a dit Brutal.

Je ne savais pas si c'était vrai, mais l'argument avait du poids.

— Et tu sais ce qu'ils diront, tes amis ? a continué Brutal. Ils diront que Wharton a eu le temps de faire tout le mal qu'il voulait, avant que quelqu'un intervienne, alors que tu te trouvais là, juste derrière lui, avec ta chère matraque. Faudra que tu répondes à des questions bien embarrassantes, pas vrai ? Et une chose pareille, ça te suit un homme où qu'il aille. Comme une malédiction. Et ça lui colle encore à la peau, longtemps après que ses relations ne peuvent plus rien faire pour lui, parce qu'elles sont à la retraite. Ouais, un mauvais rapport, c'est comme une tache de vin au cou, ça s'efface pas.

Le regard de Percy allait maintenant de l'un à l'autre. Sans y penser, il s'est lissé les tifs de sa petite main. Il ne disait plus rien. On le tenait.

— Bon, on arrête, j'ai dit. De toute façon, tu n'as pas plus envie de rester ici qu'on a envie de t'avoir dans nos pattes. Pas vrai ?

— Je hais cet endroit ! il s'est écrié. Et comment vous me traitez ! Vous m'avez jamais donné une chance !

Ça, c'était loin d'être vrai, mais j'ai estimé que ce n'était pas le moment d'en discuter.

— N'empêche, j'aime pas qu'on me pousse comme ça. Mon père m'a toujours dit que si on se fait pas respecter dès le départ, après c'est trop tard.

Ses yeux, qui n'étaient pas aussi jolis que ses mains, s'animaient de nouveau.

— Et j'aime encore moins me faire bousculer par des gorilles dans son genre, il a grogné avec un coup d'œil pour mon vieil ami Brutus Howell. Brutal, ouais, on peut dire que t'as pas volé ton surnom.

— Percy, il y a quelque chose qu'il faut que tu comprennes, j'ai dit. De notre point de vue, c'est toi qui pousses. On n'arrête pas de te dire comment on doit travailler ici, mais toi, t'en fais qu'à ta tête et ensuite, quand les choses tournent mal, tu t'abrites derrière tes amis politiques. Écraser la souris de Delacroix... Essayer d'écraser la souris de Delacroix, je me suis empressé de rectifier en croisant le regard de Brutal, en est la parfaite illustration. Tu pousses et pousses et pousses ; alors, nous aussi, c'est tout. Mais écoute-moi, si tu fais ce qu'on te dit, tu partiras d'ici comme un jeune homme qui sentirait la rose et aurait un bel avenir devant lui. Personne ne saura jamais rien de notre petite conversation. Alors, qu'est-ce que tu en penses ? Agis en adulte, pour une fois. Promets-nous de partir quand on en aura fini avec Del.

Il a réfléchi. Au bout d'un moment, une lueur s'est allumée dans ses yeux, le genre de lueur qui vous vient quand vous venez d'avoir une bonne idée. Ça ne m'a pas plu du tout, parce qu'une « bonne » idée pour Percy ne pouvait l'être pour nous.

— Et puis pense aussi comme ce serait sympa de ne plus avoir affaire à cet enfoiré de Wharton.

Percy a hoché la tête et je me suis écarté pour qu'il puisse se lever de la chaise. Il a rentré sa chemise dans son pantalon et s'est donné un coup de peigne. Puis il nous a regardés.

— C'est d'accord. Demain soir, je m'occupe de Del et, le lendemain, je fais ma demande pour Briar Ridge. Après ça, on est quittes. Ça vous va ?

— Très bien, j'ai dit.

Il y avait encore cette lueur dans ses yeux, mais j'étais alors trop soulagé pour y attacher de l'importance.

Il a tendu la main.

— On s'en serre cinq ?

J'ai pris la main tendue. Brutal aussi.

Pauvres couillons qu'on était…

4

La journée du lendemain fut la dernière de cette étrange canicule d'octobre, mais aussi la plus lourde. Le tonnerre grondait à l'ouest quand je suis parti au travail, et de sombres nuages commençaient à obscurcir le ciel. Quand la nuit est tombée, le plafond était bas et zébré d'éclairs. La tempête a frappé le comté de Trapingus sur le coup des dix heures du soir, tuant quatre personnes et arrachant le toit de l'écurie de louage de Tefton, tandis que de violents orages et des vents furieux s'abattaient sur Cold Mountain. Plus tard, je me suis demandé si ce déchaînement des éléments, ce n'étaient pas les Cieux qui protestaient contre la mort affreuse d'Edouard Delacroix.

Ça avait bien démarré, pourtant. Del avait passé une journée tranquille dans sa cellule avec Mister Jingles. Wharton avait bien essayé de foutre la pagaille en gueulant au petit Cajun qu'on ferait un hamburger de sa souris dès qu'il serait en enfer, mais Del n'avait pas répondu et Wharton avait fini par se lasser.

À dix heures un quart, frère Schuster est arrivé et nous a fait plaisir en déclarant qu'il réciterait en cajun le Notre Père avec Del. On a pensé que c'était de bon augure. On se trompait, bien sûr.

Les premiers témoins sont arrivés vers onze heures ; ils parlaient à voix basse du mauvais temps et se demandaient si l'orage ne risquait pas de faire sauter le transformateur, nous obligeant à remettre l'exécution. Ils ignoraient que la Veuve Courant fonctionnait avec son propre générateur et qu'à moins que la foudre ne tombe dessus on n'aurait pas besoin de leur rembourser leurs billets.

Harry (qui devait seconder Van Hay dans la cabine), Bill Dodge et Percy plaçaient les spectateurs, demandant à chacun s'il désirait un verre d'eau fraîche. Il y avait deux femmes parmi eux : la sœur de la fille que Del avait violée et tuée, et la mère d'une des victimes de l'incendie. Celle-ci était grosse, pâle et vindicative. Elle a déclaré à Harry Terwilliger qu'elle espérait que l'homme qu'elle était venue voir tremblait de peur à la pensée des flammes éternelles qui l'attendaient en enfer. Puis elle a fondu en larmes et enfoui son visage dans un mouchoir de la taille d'une taie d'oreiller.

Le tonnerre, dont le toit de tôle ne risquait pas d'assourdir le bruit, grondait fort, et les gens levaient des regards inquiets vers les solives. Les hommes étaient mal à l'aise, engoncés dans leur costume du dimanche. Il faisait une chaleur de four dans la réserve et ils s'épongeaient le front sans quitter des yeux l'obscène Veuve Courant.

La chaise avait peut-être fait l'objet de plaisanteries les jours précédents, mais leurs rires leur semblaient bien loin, maintenant qu'ils l'avaient devant eux. J'ai commencé ce récit en vous disant que l'humour n'était pas au rendez-vous pour ceux qui devaient s'asseoir sur le siège en chêne massif, mais les condamnés n'étaient pas les seuls à perdre le sourire quand l'heure venait.

Là, seule sur sa plate-forme, avec ses sangles pendant aux accoudoirs et aux pieds comme ces prothèses que portent les gens atteints de poliomyélite, elle ressemblait au malheur. Personne ne parlait et, quand le tonnerre a remis ça – un bruit formidable, déchirant comme le craquement d'un arbre –, la sœur de la victime de

Delacroix a poussé un cri strident. Curtis Anderson, qui représentait le directeur Moores, a été le dernier à prendre place.

À onze heures et demie, je suis allé à la cellule de Delacroix, suivi de Brutal et de Dean. Del était assis sur sa couchette, Mister Jingles sur les genoux. La souris tendait sa tête vers le condamné et ses petits yeux noirs semblaient fascinés par le visage de son ami. Del caressait la tête de Mister Jingles entre les oreilles. De grosses larmes roulaient en silence sur ses joues, et c'étaient elles que la souris observait avec tant d'attention. Del s'est redressé au bruit de nos pas. Il était très pâle. Je sentais, plus que je ne le voyais, puisque je lui tournais le dos, le regard de John Caffey, debout derrière les barreaux de sa cellule.

Del a grimacé au son des clés dans la serrure mais il a continué de caresser la tête de Mister Jingles, jusqu'à ce que j'ouvre la porte.

— Salut, boss Edgecombe. Salut, les gars. Dis bonjour, Mister Jingles.

Mais Mister Jingles regardait toujours le visage du petit homme chauve, comme s'il se demandait quelle était la source de cette eau. La bobine coloriée était rangée dans la boîte à cigares ; il y avait toutes les chances que Mister Jingles ne coure plus après, et ça m'a pincé le cœur.

— Edouard Delacroix, en tant qu'officier de justice…

— Boss Edgecombe ?

J'ai été tenté de poursuivre mon petit discours, mais je me suis ravisé.

— Qu'y a-t-il, Del ?

Il m'a tendu la souris.

— Tenez. Et faites qu'y lui arrive rien.

— Del, je ne pense pas que Mister Jingles accepte que je le prenne. Il n'est pas…

— Mais si, il dit qu'il veut bien. Il dit qu'il vous connaît, boss Edgecombe, et que vous allez l'emmener dans cette Sourisville en Floride, là où les souris font plein de tours. Il dit qu'il vous fait confiance.

Il a tendu un peu plus la main, et du diable si la souris n'a pas sauté sur moi et grimpé sur mon épaule. Mister Jingles était si léger que je ne sentais pas son poids à travers ma veste, seulement une petite chaleur.

— Dites, boss ? Le méchant homme, vous le laisserez pas approcher de Mister Jingles, hein ? Vous le laisserez pas lui faire du mal ?

— Non, Del. Je te le promets.

Une question se posait, toutefois : qu'est-ce que j'allais faire de Mister Jingles, là, tout de suite ? Je ne pouvais tout de même pas me montrer devant les témoins avec une souris sur l'épaule.

— Je le prends, boss, a dit une voix de basse derrière moi.

La voix de John Caffey. Étrange, non, qu'il m'ait proposé ça, comme s'il avait lu dans mes pensées.

— Juste pour maintenant. Si Del veut bien.

Del, manifestement soulagé, a acquiescé de la tête.

— Oui, prends-le, John, pendant qu'y m'feront c'qui doivent faire. Et après…

Il nous a regardés, Brutal et moi.

— … vous l'emmènerez en Floride. Dans cette Sourisville.

— Paul et moi, on ira ensemble, a dit Brutal en observant d'un regard troublé Mister Jingles sauter de mon épaule sur la paume offerte de John Caffey et, sans la moindre hésitation, grimper sur le bras du géant pour venir se percher sur son épaule, comme il l'avait fait avec moi.

— On prendra quelques jours de vacances, hein, Paul ?

J'ai hoché la tête. Del aussi. Il avait les yeux brillants et un soupçon de sourire aux lèvres.

— Dix *cents* pour les grandes personnes, et deux pour les enfants, juste, boss Howell ?

— Juste, Del.

— Vous êtes un homme bon, boss Howell, a dit Del. Vous aussi, boss Edgecombe. Vous me criez dessus des fois, mais seulement quand il faut. Vous êtes tous des hommes bons. Sauf ce Percy. Dommage que je vous aie pas rencontrés ailleurs. C'est la faute à pas de chance.

Je me suis approché de lui.

— J'ai quelque chose à te dire, Del. Seulement quelques mots que je dois dire à chaque condamné, avant qu'on y aille. Ça fait partie de mon travail. D'accord ?

— Oui, m'sieur, il m'a répondu, et il a regardé pour la dernière fois Mister Jingles, perché sur l'épaule massive de John Caffey.

— Au revoir, mon ami, il a dit en se mettant à pleurer. Je t'aime, mon petit.

Il a envoyé un baiser à la souris. Ce baiser aurait pu sembler drôle, et peut-être même grotesque, mais il n'était ni l'un ni l'autre. J'ai croisé le regard de Dean, et j'ai dû détourner les yeux. Dean a porté les siens dans le couloir, vers la cellule d'isolement ; il avait un sourire étrange. Je pense qu'il était au bord des larmes. Quant à moi, j'ai dit ce que j'avais à dire et quand j'ai eu terminé, Delacroix est sorti de sa cellule pour la dernière fois.

— Attends une seconde, Del, a dit Brutal.

Il a vérifié son crâne – dont on avait rasé le sommet par excès de précaution, vu qu'il n'avait que trois poils – et il lui a donné une tape sur l'épaule.

— Du billard. Allez, on y va.

Et Edouard Delacroix a fait ses ultimes pas sur la ligne verte, les joues ruisselant de larmes et de sueur mêlées, tandis que le tonnerre grondait au-dessus de lui. Brutal marchait à gauche, moi à droite, Dean fermait la marche.

Schuster attendait dans mon bureau, en compagnie des gardiens Ringgold et Battle qui montaient la garde de chaque côté de la porte. Schuster a regardé Del, lui a souri et s'est adressé à lui en français. Del lui a rendu son sourire, l'a pris dans ses bras et l'a serré contre lui. J'ai vu Ringgold et Battle se raidir mais je leur ai fait signe de laisser courir.

Schuster a écouté le flot de français entrecoupé de sanglots, a hoché la tête comme s'il comprenait parfaitement et a tapoté affectueusement le dos de Delacroix. Il m'a regardé par-dessus la tête du petit homme et m'a murmuré :

— Je ne comprends pas la moitié de ce qu'il me raconte.

— Je crois pas que ça ait beaucoup d'importance, a dit Brutal.

— Ça ne me dérange pas non plus, a répondu Schuster avec un grand sourire.

C'était le meilleur homme que j'aie jamais connu. Je n'ai aucune idée de ce qu'il a pu devenir. J'espère qu'il a gardé sa foi, quelles qu'aient été ses épreuves.

Il a invité Delacroix à s'agenouiller avec lui, puis il a croisé les mains, et Delacroix l'a imité.

— Notre Père, Qui êtes aux Cieux…

Delacroix s'est joint à lui et ils ont prié le Seigneur dans ce cajun français qui coulait comme une eau vive. Quand ils sont arrivés au « mais délivrez-nous du mal, ainsi soit-il », Delacroix ne pleurait presque plus et il semblait calme. Quelques versets de la Bible ont suivi, y compris l'allusion classique aux eaux tranquilles.

Quand ce fut terminé, Schuster a commencé de se relever, mais Delacroix l'a retenu par la manche et lui a dit quelque chose en français. Schuster l'a regardé attentivement en plissant le front. Del a ajouté deux ou trois mots et a regardé le pasteur avec espoir.

Schuster s'est tourné vers moi :

— Il veut dire une autre prière, monsieur Edgecombe. Une que je ne peux pas réciter avec lui, à cause de ma foi. Vous êtes d'accord ?

J'ai consulté la pendule au mur ; il était minuit moins dix-sept.

— Oui, j'ai dit, mais qu'il fasse vite. Nous avons un horaire à respecter, vous comprenez.

— Je comprends.

Sur ce, il s'est tourné vers Delacroix et a gentiment hoché la tête.

Del a fermé les yeux pour prier mais, pendant un moment, il n'a rien dit. Un pli barrait son front et, je ne sais pas pourquoi, mais j'ai eu le sentiment qu'il était à la recherche d'un souvenir lointain ; il me faisait penser à un homme fouillant son grenier en quête d'un objet dont il ne s'est plus servi depuis très, très longtemps. J'ai jeté de nouveau un regard à la pendule et je serais intervenu si Brutal ne m'avait tiré par la manche et fait signe de laisser tomber.

Puis Del s'est mis à réciter dans ce cajun rond et doux et sensuel comme la poitrine d'une jeune femme :

— Marie ! Je vous salue, Marie, oui, pleine de grâce ; le Seigneur est avec vous ; vous êtes bénie entre toutes les femmes et mon cher Jésus, le fruit de vos entrailles, est béni.

Il pleurait de nouveau mais je ne pense pas qu'il s'en rendait compte.

— Marie, ô ma mère, Mère de Dieu, priez pour moi, priez pour nous, pauv'pécheurs, maint'nant et à l'heure… à l'heure de notre mort. L'heure de ma mort.

Il a inspiré comme un homme manquant d'air et a ajouté :

— « Ainsi soit-il. »

Un éclair a illuminé la pièce d'un éclat bleu et blanc juste au moment où Delacroix se relevait. Tout le monde a tressailli et rentré les épaules, à l'exception de Del, qui semblait être encore perdu dans cette prière remontée du passé. Il a tendu la main à l'aveuglette et Brutal l'a prise et l'a serrée brièvement. Delacroix a levé les yeux vers lui et a souri.

— On peut y aller, maintenant, boss Howell, boss Edgecombe. J'ai fait la paix avec le bon Dieu.

— C'est bien, je lui ai dit.

Je me demandais ce qu'il penserait de Dieu dans une vingtaine de minutes, quand la fée Électricité l'emporterait. J'espérais que Marie, mère de Jésus, priait pour lui de toute son âme, parce que Delacroix, violeur et assassin, aurait besoin de toutes les prières du monde. Dehors, le tonnerre a fracassé de nouveau la nuit.

— Allons, Del, on n'est plus très loin, maintenant.

— C'est bien, boss, c'est bien, parce que j'ai plus peur.

C'est ce qu'il disait, mais je voyais dans ses yeux – Notre Père ou pas, Je vous salue Marie ou pas – qu'il mentait. Le temps qu'ils franchissent les derniers mètres de la ligne verte et passent par cette porte basse, rares étaient ceux qui n'avaient pas peur.

— Arrête-toi en bas des marches, Del, je lui ai dit.

C'était un conseil superflu, parce qu'il a stoppé net à la vue de Percy Wetmore posté près de la chaise sur la plate-forme.

— Non, a dit Del d'une voix basse et craintive. Non, non, pas lui !

— Avance, a dit Brutal. Regarde-nous, Paul et moi, et fais comme s'il était pas là.

— Mais…

Toutes les têtes étaient tournées vers nous ; cependant, en me déplaçant légèrement, je pouvais tenir Delacroix par le coude gauche sans être vu.

— N'aie pas peur, j'ai dit à Del d'une voix que seul lui – et peut-être Brutal – pouvait entendre. Ce que les gens se rappelleront de toi, c'est comment tu as fait face, alors montre-leur de quoi t'es capable.

Le tonnerre a soudain grondé si fort au-dessus de nos têtes que le toit de tôle a vibré. Percy a sursauté comme si quelqu'un lui avait enfoncé un doigt dans l'anus, et Del a eu un petit rire méprisant.

— Un autre coup comme ça, et il va encore pisser dans son froc, il a dit. Allez, qu'on en finisse, il a ajouté en redressant les épaules, qu'il n'avait pas bien larges.

On a gagné la plate-forme. Delacroix a balayé d'un regard inquiet l'assistance – vingt-cinq personnes en tout –, alors que Brutal et moi reportions toute notre attention sur la chaise. Tout me paraissait à sa place. J'ai regardé Percy en haussant un sourcil interrogateur et il m'a répondu d'une grimace en coin, l'air de dire :

« C'est quoi, cette question ? Bien sûr que tout est en ordre. »

J'espérais que c'était le cas.

Brutal et moi on a pris Delacroix par les coudes pour l'aider à monter sur la plate-forme. C'était un réflexe, parce que même les plus durs de nos enfants terribles ont souvent besoin d'aide pour franchir cette marche qui ne fait pourtant pas plus de vingt-cinq centimètres de haut.

Mais Del s'est hissé tout seul comme un grand. Il s'est tenu un instant devant la chaise (en évitant résolument de regarder Percy) et, comme s'il se présentait à la Veuve Courant, il a dit :

— C'est moi.

Percy a fait un pas vers lui mais Delacroix s'est retourné et s'est assis sans l'assistance de son ennemi. Je me suis agenouillé à la gauche de Del, Brutal a fait de même à droite. J'ai protégé mon entrecuisse de la façon que j'ai déjà décrite et j'ai rabattu la mâchoire métallique autour de la cheville du Cajun. Un nouveau coup de tonnerre m'a fait tressaillir. La sueur me piquait les yeux. Sourisville. Le mot dansait sans raison dans ma tête. Dix *cents* pour les grands, deux pour les petits. Sourisville et ses boîtes en mica.

La pince du fermoir refusait de s'enclencher. Je pouvais entendre Del respirer plus vite, ses poumons qui seraient comme du charbon dans moins de quatre minutes s'efforçant de tenir la cadence imposée par un cœur paniqué. À ce moment-là, le fait qu'il ait tué une demi-douzaine de personnes me paraissait sans importance. Je ne parle pas du mal et du bien, ici. Non, je dis seulement ce que je pensais alors.

Dean s'est agenouillé à côté de moi.

— Qu'est-ce qu'il y a, Paul ? il a chuchoté.

— Je n'arrive pas à…

Le claquement du verrouillage m'a dispensé du reste. La pince a dû prendre un peu de peau dans ses mâchoires parce que Del a sursauté et a fait un bruit de succion avec sa bouche.

— Excuse-moi, j'ai dit.

— C'est rien, boss, il m'a répondu. Ça fait mal sur le coup, c'est tout.

Brutal a fini de boucler la sangle avec l'électrode, ce qui prenait toujours un petit peu plus de temps, et nous nous sommes relevés presque au même instant. Dean s'est occupé d'immobiliser le poignet gauche de Del, et Percy le droit. Je me tenais prêt à l'aider en cas de besoin, mais il s'est mieux débrouillé avec le fermoir du poignet que moi avec celui de la cheville. Je pouvais voir Del trembler, maintenant, comme si un faible courant électrique passait déjà en lui. Il sentait la transpiration. Une odeur aigre et forte qui me rappelait celle d'un bocal à cornichons.

Dean a fait un signe de tête à Percy. Percy s'est tourné vers la cabine – son menton portait la trace d'une coupure qu'il s'était faite en se rasant le matin – et il a dit d'une voix basse et ferme :

— Phase un !

Il s'est produit un bourdonnement, comme celui que fait un vieux réfrigérateur quand il se remet en marche, et les lumières dans la réserve se sont intensifiées. Il y a eu quelques murmures et exclamations étouffées dans le public. Del a tressailli sur sa chaise et ses mains ont serré les accoudoirs à s'en blanchir les phalanges. Il roulait de grands yeux affolés et respirait difficilement.

— Du calme, Del, du calme, a dit Brutal. Tu t'en sors bien. Tiens bon.

Hé, les gars ! il m'a semblé entendre. *V'nez voir c'que Mister Jingles sait faire !* Au-dessus de nous, le tonnerre a encore grondé.

Percy est venu se placer avec solennité devant la chaise. C'était son grand moment. En première ligne. Avec tous les regards sur lui. Tous, sauf un, parce que Delacroix fixait obstinément ses genoux. J'aurais parié un dollar que Percy écorcherait son texte, quand viendrait l'heure de débiter son petit discours, mais non, il n'a pas bafouillé une seule fois et sa voix avait ce calme étrange qui précède les tempêtes.

— Edouard Delacroix, après avoir été reconnu coupable par un jury composé de vos pairs, vous avez été condamné à mourir sur la chaise électrique. Que Dieu sauve les citoyens de cet État. Avez-vous quelque chose à dire avant que la sentence soit exécutée ?

Del a essayé de parler mais il avait la gorge trop serrée pour articuler un seul mot. L'ombre d'un sourire méprisant a effleuré les lèvres de Percy, et je l'aurais volontiers tué pour ça. Mais Del a dégluti un bon coup et a fini par retrouver sa voix.

— J'regrette c'que j'ai fait. J'donnerais tout pour r'venir en arrière, mais c'est pas possible. Alors…

Le tonnerre a explosé comme un obus de mortier au-dessus de nous, et Del a violemment sursauté sur sa chaise en ouvrant de grands yeux terrifiés. Puis il a repris d'une voix essoufflée :

— Alors, je paie le prix. Dieu me pardonne.

Il a dégluti de nouveau et a regardé Brutal.

— Vous oublierez pas votre promesse, pour Mister Jingles, il a ajouté d'une voix basse qui n'était destinée qu'à Brutal et à moi.

— Ne t'inquiète pas, Del. On n'oubliera pas, je lui ai dit en tapotant sa main froide comme de l'argile. Il ira à Sourisville…

— Tu parles, a dit Percy du coin de la bouche comme le font les voyous, pendant qu'il bouclait la large sangle du dossier en travers de la poitrine de Delacroix. C'est une invention, une fable que t'ont racontée ces types pour que tu te tiennes peinard. J'pensais que tu le savais, pédé.

La lueur de stupeur dans les yeux de Del disait que, quelque part en lui, il l'avait su effectivement… mais qu'il avait préféré l'ignorer. J'ai regardé Percy, impuissant et furieux, et il m'a rendu mon regard d'un air de dire : « Alors, qu'est-ce que tu comptes faire ? » Il me tenait, bien sûr. Je ne pouvais rien, pas devant les témoins, pas devant Delacroix qui vivait ses dernières minutes. Non, pas d'autre solution que de continuer et d'en finir.

Percy a décroché la cagoule et l'a enfilée sur la tête de Del, la tirant sous le menton fuyant du petit homme, de façon à agrandir l'échancrure du haut. L'opération suivante consistait à sortir l'éponge du seau et à la placer dans la calotte. C'est là que Percy n'a pas fait comme d'habitude : au lieu de se baisser pour pêcher l'éponge, il a pris la calotte et s'est penché vers le seau en la tenant dans ses mains. En d'autres termes, au lieu d'apporter l'éponge à la calotte – ce qui était la façon de procéder –, il a apporté la calotte à l'éponge. J'aurais dû m'apercevoir que quelque chose clochait, mais j'étais profondément troublé. C'était la première fois qu'au cours d'une exécution j'avais l'impression que les événements m'échappaient, que je ne contrôlais plus rien. Quant à Brutal, Percy lui répugnait tellement qu'il ne l'a pas regardé une seule fois, ni quand il s'est penché au-dessus du seau (et de telle sorte qu'on ne puisse voir ce qu'il faisait) ni quand il s'est redressé et qu'il s'est tourné vers Del avec la calotte et le rond marron de l'éponge à l'intérieur. Brutal regardait la cagoule masquant la tête de Del, il observait le tissu qui se plaquait sur le visage puis se gonflait à chaque respiration. La sueur perlait à grosses gouttes sur son front et ses tempes. Jamais je ne l'avais vu transpirer ainsi lors d'une exécution. Derrière lui, Dean semblait distrait et malade, comme s'il allait vomir d'une minute à l'autre. Nous savions tous qu'il se passait quelque chose d'anormal, j'en suis sûr maintenant, mais nous ne pouvions mettre le doigt dessus. Nous ne savions pas – pas encore – que Percy avait posé à Van Hay bien des questions, dont la plupart n'étaient que prétexte à dissimuler ce qui l'intéressait : l'éponge. À quoi servait-elle ? Pourquoi la trempait-on dans une solution saline ? Qu'est-ce qu'il se passerait si on ne la mouillait pas ? Qu'est-ce qu'il se passerait si elle était sèche ?

Percy a plaqué durement la calotte sur la tête de Del. Le petit homme a sursauté et émis une plainte qui a fait se remuer plus d'un témoin sur sa chaise pliante. Dean s'est avancé dans l'intention de l'aider à boucler la sangle sous le menton, mais Percy lui a signifié sèchement qu'il n'avait pas besoin de son assistance. Dean a reculé d'un pas, les épaules légèrement voûtées, tandis qu'un nouveau coup de tonnerre secouait la réserve. Cette fois, le grondement fut suivi des premières gouttes de pluie sur le toit. De grosses gouttes, qui tambourinaient comme du gravier sur la tôle.

Vous avez entendu des gens dire : « Mon sang s'est glacé », n'est-ce pas ? Oui, nous connaissons tous cette expression. Eh bien, pendant toutes ces années, la seule fois où j'ai vraiment senti « mon sang se glacer », ç'a été cette nuit d'octobre 1932, à minuit passé de dix secondes. Ce n'était pas l'expression vénéneuse de triomphe sur le visage de Percy Wetmore, quand il s'est écarté du petit homme encagoulé et sanglé sur la Veuve Courant ; non, c'était ce que j'aurais dû voir et que je n'avais pas vu. De l'eau aurait dû couler de la calotte sur le visage masqué de Del. Et de l'eau, il n'y en avait pas une goutte ! C'est à ce moment que j'ai enfin compris.

— Edouard Delacroix, disait Percy, vous allez maintenant être électrocuté jusqu'à ce que mort s'ensuive selon les lois de cet État.

J'ai regardé Brutal avec un désespoir que je n'avais pas ressenti au pire de mon infection urinaire. « L'éponge est sèche ! » J'avais articulé en silence mais il a secoué la tête, il ne comprenait pas ; et puis il a reporté son regard sur le masque qui se plaquait, se gonflait, se plaquait…

J'ai tendu la main pour saisir Percy par le coude mais il s'est écarté de moi en me jetant un regard froid qui m'a sacrément éclairé sur lui. Plus tard, il raconterait ses mensonges et ses moitiés de vérité, et on le croirait. Pas nous, bien sûr, mais les gens de pouvoir, ceux qui comptaient.

Percy était un bon élève, quand il faisait quelque chose qui l'intéressait – on s'en était rendu compte lors des répétitions – et il avait écouté attentivement Jack Van Hay lui expliquer comment l'éponge trempée dans l'eau salée conduisait le jus, le canalisait et propulsait comme une balle l'électricité dans le cerveau. Oui, Percy savait exactement ce qu'il faisait. Toutefois, je l'ai cru quand, plus tard, il a dit qu'il n'imaginait pas que ça irait si loin, mais on ne va tout de même pas porter ça au compte des bonnes intentions, non ?

Il n'empêche, à moins de hurler à Jack de ne pas envoyer le courant, et ce devant l'assistant du directeur et vingt-cinq témoins, qu'est-ce que je pouvais faire ? Rien. Tout de même, cinq secondes de plus, et j'aurais malgré tout ordonné qu'on arrête. Percy ne m'a pas accordé ces cinq secondes.

— Dieu ait pitié de votre âme, il a dit à la silhouette terrifiée sur la chaise.

Puis il a porté son regard vers la fenêtre grillagée derrière laquelle se tenaient Harry et Jack, qui avait sa main sur la manette étiquetée SÉCHOIR DE MADAME. Le médecin se tenait à droite de cette fenêtre, les yeux fixés sur la trousse noire à ses pieds, aussi silencieux et effacé qu'à l'accoutumée.

— Phase deux !

Au début, il ne s'est rien passé d'anormal : le bourdonnement était un peu plus fort que d'habitude mais pas trop, et le mouvement en avant du corps de Del sous la brutale tétanie des muscles était du déjà-vu.

C'est tout de suite après que ça s'est gâté.

Le bruit du générateur a perdu de sa régularité ; il s'est mis à monter et à descendre et puis il s'est produit un crépitement, comme un froissement de Cellophane. Une odeur atroce s'est répandue, dont je n'ai enfin compris la nature – un mélange de chair et d'éponge naturelle brûlées – qu'en voyant la fumée sourdre des bords mais aussi du faîte de la calotte, là où le câble arrivait. On aurait dit de la fumée sortant du trou d'un tipi indien.

Delacroix a commencé à gigoter et à se tordre sur la chaise, en balançant la tête d'un côté et de l'autre en une véhémente protestation. Et puis ses jambes se sont mises à pistonner de haut en bas en de courtes secousses contenues par les sangles à ses chevilles. Le tonnerre continuait de gronder et la pluie tombait à verse.

J'ai jeté un coup d'œil à Stanton qui m'a renvoyé un regard empli d'effroi. Il y a eu un éclatement étouffé sous la calotte, comme une pomme de pin explosant dans un feu, et je voyais maintenant la fumée sortir en minces volutes à travers le tissu de la cagoule.

Je me suis avancé vers la fenêtre de la cabine mais, avant que je puisse dire un mot, Brutus Howell m'a attrapé par le coude. Il avait une poigne de fer et j'ai senti mon bras se tétaniser. Il était blanc comme un linge, Brutal, mais gardait tout son self-control.

— Dis pas à Jack d'arrêter, il m'a dit à voix basse. Quoi que tu fasses, lui dis pas ça. C'est trop tard pour couper le jus.

Au début, quand Del s'est mis à crier, les témoins ne l'ont pas entendu. La pluie battait mille tambours sur le toit et le tonnerre ne cessait pas. Mais nous, qui étions sur la plate-forme, on ne pouvait échapper à ces hurlements de douleur étouffés par le masque fumant, des hurlements comme en pousserait une bête prise dans les pales d'une moissonneuse-batteuse.

La calotte émettait un vrombissement entrecoupé de crachotements semblables à ceux des parasites sur les ondes. Delacroix a commencé de se balancer d'avant en arrière sur la chaise comme un gosse qui pique une crise. La plate-forme en tremblait et ses poussées mettaient à rude épreuve la sangle le maintenant au dossier. Le courant le tordait d'un côté et de l'autre et j'ai perçu le craquement de son épaule droite, quand elle s'est brisée ou disloquée. L'entrejambe de son pantalon, flou tellement le mouvement de piston était rapide, s'est soudain noirci. Del se vidait. Et ses cris se sont faits si horriblement perçants qu'ils ont couvert le vacarme de la tempête.

— Mais qu'est-ce que vous lui faites ? a crié quelqu'un.

— Vous croyez que les sangles vont tenir ?

— Bon Dieu, vous sentez cette odeur ? Pouah !

Puis, une des femmes :

— Mais c'est normal, ça ?

Le corps de Delacroix s'est projeté en avant avec la raideur d'un pantin, s'est rejeté en arrière, et a recommencé. Percy le regardait, bouche bée d'horreur. Il s'était attendu à quelque chose, mais pas à ça.

Enfin la cagoule a pris feu. L'odeur de cheveux et d'éponge brûlés s'est mêlée à celle de la chair carbonisée. Brutal a ramassé le seau – évidemment, il était vide – et il a couru à l'évier dans le coin de la remise.

— Je coupe le jus, Paul ? a crié Van Hay derrière le grillage. (Le malheureux était salement secoué.) Je le coupe ?

— Non ! je lui ai hurlé.

Brutal avait été le premier à comprendre mais je n'étais pas loin derrière : il était bien trop tard pour arrêter. Avant toute chose, il fallait en finir avec Delacroix.

— Non, pour l'amour du Ciel ! Roule, roule !

Je me suis tourné vers Brutal. J'étais à peine conscient du brouhaha derrière nous : les gens s'agitaient, criaient, certains étaient debout.

— Non, t'es dingue ! j'ai gueulé à Brutal. Pas d'eau ! Pas d'eau !

Brutal m'a regardé. Il avait compris. Jeter de l'eau à

un homme qui prenait le courant ! Ouais, une fameuse idée. Il a cherché autour de lui, a vu l'extincteur et l'a décroché du mur. Pas bête, Brutal.

La cagoule s'était consumée et on pouvait tous voir le visage de Delacroix. Enfin, ce qu'il en restait. Il était devenu plus noir que celui de John Caffey. Ses yeux, qui n'étaient plus que deux globes informes de gelée blanche, avaient jailli de leurs orbites et pendaient sur ses joues. Il n'avait plus de cils et ses sourcils ont soudain flambé devant moi. De la fumée sortait du col ouvert de sa chemise qui, l'instant d'après, prenait feu. Et, pendant ce temps, le bourdonnement de l'électricité continuait, emplissant ma tête, vibrant en elle. Ce doit être le genre de bruit que les fous entendent, ça ou quelque chose qui y ressemble.

Dean s'est avancé vers Del, pensant dans un brouillard qu'il pouvait éteindre le feu avec ses mains. Je l'ai tiré en arrière avec une force qui a manqué le faire tomber. Toucher Delacroix revenait à prendre le relais du courant. Encore une fameuse idée.

Je ne me suis pas retourné pour voir ce qui se passait derrière nous, mais on ne pouvait s'y méprendre : c'était la panique. Chaises renversées, beuglements, une femme qui criait de toutes ses forces : « Mais arrêtez ! Arrêtez ! Vous voyez pas qu'il en a eu assez ? »

Curtis Anderson m'a pris par l'épaule et m'a demandé ce qui se passait, pour l'amour du Ciel, qu'est-ce qui se passait et pourquoi je n'avais pas ordonné à Jack d'arrêter ?

— Parce que c'est impossible, j'ai dit. Vous voyez bien qu'on ne peut pas ! Ce sera fini dans quelques secondes, de toute façon.

Fini, ça ne l'a pas été avant deux bonnes minutes, les

deux plus longues minutes de ma vie, et pendant tout ce temps-là, je pense que Delacroix était conscient. Il continuait de hurler et de s'agiter dans tous les sens. La fumée lui sortait par les narines et par la bouche qui avait pris une couleur prune. La fumée montait de sa langue pendante comme d'un gril. Tous les boutons de sa chemise étaient soit éclatés, soit fondus. Son tricot de peau n'avait pas pris feu mais il se consumait lentement et les poils de sa poitrine grillaient.

Derrière nous, les gens se précipitaient à la porte comme du bétail paniqué. Et, comme ils ne pouvaient pas sortir, bien sûr – on était dans une prison, après tout –, ils se serraient dans le fond de la réserve, tandis que Delacroix brûlait (« Je cuis, avait crié Toot-Toot, à la répète pour Arlen Bitterbuck. Je cuis-cuis ! J'suis rôti comme une dinde ! ») et le ciel en furie déversait ses trombes d'eau dans un vacarme de fin du monde.

À un moment, j'ai pensé au docteur et je l'ai cherché des yeux. Il était là, mais écroulé par terre à côté de sa trousse. Il s'était évanoui.

Brutal est arrivé, l'extincteur à la main.

— Pas encore, je lui ai dit.

— Je sais.

On pouvait voir Percy qui se tenait presque derrière la chaise, maintenant. Figé d'effroi, le regard fixe, il contemplait son œuvre, une phalange serrée entre ses dents.

Enfin, le corps de Del s'est affaissé sur la chaise, sa tête qui n'avait plus rien d'humain s'est couchée sur une épaule. Il était encore agité de soubresauts mais nous avions déjà vu ça ; c'était une réaction mécanique due au courant. La calotte était restée sur sa tête mais, quand on l'a enlevée un peu plus tard, la peau de son crâne est venue avec, collée au métal comme du caramel brûlé au fond d'une casserole.

— Coupe ! j'ai crié à Jack quand trente secondes de plus furent passées sans qu'on relève autre chose que les spasmes électriques secouant la silhouette charbonneuse écroulée sur la chaise.

Le bourdonnement a cessé, et j'ai fait signe à Brutal.

Il s'est tourné et a flanqué l'extincteur dans les bras de Percy avec une telle force que l'autre a fait deux pas en arrière et a failli tomber de la plate-forme.

— Fais-le, a dit Brutal. C'est toi qui diriges les opérations, non ?

Percy lui a jeté un regard à la fois mauvais et craintif puis il a armé l'extincteur, a actionné la pompe et a dirigé le jet de mousse sur l'homme dans la chaise. J'ai vu le pied de Del bouger tandis que le jet atteignait son visage et j'ai pensé : Oh non, on ne va pas remettre ça ! Mais il n'y a pas eu d'autre spasme.

Anderson s'occupait des témoins, essayant de les convaincre que tout allait bien, que ce n'était rien qu'une surcharge de puissance due à l'orage, qu'il n'y avait pas lieu de s'inquiéter. Encore un peu, et il allait leur dire que ce qu'ils reniflaient – ce mélange méphitique de chair et de cheveux roussis, sans parler de la merde fraîchement sortie du four de Delacroix – était du Chanel N° 5.

— Va me chercher le stéthoscope du doc, j'ai dit à Dean.

Percy avait vidé l'extincteur sur Delacroix. Le Cajun était couvert de mousse blanche et à la puanteur qu'il dégageait se mêlait maintenant un relent chimique et amer.

— Doc... est-ce que je peux...

288

— Te donne pas cette peine, il t'entend pas, j'ai dit à Dean. Prends le stéthoscope, qu'on en finisse et qu'on dégage le corps d'ici.

Dean a hoché la tête. *En finir* et *dégager le corps* étaient deux concepts qui lui plaisaient. À moi aussi. Il a ramassé la trousse et fouillé dedans. Doc se remettait lentement de son évanouissement, et c'était une bonne chose, parce qu'il ne manquait plus qu'il nous ait fait une attaque ou je ne sais quoi. Et puis j'ai surpris le regard de Brutal sur Percy.

J'ai appelé Percy.

— Descends dans le tunnel et attends-nous près de la civière.

Percy m'a regardé.

— Écoutez, Paul, je ne savais pas...

— Ta gueule. Va et attends comme je te l'ai dit. Tout de suite.

Il a dégluti avec une grimace, comme si ça lui faisait mal, et il s'est dirigé vers la porte donnant dans l'escalier et le souterrain. Il tenait l'extincteur vide dans ses bras comme si ç'avait été un bébé. Dean l'a croisé en revenant m'apporter le stéthoscope. Je l'ai pris et j'ai collé les écouteurs à mes oreilles. Je l'avais déjà fait, à l'armée, et c'est comme monter à vélo : ça ne s'oublie pas.

J'ai balayé de la main la mousse sur la poitrine de Del et j'ai dû ravaler un flot de bile en voyant un bon bout de peau tomber, découvrant la chair en dessous, tout comme la peau... d'une dinde bien rôtie.

— Mon Dieu ! a sangloté derrière moi une voix que je ne connaissais pas. Est-ce que c'est toujours comme ça ? Pourquoi personne ne m'a rien dit ? Je ne serais jamais venu.

Trop tard, ami, j'ai pensé.

— Sortez-moi ce type d'ici, j'ai dit à Dean ou à Brutal, je ne sais plus, quand j'ai été sûr de pouvoir ouvrir la bouche sans vomir sur les genoux de Delacroix.

Je me suis efforcé de me calmer et puis j'ai placé le disque sur la plaque de chair rouge sombre que j'avais dégagée sans le vouloir sur la poitrine de Del.

J'ai écouté tout en priant qu'aucun battement ne me parvienne aux oreilles. Je n'ai rien entendu.

— Il est mort, j'ai dit à Brutal.

— Merci, mon Dieu.

— Oui, merci, mon Dieu. Dean et toi, apportez la civière. On le détache et on le descend. Vite.

5

On a descendu le corps dans le tunnel et on l'a chargé sur le chariot. Je cauchemardais à l'idée que la chair grillée risquait de se détacher des os, pendant qu'on le soulèverait de la civière – j'étais obsédé par la dinde rôtie de Toot-Toot – mais, bien sûr, ça n'est pas arrivé.

Là-haut, Curtis Anderson calmait les témoins, et il valait mieux qu'il ne soit pas avec nous, car il aurait vu Brutal avancer sans un mot sur Percy et ramener son bras en arrière pour le frapper. Je l'ai saisi au poignet juste à temps et ç'a été une bonne chose pour tous les deux. Pour Percy, parce que le coup de poing que lui destinait Brutal lui aurait décollé la tête, et pour Brutal, parce qu'il aurait perdu son travail et aurait peut-être connu la prison, de l'autre côté des barreaux.

— Non, j'ai dit.

— Quoi, non ? a grogné Brutal, furieux. Comment ça, non ? Tu as vu ce qu'il a fait ? Qu'est-ce que tu me sors là ? Tu vas le laisser s'en tirer une fois de plus, parce que monsieur a des relations ? Après la saloperie qu'il vient de faire ?

— Oui.

Brutal m'a regardé, bouche bée, les yeux si pleins de colère qu'ils en pleuraient.

— Écoute-moi, Brutus, si tu le frappes, c'est nous tous qui trinquons. Toi, moi, Dean, Harry, peut-être même Jack Van Hay. D'autres prendront du galon et nos places, à commencer par Bill Dodge, et puis la direction comblera les trous en embauchant, c'est pas la demande qui manque, ces temps-ci. Toi et moi, on peut peut-être s'en arranger mais...

Du pouce j'ai désigné Dean, qui regardait au loin dans le souterrain, ses lunettes dans une main et l'air aussi stupéfait que l'était Percy.

— Mais Dean ? Il a deux gosses, un qui va à l'école, l'autre qui va naître bientôt.

— J'savais pas qu'il fallait mouiller l'éponge, a dit Percy d'une petite voix mécanique.

C'était la misérable défense qu'il avait préparée, quand il s'attendait à une douloureuse plaisanterie, et non à l'horreur à laquelle nous venions d'assister.

— Espèce de salaud ! a grondé Brutal.

De nouveau il a avancé sur Percy et, de nouveau, je l'ai retenu. Un bruit de pas a cascadé dans l'escalier. J'ai tourné la tête, redoutant que ce soit Curtis Anderson, mais c'était Harry Terwilliger. Le teint livide, les lèvres presque bleues, il avait l'air d'avoir mangé des baies de belladone.

J'ai reporté mon attention sur Brutal.

— Pour l'amour du ciel, Brutal, Delacroix est mort, on ne peut rien y changer, et Percy n'en vaut vraiment pas la peine.

Le plan – mon plan – avait-il déjà germé dans ma tête ? Je me suis souvent posé la question depuis, je peux vous l'avouer. Oui, je me le suis demandé pendant très longtemps, sans jamais trouver de réponse satisfaisante. Mais c'est sans grande importance. Ce ne sont pas les choses sans grande importance qui manquent, mais ça n'empêche pas un homme d'y réfléchir, non ?

— Vous parlez de moi comme si j'étais rien du tout, a dit Percy.

Il avait l'air encore secoué – comme s'il avait reçu un coup de pied dans les parties – mais il revenait à lui.

— Mais tu n'es rien du tout, j'ai lâché.

— Hé, vous ne pouvez…

Oh ! que j'aurais aimé le frapper ! Mais je n'allais pas faire moi-même la bêtise que j'avais su épargner à Brutal. Des gouttes d'humidité tombaient de la voûte ; nos ombres dansaient sur les murs, immenses et déformées, comme celle du gorille dans une des *Histoires extraordinaires* de Poe, *Double assassinat dans la rue Morgue*. Le tonnerre grondait toujours mais, d'ici, on l'entendait moins.

— Tout ce que je veux, Percy, c'est que tu nous répètes ta promesse : demain, tu demandes ton transfert à Briar Ridge.

— Vous inquiétez pas pour ça, il a bougonné.

Son regard s'est posé sur moi, puis sur les restes de Delacroix, et s'est de nouveau perdu dans le vide.

— Ça vaudrait mieux, a dit Harry, sinon tu risquerais de faire plus ample connaissance avec Wild Bill

Wharton. On pourrait même y veiller, il a ajouté après une légère pause.

Percy avait peur de nous, et surtout de ce que nous pourrions lui faire s'il se trouvait encore ici quand nous apprendrions qu'il avait longuement questionné Van Hay sur l'utilité et la fonction de l'éponge, mais la mention de Wharton éveilla une authentique terreur dans ses yeux. Je pouvais y voir le souvenir du souffle de Wharton sur son cou, de la main qui lui ébouriffait les cheveux.

— T'oserais jamais, a chuchoté Percy.

— Je me gênerais, tiens ! a répliqué Harry avec assurance. Et tu sais quoi ? Je m'en tirerais avec les félicitations du jury. Parce que tout le monde sait maintenant que tu es négligent dans ton travail. Incompétent, aussi.

Percy a serré les poings et ses joues ont pris un peu de couleur.

— J'suis pas…

— Un peu que tu l'es.

Cette fois, c'était Dean. On formait un demi-cercle autour de Percy devant l'escalier et même la retraite par le souterrain était bloquée par le chariot et sa charge de chair brûlée sous le vieux drap.

— Tu as brûlé vif Delacroix. C'est pas de l'incompétence, ça ?

Percy a battu des cils. Il avait projeté de se défendre en plaidant l'ignorance et, maintenant, il se faisait prendre à son propre piège. Je ne sais pas ce qu'il aurait pu encore nous dire après cela, parce que Curtis Anderson est arrivé. Quand on a entendu son pas dans l'escalier, on s'est écartés de Percy, pour ne pas avoir l'air de le menacer.

— Putain, mais qu'est-ce qui s'est passé ? a beuglé Anderson. Bon Dieu, ils ont gerbé dans tous les coins. J'vous dis pas l'odeur ! J'ai envoyé Toot-Toot et Magnusson ouvrir toutes les portes, mais cette puanteur ne partira pas avant des années. Et ce trou du cul de Wharton qui en a fait une chanson !

— Une chanson qui pète le feu ? a demandé Brutal.

Vous savez qu'on peut enflammer un certain volume de gaz éclairant avec une seule étincelle sans être blessé, à condition de le faire avant que la concentration ne soit trop élevée ? Eh bien, ça nous a fait le même effet. On a tous regardé Brutal avec stupeur, et puis on a éclaté de rire. On se pliait en deux, on se relevait, et nos ombres dansaient sur les murs du tunnel. À la fin, même Percy se marrait. Quand ç'a été fini, on s'est sentis un peu mieux. On avait retrouvé la raison.

— Alors, qu'est-ce qui s'est passé ? a demandé Anderson, s'essuyant les yeux avec son mouchoir et gloussant encore un peu.

— Une exécution, a répondu Brutal d'une voix neutre. Et réussie, avec ça.

La tranquille assurance de sa réponse a paru surprendre Anderson, mais pas moi. Brutal avait toujours été doué pour le bluff.

— Une réussite, cette catastrophe ? On a des témoins qui ne sont pas près de retrouver le sommeil. Et je ne parle pas de la grosse bonbonne ; celle-là, elle a fait provision de cauchemars pour la vie !

Brutal a désigné le chariot et la forme sous le drap.

— Il est mort, non ? Quant à vos témoins, la plupart d'entre eux diront demain à leurs potes que c'était que justice : Del a brûlé vifs un tas de gens, et il est mort avec un avant-goût des flammes de l'enfer. Et ils diront pas que c'est notre faute ; ils diront que c'était la volonté de Dieu, qu'on a été seulement Ses serviteurs. Il y a peut-être de la vérité là-dedans. Et vous voulez savoir la meilleure ? Leurs copains, ils regretteront tous de pas avoir vu ça.

Ces dernières paroles, il les a dites en couvrant Percy d'un regard de profond dégoût.

— Et puis quoi, s'ils se sont fait roussir un peu le bout des plumes, a dit Harry, c'est parce qu'ils ont voulu venir, personne ne les a obligés.

— J'savais pas que l'éponge devait être mouillée, a dit Percy de sa voix de robot. Elle était jamais mouillée pendant les répétitions.

Dean lui a jeté un regard qui concourait pour le prix du mépris avec celui de Brutal.

— Pendant combien d'années tu as pissé sur le couvercle des chiottes avant que quelqu'un te dise de le relever ? a demandé Dean.

Percy a ouvert la bouche pour lui répondre, mais je lui ai dit de la fermer. Et c'est ce qu'il a fait. Je me suis tourné vers Anderson.

— Percy a déconné, Curtis, voilà ce qui s'est passé, rien d'autre.

J'ai regardé Percy, le défiant de me contredire. Il s'est tu, peut-être parce qu'il avait su lire le message dans mes yeux : il valait mieux qu'Anderson croie à une grave erreur qu'à une intention malveillante. Et puis, tout ce qui pouvait se dire dans ce souterrain n'aurait jamais aucune incidence. Ce qui importait, ce qui avait toujours importé pour les Percy Wetmore de la Terre entière, c'était ce qui était écrit ou entendu par les huiles, les gens qui comptaient, quoi.

Anderson nous a examinés sans trop savoir quoi

penser ni quoi dire. Il a même jeté un coup d'œil à Del, mais Del ne parlait plus.

— Ça aurait pu être pire, il a dit pour finir.

— C'est vrai, j'ai approuvé. Delacroix pourrait être encore en vie.

Curtis a cligné des paupières – cette éventualité ne lui avait peut-être pas encore traversé l'esprit. Puis il a ordonné :

— Je veux un rapport détaillé sur mon bureau, demain. Et que personne n'en parle à Moores avant que je le fasse. Compris ?

On a tous hoché la tête comme un seul homme. Si Curtis Anderson voulait être le premier à annoncer la bonne nouvelle au directeur, grand bien lui fasse.

— À moins que ces scribouillards de journalistes n'étalent l'affaire dans leurs torchons…

Là, je suis intervenu :

— Ils la boucleront. Et, dans le cas contraire, leurs patrons diraient niet. Trop choquant pour le public. Mais ils n'écriront rien – il n'y avait que des vétérans, cette nuit. Ils savent qu'un accident est toujours possible.

Après un bref moment de réflexion, Anderson a acquiescé puis s'est tourné vers Percy. Et, sur son visage d'ordinaire avenant, il y avait une expression de profond dégoût.

— Vous êtes un petit merdeux, Wetmore, il a dit. Et je n'ai jamais pu vous encaisser.

Et, comme Percy le regardait avec étonnement, il a ajouté :

— Si jamais vous rapportez ce que je vous ai dit à vos amis bien placés, je nierai jusqu'à ce que les poules aient des dents, et ces hommes me soutiendront. Vous êtes dans la merde, Wetmore.

Sur ce, il s'est détourné et a repris l'escalier. Je l'ai laissé monter quatre marches et je l'ai appelé.

— Curtis ?

Il s'est retourné, les sourcils en point d'interrogation.

— Ne vous bilez pas pour Wetmore, je lui ai dit. Il va partir à Briar Ridge. C'est mieux, là-bas. Pas vrai, Percy ?

— Sitôt que sa demande de transfert arrivera, a précisé Brutal.

— Et, en attendant, il se fera porter pâle toutes les nuits, a ajouté Dean.

Ça, Percy n'a pas aimé. Il n'avait pas travaillé assez longtemps à la prison pour avoir droit à un congé de maladie. Il a regardé Dean d'un air hargneux.

— Compte pas là-dessus.

6

On est retournés au bloc vers une heure moins le quart (sauf Percy qui, comme je lui en avais donné l'ordre, nettoyait la réserve en tirant la gueule). J'avais, quant à moi, un rapport à écrire, et j'ai décidé de le faire à la table de la permanence, parce que je me serais sûrement endormi si je m'étais installé dans le fauteuil plus confortable de mon bureau. Après ce qui s'était passé une heure plus tôt, vous vous étonnez peut-être de cette envie de dormir, mais cela faisait plus de vingt-quatre heures que je n'avais pas quitté mon service, sans m'accorder la moindre pause.

John Caffey était debout derrière les barreaux de sa cellule, le regard lointain, noyé dans les larmes – comme du sang qui coulait d'une blessure inguérissable mais indolore. Plus près de moi, Wharton, assis sur sa couchette, se balançait en chantant une chanson de sa composition qui, je dois dire, n'était pas complètement stupide. Pour autant que je m'en souvienne, ça donnait quelque chose comme ça :

« Le Cajun a grillé, yé-yé-yé !
Putain qu'ça pue le cramé !
S'appelait pas Pierre ni René.
S'appelait pas non plus François.
C'était rien qu'une tête de bois,
Qu'avait le nom de Delacroix ! »

— Ferme-la, idiot, j'ai gueulé.

Wharton a souri, exhibant ses dents pourries. Il s'est levé et m'a lancé, gai comme un pinson :

— Hé ! Pourquoi tu viens pas me la fermer, ma gueule ?

Et il s'est mis à chanter un autre couplet du « Cajun grillé », improvisant avec un certain talent. Il y avait là une intelligence, malveillante et odieuse, mais indiscutable.

Je suis allé voir John Caffey. Il a essuyé ses larmes du plat de la main. Il avait les yeux rouges et j'ai remarqué combien il semblait las. Pourquoi cette fatigue de la part d'un homme de sa force qui se promenait deux heures par jour dans la cour et restait allongé le reste du temps, je n'en savais fichtre rien, mais je ne pouvais mettre en doute ce que je voyais : un homme épuisé.

— Pauvre Del, il a dit d'une voix rauque. Pauvre vieux.

— Oui, pauvre Del. John, est-ce que ça va ?

— C'est fini pour Del, hein ? il m'a demandé. C'est fini, hein, boss ?

— Oui. Mais réponds à ma question, John. Tu te sens bien ?

— C'est fini pour Del, il a de la chance. Ouais, bien de la chance.

J'ai pensé que Delacroix n'aurait pas été d'accord avec lui là-dessus, mais je n'ai rien dit. J'ai regardé dans la cellule de Caffey.

— Où est Mister Jingles ?

— Parti là-bas.

Il a passé une main à travers les barreaux pour désigner la porte de la cellule d'isolement au bout du couloir.

J'ai hoché la tête.

— Oh, il reviendra.

Je me trompais. Les jours de Mister Jingles à la ligne verte étaient terminés. La seule trace de sa présence au bloc, c'est Brutal qui l'a trouvée cet hiver-là : quelques échardes de la bobine tricolore et cette odeur de bonbon à la menthe dans le trou d'une solive.

J'avais bien l'intention de m'en retourner à mon rapport mais je n'ai pas bougé. Je regardais John Caffey et il me regardait comme s'il devinait toutes mes pensées. Je me suis dit : Arrache-toi, Paul, dis bonne nuit et va faire tes paperasses. Mais tout ce que j'ai su faire, c'est prononcer son nom :

— John Caffey.

— Oui, boss.

Il arrive parfois qu'un homme soit possédé par le besoin de savoir une chose, et c'était ça qui m'arrivait. Je me suis baissé, et j'ai commencé à délacer une de mes chaussures.

7

Quand je suis enfin rentré chez moi, il avait cessé de pleuvoir et un tardif quartier de lune souriait au-dessus des crêtes au nord. Mon sommeil semblait s'être fait la belle avec les nuages. J'étais parfaitement éveillé et je sentais l'odeur de Delacroix sur mes vêtements. J'ai pensé que ma peau aussi devait en être imprégnée – le Cajun a grillé, yé-yé-yé, putain, qu'ça pue le cramé – et pour longtemps !

Janice m'attendait, comme elle le faisait toujours après une exécution. Je ne voulais pas lui raconter, pourquoi la charger de tout ce poids ? Mais quand elle a vu ma tête dans la lumière crue de la cuisine, elle a voulu savoir. Alors je me suis assis, j'ai pris ses mains dans les miennes, qui étaient glacées (le chauffage dans ma vieille Ford était inexistant, et le thermomètre avait sacrément chuté depuis la tempête), et je lui ai dit ce qu'elle voulait entendre. Au milieu de mon récit, j'ai soudain éclaté en sanglots, et ça, je ne l'avais pas prévu. J'avais un peu honte, mais un peu seulement ; parce que cette femme ne m'avait jamais reproché les fois où je ne m'étais pas comporté comme un homme doit le faire – du moins, selon l'idée que je m'en faisais. L'homme qui a une bonne compagne est la plus heureuse des créatures de Dieu. Le solitaire doit être bien misérable ; sa seule chance est d'ignorer ce qu'il perd.

J'ai pleuré, donc. Janice a pris ma tête contre son sein et, quand l'orage est passé, je me suis senti un peu mieux. Et c'est là, je crois, que j'ai eu pour la première fois une conscience claire de mon projet. Je ne parle pas de la chaussure ; elle y était liée, mais c'était autre chose. Non, la conscience du projet en question commençait par une observation étrange : John Caffey et Melinda Moores, si différents par la taille, le sexe et la couleur, avaient pourtant exactement le même regard : perdu et empli d'une grande tristesse. Un regard mourant.

— Allez, viens te coucher, m'a dit ma femme. Viens avec moi.

Je l'ai suivie et nous avons fait l'amour et, quand ç'a été fini, elle s'est endormie. Je suis resté à observer le quartier de lune par la fenêtre et à écouter la plainte du bois réagissant à la différence de température. Je pensais à John Caffey. J'entendais sa voix : *J'l'ai fait à la souris de Del. J'l'ai fait à Mister Jingles. La souris de cirque.* Bien sûr. Et peut-être qu'on était tous des souris de cirque, courant partout en ne sachant même pas, ou si peu, que Dieu et Ses hôtes célestes nous observaient dans nos petites maisons de bakélite à travers nos fenêtres de mica.

J'ai enfin trouvé le sommeil quand le jour a commencé de grisailler, et j'ai dormi deux ou trois petites heures, et encore par à-coups, tout comme ici, à Georgia Pines, et certainement pas comme le loir que j'étais à l'époque dont je vous parle.

Quand je me suis endormi, je pensais aux églises de mon enfance. Les noms changeaient, selon l'humeur religieuse de ma mère et de ses sœurs, mais elles étaient en fait toutes les mêmes, des temples du pays profond résonnant de Gloire à Jésus et à Dieu tout-puissant. À l'ombre de ces clochers carrés, le concept d'expiation était aussi commun que les tintements de la cloche appelant les fidèles. Seul Dieu pouvait nous pardonner nos péchés, le pouvait et l'accomplissait, les lavant avec le sang de Son Fils crucifié, mais ça ne dispensait pas Ses enfants d'expier les crimes (et même leurs simples erreurs de jugement), chaque fois que c'était possible. L'expiation était puissante ; c'était le verrou sur la porte que vous refermiez sur le passé.

Je me suis endormi en pensant à ces expiations du pays profond et à Edouard Delacroix chevauchant l'éclair, le corps en flammes, et à Melinda Moores et à mon big boy dont les yeux toujours pleuraient. Ces pensées se sont muées en rêve.

John Caffey se tenait au bord de la rivière et lançait sa plainte déchirante dans le ciel d'été, tandis que sur l'autre rive un train de marchandises grondait sans fin vers les poutrelles rouillées du pont enjambant la Trapingus. Dans le creux de chacun de ses bras, le géant noir tenait le corps dénudé d'une fillette blonde. Ses poings, énormes pierres d'ébène au bout de ses bras, étaient serrés. Tout autour de lui, les criquets stridulaient et les moucherons essaimaient ; la terre bourdonnait de chaleur. Dans mon rêve j'allais à lui, je m'agenouillais et lui prenais les mains. Ses poings se détendaient et révélaient leurs secrets. Dans l'un, la bobine coloriée en vert, rouge et jaune. Dans l'autre, la chaussure d'un gardien de prison.

— J'ai pas pu faire autrement, disait John Caffey. J'ai essayé, mais c'était trop tard.

Et, cette fois, dans mon rêve, je comprenais ce qu'il voulait dire.

8

Il était neuf heures du matin, et je prenais une troisième tasse de café sous le porche (ma femme n'a rien dit en m'apportant ce qu'elle considérait comme une tasse de trop, mais la désapprobation était écrite en lettres majuscules sur son visage), quand le téléphone a sonné. Je suis allé dans le salon pour prendre la communication, et la standardiste au central m'a dit qu'elle avait mon correspondant en ligne. Elle m'a souhaité une bonne journée et a raccroché. Du moins, c'est ce que j'ai pensé, parce que, avec les employés du téléphone, on n'était jamais sûr de rien.

La voix de Hal Moores m'a troublé. Cassée, tremblante, on aurait dit celle d'un octogénaire. Je me suis dit que c'était une bonne chose qu'on se soit entendus avec Curtis Anderson la nuit précédente dans le souterrain et, surtout, qu'il ait éprouvé la même antipathie que nous à l'égard de Percy, parce que l'homme auquel je parlais aurait bien aimé ne plus quitter le chevet de sa femme et oublier Cold Mountain.

— Paul, j'ai appris qu'il y avait eu de la casse la nuit passée et que notre ami M. Wetmore en est responsable.

— Un peu de casse, en effet, j'ai dit, l'oreille collée au récepteur et la bouche au cornet, mais le travail a été fait. C'est le plus important.

— Oui, bien sûr.

— Hal, est-ce que je peux vous demander qui vous a informé ?

Pour que je lui accroche une casserole à la queue, me suis-je retenu d'ajouter.

— Vous pouvez. Mais, comme j'ai promis l'anonymat à mon informateur, je n'ai pas le droit de vous en dire plus. Par ailleurs, quand j'ai appelé le bureau à la première heure pour voir si j'avais des messages ou une affaire urgente, j'ai également appris quelque chose d'intéressant.

— Ah ?

— Oui. Une demande de transfert a atterri dans ma corbeille. Percy Wetmore veut partir à Briar Ridge le plus tôt possible. Il a dû remplir sa demande avant de terminer son service la nuit dernière, qu'en pensez-vous ?

— Rien que du bien.

— D'habitude, je laisse Curtis s'occuper de ces choses, mais à cause du... climat actuel au bloc E, j'ai demandé à Hannah de passer me remettre la demande à l'heure du déjeuner. Elle a gracieusement accepté. Je signerai sa requête et veillerai à ce qu'elle parvienne à la capitale de l'État cet après-midi même. Je pense que vous aurez le plaisir de voir partir Percy au plus tard dans un mois. Peut-être moins.

Il s'attendait légitimement que je me réjouisse de la nouvelle. Alors que sa femme avait tellement besoin de sa présence, il avait pris le temps d'expédier une affaire qui aurait normalement traîné pendant six mois, malgré les relations tant vantées de Percy. Tout de même, mon cœur s'est serré. Un mois ! Mais peut-être était-ce sans grande importance, après tout. Quand on doit se lancer dans une entreprise hasardeuse – en l'occurrence, ce que j'avais en tête était vraiment dangereux –, on a toujours tendance à remettre au lendemain, et c'est bien naturel. D'un autre côté, il vaut parfois mieux ne pas avoir le temps de trop réfléchir, sinon on ne fait plus rien. Et, puisque nous devions de toute façon compter avec Percy (à condition que je puisse convaincre ceux de l'équipe de me suivre dans ma folie, autrement dit à condition qu'il y ait toujours une « équipe »), on pouvait tout aussi bien agir cette nuit même.

— Paul ? Vous êtes là ? Bon sang, je crois qu'on nous a coupés.

De nouveau, je fus frappé par le timbre vieilli, comme parcheminé, de sa voix.

— Non, Hal, je suis là. C'est une bonne nouvelle.

— Oh, je sais ce que vous pensez.

Non, vous ne le savez pas, monsieur le directeur. Vous en êtes même à des années-lumière.

— Vous pensez que notre jeune ami sera encore là pour l'exécution de Caffey. C'est fort probable – Caffey y passera avant Thanksgiving, j'imagine – mais vous pourrez toujours remettre Percy à la cabine. Personne n'y trouvera à redire. Y compris lui-même, je pense.

— C'est ce que je ferai. Hal, comment va Melinda ?

Il y a eu un long silence – si long que, sans le bruit de sa respiration, j'aurais pu croire qu'il n'était plus au bout du fil. Quand il a parlé, c'était d'une voix plus basse.

— Elle est en train de sombrer.

Sombrer. Ce mot, quelque peu vieilli aujourd'hui, ne voulait pas dire qu'elle se mourait mais qu'elle avait commencé de se détacher des vivants.

— Ses migraines la font moins souffrir – pour le moment, du moins – mais elle ne peut plus marcher sans aide, ne peut plus rien saisir avec ses mains, perd le contrôle de sa vessie quand elle dort…

Il y a eu un nouveau silence et puis, d'une voix qui était presque un chuchotement, il m'a dit :

— Elle jure.

— Pardon, Hal, elle fait quoi ? j'ai demandé, perplexe.

Janice était entrée dans le salon et elle me regardait en s'essuyant les mains avec un torchon.

— Elle jure, a dit Hal d'une voix qui semblait hésiter entre la colère et les larmes.

— Oh.

Je ne comprenais toujours pas mais n'avais pas l'intention d'insister. Je n'en ai pas eu besoin ; il l'a fait pour moi.

— Elle est là, normale, elle parle du jardin ou d'une robe qu'elle a vue dans un catalogue ou peut-être de Roosevelt qu'elle a entendu à la radio et qu'elle a trouvé formidable, et puis, tout d'un coup, elle se met à dire des horreurs. Elle ne crie pas ni rien, et c'est ce qui m'inquiète le plus parce que si elle criait… eh bien…

— Ça ne lui ressemblerait pas.

— C'est ça. Mais de l'entendre jurer comme un charretier avec sa jolie voix toujours aussi douce… Pardonnez-moi, Paul.

Il s'est tu et je l'ai entendu qui se mouchait bruyamment. Quand il a repris la parole, il avait un ton plus ferme mais tout aussi désespéré.

— Elle aimerait que le pasteur Donaldson vienne à la maison, et je sais qu'il lui apporte beaucoup de réconfort, mais je n'ose pas l'inviter. Imaginez-le avec elle, lisant une page de la Bible, et qu'elle lui balance un gros mot ? Elle en serait capable ; elle m'en a sorti un hier au soir ! « Tu veux bien me prendre le *Liberty* qui est sur la table, suceur de bite ? » Paul, où a-t-elle pu entendre des mots pareils ?

— Je ne sais pas, Hal. Vous serez chez vous, ce soir ?

Avant que la maladie de sa femme ne sape ses forces et son moral, Hal Moores savait se montrer mordant et sarcastique à l'occasion ; ses subordonnés redoutaient plus cette facette de son caractère que ses colères. Ses sarcasmes pouvaient ronger comme de l'acide. Et voilà que ma question m'en valait quelques gouttes. Sa réplique m'a pris par surprise, je l'avoue, mais je n'ai pas été mécontent de l'entendre. Ça prouvait au moins que le bonhomme avait encore de la ressource.

— Non, j'emmène Melinda au kiosque à musique. On boira un coup et ma chère moitié demandera à cet enfant de putain de violoneux de nous jouer des valses.

J'ai plaqué ma main libre sur ma bouche pour ne pas éclater de rire. Heureusement, l'envie m'en a vite passé.

— Excusez-moi, Paul, il a dit aussitôt après. Je n'ai pas beaucoup dormi, ces temps-ci. Ça me rend grincheux. Bien sûr que je serai à la maison. Pourquoi cette question ?

— Oh, pour rien.

— Vous ne pensiez pas nous rendre visite, n'est-ce pas ? Vous êtes de service, ce soir, non ? À moins que vous ayez prévu de vous faire remplacer ?

— Non, j'ai répondu. Je suis de service.

— Ce ne serait pas une bonne idée, de toute façon. Melinda n'est vraiment pas en état de recevoir de la visite.

— D'accord. En tout cas, merci pour les nouvelles.

— De rien. Priez pour ma Melinda, Paul.

Je lui ai répondu que je n'y manquerais pas, tout en pensant que je ferais peut-être beaucoup plus que prier. Dieu aide celui qui s'aide soi-même, comme on dit à l'église de Gloire à Jésus et à Dieu tout-puissant. J'ai raccroché et j'ai regardé Janice.

— Comment va Melly ?

— Pas bien.

Je lui ai rapporté ce que Hal m'avait dit, y compris que Melinda jurait, mais sans fournir d'exemples. J'ai conclu avec le mot « sombrer » et Jan a hoché tristement la tête. Puis elle m'a regardé avec attention.

— À quoi penses-tu ? Je le vois sur ton visage, que tu penses à quelque chose, et je parie que c'est une bêtise.

Je n'allais pas lui mentir : on ne fonctionnait pas comme ça, Jan et moi. Je lui ai dit qu'il valait mieux qu'elle ne le sache pas, en tout cas pas tout de suite.

— Est-ce que... ça pourrait t'attirer des ennuis ?

Elle n'avait pas l'air particulièrement inquiète à cette idée mais plutôt curieuse, un trait de caractère que j'ai toujours aimé en elle.

— Peut-être, j'ai répondu.

— Et c'est une bonne chose ?

— Peut-être, j'ai répété.

J'ai actionné la manivelle du téléphone.

— Peut-être aimerais-tu que je te laisse seul pour téléphoner ? Que je sois une gentille petite épouse ? Que j'aille faire la vaisselle ? Tricoter des chaussons ?

J'ai hoché la tête.

— Je ne dirais pas les choses comme ça, mais...

— Aurons-nous des invités à déjeuner, Paul ?

— Je l'espère.

9

J'ai appelé Brutal et Dean. Harry n'avait pas encore le téléphone, mais je connaissais le numéro de son voisin le plus proche. Harry m'a rappelé vingt minutes plus tard, fort embarrassé de devoir mettre la communication à ma charge et me promettant de payer sa part quand notre facture arriverait. Je lui ai répondu qu'on verrait ça en temps voulu. En attendant, est-ce qu'il pouvait venir déjeuner à la maison ? Brutal et Dean seraient là, et Janice avait promis de mettre les petits plats dans les grands.

— Un déjeuner, mais pour quoi faire ? a demandé Harry, sceptique.

Je lui ai répondu que j'avais quelque chose à leur dire, mais que je préférais ne pas en parler au téléphone. D'accord, il viendrait. J'ai raccroché, je suis allé à la fenêtre et j'ai regardé le paysage sans le voir. On s'était tous couchés tard, la veille, mais apparemment, je n'avais tiré du lit ni Brutal ni Dean, et Harry non plus n'avait pas la voix endormie de quelqu'un qui vient de se lever. Il semblait que je n'avais pas été le seul à souffrir des nerfs après ce qui s'était passé et, vu la folie que j'avais en tête, c'était peut-être mieux comme ça.

Brutal, qui n'habitait pas loin de chez moi, est arrivé à onze heures et quart. Dean s'est pointé quinze minutes plus tard, et Harry – déjà en tenue de travail – peu de temps après. On s'est attablés dans la cuisine et Janice nous a servi des sandwiches au rosbif, de la salade de chou blanc et du thé glacé. Un jour plus tôt, on aurait déjeuné dehors, sous le porche, et on aurait été bien heureux d'avoir un peu d'air pour nous rafraîchir, mais la température avait chuté de près de dix degrés depuis la tempête et un vent froid soufflait des crêtes.

— Tu peux t'asseoir avec nous, j'ai dit à ma femme. Elle a secoué la tête.

— Non, merci, je préfère ne pas savoir ce que vous complotez, je m'inquiéterai moins comme ça. Je vais manger un morceau dans le salon. Je suis avec Mlle Jane Austen, cette semaine, et elle est de très bonne compagnie.

— Qui est Jane Austen ? a demandé Harry, sitôt que Janice nous a laissés. Une cousine à vous ? Elle est jolie ?

— C'est un écrivain, espèce d'ignorant ! lui a dit Brutal. Elle est morte à peu près à l'époque où Betsy Ross[1] cousait les étoiles de la bannière.

— Oh, a fait Harry, penaud. J'suis pas très lecteur. Je préfère écouter la radio.

— Alors, Paul, qu'est-ce que tu as en tête ? m'a demandé Dean.

— Pour commencer, John Caffey et Mister Jingles.

Pour être surpris, ils l'étaient, et je m'y attendais ; ils s'étaient sûrement imaginé que je voulais leur parler de la mort de Delacroix ou de Percy, voire des deux. J'ai regardé Dean et Harry.

— Ce que Caffey a fait avec Mister Jingles, ça s'est passé assez rapidement. Je ne sais pas si vous avez eu le temps de voir dans quel état était la souris.

Dean a haussé les épaules.

— J'ai vu le sang sur le lino.

Je me suis tourné vers Brutal.

— Ce salaud de Percy a écrabouillé Mister Jingles,

---

1. Ross Betsy (1752-1836) aurait confectionné le premier drapeau américain. Jane Austen, romancière anglaise, née en 1775, est morte en 1817. *(N.d.T.)*

a dit Brutal. J'sais pas s'il était mort, mais il en était pas loin quand Caffey l'a pris dans ses mains. J'sais pas non plus ce qu'il lui a fait, mais il l'a comme qui dirait ressuscité. Et ça, je l'ai vu de mes propres yeux.

— Et moi, il m'a guéri, j'ai dit, et je ne l'ai pas seulement vu, je l'ai senti.

Je leur ai alors raconté que mon infection était revenue et que j'avais souffert le martyre (je leur ai montré par la fenêtre le tas de bois auquel j'avais dû m'accrocher le matin où la douleur m'avait scié les pattes) et comment elle avait disparu complètement quand Caffey avait imposé sa main sur moi. Disparu sans jamais revenir.

Ma petite histoire n'a pas pris longtemps. Quand j'ai eu fini, ils sont restés un moment silencieux, à mastiquer leurs sandwiches d'un air songeur. Puis Dean a dit :

— Un nuage noir est sorti de sa bouche. On aurait dit des moucherons.

— C'est vrai, a approuvé Harry. Au début, ils étaient noirs et puis ils sont devenus blancs et ont disparu. Et c'est marrant, parce que j'avais presque oublié toute cette histoire, avant que tu nous en parles, Paul.

— Il y a rien de marrant ni de bizarre là-dedans, a déclaré Brutal. Des fois, on voit des choses qui nous paraissent tellement incroyables qu'on les oublie. À quoi bon se souvenir de trucs qu'on ne comprend pas ? Mais dis-moi, Paul, t'as vu aussi des moucherons quand il t'a réparé la tuyauterie ?

— Oui. Et, à mon avis, ils sont le mal lui-même. Caffey prend le mal en lui et il le relâche dans l'air.

— Où il meurt, a dit Harry.

J'ai haussé les épaules. Je ne savais pas si le mal mourait ou pas au contact de l'air et je doutais que ça ait beaucoup d'importance.

— Quand il t'a guéri, il a aspiré comme avec la souris ? a demandé Brutal.

— Non, il a posé sa main sur moi. J'ai senti comme un choc électrique, sauf que ce n'était pas douloureux. D'accord, je n'étais pas à l'article de la mort, mais j'avais mal, c'est sûr.

Brutal a hoché longuement la tête.

— Par les mains et par le souffle. C'est exactement ce que chantent les prêcheurs dans les églises.

— Gloire à Jésus et à Dieu tout-puissant, j'ai dit.

— Je sais pas trop si Jésus a quelque chose à voir là-dedans, a dit Brutal, mais John Caffey est un homme pas comme les autres, ça c'est sûr.

— D'accord, a dit Dean, si vous dites que c'est vraiment arrivé, je vous crois sur parole. On dit que les voies de Dieu sont impénétrables et Caffey est peut-être Son instrument. Mais qu'est-ce qu'on a à voir là-dedans, nous ?

Ma foi, c'était là la question, non ? J'ai respiré un grand coup et je leur ai fait part de mes intentions. Je voyais la stupeur envahir leurs visages à mesure qu'ils m'écoutaient. Même Brutal, qui aimait bien lire ces magazines avec des histoires de petits hommes verts venus de l'espace, ouvrait de grands yeux. Cette fois, quand j'ai eu terminé, il y a eu un long, un très long silence, et pas un n'a mordu dans son sandwich.

— Si on se faisait prendre, a dit enfin Brutal, on perdrait peut-être plus que notre boulot, Paul. Il y a de fortes chances qu'on se retrouve même au bloc A, hébergés gratos par l'État, à fabriquer des portefeuilles et à prendre la douche à deux.

— Je sais, ça pourrait nous arriver.

— Je comprends un peu ce que tu ressens, il a poursuivi. Tu connais Moores mieux que nous – il est ton ami et puis c'est le patron – et je sais aussi que tu penses beaucoup à sa femme…

— C'est l'être le plus aimable qu'on puisse espérer rencontrer, j'ai dit. Et pour Moores, elle représente tout.

— Mais on ne la connaît pas, a insisté Brutal. Pas comme Janice et toi, pas vrai, Paul ?

— Tu l'aimerais si tu l'avais rencontrée avant que cette saleté de cancer plante ses griffes sur elle. Elle a fait un tas de choses pour la communauté, elle a le sens de l'amitié et elle est très croyante. Et puis, elle est drôle. Enfin, elle l'était. Elle pouvait te raconter des histoires à mourir de rire. Mais ce n'est pas pour ça que je voudrais la sauver, si toutefois elle peut l'être. Ce qui lui arrive, c'est une véritable insulte, bon Dieu ! Une insulte. Aux yeux, aux oreilles, au cœur.

— C'est généreux de ta part, mais j'pense pas que ce soit ça qui t'a mis cette idée en tête, a dit Brutal. J'dirais plutôt que c'est ce qui est arrivé à Del. Tu veux compenser, quoi.

Il avait raison. Bien sûr que c'était ça. Melinda était une amie, alors que les autres ne la connaissaient jamais que de nom, et ce n'était pas pour elle que je leur demandais de courir avec moi le risque de perdre notre emploi et peut-être même notre liberté. Mes deux enfants étaient grands, et pour rien au monde je n'aurais voulu que ma femme leur écrive que leur père allait être jugé pour… quelle serait l'accusation ? Je n'en savais trop rien ; probablement complicité dans l'évasion d'un condamné à mort.

Mais l'exécution de Delacroix avait été la chose la

plus horrible, la plus cruelle qu'il m'eût été donné de voir dans ma vie – et pas seulement ma vie professionnelle, mais *toute* ma vie – et j'y avais participé. On en était tous responsables ; parce que nous avions permis à Percy Wetmore de rester, alors qu'on savait très bien qu'il n'était absolument pas à sa place dans le bloc E. Nous avions joué le jeu. Même Hal Moores y avait participé. « Il grillera sur la chaise, que Wetmore soit là ou pas », avait-il dit, et ce n'était peut-être que justice, vu ce que le petit Français avait fait. Mais finalement Percy n'avait pas grillé Del au sens figuré, il l'avait bel et bien brûlé vif, lui avait fait jaillir les yeux des orbites, avait transformé son visage en charbon. Et pourquoi ? Parce que Del était six fois meurtrier ? Non. Parce que Percy avait mouillé son pantalon et que le petit Cajun avait eu l'audace de se moquer de lui.

On avait été les acteurs d'une scène monstrueuse, et Percy s'en tirerait. Il irait à Briar Ridge, heureux comme une palourde à marée haute, et il trouverait là-bas tout un asile rempli de pauvres fous sur lesquels il pourrait exercer sa cruauté. Et on ne pouvait rien à cela, mais peut-être qu'il n'était pas trop tard pour laver la boue de nos mains.

— Dans mon Église, on appelle ça expier, pas compenser, j'ai dit, mais je suppose que ça revient au même.

— Penses-tu vraiment que Caffey pourrait la sauver ? a demandé Dean d'une voix timide. Quoi, il pourrait aspirer cette tumeur dans sa tête ? Comme si c'était un noyau de pêche ?

— Je le pense. Je n'en suis pas sûr, évidemment, mais après ce qu'il m'a fait et ce qu'il a fait à Mister Jingles…

— C'est vrai que la souris était salement amochée, a dit Brutal.

— Mais est-ce qu'il voudrait le faire ? a dit Harry, songeur.

— S'il s'en sent capable, il le fera, j'ai répondu.

— Pourquoi ? Après tout, il la connaît même pas.

— Parce que Dieu l'a fait pour ça. Parce que c'est sa mission ici-bas.

Brutal a fait semblant de nous compter, pour nous rappeler qu'il manquait quelqu'un.

— Et Percy ? Tu crois qu'il nous laissera faire, peut-être ?

Alors je leur ai confié mon petit projet concernant Percy. Le temps que je finisse mon bref exposé, Harry et Dean me regardaient avec stupeur, et Brutal souriait malgré lui d'un air admiratif.

— Audacieux, frère Paul ! il a dit. Ça me la coupe !

— Ah ! ce serait extra ! s'est exclamé Dean en se tapant sur les cuisses.

Il faut se rappeler que Dean nourrissait des griefs légitimes à l'encontre de Percy, qui l'avait regardé se faire étrangler sans avoir le courage d'intervenir.

— D'accord, mais, à ton avis, il fera quoi, Percy, après ça ? a demandé Harry.

Il avait un ton peu enthousiaste ; ses yeux, toutefois, le trahissaient : ils étincelaient. Les yeux d'un homme qui ne demande qu'à être convaincu.

— On dit que les morts ne parlent pas, a grogné Brutal, et je lui ai jeté un coup d'œil pour m'assurer qu'il plaisantait.

— Je pense qu'il la fermera, j'ai dit.

Dean a ôté ses lunettes et s'est mis à en polir les verres avec son mouchoir. Il a demandé, sceptique :

— Tu crois ça ? J'aimerais en être certain.

— D'abord, il ne saura pas ce qui s'est réellement passé et il se dira que ce n'était rien qu'une plaisanterie. Ensuite – et c'est le plus important – il aura peur de parler. C'est là-dessus que je compte. On lui dira que s'il commence à écrire des lettres et à passer des coups de fil, on fera la même chose.

— Ouais, on parlera de l'exécution, a dit Harry.

— Et on lui rappellera qu'il n'a pas levé le p'tit doigt quand Dean s'est fait attaquer, a renchéri Brutal. Et ça, c'est ce qu'il redoute le plus, Percy. Que tout le monde apprenne qu'il s'est dégonflé.

Il s'est gratté le crâne, l'air pensif, puis il a ajouté :

— Ça pourrait marcher, Paul. Mais… est-ce que ça ne serait pas mieux d'amener Mme Moores à Caffey, plutôt que le contraire ? On pourrait s'occuper de Percy comme tu l'as prévu, et puis on la ferait entrer par le souterrain, et Caffey resterait sur place.

J'ai secoué la tête.

— Impossible.

— À cause de Moores ?

— Oui. À côté de lui, Thomas l'apôtre, qui ne croyait que ce qu'il voyait, eh bien, il goberait n'importe quoi, il entendrait même des voix, comme Jeanne d'Arc ! En revanche, si on arrive chez Moores avec Caffey, on bénéficiera de l'effet de surprise et on le persuadera plus facilement de tenter l'expérience. Sinon…

— Et quelle voiture tu prévois d'utiliser ? a demandé Brutal.

— J'avais d'abord pensé à la diligence, mais on ne pourra jamais sortir de la cour sans se faire remarquer, et tout le monde connaît le fourgon à trente kilomètres à la ronde. Je pense qu'on pourrait prendre ma Ford.

— Ta Ford ? s'est exclamé Dean en rechaussant ses besicles. Tu pourrais pas faire entrer Caffey dans ta chignole, même si tu le découpais en morceaux. Tu as tellement l'habitude de le voir que tu as oublié sa taille.

Je n'avais pas de réponse à ça. J'avais surtout réfléchi au problème de Percy et à celui, moindre mais réel, de Wild Bill Wharton. À présent, je réalisais que le transport ne serait pas aussi simple que je l'avais espéré.

Harry Terwilliger a pris dans son assiette ce qui restait de son deuxième sandwich, l'a reposé et a dit :

— Si on doit s'embarquer dans cette folie, on pourrait prendre mon camion. On l'installerait à l'arrière. Il n'y aura pas grand monde sur la route à cette heure. On a parlé de minuit passé, hein ?

— Oui, j'ai répondu.

— Les mecs, vous oubliez quelque chose, a fait remarquer Dean. Caffey se tient tranquille depuis son arrivée au bloc ; il passe ses journées sur sa couchette à pleurer en silence et à dormir. Mais c'est un assassin. Et pas une demi-portion, avec ça. S'il lui prend l'envie de sauter du camion, j'vois pas comment on pourrait l'arrêter autrement qu'en lui tirant dessus. Et même avec un 45, il en faudra, des balles, avant de le coucher. Et s'il nous échappait et qu'il tue quelqu'un d'autre ? J'aimerais pas perdre mon boulot et encore moins aller en taule – j'ai une femme et des gosses qui comptent sur moi pour manger – mais avoir une autre petite fille morte sur la conscience, ça me plairait encore moins, j'vous le dis.

— Ça n'arrivera pas, j'ai dit.

— Bon Dieu, comment tu peux en être aussi sûr ?

Je n'ai pas répondu tout de suite. Par où commencer ? Je m'étais bien douté que la question viendrait sur le tapis, mais je me demandais comment leur annoncer ce que je savais. C'est Brutal qui m'a aidé.

— Tu penses qu'il n'a pas tué, hein, Paul ? il m'a demandé, l'air incrédule. Tu crois que notre big boy est innocent ?

— J'en suis certain.

— Explique-nous ça.

— Il y a deux choses, j'ai répondu. Et l'une d'elles est ma chaussure.

Je me suis penché au-dessus de la table et j'ai commencé à parler.

CINQUIÈME ÉPISODE

L'équipée nocturne

Titre original :

NIGHT JOURNEY

1.

H. G. Wells écrivit jadis l'histoire d'un homme qui inventa une machine à explorer le temps, et j'ai découvert qu'en rédigeant ces Mémoires moi aussi j'en avais créé une. À la différence de celle de Wells, la mienne voyage uniquement dans le passé – en 1932, pour être exact, quand j'étais gardien-chef du bloc E au pénitencier de Cold Mountain –, mais ça ne l'empêche pas d'être rudement efficace. Tout de même, elle me rappelle la vieille Ford que j'avais en ce temps-là ; vous pouviez être sûr qu'elle finirait par démarrer, mais vous ne saviez jamais s'il vous suffirait de tourner la clé de contact ou... la manivelle, et ce jusqu'à ce que le bras vous en tombe.

J'ai eu mon content de démarrages faciles depuis que j'ai entrepris de raconter l'histoire de John Caffey mais, hier, j'ai dû avoir recours à la manivelle. Probablement parce que j'en étais arrivé à l'exécution de Delacroix, un épisode que je n'avais pas vraiment envie de revivre. Une méchante mort, une mort atroce, et tout ça à cause de Percy Wetmore, un jeune homme qui prenait grand soin de sa coiffure mais que la moindre moquerie défrisait – même celle d'un petit homme à moitié chauve qui ne verrait jamais un autre Noël.

Comme toujours avec un sale boulot, le plus difficile est de s'y mettre. Avec un moteur, peu importe qu'on utilise la clé ou la manivelle : une fois qu'il a démarré, il tourne aussi bien de toute façon. C'est ainsi que ça a fonctionné pour moi, hier. Au début, les mots sont venus par bribes, puis par phrases entières, enfin en torrent. J'ai découvert qu'écrire est une manière particulière et plutôt terrifiante de se souvenir et qu'il peut y avoir dans le processus une violence qui s'apparente au viol. J'ai peut-être ce sentiment parce que je suis devenu un très vieil homme (une chose survenue à mon insu, je me dis parfois), mais je ne le pense pas. Je crois plutôt que l'alliance de la plume et de la mémoire engendre une espèce de magie, et la magie est dangereuse. Moi qui ai connu John Caffey et qui ai vu ce qu'il pouvait faire – aux souris et aux hommes – je suis bien placé pour le dire.

La magie est dangereuse.

Enfin, j'ai écrit toute la journée, hier ; les mots jaillissaient littéralement de moi, et le solarium de cette illustre maison de retraite avait disparu pour devenir la réserve au bout de la ligne verte, où tant de mes gosses à problèmes ont posé leurs fesses sur la dernière chaise de leur vie, et le pied de l'escalier menant au tunnel sous la route. C'est là que Dean, Harry, Brutal et moi on a coincé Percy Wetmore, tandis que fumait encore le cadavre d'Edouard Delacroix, et qu'on lui a fait comprendre qu'il avait intérêt à demander sans délai son transfert à l'hôpital psychiatrique de Briar Ridge.

Il y a toujours des fleurs fraîches dans le solarium, mais hier, quand a sonné midi, je ne sentais plus que l'odeur immonde de la chair humaine calcinée. Au bourdonnement de la tondeuse à gazon dans le jardin s'était substitué le bruit insistant de l'eau gouttant du plafond bas et voûté du souterrain. J'étais reparti. Reparti en 1932, en mon âme et conscience, sinon dans mon corps.

J'ai sauté le déjeuner et j'ai écrit jusqu'à quatre heures. Quand j'ai enfin reposé mon crayon, j'en avais mal à la main. J'ai gagné à petits pas rouillés la fenêtre au bout du couloir du premier étage, celle qui donne sur le parking réservé au personnel. Brad Dolan, le garçon de salle qui me rappelle Percy – et qui aimerait bien savoir où je vais et ce que je fais pendant mes promenades –, a une vieille Chevrolet avec un autocollant sur le pare-chocs : J'AI RENCONTRÉ DIEU : C'EST UN SIMPLE D'ESPRIT. Elle n'était pas là ; Brad avait terminé son service et avait dû rejoindre sa niche. J'imagine une caravane Airstream avec des doubles pages de *Playboy* punaisées aux murs et des canettes de bière dans les coins.

Je suis passé par la cuisine, où ils commençaient de préparer le dîner.

— Qu'est-ce que vous avez dans ce sac, m'sieur Edge-combe ? m'a demandé Norton.

— Une bouteille vide. J'ai découvert la fontaine de jouvence là-bas dans le bois. Tous les après-midi je vais faire le plein. J'en bois un verre le soir au coucher. Un fameux breuvage, croyez-moi.

— Peut-être bien que ça vous entretient le moteur, a dit George, l'autre cuistot, mais ça vous embellit pas la carrosserie.

On a ri en chœur, et je suis sorti. Je me suis surpris à chercher Dolan du regard, alors que sa voiture n'était plus là ; puis je me suis traité de crétin parce que je me laissais impressionner par ce type et j'ai traversé le parcours de croquet. Plus loin, il y a un petit green qui a bien meilleure mine sur les dépliants publicitaires de Georgia Pines et, plus loin encore, un sentier qui serpente à travers un bosquet. Il y a là deux remises délabrées que personne n'utilise plus. J'ai pénétré dans la seconde, qui est proche du haut mur de pierre séparant notre domaine de la route 47, et je suis resté là un petit moment.

J'ai bien dîné ce soir-là, j'ai regardé un peu la télé et je me suis couché tôt. Il m'arrive souvent de me réveiller en pleine nuit et de descendre en catimini regarder de vieux films sur la chaîne American Movie. Pas hier ; hier, j'ai dormi comme une souche et sans faire un seul de ces cauchemars qui ne me lâchent plus depuis que je me suis aventuré dans la littérature. Je devais être épuisé par tout ce que j'avais écrit la veille, et puis je ne suis plus de la première jeunesse, vous savez.

À mon réveil, quand j'ai vu que le rayon de soleil qui d'habitude atteint le parquet à six heures du matin était grimpé jusqu'au pied de mon lit, je me suis levé à la hâte, tellement alarmé que j'ai à peine senti la protestation douloureuse de mes articulations. Je me suis habillé aussi vite que j'ai pu et me suis précipité à la fenêtre qui donne sur le parking du personnel, avec l'espoir que l'emplacement où Dolan range son tacot serait encore vide. Il lui arrive d'avoir jusqu'à une demi-heure de retard…

Pas de chance. La vieille Chevrolet était là, luisant de toute sa rouille sous le soleil matinal. C'est que le sieur Dolan a des raisons d'être à l'heure ces temps-ci, pas vrai ? Le vieux Paulie Edgecombe s'en va on ne sait où aux aurores, le vieux Paulie Edgecombe fait quelque chose de pas clair, et Brad Dolan aimerait bien savoir quoi. *Dis-moi, qu'est-ce que tu fabriques là-bas, Paulie ?* Il y avait des risques qu'il soit déjà en train de me guetter. J'avais intérêt à rester tranquillement où j'étais… mais je ne le pouvais pas.

— Paul ?

Je me suis retourné avec tant de précipitation que j'ai failli me flanquer par terre. C'était mon amie Elaine Connelly. Elle a ouvert de grands yeux et a tendu les mains devant elle, comme pour me retenir. Heureusement pour elle, j'ai retrouvé l'équilibre ; Elaine est percluse de rhumatismes, et je l'aurais à coup sûr cassée en deux comme un bout de bois mort si j'étais tombé dans ses bras. L'amour ne meurt pas, même une fois que vous êtes entré dans l'étrange contrée des octogénaires, mais vous pouvez oublier les acrobaties à la *Autant en emporte le vent.*

— Je suis désolée. Je ne voulais pas te faire peur.

— C'est rien, j'ai répondu avec un faible sourire. Je préfère être réveillé comme ça plutôt qu'avec un seau d'eau. Je devrais même t'engager pour que tu le fasses tous les matins.

— Tu cherchais sa voiture, dis-moi ? La voiture de Dolan ?

Ça n'avait pas de sens de lui raconter des histoires, alors j'ai acquiescé.

— J'aimerais être sûr qu'il est dans l'aile ouest. J'ai envie de sortir un moment, mais je ne veux pas qu'il me voie.

Elle a souri, le fantôme du sourire espiègle qu'elle devait avoir étant jeune.

— C'est un sale petit fouinard, hein ?

— Ça, oui.

— Il n'est pas dans l'aile ouest. Je suis déjà descendue

prendre mon petit déjeuner et je peux te dire où il est :
à la cuisine.

Je l'ai regardée d'un air déçu. Je savais Dolan curieux,
mais pas à ce point-là.

— Tu ne peux pas remettre à plus tard ta promenade
matinale ? m'a demandé Elaine.

J'ai réfléchi à la question.

— Oh, je pourrais, mais…

— Mais tu ne devrais pas.

— Non, je ne devrais pas.

J'ai pensé : *Elle va me demander ce que j'ai de si
important à faire dans ce bois.*

Mais non. À la place, elle a eu de nouveau ce sourire qui était étrange et absolument merveilleux sur son
visage amaigri et hanté par la douleur. Puis elle m'a
demandé :

— Tu connais M. Howland ?

— Bien sûr, j'ai répondu, bien que je n'aie pas souvent l'occasion de le rencontrer (il résidait dans l'aile
ouest, ce qui, à Georgia Pines, était presque un pays
voisin). Pourquoi ?

— Sais-tu ce qu'il a de spécial ?

J'ai secoué la tête.

— M. Howland, a dit Elaine en souriant de plus belle,
fait partie des cinq résidents qui ont encore le droit de
fumer. C'est parce qu'il était déjà ici quand le règlement
a changé.

Une clause d'antériorité, j'ai pensé. Quoi de plus
normal dans une résidence pour le troisième âge ?

Elle a plongé la main dans la poche de sa robe à
rayures bleues et blanches, en a sorti une cigarette et
une boîte d'allumettes et s'est mise à chanter d'une voix
mutine :

— Tête de pomme et queue de cerise, p'tit bonhomme va faire une bêtise.

— Mais, Elaine…

— Tu veux bien escorter une vieille dame ?

Elle a remis cigarette et allumettes dans sa poche et a passé une main noueuse autour de mon bras. Puis, comme nous avancions dans le couloir, j'ai décidé de lui confier la direction des opérations. Elle est âgée et fragile, mais point idiote.

Alors que nous descendions l'escalier avec la précaution due aux reliques que nous sommes devenus, Elaine a dit :

— Tu attendras en bas. Moi, j'irai aux toilettes, celles de l'aile ouest. Tu les connais ?

— Oui, à côté de la salle d'eau ? Mais pourquoi ?

— Ça doit faire plus de quinze ans que je n'ai pas tiré sur une cigarette, et j'ai envie d'en griller une ce matin. J'ignore combien de bouffées il faudra pour déclencher le détecteur de fumée, mais j'ai bien l'intention de le découvrir.

Je l'ai regardée avec une admiration grandissante tout en pensant : C'est fou à quel point elle me rappelle ma femme ; c'est le genre de truc que Jan aurait fait, elle aussi. Elaine m'a souri avec cette impertinence que l'âge n'a pas entamée. J'ai passé ma main derrière son long cou gracieux, ai attiré son visage vers le mien et je l'ai embrassée doucement sur la bouche.

— Je t'aime, Ellie.

— Des mots, rien que des mots… m'a-t-elle répondu, mais je voyais bien qu'elle était contente.

— Dis donc, et Chuck Howland ? Il ne risque pas d'avoir des ennuis ?

— Non, à l'heure qu'il est, il regarde *Good Morning*

America à la télé en compagnie d'une vingtaine d'autres. Et je me sauverai dès que le détecteur aura déclenché l'alarme.

— Ne va pas tomber et te blesser. Je ne me pardonnerais jamais…

— Oh, arrête tes bêtises.

Cette fois, c'est elle qui m'a embrassé. Amour chez les antiquités. D'aucuns trouveront ça drôle ou grotesque, pourtant je vous le dis, mes amis : on a peut-être l'âge de ses artères mais le cœur n'a pas d'âge.

Je l'ai regardée s'éloigner à pas lents et raides (elle ne s'aide d'une canne que par temps de pluie, et encore, seulement si la douleur est la plus forte ; c'est une de ses coquetteries), et j'ai attendu. Cinq minutes ont passé, puis dix, et comme je me disais qu'elle avait soit abandonné, soit découvert que les piles du détecteur de fumée étaient mortes, l'alarme s'est mise à sonner dans l'aile ouest.

J'ai pris aussitôt la direction des cuisines mais lentement – il n'y avait pas de raison de me presser tant que je n'étais pas sûr d'être débarrassé de Dolan. Une bande de vieux, la plupart encore en robe de chambre, sont sortis de la salle de télé (baptisée centre de loisirs, et là, effectivement, c'est « grotesque ») pour voir ce qui se passait. J'ai été heureux de constater que Chuck Howland était parmi eux.

Kent Avery, s'appuyant d'une main à son déambulateur et, de l'autre, tirant compulsivement sur l'entrejambe de son pyjama, m'a appelé de sa voix râpeuse :

— Edgecombe ! À ton avis, vraie ou fausse alerte ?

— J'en sais fichtre rien, j'ai répondu.

Juste à ce moment-là, trois garçons de salle sont passés au trot, direction plein ouest, gueulant à tous ceux restés scotchés à la télé de sortir dans le jardin. Le troisième était Brad Dolan. Il ne m'a même pas regardé en me croisant, ce qui m'a fait un plaisir immense. Et, tandis que je poursuivais mon chemin vers les cuisines, il m'est apparu que douze Brad Dolan plus une demi-douzaine de Percy Wetmore ne feraient jamais le poids contre le tandem Elaine Connelly-Paul Edgecombe.

Les cuistots continuaient leur travail sans prêter attention au raffut.

— Dites voir, m'sieur Edgecombe, m'a appelé George. Y a Brad Dolan qui vous cherchait. Vous venez juste de le rater.

Une chance, j'ai pensé. J'ai répondu que je verrais probablement M. Dolan un peu plus tard. Puis j'ai demandé s'il ne restait pas un toast ou deux.

— Mais certainement, a dit Norton, sauf qu'ils sont froids. Z'arrivez tard, c'matin, m'sieur Edgecombe.

— Oui, et le ventre vide.

— Deux minutes, et j'vous en fais griller des bien dorés, a dit George en tendant la main vers la corbeille à pain.

— Ne vous donnez pas cette peine, froid ça ira très bien.

Ils ont eu l'air plutôt étonnés. George m'a donné deux tranches et j'ai filé, retrouvant en moi le gamin que j'avais été, qui faisait l'école buissonnière pour aller à la pêche, un sandwich à la confiture enveloppé dans du papier sulfurisé glissé sous sa chemise.

Une fois dehors, j'ai jeté un regard furtif alentour mais je n'ai rien vu d'alarmant ; je me suis hâté à travers le parcours de croquet tout en grignotant une tartine. J'ai ralenti le pas en pénétrant sous le couvert des arbres et, comme je suivais le sentier, j'ai repensé à cette journée qui suivit l'horrible mort d'Edouard Delacroix.

J'avais parlé à Hal Moores ce matin-là, et il m'avait confié que la tumeur cérébrale dont souffrait Melinda la faisait parfois jurer et proférer des obscénités – ce que ma femme allait plus tard diagnostiquer (timidement, car elle n'était pas sûre qu'il s'agisse de la même atteinte) comme le syndrome de Tourette. La voix chevrotante d'émotion de Moores, associée au souvenir de John Caffey guérissant aussi bien mon infection urinaire que l'échine brisée de Mister Jingles, m'avait finalement poussé à franchir la frontière qui sépare le simple projet du passage à l'acte.

Et puis il y avait autre chose. Quelque chose qui avait à voir avec les mains de Caffey, et ma chaussure.

Alors j'ai fait appel aux hommes avec lesquels je travaillais, ceux en qui j'avais entière confiance – Dean Stanton, Harry Terwilliger, Brutus Howell. Ils sont venus déjeuner chez moi le lendemain de l'exécution de Delacroix et m'ont écouté leur exposer mon plan. Bien sûr, ils savaient tous que Caffey avait guéri la souris ; Brutal en avait été témoin. Aussi, quand j'ai suggéré qu'un nouveau miracle était possible si nous conduisions John Caffey auprès de Melinda Moores, ils ne m'ont pas ri au nez. C'est Dean Stanton qui a soulevé la question la plus embêtante : et si John Caffey profitait de cette sortie pour s'échapper ?

— Suppose qu'il tue quelqu'un d'autre ? J'aimerais pas perdre mon boulot, et encore moins me retrouver en prison – j'ai une femme et des gosses qui comptent sur moi pour manger –, mais s'il y a une chose que je ne supporterais pas, c'est d'avoir la mort d'une autre petite fille sur la conscience.

Il y a eu un silence. Ils me regardaient tous, attendant de voir ce que j'allais répondre. Je savais que tout risquait de changer si je disais ce que j'avais au bout de la langue ; nous atteindrions le point de non-retour.

Sauf que pour moi, toute retraite était déjà impensable. Alors, j'ai ouvert la bouche et j'ai dit…

2

— Ça ne risque pas d'arriver.

— Bon Dieu, comment peux-tu en être aussi sûr ? a demandé Dean.

Je n'ai rien répondu. Je ne savais pas par où commencer. Bien entendu, je savais que la question se présenterait, mais comment leur dire ce que j'avais en tête et ce que je ressentais dans mon cœur ? Brutal m'a aidé.

— Tu le crois innocent, c'est ça ? il m'a demandé d'un ton incrédule.

— Je ne le crois pas, j'en suis certain.

— Ah ça ! j'aimerais bien savoir comment tu peux l'être !

— Il y a deux raisons, et l'une d'elles est ma chaussure.

— Ta chaussure ? s'est exclamé Brutal. Quel rapport avec John Caffey et le meurtre de ces deux petites filles ?

— Hier soir, j'ai enlevé une de mes chaussures et je la lui ai donnée. C'était après l'exécution, quand le calme est un peu revenu. Je l'ai passée à travers les barreaux et il l'a prise dans ses grandes mains. Je lui ai dit de renouer le lacet. Il fallait que je sois sûr, vous comprenez, parce que tous nos pensionnaires portent des pantoufles – un homme qui veut se suicider peut y arriver avec des lacets, s'il s'en donne vraiment la peine. C'est une chose qu'on sait tous.

Ils ont hoché la tête.

— Il l'a posée sur ses genoux, a réussi à croiser les deux extrémités du lacet mais n'a pas pu aller plus loin. Il se souvenait bien que quelqu'un lui avait montré comment faire une rosette quand il était gosse – peut-être son père ou l'un des petits amis de sa mère après le départ du mari –, mais il avait perdu la main.

— Je suis d'accord avec Brutal, je vois vraiment pas ce que ta godasse vient faire avec Caffey et les petites Detterick, a objecté Dean.

Alors j'ai repris toute l'histoire de l'enlèvement et du meurtre – tout ce que j'avais lu à la bibliothèque de la prison ce jour où il faisait si chaud, avec mon entre-cuisse en feu et Gibbons qui ronflait dans un coin, et aussi tout ce que m'avait dit plus tard Hammersmith, le journaliste.

— Le chien des Detterick mordait peu mais aboyait beaucoup. L'homme qui a kidnappé les fillettes l'a tenu tranquille en l'appâtant avec des saucisses. Il a dû s'approcher un peu plus chaque fois qu'il lui en filait une, j'imagine, et quand le corniaud a mangé le dernier morceau, le type l'a empoigné par la tête et lui a tordu le cou.

« Plus tard, quand ils sont tombés sur Caffey, l'adjoint du shérif, Rob McGee, qui menait la chasse, a remarqué que Caffey avait un objet dans la poche de sa salopette ; il a d'abord pensé à un flingue. Caffey lui

332

a dit que c'était un casse-croûte, et c'était la vérité – un sandwich et des cornichons enveloppés dans du papier de journal, le tout bien ficelé avec de la ficelle de boucher. Caffey ne se souvenait pas de la personne qui le lui avait donné, à part que c'était une femme portant un tablier.

— Un sandwich, des cornichons mais pas de saucisses, a dit Brutal.

— Pas de saucisses, j'ai approuvé.

— Bien sûr que non, a dit Dean. Il les avait données au chien.

— Oui, c'est ce qu'a dit le procureur au procès. Mais si Caffey avait déballé son casse-croûte pour appâter le chien avec les saucisses, comment aurait-il été capable de reficeler le paquet ? D'ailleurs il n'en aurait sans doute pas eu le temps, mais laissons ça de côté pour l'instant. La vérité, c'est que le pauvre bougre ne sait même pas faire un nœud simple.

Un lourd silence est tombé, et puis Brutal a dit d'une voix basse :

— Putain, comment ça se fait que personne n'en ait parlé au procès ?

— Parce que personne n'y a pensé.

Je revoyais ce journaliste, Hammersmith : Hammersmith qui était allé à l'université, Hammersmith qui aimait se présenter comme un homme éclairé, Hammersmith qui m'avait dit que les chiens bâtards et les nègres étaient pareils, qu'ils pouvaient vous mordre tout à coup, sans raison. Sauf qu'il disait toujours *vos* nègres, comme s'ils étaient encore des esclaves… mais les nôtres, pas les siens. Surtout pas les siens. Et, en ce temps-là, le Sud grouillait de Hammersmith.

— Personne n'était vraiment assez objectif pour en

avoir seulement l'idée, ai-je ajouté. Pas même l'avocat de Caffey.

— Mais toi, si, a dit Harry. Merde, les gars, on a devant nous Sherlock Holmes en personne.

Il a dit ça en rigolant mais ses yeux, eux, ne riaient pas.

— Allez, mets une sourdine, Harry. Ça ne me serait pas venu à l'esprit si je n'avais pas fait le rapport entre ce que Caffey a répondu ce jour-là à McGee et ce qu'il m'a dit après m'avoir guéri de mon infection. Et aussi ce qu'il a répété quand il a soigné la souris.

— Et c'est quoi ? a demandé Dean.

— Quand je suis entré dans sa cellule, j'étais comme hypnotisé. J'avais l'impression d'être incapable de lui refuser ce qu'il me demandait, même si j'essayais.

— Oh, j'aime pas ça, moi, a dit Harry en se tortillant sur sa chaise.

— Je lui ai demandé ce qu'il voulait, et il m'a dit : « Juste aider. » Je m'en souviens très précisément. Et quand ç'a été fini et que je me suis senti mieux, je lui ai demandé ce qu'il m'avait fait et il m'a répondu : « J'l'ai fait. J'l'ai fait, pas vrai ? »

Brutal a hoché plusieurs fois la tête.

— C'est comme avec la souris. Tu lui as dit : « Tu l'as fait », et Caffey t'a répondu comme un perroquet : « J'l'ai fait. J'l'ai fait à la souris à Del. » C'est ça qui t'a mis sur la piste ?

— Oui, je me souvenais de ce qu'il avait répondu à McGee, quand l'adjoint lui avait demandé ce qui s'était passé. C'était dans tous les journaux. « J'ai pas pu faire autrement. J'ai essayé, mais c'était trop tard. » Un homme qui dit ça alors qu'il a le cadavre ensanglanté d'une fillette sous chaque bras, elles blanches et blondes, lui nègre et grand comme une maison, pas étonnant qu'ils aient compris de travers. Ils ont traduit ses paroles en fonction de ce qu'ils avaient sous les yeux, et ce qu'ils avaient sous les yeux était noir. Ils ont pensé qu'il avouait son crime, qu'il disait qu'il avait eu envie d'enlever ces gosses, de les violer et de les tuer, qu'il avait repris ses esprits et tenté de s'arrêter...

— Mais que c'était trop tard, a murmuré Brutal.

— Oui. Sauf qu'il essayait de leur dire qu'il les avait découvertes, qu'il s'était efforcé de les guérir mais qu'il n'avait pas pu, parce qu'elles étaient trop abîmées ou déjà mortes.

Dean s'est penché vers moi.

— Paul, tu crois vraiment ça ? Je veux dire, en ton âme et conscience, tu le crois ?

J'ai interrogé une dernière fois mon cœur aussi profondément que je le pouvais, et puis j'ai hoché la tête. Non seulement j'en avais l'intime conviction, maintenant, mais je l'avais su dès le début de façon tout intuitive, quand Percy était arrivé au bloc en tirant sur la chaîne de Caffey et en gueulant : « Place au mort ! » N'avais-je pas serré la main du colosse ? Une chose que je n'avais faite avec aucun des prisonniers qui avaient débarqué au bloc E.

— Seigneur Dieu ! a murmuré Dean.

— D'accord, il y a la chaussure, a dit Harry. L'autre raison, c'est quoi ?

— Avant de tomber sur Caffey et les petites, les hommes sont sortis des bois près de la rive sud de la Trapingus. À un endroit l'herbe était toute piétinée et tachée de sang et ils ont trouvé là le reste de la chemise de nuit de Cora Detterick. C'est aussi là que les chiens ont emmêlé leurs laisses. Sur les six, les limiers et les fox-hounds tiraient vers l'aval mais les deux bâtards – on les appelle des « chiens à nègres » parce qu'à l'origine ils étaient dressés pour traquer les esclaves en fuite –, les bâtards, donc, voulaient aller en amont. C'est Bobo Marchant qui les menait et il a fini par les mettre d'accord en leur faisant renifler la chemise de nuit.

— Les chiens à nègres voulaient aller vers le nord, hein ? a demandé Brutal, un étrange sourire aux lèvres. C'est pas vraiment des chiens de chasse, et ils se sont gourés de lièvre.

— J'te suis pas, a dit Dean.

— Ils ont oublié ce que Bobo leur avait fait sentir au départ, a expliqué Brutal. Quand ils sont arrivés à l'endroit dont parle Paul, c'était plus l'odeur des fillettes qu'ils avaient levée, mais celle du tueur. Et il n'y aurait jamais eu de problème si ce salaud avait été encore avec les petites…

La lumière se faisait dans les yeux de Dean. Harry avait déjà compris.

— Quand on y pense, j'ai repris, on se demande comment un jury – même aussi impatient que l'était celui-là de coller le crime sur le dos d'un vagabond noir – a pu croire ne serait-ce qu'une minute que leur homme était John Caffey. Jamais Caffey n'aurait eu l'idée de faire taire le chien avec de la nourriture jusqu'à ce qu'il puisse lui rompre le cou.

« Ce que je pense, c'est qu'il ne s'est jamais approché de la ferme des Detterick. Il devait traîner le long de la rive, peut-être avec l'intention de descendre jusqu'à la voie ferrée et d'attraper un train – en débouchant du pont, ils roulent assez lentement pour qu'on puisse sauter dans un wagon –, quand il a entendu du bruit en amont.

— Le tueur ? a demandé Brutal.

— Le tueur. Il les avait peut-être déjà violées, à moins que ce soit le viol qu'ait entendu Caffey. En tout cas, c'est dans les herbes piétinées et sanglantes que le salaud a tué les petites ; il leur a fracassé le crâne et s'est enfui.

— Direction nord-ouest, a dit Brutal. En amont, là où les chiens à nègres voulaient aller.

— Exact. John Caffey est remonté par le bosquet d'aulnes qu'il y a un peu plus haut et il est tombé sur les corps. Peut-être qu'il y en avait une qui respirait encore, peut-être les deux, mais plus pour très longtemps. John Caffey n'a pas dû se demander si elles étaient mortes ou pas ; tout ce qu'il savait, c'est qu'il avait le pouvoir de guérir avec ses mains, alors il a essayé sur Cora et Kathe Detterick. Mais ça n'a pas marché et il s'est effondré, s'est mis à pleurer et à pousser de grands cris. C'est comme ça qu'ils l'ont trouvé.

— Mais pourquoi il n'est pas resté là où il les a découvertes ? a demandé Brutal. Pourquoi il les aurait emmenées avec lui plus bas au bord de la rivière ? T'as une idée ?

— Je pense qu'au début, du moins, il n'a pas bougé de l'endroit. Au procès, il a beaucoup été question d'un grand espace d'herbe tout aplatie. On sait que Caffey pèse son poids.

— C'est un putain de géant, a dit Harry en prenant soin de murmurer pour que ma femme ne l'entende pas, au cas où elle nous écouterait.

— Peut-être qu'il a paniqué en voyant qu'il ne pouvait rien pour elles, j'ai repris. Ou peut-être qu'il a pensé que le tueur était encore là, à le guetter. Caffey est un colosse mais il n'est pas très courageux. Tu te souviens,

Harry, quand il a demandé si on laissait la lumière la nuit, après le coucher ?

— Ouais, j'ai même trouvé ça drôle de la part d'une baraque pareille, a dit Harry, visiblement ébranlé.

— Alors, si c'est pas lui qui a tué les gamines, c'est qui ? a demandé Dean.

J'ai secoué la tête.

— Quelqu'un d'autre. Un Blanc, à mon avis. Le procureur a longuement insisté sur le fait qu'il fallait une force peu commune pour tordre le cou à un gros chien comme celui des Detterick…

— Foutaises, a grogné Brutal. Une fillette de douze ans peut rompre le cou d'un gros chien, à condition de savoir s'y prendre. N'importe qui aurait pu le faire. N'importe quel type, je veux dire. On ne le saura jamais.

— À moins qu'il ne tue de nouveau, j'ai fait remarquer.

— Et même, on n'en saurait rien, parce qu'il pourrait recommencer au Texas ou en Californie, a dit Harry.

Brutal s'est adossé à sa chaise et s'est frotté les yeux de ses poings comme un enfant fatigué.

— C'est un cauchemar, il a dit enfin. On a un homme qui est peut-être innocent – qui est probablement innocent – et il va passer à la chaise aussi sûrement que Dieu a créé les grands arbres et les petits poissons. Qu'est-ce qu'on peut bien faire pour lui ? Si on commence à parler de son pouvoir de guérisseur, tout le monde se paiera notre tête, et il finira à la Rôtisseuse de toute façon.

— On s'inquiétera de ça plus tard, j'ai dit, parce que je n'avais pas la plus petite idée à ce sujet. Pour le moment, la question est de savoir ce qu'on peut faire ou pas pour Melly. J'aimerais bien qu'on se donne quelques jours de réflexion, mais plus nous attendrons, moins nous aurons de chances de la sauver.

— Vous vous souvenez de ce qu'il disait en tendant les mains vers la souris ? nous a rappelé Brutal. « Donnez-moi la souris ! Vite, quand il est encore temps ! »

— Je m'en souviens.

Brutal a réfléchi, puis il a dit :

— Je marche. Ça me fait mal, c'est sûr, quand j'pense à Del, mais surtout j'veux voir ce qui se passera quand il posera ses mains sur elle. Rien, probablement, mais sait-on jamais...

— Je doute plus qu'un peu qu'on arrive à le sortir du bloc, a soupiré Harry. Mais qu'est-ce que ça peut foutre ? Tu peux compter sur moi.

— Moi aussi, a dit Dean. Mais comment on fait pour savoir qui restera au bloc ? On tire à la courte paille ?

— Non, monsieur, pas de courte paille, j'ai dit. Tu resteras.

— Et pourquoi ça ? a répliqué Dean, blessé et furieux. (Il a enlevé ses lunettes et s'est mis à les frotter nerveusement sur sa chemise.) Qu'est-ce que c'est, cet arrangement à la con ?

— Celui auquel t'as droit quand t'es assez jeune pour avoir des enfants qui vont encore à l'école, a répondu Brutal. Harry et moi, on est célibataires. Paul est marié mais ses enfants sont grands et indépendants. Ce qu'on projette là, c'est pas une promenade de santé et on court tous le risque de tomber. (Il m'a regardé calmement.) Il y a une chose que t'as pas mentionnée, Paul : si on arrive à faire sortir Caffey et à l'amener jusqu'à Melinda mais que les doigts magiques de John échouent, c'est Hal Moores en personne qui nous livrera.

Il m'a laissé le temps de répondre à ça, mais que pouvais-je lui dire ? Et, comme je me taisais, il s'est tourné de nouveau vers Dean et a poursuivi :

— Comprends-moi bien, tu risques toi aussi de perdre ton boulot mais, au moins, tu auras une chance d'éviter la prison, si ça chauffe vraiment. Percy va penser qu'on a seulement voulu lui jouer un sale tour ; comme tu seras de permanence, tu pourras toujours prétendre que toi aussi tu as pensé à une mauvaise plaisanterie, et qu'on t'a jamais parlé d'autre chose.

— N'empêche, j'apprécie pas, a protesté Dean.

Mais je savais qu'il obéirait, que ça lui plaise ou non : l'argument des enfants était convaincant. Il a demandé :

— Et ce serait cette nuit ? Vous êtes sûrs ?

— Si on doit le faire, vaut mieux que ce soit cette nuit, a dit Harry. Je préfère ne pas avoir le temps d'y penser, sinon j'vais m'angoisser.

— Laissez-moi au moins aller à l'infirmerie, a insisté Dean. Je peux quand même faire ça, non ?

— Tu peux faire un tas de choses à la condition de pas te faire choper, a dit Brutal.

Dean a tiré la gueule de plus belle et je lui ai donné une tape sur l'épaule.

— Tu iras dès que tu auras pointé, ça va ?

— D'accord.

Ma femme a passé la tête par la porte entrebâillée, comme si je lui avais donné le signal de le faire.

— Qui veut un peu plus de thé glacé ? elle a demandé joyeusement. Brutus ?

— Non, merci. Ce que j'aimerais, c'est une bonne rasade de whiskey mais, vu les circonstances, ce serait pas une bonne idée.

Janice m'a regardé, bouche souriante, yeux inquiets.

— Dans quoi tu entraînes ces garçons, Paul ?

Mais avant que je puisse même imaginer un semblant de réponse, elle a levé la main et a ajouté :

— Ne dis rien, je ne veux pas le savoir.

3

Plus tard, longtemps après le départ des autres, je m'habillais pour partir au travail quand Janice m'a pris par le bras, m'a tourné vers elle et m'a regardé dans les yeux avec une grande intensité.

— Melinda ? elle a demandé.

J'ai fait oui de la tête.

— Peux-tu faire quelque chose pour elle, Paul ? Vraiment faire quelque chose ou bien n'est-ce qu'un vœu pieux après ce qui s'est passé la nuit dernière ?

J'ai pensé aux yeux de Caffey, à ses mains, et à la force d'attraction qui m'avait fait aller à lui, quand il l'avait voulu. Je l'ai revu tenant entre ses doigts le corps brisé de Mister Jingles. *Vite, quand il est encore temps,* il avait dit. Et le tourbillon de moucherons noirs qui était devenu blanc puis avait disparu.

— On est peut-être la seule chance qui lui reste, j'ai dit enfin.

— Alors, saisis-la, elle m'a répondu en boutonnant mon nouveau manteau. (Il était accroché dans le placard depuis mon anniversaire, au début de septembre, mais c'était seulement la troisième ou la quatrième fois que je le portais.) Saisis-la, Paul.

Sur ce, elle m'a pratiquement poussé dehors.

4

Ce soir-là – la soirée la plus folle de toute ma vie – j'ai pointé à six heures vingt. Il m'a semblé que l'air était encore imprégné d'une odeur de chair brûlée. Ce devait être une illusion – les portes donnant sur l'extérieur, celle du bloc comme celle de la réserve, étaient restées ouvertes presque toute la journée, et les deux équipes de garde précédentes avaient passé des heures à nettoyer là-dedans –, mais ça ne changeait pas grand-chose à ce que mon nez me disait, et je ne pense pas que j'aurais pu avaler une seule bouchée, même si je n'avais pas été mort de trouille à l'idée de ce qui nous attendait.

Brutal est arrivé au bloc à sept heures moins le quart, Dean cinq minutes plus tard. Je lui ai demandé s'il voulait bien aller à l'infirmerie voir s'ils n'avaient pas de la ouate thermogène pour mon dos, parce que je m'étais chopé un tour de reins en aidant à descendre le corps de Delacroix dans le tunnel. Il m'a dit qu'il se ferait un plaisir d'y aller. J'ai senti qu'il se retenait de me lancer un clin d'œil.

Harry s'est pointé à sept heures moins trois.

— Le camion ? je lui ai demandé.

— Là où on a dit.

Jusque-là tout allait bien. Et puis nous avons passé un peu de temps autour du bureau dans le couloir, à boire du café et à éviter de dire tout haut ce que nous pensions et espérions : que Percy serait en retard, qu'il ne viendrait peut-être pas du tout. C'était possible, vu les réactions d'hostilité qu'il avait récoltées après l'électrocution de Delacroix.

Mais Percy souscrivait apparemment au vieil adage qui conseille de remonter illico sur le cheval qui vous a désarçonné, parce qu'il a franchi la porte du bloc à sept heures six, resplendissant dans son uniforme bleu, son arme de poing à une hanche et sa matraque en noyer dans son holster ridicule à l'autre. Il a pointé sa fiche de présence et nous a regardés – Harry, Brutus et moi (Dean n'était pas encore revenu de l'infirmerie) – d'un air méfiant.

— Mon démarreur a lâché, il nous a dit. J'ai dû prendre la manivelle.

— Pauv'bébé, va ! a dit Harry.

— T'aurais dû rester chez toi et faire réparer le bidule, a dit Brutal, un rien narquois. On aimerait pas que tu te foules le poignet, hein, les gars ?

— Ouais, ça vous ferait bien plaisir, ça ? a répliqué Percy.

Il avait quand même l'air rassuré par la gentillesse relative de la pique de Brutal, et c'était une bonne chose. Pendant les prochaines heures, nous devrions adopter à son égard une conduite ni trop hostile ni trop amicale. Après ce qui s'était passé la veille, il ne manquerait pas de trouver suspecte la moindre marque d'amabilité. Nous savions tous qu'on ne lui ferait pas baisser sa garde mais je pensais qu'on pourrait le surprendre si on jouait bien la partie. Il fallait agir vite, mais il importait aussi – pour moi, du moins – que personne ne soit blessé. Pas même Percy Wetmore.

Et puis Dean a reparu et m'a fait un discret signe de tête. J'ai dit :

— Percy, tu vas aller à la réserve et laver par terre. Tu feras aussi l'escalier du tunnel. Après ça, tu pourras rédiger ton rapport sur la nuit dernière.

— P'tit veinard, tu vas pas t'ennuyer, a dit Brutal, les pouces accrochés à son ceinturon et les yeux au plafond.

— Un jour, les gars, vous m'ferez mourir de rire, a grogné Percy.

Mais il n'a pas protesté. Il n'a même pas fait remarquer que le sol de la réserve avait déjà été lavé au moins deux fois dans la journée. À mon avis, il n'était pas mécontent de l'occasion de nous fausser compagnie.

J'ai consulté le rapport du tour de garde précédent, n'y ai rien relevé me concernant, et je suis allé voir Wharton. Il était assis, les jambes repliées sur sa couchette. Il m'a regardé avec un sourire hostile.

— Mais c'est le grand manitou. En chair et en os et tout en merde. Z'avez l'air plus heureux qu'un cochon dans la gadoue, boss Edgecombe. On s'est fait dégorger le poireau par madame avant de partir, hein ?

— Comment ça va, Kid ?

Son visage s'est éclairé. Il a déplié les jambes, s'est levé et s'est étiré. Son sourire a perdu un peu de sa méchanceté.

— Merde alors ! Pour une fois vous m'appelez par mon nom ! Qu'est-ce qui s'passe, boss ? On est malade ou quoi ?

Non, pas malade. Je l'avais été mais John Caffey s'était occupé de moi. Ses mains ne savaient plus comment lacer une chaussure, si elles l'avaient jamais su, mais elles connaissaient d'autres tours. Oh oui !

— Mon ami, je lui ai dit, si tu préfères être Billy the Kid au lieu de Wild Bill, pour moi c'est du pareil au même.

Il s'est littéralement gonflé, comme un de ces redoutables poissons des rivières d'Amérique du Sud, dont les

344

nageoires dorsales contiennent un poison mortel. J'ai eu affaire à un tas d'hommes dangereux au cours de ma carrière dans le couloir de la mort, mais j'en ai connu peu d'aussi répugnants que William Wharton, qui se prenait pour un grand bandit mais dont les audaces en prison se bornaient à pisser ou à cracher depuis la porte de sa cellule. Jusqu'ici nous ne lui avions pas accordé le respect auquel il s'attendait mais, ce soir-là, je tenais à ce qu'il soit le plus maniable possible. Et s'il fallait lui passer de la pommade, j'étais prêt à le faire.

— J'partage un tas de choses avec le Kid, feriez mieux de pas l'oublier, disait Wharton. J'ai pas volé un paquet de bonbons chez l'épicier, moi.

Il était aussi fier que s'il s'était couvert de gloire dans la Légion étrangère au lieu d'être encagé à une minute à pied de la chaise électrique.

— Et mon dîner, il arrive quand ?

— Allons, Kid, le rapport dit que tu l'as eu à six heures moins dix. Pain de viande en sauce, purée de pommes de terre et petits pois. On ne me la fait pas.

Il s'est esclaffé et est allé se rasseoir sur sa couchette.

— Alors, mettez la radio.

Il prononçait « radio » comme les gens le faisaient alors pour plaisanter, pour que ça rime avec Daddy-O. C'est incroyable, les détails dont on se souvient, quand il s'agit de moments de sa vie où on avait les nerfs tendus comme les cordes d'une harpe.

— Plus tard, peut-être, big boy, j'ai répondu.

Je me suis écarté de quelques pas et j'ai regardé dans le couloir. Brutal était allé vérifier qu'un seul des deux verrous de la cellule d'isolement était fermé. Je le savais, parce que je m'en étais déjà assuré moi-même. Plus tard, quand le moment viendrait, il nous faudrait ouvrir cette porte le plus rapidement possible. Une chance qu'on n'ait pas eu à sortir tout le fatras qui s'était accumulé là-dedans au fil des ans ; on avait tout sorti, tout trié et tout rangé ailleurs peu de temps après que Wharton eut rejoint notre joyeuse troupe. Il nous avait semblé que ce réduit aux murs capitonnés nous serait fort utile, du moins tant que Billy the Kid arpenterait la ligne verte.

John Caffey, qui d'ordinaire aurait dû être couché sur le côté, face au mur, était assis sur son lit. Les mains croisées sur les genoux, il observait Brutal avec une vivacité qui ne lui ressemblait pas. Et, pour une fois, il avait les yeux secs.

Alors que Brutal revenait de sa vérification et jetait en passant un coup d'œil à Caffey, celui-ci lui a dit une bien curieuse chose :

— Sûr que ça m'plairait, une balade.

Comme s'il répondait à une question de Brutal.

Brutal m'a regardé. Je pouvais presque l'entendre dire : *Il sait. J'sais pas comment, mais il sait.*

J'ai haussé les épaules et écarté les mains : *Bien sûr qu'il le sait.*

5

Le vieux Toot-Toot est venu faire un dernier tour avec sa roulante vers les neuf heures moins le quart. On lui a acheté assez de saloperies pour le faire sourire d'avarice.

— Dites, les gars, vous auriez pas revu cette souris ? il a demandé.

On lui a fait non de la tête.

— P't-être ben que le p'tit Mignon l'a vue, lui, a dit Toot en pointant le menton en direction de la réserve, où Percy devait être en train de laver le sol ou d'écrire son rapport ou de se gratter le cul.

— Qu'est-ce que ça peut te faire ? C'est pas tes oignons, de toute façon, a dit Brutal. Allez, roule, Toot. Tu empestes le couloir.

Toot lui a servi son sourire le plus répugnant, tout en bouche édentée et mâchoire molle, et a fait mine de humer l'air.

— C'est pas moi qui pue, il a dit. C'est Del, qui nous dit bye-bye.

Et, ricanant comme un bossu, il a poussé son chariot, direction la cour de promenade. Il l'a poussé pendant dix ans de plus, longtemps après mon départ – diable, longtemps après la disparition de Cold Mountain –, vendant ses tartelettes et son pop-corn aux gardiens et aux détenus qui en avaient les moyens. Encore maintenant, il m'arrive de l'entendre dans mes rêves, couinant qu'il est cuit, cuit-cuit comme une dinde.

Le temps a passé lentement après le départ de Toot, les aiguilles de la pendule semblaient collées au cadran. On a mis la radio pendant une heure et demie, Wharton braillant de rire aux blagues de Fred Allen et de son *Allen's Alley,* des blagues dont il ne devait pas comprendre la moitié. John Caffey, toujours assis sur sa couchette, les mains croisées, ne quittait presque jamais des yeux le bureau de permanence. J'ai vu des hommes attendre ainsi dans les gares routières, impatients qu'on annonce leur autocar.

Percy est revenu de la réserve vers les onze heures moins le quart et m'a tendu un rapport laborieusement écrit au crayon. Il y avait des traces noirâtres de gomme sur toute la page et, voyant que je passais mon pouce sur l'une d'elles, il s'est empressé de dire :

— C'est rien qu'un brouillon. J'vais le recopier. Qu'est-ce que vous en pensez ?

Ce que j'en pensais ? De toute ma vie je n'avais jamais vu pire gribouillage, mais je lui ai répondu que c'était très bien, et il est reparti, satisfait.

Dean et Harry jouaient aux cartes, parlaient trop fort, se querellaient à propos des points et jetaient toutes les cinq secondes un coup d'œil à la pendule. Il y avait une telle tension dans l'air que j'avais l'impression que j'aurais pu la pétrir comme de l'argile, et seuls Percy et Wild Bill semblaient ne rien remarquer.

À minuit moins dix, je n'en pouvais plus ; j'ai fait un signe de tête à Dean. Il est allé dans mon bureau avec une bouteille de Coca-Cola achetée à Toot et il est revenu une minute plus tard. Le Coca était maintenant dans une tasse en fer-blanc, un matériau que les détenus ne peuvent casser pour s'en faire un couteau.

J'ai pris la tasse et j'ai regardé autour de moi. Harry, Dean et Brutal m'observaient. John Caffey aussi, d'ailleurs. Mais pas Percy. Percy était retourné dans la réserve, où il se sentait probablement plus à l'aise cette nuit-là. J'ai reniflé le breuvage et n'y ai rien décelé d'autre que cette bizarre mais agréable odeur de cannelle qui était celle du Coca-Cola en ce temps-là.

Je suis allé à la cellule de Wharton. Il était allongé sur sa couchette. Il n'était pas occupé à se masturber – pas encore, en tout cas –, mais il avait sous le caleçon une belle bosse qu'il gratifiait de solides pincements comme un joueur de contrebasse martelant la corde des graves.

— Kid.

— Faites pas chier.

— Comme tu voudras, j'ai dit. Je t'apportais un Coca pour te récompenser de t'être bien tenu pendant toute la soirée – un sacré record pour toi –, mais si t'en veux pas, c'est moi qui le boirai.

Et j'ai porté la tasse (cabossée de toutes parts pour avoir été si souvent cognée avec colère contre les barreaux) à mes lèvres. Wharton s'est levé en un éclair, ce qui ne m'a pas surpris. Ce n'était pas un bluff très risqué ; la plupart des condamnés à perpétuité ou à la chaise étaient voraces de sucre, et Wharton ne faisait pas exception.

— Donnez-moi ça, andouille, il a dit, comme s'il était le contremaître et moi rien qu'un pauvre péon. Donnez au Kid.

J'ai tenu la tasse à distance pour l'obliger à tendre la main à l'extérieur des barreaux, parce que faire le contraire, c'était courir au désastre, tous les vieux matons vous le diront. C'était le genre de truc qui était devenu un réflexe – comme de ne pas laisser les détenus nous appeler par nos prénoms ou de savoir qu'un certain cliquetis de clés signifiait danger, parce que ça voulait dire qu'un gardien était en train de courir, or un gardien de prison ne court jamais, à moins qu'il n'y ait du grabuge. Ces choses-là, un Percy Wetmore ne les saurait jamais.

Cette nuit-là, toutefois, Wharton n'avait aucun intérêt à chercher la bagarre. Il m'a arraché le Coca, l'a séché en trois gorgées et a lâché un rot sonore.

— Excellent !

J'ai tendu la main.

— La tasse.

Il l'a gardée un moment ; il y avait de la moquerie dans ses yeux.

— Et si je veux pas ?

J'ai haussé les épaules.

— On viendra te la reprendre et puis on te conduira dans la petite pièce. Et tu auras bu ton dernier Coca. À moins qu'ils en servent en enfer.

Son sourire a disparu.

— J'aime pas qu'on blague avec l'enfer, dugland. (Il a tendu le bras à travers les barreaux.) Tenez.

J'ai récupéré la tasse vide. J'ai entendu la voix de Percy derrière moi.

— Non, mais pourquoi vous donnez un soda à ce connard ?

Parce qu'il contenait assez de somnifère pour le mettre hors circuit pendant deux jours, et il ne s'en est même pas aperçu, j'ai pensé.

— Avec Paul, est intervenu Brutal, la miséricorde n'a pas de limites ; elle tombe du ciel comme une pluie bienfaisante.

— Quoi ? a dit Percy, plissant le front.

— Paul est un gentil, il l'a toujours été, le sera toujours. Tu veux faire une partie de menteur, Percy ?

Percy a reniflé avec mépris.

— À part la bataille, c'est le jeu de cartes le plus bête que j'aie jamais vu.

— C'est pour ça que je te proposais d'y jouer, a répliqué Brutal avec un doux sourire.

— Décidément, vous êtes des p'tits marrants, a dit Percy.

Sur ces paroles, il a filé dans mon bureau. Je n'aimais pas beaucoup que ce rat parque ses fesses dans mon fauteuil, mais je me suis gardé de lui en faire la remarque.

Le temps passait lentement. Minuit vingt ; minuit trente. À une heure moins vingt, John Caffey s'est levé de sa couchette pour venir se planter devant la porte de sa cellule, ses mains serrant mollement les barreaux. Brutal et moi on est allés voir dans la cellule de Wharton. Il gisait sur son lit, souriant au plafond. Il avait les yeux grands ouverts mais ils ressemblaient à deux grosses billes de verre. Une main reposait sur sa poitrine, l'autre pendait dans le vide, les phalanges effleurant le sol.

— Merde, a dit Brutal, il est passé de Billy the Kid au crabe dormeur en moins d'une heure. Je me demande combien de morphine Dean a mise dans ce Coca.

— Suffisamment, j'ai dit, avec un petit tremblement dans la voix que j'espérais être le seul à entendre. Viens. C'est le moment.

— T'attends pas que Wild Bill soit vraiment K.-O. ?

— Il est K.-O., Brute. Trop défoncé pour fermer les yeux.

— C'est toi, le patron.

Il s'est tourné pour appeler Harry mais Harry était déjà là. Dean était assis raide comme un piquet à la table de permanence, battant si fort et si vite les cartes que c'était un miracle qu'elles ne prennent pas feu. À chaque battement, il jetait un bref regard à sa gauche, en direction de mon bureau. Il guettait Percy.

— C'est l'heure ? a demandé Harry.

La pâleur de son long visage chevalin contrastait avec le bleu de son uniforme, mais il semblait déterminé.

— Oui, j'ai répondu. C'est maintenant ou jamais.

Harry s'est signé et a porté son pouce à ses lèvres. Puis il est allé dans la cellule d'isolement et en est revenu avec la camisole de force. Il l'a tendue à Brutal. On a descendu tous les trois la ligne verte. Caffey, toujours debout devant les barreaux de sa cage, nous suivait du regard en silence. Quand nous sommes passés devant le bureau de permanence, Brutal a caché la camisole derrière son dos.

— Bonne chance, a murmuré Dean, tout aussi pâlot que Harry mais l'air tout aussi décidé.

Percy était assis à ma table de travail, penché sur le bouquin qu'il trimballait avec lui depuis quelques nuits – pas *Argosy* ni *Stag* mais *Soins du malade mental en établissement psychiatrique*. On aurait pu croire, au regard coupable et inquiet qu'il nous a jeté quand on est entrés, qu'il était en train de savourer *Les Cent Jours de Sodome*.

— Quoi ? Qu'est-ce que vous voulez ? il a demandé en refermant hâtivement le livre.

— Te parler, Percy, j'ai répondu. C'est tout.

Mais il a dû lire sur nos visages bien plus qu'un désir de conversation, parce qu'il s'est levé d'un bond et s'est précipité – pas tout à fait en courant mais presque – vers la porte ouverte de la réserve. Il pensait qu'on était venus lui frotter les oreilles et probablement un peu plus que ça.

En deux enjambées, Harry lui a coupé la retraite et a croisé les bras sur sa poitrine.

Percy s'est tourné vers moi ; il était manifestement inquiet mais s'efforçait de ne pas le laisser paraître.

— Non, mais qu'est-ce que ça veut dire ?

— Ne me le demande pas, Percy.

J'avais pensé que je garderais mon sang-froid, une fois qu'on aurait pris le départ de cette folle équipée, mais ça n'était pas le cas. Je n'arrivais pas à croire ce que j'étais en train de faire. C'était comme un mauvais rêve. Je m'attendais que ma femme me secoue et me réveille et me dise que je n'avais cessé de geindre dans mon sommeil.

— Ce sera plus facile pour toi si tu te laisses faire.

— Qu'est-ce qu'il a derrière son dos, Howell ? a demandé Percy d'une voix étranglée en se tournant pour mieux observer Brutal.

— Rien, a dit ce dernier. Oh, tu veux parler de ça, je suppose…

Et il a sorti la camisole de derrière son dos pour l'agiter sur le côté, comme un matador présentant la muleta au taureau.

Percy a écarquillé les yeux et il s'est élancé vers la porte mais il n'a pas fait deux mètres, parce que Harry l'a attrapé par les bras.

— Lâche-moi ! a hurlé Percy.

Il s'est débattu mais il ne risquait pas de se libérer de la poigne de Harry. Celui-ci le dominait d'une bonne quarantaine de kilos et avait les muscles d'un homme qui occupait ses loisirs à labourer son bout de terre et à fendre du bois, mais Percy a tout de même réussi à tirer Harry jusqu'au milieu de la pièce, soulevant avec lui ce sale lino vert que je projetais toujours de remplacer. Pendant un moment, j'ai même cru qu'il allait libérer un de ses bras – la panique est un sacré stimulant.

— Du calme, Percy, j'ai dit. Ce sera plus facile si…

Tout en se débattant, il a crié :

— C'est pas à moi de me calmer, imbéciles ! Me touchez pas ! J'ai des relations ! Des gens importants ! Si vous me lâchez pas tout de suite, vous devrez aller jusqu'en Caroline du Sud pour faire la queue à la soupe populaire !

Dans un nouvel effort pour se libérer, il a heurté mon

bureau. Le bouquin qu'il était en train de lire, *Soins du malade mental en établissement psychiatrique*, a tressauté et le petit ouvrage dissimulé à l'intérieur est sorti. Pas étonnant que Percy ait eu l'air coupable à notre arrivée. Ce n'était pas *Les Cent Jours de Sodome*, mais ce que nous accordions parfois aux détenus en rut s'ils s'étaient suffisamment bien tenus pour mériter une récompense. J'en ai déjà parlé, je crois – un petit livre illustré où Olive Oyle se fait tout le monde, sauf Petit Pois, le bébé.

J'ai trouvé ça triste que Percy se réfugie dans mon bureau pour y lire un porno aussi blême, et Harry – ce que je pouvais voir de lui par-dessus l'épaule de Percy – avait l'air passablement écœuré, mais Brutal s'est esclaffé, et son rire a refroidi net les ardeurs de Percy, en tout cas momentanément.

— Oh, mon p'tit Percy, a dit Brutal. Qu'est-ce que dirait ta maman ? Et à ce propos, qu'est-ce que dirait tonton le gouverneur ?

Percy était rouge comme une tomate.

— Ta gueule. Et laisse ma mère tranquille.

Brutal m'a passé la camisole et a approché son visage de celui de Percy.

— Sûr. Allez, donne tes bras comme un bon p'tit garçon.

Les lèvres de Percy tremblaient ; ses yeux brillaient. J'ai réalisé qu'il était au bord des larmes.

— Non, il a dit d'une voix enfantine et chevrotante. Et vous pouvez pas me forcer.

Puis il a élevé la voix et s'est mis à crier au secours. Harry a grimacé, et moi aussi. Si nous avons jamais été sur le point de tout laisser tomber, ce fut à ce moment-là. Nous aurions pu, mais pas Brutal. Pas une fois il n'a hésité. Il est passé derrière Percy et s'est retrouvé épaule contre épaule avec Harry, qui continuait de tenir fermement l'autre par les poignets. Brutal a emprisonné les oreilles de Percy dans ses mains.

— Arrête de gueuler, il lui a dit. Sinon je t'aplatis les esgourdes comme des crêpes.

Percy l'a bouclée aussitôt. Il est resté là, tremblotant, les yeux baissés sur la couverture de l'illustré porno, qui représentait Olive et Popeye en train de le faire d'une façon très imaginative que je n'avais jamais essayée. « Oh, Popeye ! » disait la bulle au-dessus de la tête d'Olive. « Han-han-han-han ! » faisait Popeye, sa pipe serrée entre les dents.

— Allez, tends les bras et arrête tes conneries, a dit Brutal. Tout de suite.

— Non, s'est entêté Percy. Et vous m'forcerez pas.

— Alors, là, tu te trompes, mon bonhomme, a dit Brutal.

Et de tordre les oreilles de Percy comme on tourne une vanne d'incendie. Percy a poussé un cri que j'aurais préféré ne pas entendre. Il n'y avait pas seulement de la surprise et de la douleur dans ce cri ; il y avait comme une révélation. Pour la première fois de sa vie, Percy réalisait que les malheurs n'arrivaient pas seulement aux autres, ceux qui n'avaient pas la chance d'être apparentés au gouverneur. J'avais envie de dire à Brutal d'arrêter mais, bien sûr, je ne le pouvais pas. Les choses étaient allées trop loin. Tout ce que je pouvais faire, c'était me souvenir du prix que Percy avait fait payer à Delacroix pour s'être moqué de lui. Mais ce rappel ne m'était pas d'un grand secours. Pour qu'il ait eu l'effet désiré, il aurait fallu que je sois fait du même bois que Percy.

— Allez, donne tes bras, maintenant, a grogné Brutal, sinon je recommence.

Harry avait déjà lâché les poignets du jeune Wetmore. Sanglotant comme un gosse, les joues ruisselantes de larmes, Percy a tendu les bras devant lui comme un somnambule. Je lui ai enfilé vite fait bien fait les manches de la camisole. Brutal a attrapé les sangles pendant aux poignets, les a tirées sèchement en arrière, et Percy s'est retrouvé les bras étroitement croisés sur la poitrine. Harry, de son côté, nouait déjà les autres sangles dans le dos. À partir du moment où Percy avait abandonné et offert ses bras, l'opération n'avait pas pris plus de dix secondes.

— O.K., chéri, a dit Brutal. En avant, marche !

Mais Percy a refusé de bouger. Il a regardé Brutal, puis a tourné un regard terrifié vers moi. Il n'était plus question de ses relations ni de nous envoyer à la soupe populaire en Caroline du Sud ; il était loin de tout ça.

— J'vous en prie, il a dit d'une voix rauque, suintante de peur. Me mettez pas avec lui, Paul.

Alors j'ai compris pourquoi il paniquait de la sorte, pourquoi il s'était débattu si fort. Il croyait qu'on allait l'enfermer avec Wild Bill Wharton ; que sa punition pour l'éponge sèche serait un enfilage à sec par notre résident psychopathe. Et réalisant cela, ce n'est pas de la compassion que j'ai ressentie pour lui, mais du dégoût. Je n'en étais que plus résolu. Après tout, il nous jugeait d'après ce qu'il aurait fait lui-même, s'il avait été à notre place.

— Non, pas Wharton, j'ai dit. La cellule d'isolement, Percy. Tu vas y passer trois ou quatre heures, tout seul dans le noir, à penser à ce que tu as fait à Del. Il est peut-être trop tard pour que tu apprennes comment on doit se comporter – c'est en tout cas ce que pense Brute –, mais je suis un optimiste. Et maintenant, bouge-toi.

Il a avancé en marmonnant qu'on le regretterait, qu'on le regretterait vachement, qu'on ne perdait rien pour attendre, mais il avait quand même l'air plutôt soulagé et rassuré.

Quand on a débouché avec Percy dans le couloir, Dean a mimé la stupeur et l'innocence de manière si grossière que j'aurais pu en rire, si l'affaire n'avait été aussi grave. J'avais vu de meilleurs acteurs parmi les comédiens ambulants qui battaient l'arrière-pays.

— Dites, les gars, vous ne pensez pas que la plaisanterie est allée assez loin ? il a demandé.

— Toi, ferme-la, si tu veux pas qu'il t'arrive des bricoles, a grondé Brutal.

Ce dialogue faisait partie du scénario concocté au déjeuner, et c'était bien ce à quoi il ressemblait : un mauvais script, mais qui – en tablant sur la peur et la confusion de Percy – sauverait peut-être la mise à Dean Stanton. Je ne le pensais pas vraiment mais je me disais en même temps que tout est toujours possible. Depuis, chaque fois que j'en ai douté, il m'a suffi de me rappeler ce que John Caffey avait fait à la souris agonisante de Delacroix.

On a entraîné Percy au trot dans le couloir ; il trébuchait et nous suppliait de ralentir, pleurnichait qu'il allait s'affaler le nez par terre si on continuait de courir comme ça. Wharton était sur sa couchette, mais on est passés trop vite pour que je remarque s'il était éveillé ou endormi. John Caffey, toujours posté à la porte de sa cellule, n'en perdait pas une.

— Vous êtes un mauvais homme et vous méritez d'aller dans cette pièce noire, il a dit, mais je ne pense pas que Percy l'ait entendu.

Nous sommes entrés dans la cellule d'isolement.

Les joues rouges et brillantes de larmes, les cheveux en bataille, Percy roulait de grands yeux affolés. Harry l'a soulagé de son arme et de sa chère matraque en noyer.

— T'inquiète, tu les retrouveras, lui a dit Harry, l'air quelque peu gêné.

— J'aimerais pouvoir en dire autant pour ton boulot, a rétorqué Percy. Pour vos boulots. Vous pouvez pas me faire ça ! Vous pouvez pas !

Il était manifestement disposé à poursuivre dans cette veine pendant un bon moment, mais nous n'avions pas le temps d'écouter son sermon. J'avais dans ma poche un rouleau de chatterton, le Velcro des années trente. Quand Percy l'a vu, il a commencé à reculer. Brutal l'a ceinturé par-derrière et l'a maintenu, le temps que je lui plaque le ruban sur la bouche et que je lui en entoure la tête pour m'assurer que ça tiendrait. Il perdrait quelques tifs quand on lui ôterait son bâillon et il aurait les lèvres plutôt gonflées, mais je m'en fichais, à présent. J'en avais ma claque, de Percy Wetmore.

On s'est écartés de lui. Il se tenait au milieu de la pièce sous le plafonnier grillagé, vêtu de la camisole, respirant fort par le nez et faisant des mmmf ! mmmmf ! étouffés sous l'adhésif. L'un dans l'autre, il ressemblait à n'importe lequel des agités qu'on avait fourrés dans cette cellule.

— Plus tu resteras tranquille, plus vite tu sortiras, j'ai dit. Essaie de t'en souvenir, Percy.

— Et si tu t'ennuies, pense à Olive Oyle, lui a conseillé Harry. Han-han-han-han.

On est ressortis. J'ai refermé la porte et Brutal l'a verrouillée. Dean se tenait un peu plus loin dans le couloir, juste devant la cellule de John Caffey. Il avait déjà sa clé dans le verrou du haut. Nous nous sommes regardés tous les quatre. Sans rien dire. On n'avait plus besoin de parler. Nous avions lancé la machine ; tout ce que nous pouvions faire, c'était espérer qu'elle ne sortirait pas des rails que nous avions posés.

— Tu veux toujours faire cette balade, John ? a demandé Brutal.

— Oui, m'sieur, j'veux bien.

— Bon, a approuvé Dean.

Il a ouvert le premier verrou, a ôté la clé et l'a introduite dans le second.

— Est-ce qu'il faut qu'on t'enchaîne, big boy ? j'ai demandé.

Caffey a paru réfléchir.

— Vous pouvez si vous voulez, il a dit enfin. Mais c'est pas obligé.

J'ai fait signe à Brutal ; il a ouvert la grille et puis s'est tourné vers Harry qui pointait plus ou moins sur Caffey le 45 de Percy.

— Donne ça à Dean, j'ai dit.

Harry a cligné les paupières comme s'il sortait d'une somnolence passagère, a vu l'arme et la matraque de Percy dans ses mains et les a tendues à Dean. Caffey, pendant ce temps, attendait dans le couloir, son gros crâne lisse touchant presque l'une des lampes du plafond. À le voir ainsi – les bras ballants, les épaules voûtées, avec ce torse large comme une barrique –, j'ai pensé à un grizzli capturé, comme la première fois que je l'avais vu. Je me suis tourné vers Dean :

— Range sous clé les jouets de Percy jusqu'à ce qu'on soit revenus.

— Si on revient, a ajouté Harry.

— D'accord, m'a répondu Dean sans prêter attention à ce que disait Harry.

— Ça ne risque pas de se produire, mais si jamais quelqu'un débarque ici, qu'est-ce que tu diras ?

— Que Caffey a fait un peu de grabuge vers minuit, m'a répondu Dean, sérieux comme un collégien devant un examinateur. Qu'on lui a passé la camisole et qu'on l'a foutu à l'isolement. S'il y a du bruit, on pensera que c'est lui, il a ajouté en désignant Caffey d'un mouvement du menton.

— Et nous, dans tout ça ? a demandé Brutal.

— Paul est allé à l'administration faire son rapport sur Del et s'occuper des lettres aux témoins, après le foirage de l'exécution. Il a dit qu'il en aurait probablement jusqu'à la fin de sa garde. Quant à toi, Harry et Percy, vous êtes allés laver votre linge à la blanchisserie.

C'était toujours ce que les gars disaient. Certaines nuits, on jouait aux dés à la blanchisserie ; d'autres fois, c'était au poker, au black jack ou au backgammon. Les gardiens qui venaient jouer prétendaient laver leurs affaires. Il y avait toujours de l'alcool de contrebande dans ces réunions et, parfois, un peu de cannabis. Depuis l'invention des prisons, il en a toujours été ainsi. Quand on passe sa vie à s'occuper de voyous, on a tendance à attraper quelques-uns de leurs vices, c'est inévitable. En tout cas, s'il y avait un endroit où on ne risquait pas un contrôle quelconque, c'était la blanchisserie. En matière de lessive, on était très discret, à Cold Mountain.

— Parfait, j'ai dit. Et si tout se casse la gueule, t'es au courant de rien.

Je me suis tourné vers Caffey et lui ai fait signe d'avancer.

— Facile à dire, m'a répondu Dean, mais...

Un bras maigre venait de jaillir d'entre les barreaux de la cellule de Wharton pour se saisir de la manche de Caffey. On a tous poussé un hoquet de stupeur. Wharton, qui aurait dû baigner dans un quasi-coma, était là, vacillant sur ses pieds comme un boxeur sonné, un grand sourire brouillé aux lèvres.

La réaction de Caffey a été remarquable. Il ne s'est pas libéré, mais a lui aussi poussé un hoquet, aspirant l'air entre ses dents comme quelqu'un qui vient de toucher quelque chose de froid et de répugnant. Il a ouvert de grands yeux et, pendant un moment, il m'a paru étrangement éveillé, étrangement lucide et conscient – intelligent, en quelque sorte. J'avais eu la même impression quand il avait voulu que j'entre dans sa cellule pour qu'il puisse imposer ses mains sur moi. Le *faire*, dans son langage. Il avait eu de nouveau ce regard brûlant quand il avait supplié qu'on lui confie la souris. À présent, pour la troisième fois, son visage était éclairé, comme si un projecteur venait de s'allumer dans sa tête. Sauf que cette fois, la lumière était différente. Plus froide, et je me suis demandé alors ce qui se passerait si John Caffey virait soudain amok. On pourrait toujours tirer sur lui, mais quant à l'abattre…

Je lisais des pensées similaires sur le visage de Brutal, mais Wharton continuait d'arborer un sourire mou et éteint.

— Où c'est qu'tu crois aller comme ça ? il a demandé, et dans sa bouche ça sonnait comme un borborygme.

Caffey ne bougeait pas. Il a regardé Wharton, puis son regard est descendu sur la main, est remonté sur le visage. Je n'arrivais pas à déchiffrer son expression. En aurais-je été capable, je ne sais pas si ça aurait changé grand-chose. Je suppose que non. Quant à Wharton, il ne semblait pas du tout inquiet. Il ne se souviendrait de rien plus tard ; il était comme un ivrogne dans le cirage.

— Tu es un mauvais homme, a murmuré Caffey, et je ne pouvais toujours pas dire ce que je percevais dans sa voix – douleur, colère ou peur.

Peut-être les trois à la fois. Caffey a regardé de nouveau la main sur son bras, comme on regarde un insecte prêt à vous piquer.

— C'est juste, le nègre, a dit Wharton avec un sourire baveux. Un mauvais homme à ton service.

Soudain, j'ai eu la certitude qu'il allait se passer quelque chose d'horrible, quelque chose qui changerait le cours des événements aussi sûrement qu'un tremblement de terre peut modifier le cours d'une rivière. Oui, il allait se passer quelque chose, et ni moi ni les autres n'y pouvions rien.

Puis Brutal a fait un pas en avant et a décollé la main de Wharton du bras de Caffey. Mon intuition d'une catastrophe imminente s'est aussitôt dissipée. C'était comme si un circuit électrique menaçant de prendre feu avait été brutalement débranché. Je vous ai dit que, pendant tout le temps où j'ai servi au bloc E, la ligne du gouverneur n'avait jamais sonné. C'est la vérité, mais j'imagine que si cela s'était produit, j'aurais ressenti le même soulagement qui m'a envahi quand Brutal a écarté la main de Wharton du colosse qui se dressait à côté de moi. Les yeux de Caffey ont repris leur expression éteinte, comme si on venait de couper la méchante lumière qui les éclairait l'instant d'avant.

— Va te coucher, Billy, a dit Brutal. Ça te fera du bien.

C'était ma façon de parler mais, compte tenu des circonstances, je n'en ai pas voulu à Brutal de me plagier.

— P't-êt'ben, a dit Wharton.

Il a reculé en vacillant, a trébuché, a retrouvé l'équilibre in extremis.

— Holà ! tout tourne. J'suis pété ou quoi ?

Il a continué de reculer jusqu'à sa couchette sans cesser de fixer Caffey de ses yeux mi-clos.

— Les nègres devraient avoir une chaise électrique rien qu'à eux, il a dit.

Puis il a heurté des mollets le battant de son lit et il est tombé dessus à la renverse. Les yeux marqués de grands cernes bleus, le bout de la langue sorti, il ronflait déjà quand sa tête a touché l'oreiller.

— Putain, comment il a pu se lever avec toute la dope qu'on lui a refilée ? a murmuré Dean.

— Peu importe, il est dans le coaltar, maintenant, j'ai dit. Si jamais il se relevait, donne-lui une autre pilule dissoute dans un verre d'eau. Pas plus d'une. On ne veut pas le tuer.

— Parle pour toi, a grogné Brutal avec un regard écœuré vers Wharton. Il en faut dix fois plus pour crever cette espèce d'animal.

— C'est un mauvais homme, a répété Caffey, mais d'une voix plus basse, comme s'il ne savait plus très bien ce qu'il disait ou ce que cela signifiait.

— C'est vrai, a approuvé Brutal. Vicieux comme trente-six, mais c'est plus un problème, parce qu'on n'est pas près de redanser le tango avec lui.

On s'est remis en marche, Caffey au milieu de nous quatre, telle une idole noire entourée de ses disciples, mais une idole façon zombie.

— Dis-moi, John, a dit Brutal. Tu sais où on t'emmène ?

— Pour aider. J'crois… pour aider une dame ?

Il a regardé Brutal avec une expression d'espoir mêlé d'inquiétude.

— C'est ça, a répondu Brutal. Mais comment peux-tu le savoir ?

John Caffey a semblé réfléchir, puis il a secoué la tête.

— J'sais pas, il a dit à Brutal. Pour dire la vérité, patron, j'sais pas grand-chose. Jamais su.

On a dû se contenter de cette réponse.

6

Je savais que la porte entre mon bureau et la volée de marches qui menait à la réserve n'avait pas été construite pour des géants, mais je n'en avais pas encore mesuré l'exiguïté jusqu'à ce que John Caffey arrive devant et la contemple d'un air songeur.

Harry s'est mis à rire mais John, lui, ne voyait pas ce qu'il pouvait y avoir de drôle à être si grand devant une ouverture si petite. Il n'aurait pas pu, de toute façon, même s'il avait été dix fois plus intelligent qu'il ne l'était. Il avait toujours dominé le monde d'une bonne tête et cette porte n'était jamais qu'un peu moins haute que les autres.

Il s'est courbé en deux et est passé sans histoire. C'est en rejoignant Brutal au bas des marches qu'il s'est arrêté, le regard fixé sur la chaise, là-bas au fond de la salle, sur son estrade, silencieuse et aussi étrange qu'un trône dans le château d'un roi défunt. La calotte pendait mollement à l'un des montants du dossier, non pas couronne mais bonnet de bouffon, couvre-chef du fou du roi, manquaient plus que les clochettes. L'ombre de la chaise s'étendait, longue et arachnéenne, jusqu'au mur qu'elle semblait menacer.

À mon tour, j'ai franchi la porte, et Harry m'a suivi. J'ai eu tout de suite l'impression de sentir une odeur de chair brûlée. Une odeur ténue, mais qui ne devait rien à mon imagination. J'ai fait la grimace en voyant John. Grand corps figé, yeux écarquillés, il regardait la Veuve Courant. Et j'ai encore moins aimé ce que j'ai vu sur ses bras en me rapprochant de lui : la chair de poule.

— Viens, big boy.

Je l'ai pris par le poignet et j'ai tenté de le tirer en direction de la porte menant au souterrain. Il n'a pas bougé et j'aurais pu tout aussi bien essayer d'arracher un rocher à la terre.

— Allez, John, faut y aller, si on veut pas que le carrosse se transforme en citrouille, a dit Harry avec un petit rire forcé.

Il a pris John par l'autre bras et lui aussi a tiré. Mais John ne voulait pas venir. Et puis il a dit quelque chose d'une voix basse, comme absente. Ce n'était ni à moi ni aux autres qu'il s'adressait, mais je n'ai jamais oublié.

— Y sont encore ici. Des morceaux d'eux, encore ici. J'les entends qui hurlent.

Le rire de Harry est mort dans sa gorge, le laissant avec un sourire pendant de guingois comme un volet descellé dans une maison abandonnée. Brutal m'a jeté un regard que la peur assombrissait et il s'est écarté malgré lui de John Caffey. Pour la deuxième fois en moins de cinq minutes, j'ai senti que toute notre entreprise était sur le point de s'effondrer. Et là, c'est moi qui suis intervenu ; quand le désastre menacerait à la troisième occasion, un peu plus tard, ce serait Harry qui relèverait le gant. Nous avons tous eu notre chance, cette nuit-là, croyez-moi.

Je suis venu me placer devant John en me dressant sur la pointe des pieds pour être sûr de lui masquer la vue de la chaise. Et puis j'ai claqué des doigts devant ses yeux. Deux fois, sèchement.

— Viens ! j'ai dit. Marche ! Tu nous as dit que tu n'avais pas besoin qu'on t'enchaîne, alors prouve-le ! Marche, big boy ! Marche, John Caffey ! Par là ! Cette porte !

J'ai vu son regard s'éclaircir.

— Oui, boss.

Dieu soit loué, il s'est mis en branle.

— Regarde la porte, John Caffey. Regarde juste cette porte et rien d'autre.

— Oui, boss, m'a répondu John en fixant docilement le battant.

— Brutal, j'ai dit en lui faisant un signe.

Il s'est hâté de trouver la bonne clé à son trousseau. John contemplait la porte, moi je surveillais John, mais du coin de l'œil je pouvais voir Harry jetant des regards inquiets en direction de la chaise, comme s'il ne l'avait jamais vue de sa vie.

Y sont encore ici. Des morceaux d'eux, encore ici… J'les entends qui hurlent.

Si c'était vrai, alors Edouard Delacroix devait hurler plus fort et plus longtemps que les autres, et j'étais heureux de ne pouvoir entendre ce qu'entendait John Caffey.

Brutal a ouvert la porte. On a descendu l'escalier, Caffey en tête. Au bas des marches, il a jeté un regard morne dans le souterrain avec sa voûte basse. Il allait avoir des crampes dans le dos, le temps d'arriver à l'autre bout. À moins que…

J'ai tiré le chariot vers moi. Le drap sur lequel nous avions étendu Del avait été enlevé (et probablement incinéré), révélant le capitonnage de cuir noir.

— Grimpe là-dessus, j'ai dit à John, qui m'a regardé d'un air de doute. Ce sera plus facile pour toi et pas plus dur pour nous.

— D'accord, boss Edgecombe.

Il s'est assis et puis s'est allongé en levant vers nous des yeux inquiets. Ses pieds, chaussés des méchantes pantoufles de l'administration, traînaient presque par terre. Brutal s'est placé entre les genoux de John et s'est mis à pousser le chariot dans le sombre tunnel comme il l'avait fait tant de fois déjà. La seule différence était que son présent client respirait encore. À peu près à la moitié du parcours – on devait être sous la route et on aurait entendu le grondement étouffé des voitures, s'il y en avait eu à cette heure –, John s'est mis à sourire.

— C'est marrant, c'truc.

Il ne dirait pas la même chose la prochaine fois qu'il voyagerait ainsi ; c'est la pensée qui m'a traversé l'esprit. En vérité, la fois suivante, il ne sentirait plus rien. Mais sait-on jamais ? Ils sont encore ici, il avait dit ; il pouvait les entendre hurler.

J'ai été pris d'un violent frisson. Je fermais la marche ; les autres ne m'ont pas vu.

— J'espère que tu te souviens d'Aladin, boss Edge-combe, a dit Brutal, alors que nous atteignions le bout du tunnel.

— T'inquiète pas.

À première vue, Aladin ne différait pas des autres clés que je portais à mon ceinturon en ce temps-là – j'en avais un trousseau qui pesait près de deux kilos – mais c'était le maître passe des maîtres passes, le sésame ouvre-toi de toutes les portes. Il n'y avait à cette époque qu'un passe Aladin pour chacun des cinq blocs et il était exclusivement réservé au gardien-chef. Les autres gardiens pouvaient seulement l'emprunter, avec obligation de le consigner dans le cahier de permanence.

Il y avait une grille aux barreaux épais à l'extrémité du souterrain. Elle évoquait toujours pour moi ces donjons du temps de la chevalerie, mais Cold Mountain était bien loin de Camelot, le fief du roi Arthur et de la Table ronde. Au-delà de cette grille, une volée de marches menait à une lourde trappe en fonte sur laquelle, à l'extérieur, était mentionné : DÉFENSE D'ENTRER – PROPRIÉTÉ D'ÉTAT – CLÔTURE ÉLECTRIFIÉE.

J'ai déverrouillé la grille, laissant à Harry le soin de la pousser. Nous sommes montés, John Caffey en premier, tête baissée, épaules voûtées. Quand son crâne a touché la trappe, Harry s'est faufilé devant lui (non sans difficulté, bien qu'il fût le plus petit d'entre nous) et il a ouvert la serrure. Puis il a poussé sur la plaque mais n'a pas pu la décoller de plus de quelques centimètres.

— Laissez, boss, a dit John.

Il a grimpé une marche de plus, collant Harry contre le mur, et il a soulevé d'une main le battant sans plus de mal que si celui-ci avait été de carton peint.

L'air froid de la nuit, porté par la brise des montagnes qui désormais n'arrêterait plus de souffler jusqu'en mars ou avril, nous a giflés, charriant avec lui des feuilles mortes. John Caffey en a attrapé une de sa main libre. Je n'oublierai jamais comment il l'a regardée et comment il l'a froissée pour en exhaler l'odeur sous son nez, qu'il avait large et noble.

— Allez, a dit Brutal. Perdons pas de temps.

On est sortis. John a rabaissé la trappe et Brutal l'a

refermée – pas besoin d'Aladin pour elle, Aladin était utile pour ouvrir la porte de l'enceinte grillagée et électrifiée qui entourait comme une cage à faisans l'accès au souterrain.

— Garde tes bras le long du corps, camarade, a dit tout bas Harry à John. Touche pas au grillage, si tu veux pas prendre le jus.

Voilà, on était sortis ; on se tenait en groupe serré sur le talus bordant la route (j'imagine qu'on devait ressembler à trois collines entourant une montagne) et on regardait les murs et les tours de guet du pénitencier. J'ai aperçu la silhouette d'un gardien dans l'une d'elles. Il soufflait dans ses mains mais il a vite disparu à ma vue parce que les ouvertures donnant sur la route étaient étroites et jamais surveillées. Tout de même, il fallait nous faire très, très discrets. Si une voiture venait à passer à ce moment-là, nous serions bien mal barrés.

— Harry, montre-nous le chemin, j'ai dit.

On a avancé furtivement le long de la route en file indienne, Harry en tête, suivi de John Caffey, Brutal, et moi. On a franchi le talus. Le terrain descendait de l'autre côté et on ne voyait plus de la prison que le halo des projecteurs dans les hautes branches des arbres. Mais Harry s'enfonçait toujours plus loin.

— Où t'es garé ? a murmuré Brutal. À Baltimore ?

— C'est juste un peu plus loin, a répondu Harry d'un ton nerveux et irritable. Garde ta salive, Brutus.

Mais Caffey, d'après ce que je pouvais voir, aurait été heureux de marcher jusqu'au lever du soleil, et peut-être même jusqu'à ce qu'il se recouche. Il regardait de tous côtés, tressaillant – pas de peur mais de plaisir, j'en suis sûr – au ululement d'une chouette. Il m'est venu à l'esprit que s'il redoutait le noir dans sa cellule, ici, ce n'était pas vraiment le cas. Il caressait la nuit, y frottait ses sens comme un homme frotterait son visage sur les pleins et les déliés d'une poitrine de femme.

— On tourne ici, a averti tout bas Harry.

Un chemin de terre étroit et envahi d'herbes folles partait sur la droite. On l'a pris et on a fait encore quelques centaines de mètres. Brutal recommençait à grommeler quand Harry s'est enfin arrêté, s'est approché du bord du chemin et a commencé à dégager des branches de pin. John et Brutal ont fait de même et, avant que j'aie le temps de les aider, ils avaient découvert l'avant cabossé d'un vieux camion Farmwall, ses phares protégés de grilles nous regardant comme de gros yeux saillants.

— Tu comprends, j'ai pas voulu prendre de risques, a dit Harry à Brutal d'une petite voix grincheuse. Ça va te faire rigoler, Brutus Howell, mais j'viens d'une famille très religieuse ; j'ai des cousins au pays qui plaisantent pas avec le droit chemin, alors si j'me faisais prendre dans une histoire comme ça…

— C'est rien, a dit Brutal, j'suis juste un peu nerveux.

— Moi aussi. Et maintenant, si ce foutu bahut veut bien démarrer…

Il a contourné, marmonnant encore, l'avant de l'antique camion, et Brutal m'a fait un clin d'œil. Pour Caffey, c'était comme si on avait cessé d'exister. Il avait la tête renversée en arrière et il buvait littéralement le ciel étoilé.

— J'monterai avec lui à l'arrière, si tu veux, m'a dit Brutal.

Derrière nous, le démarreur du Farmwall a couiné brièvement, comme un vieux chien rhumatisant qui se remet debout par un matin d'hiver ; puis le moteur a démarré. Harry l'a emballé un bon coup avant de passer à un ralenti poussif.

— On n'a pas besoin d'être deux, a ajouté Brutal.

— Non, tu montes devant. Tu pourras faire le trajet de retour avec lui. Si on ne termine pas le voyage dans le carrosse, aux frais de l'État.

— Pour l'amour du ciel, parle pas comme ça, Paul !

Il avait l'air franchement choqué, comme s'il réalisait pour la première fois tout ce qu'on risquait si on se faisait prendre.

— Va avec Harry.

Il a fait ce que je lui disais et moi, j'ai tiré sur le bras de John Caffey jusqu'à ce qu'il redescende sur terre, puis je l'ai entraîné à l'arrière du véhicule. Celui-ci n'avait que ses deux ridelles latérales, mais Harry les avait bâchées, une précaution qui nous dissimulerait au moins aux véhicules que nous croiserions.

— En voiture, big boy.

— C'est maintenant, la balade ?

— Tout juste.

— Bon.

Il a souri. Un beau et franc sourire, un qui ne s'embarrassait pas de pensées. Il a grimpé dans le camion. Je l'ai suivi et j'ai tapé du poing sur le toit de la cabine. Harry a enclenché la première et on est sortis des buissons en brinquebalant.

John Caffey, debout bien campé sur ses jambes au milieu de la plate-forme, la tête levée de nouveau vers les étoiles, souriait de toutes ses dents, insensible aux rameaux et aux broussailles qui le fouettaient, tandis que Harry remontait le chemin jusqu'à la route.

— Regardez, boss ! il a dit d'une voix profonde et

ravie en désignant le ciel. C'est Cassie, là-haut, la dame dans son rocking-chair !

Il avait raison ; je pouvais apercevoir la constellation entre les frondaisons sombres des arbres. Mais ce n'était pas à Cassiopée que je pensais quand il a parlé de la dame dans son fauteuil ; c'était à Melinda Moores.

— Je la vois, John, j'ai dit, et je l'ai tiré par le bras. Assieds-toi, maintenant, d'accord ?

Il s'est assis le dos à la cabine, sans jamais détacher les yeux du ciel nocturne. Sur son visage dansait une expression d'insouciant bonheur. La ligne verte s'éloignait à chaque tour des pneus lisses du vieux Farmwall et, pour le moment du moins, les larmes éternelles de John Caffey s'étaient taries.

7

La maison de Hal Moores, à Chimney Ridge, n'était guère qu'à quarante kilomètres mais, avec l'antique bahut de Harry Terwilliger, le trajet dura plus d'une heure. C'était une bien étrange équipée et, même si j'ai l'impression d'en avoir gardé chaque instant gravé dans ma mémoire – chaque tournant, chaque bosse, chaque trou, plus les moments de panique (au nombre de deux) quand des camions nous ont croisés –, je ne saurais précisément décrire ce que je ressentais, assis à l'arrière avec John Caffey, tous deux emmitouflés dans de vieilles couvertures que Harry avait eu la bonne idée d'apporter.

C'était avant tout un sentiment de perdition – l'horrible et profond désarroi qu'éprouve un enfant quand il réalise qu'il s'est aventuré trop loin, que le paysage lui est inconnu et qu'il ne sait plus comment retrouver le chemin de la maison.

J'étais dehors en pleine nuit en compagnie d'un prisonnier – et pas n'importe lequel : un type qui avait été condamné à mort pour l'assassinat de deux fillettes. Ma conviction qu'il était innocent de ce crime ne pèserait pas lourd si nous étions pris ; nous irions nous-mêmes en prison, et Dean Stanton n'y échapperait pas non plus. J'avais gâché toute une vie de travail et de loyauté à cause d'une sale exécution. Et parce que je croyais que le grand nigaud assis à côté de moi pourrait guérir une femme d'une tumeur au cerveau incurable.

Et voilà qu'en regardant John contempler les étoiles je constatais avec horreur que je n'avais plus la moindre foi en ses dons. Mon infection urinaire me paraissait bien loin et, pour ainsi dire, sans gravité, ainsi qu'il en va de toutes les difficultés et des souffrances une fois qu'elles sont passées (si une femme se souvenait de ce qu'elle a enduré en mettant au monde son premier bébé, me disait ma mère, jamais elle n'en aurait un deuxième). Quant à Mister Jingles, n'était-il pas possible que nous nous soyons trompés sur la gravité de ses blessures ? Ou encore que John – dont le pouvoir hypnotique, lui, ne pouvait être mis en doute – nous ait fait prendre une illusion pour la réalité ?

Et puis il y avait Hal Moores. Le jour où j'étais passé le voir à son bureau, j'étais tombé sur un homme défait, vieilli. Mais ce n'était pas là, me disais-je, le véritable visage du directeur. Le vrai Moores était plutôt l'homme que j'avais vu une fois briser le poignet d'un détenu qui avait tenté de le frapper ; l'homme qui m'avait fait remarquer avec cynisme que de toute façon Delacroix grillerait sur la chaise, que Percy soit ou non aux commandes. Comment avais-je pu penser que Moores s'écarterait poliment pour nous laisser entrer chez lui et accepterait qu'un condamné à mort pour le viol et le meurtre de deux petites filles pose les mains sur sa femme ?

Mes doutes s'aggravaient comme une maladie infectieuse, tandis que nous roulions. Je ne comprenais vraiment pas comment j'avais pu m'embarquer dans cette histoire ni pourquoi j'avais persuadé les autres de m'accompagner dans cette folle équipée. Je ne pensais pas que nous ayons une seule chance de nous en sortir, pas une chance au monde.

Mais j'avais beau désespérer, je n'avais pas non plus envie de faire machine arrière – ce qui était encore possible tant que nous n'aurions pas sonné à la porte de Moores. Quelque chose – je pense que ce devait être les ondes de joie émanant du géant assis à côté de moi – me retenait de cogner contre la cabine et de hurler à Harry de faire demi-tour, pendant qu'il en était encore temps.

Tel était mon état d'esprit, alors que nous quittions la grand-route pour prendre la direction de Chimney Ridge. Un quart d'heure plus tard, la silhouette d'un toit s'est découpée dans le ciel étoilé, et j'ai compris que nous étions arrivés.

Harry a rétrogradé de seconde en première (je me demande si, de tout le trajet, il a passé une seule fois la quatrième). Le moteur a protesté et fait hoqueter tout le camion, comme si lui aussi redoutait ce qui l'attendait un peu plus loin.

Harry a pris l'allée de gravier et a rangé le bahut à côté de la confortable Buick noire du directeur.

Devant nous, légèrement à notre droite, se dressait une coquette maison dans un style qu'on appelait, je crois bien, Cap Cod. Cette sorte de baraque aurait pu paraître déplacée dans notre pays de montagnes, mais ce n'était pas le cas. La lune, fendue d'un sourire plus large à cette heure de la nuit, éclairait d'une pâle lueur le jardin que j'avais toujours vu parfaitement entretenu et qu'envahissaient maintenant les feuilles mortes. En d'autres temps, Melly les aurait ramassées, mais elle n'était plus en mesure de manier le râteau et ne reverrait pas non plus les feuilles tomber. C'était ça, la réalité, et j'avais été assez fou pour croire que cet idiot au regard perdu pourrait y changer quelque chose.

Il n'était peut-être pas trop tard pour sauver nos peaux, cependant. Je me suis soulevé à demi et la couverture dont je m'étais enveloppé a glissé de mes épaules. Je n'avais qu'à me pencher par-dessus la ridelle, taper à la vitre du chauffeur et dire à Harry de foutre le camp dare-dare avant que…

John Caffey m'a saisi l'avant-bras dans son énorme paluche et m'a fait rasseoir sans plus d'effort que si j'avais été un petit enfant.

— Regardez, boss, il m'a dit, pointant l'autre main vers la maison. Quelqu'un est réveillé.

J'ai suivi la direction de son doigt et j'ai éprouvé dans mon ventre une méchante sensation de vide. Il y avait de la lumière à l'une des fenêtres de derrière. Vraisemblablement dans la pièce où Melinda passait désormais ses journées et ses nuits ; elle n'était pas plus capable de monter l'escalier que de ratisser les feuilles tombées lors de la récente tempête.

Évidemment, ils avaient entendu le camion – ce foutu Farmwall de Terwilliger, dont le moteur pétaradait par tous les trous de son pot en dentelle. Et puis, diable, les Moores ne devaient pas beaucoup dormir ces temps-ci.

Une lumière plus proche de la façade s'est allumée (la cuisine), puis une autre (celle du salon). Le hall a suivi, et enfin le porche. J'observais la progression de l'éclairage, tel un homme fumant sa dernière cigarette dos au mur, tandis qu'approcherait le peloton d'exécution. Malgré cela, je ne m'étais pas encore avoué qu'il était trop tard jusqu'à ce que le moteur du Farmwall s'arrête dans un dernier hoquet, que les portières claquent et que le gravier crisse sous les pas de Harry et de Brutal.

John était debout et m'entraînait. Dans la pénombre, son visage était étonnamment vivant et enthousiaste. Pourquoi pas ? ai-je pensé. Pourquoi ne serait-il pas impatient ? C'est un simple d'esprit.

Brutal et Harry se tenaient côte à côte devant le véhicule, comme des gosses sous un orage, et je voyais bien à leur façon de rentrer la tête dans les épaules qu'ils étaient aussi apeurés et déboussolés que moi, ce qui n'était pas fait pour me rassurer.

John a sauté de la plate-forme, mais pour lui ce n'était même pas un saut, tout juste une marche à descendre. Je l'ai suivi, les jambes raides, sans force. Je me serais étalé par terre s'il ne m'avait retenu par le bras.

— On fait une connerie, a dit Brutal d'une petite voix sifflante. Bon Dieu, Paul, qu'est-ce qu'on croyait ?

— Trop tard, maintenant, j'ai dit.

J'ai poussé Caffey sur le côté et il est allé gentiment se poster à côté de Harry. Puis j'ai pris Brutal par le coude comme s'il était ma fiancée et nous nous sommes avancés vers le porche éclairé.

— Laisse-moi parler, d'accord ?

— T'en fais pas, parce que j'me demande ce que je pourrais dire, m'a répondu Brutal.

J'ai jeté un regard par-dessus mon épaule.

— Harry, reste près du camion avec John jusqu'à ce que je t'appelle. Je ne veux pas que Moores le voie avant que je lui aie tout expliqué.

Sauf que je n'ai jamais rien expliqué. Jamais pu.

Brutal et moi, on est arrivés au bas des marches du perron, au moment où la porte d'entrée s'ouvrait avec assez de force pour que le marteau heurte bruyamment la plaque de bronze. Devant nous se dressait Hal Moores, en pantalon de pyjama et tricot de peau, sa tignasse grise en bataille. Cet homme s'était fait des milliers d'ennemis au cours de sa carrière, et il le savait. Il serrait dans sa main droite la crosse d'un pistolet que j'avais toujours vu accroché au-dessus de la cheminée : un colt 45 à canon long, un Ned Buntline Special, qui avait appartenu à son grand-père ; le chien était relevé, et ce détail n'a pas contribué à me redonner courage.

— Qui est là ? Vous avez vu l'heure ? Deux heures et demie du matin !

Je n'ai pas relevé la moindre trace de peur dans sa voix. Et, pour le moment du moins, ses tremblements avaient cessé. La main qui tenait l'arme était aussi immobile qu'une pierre.

— Répondez, sinon…

Il a pointé le colt sur nous.

— Arrêtez, m'sieur le directeur ! s'est écrié Brutal.

Il a levé les mains comme en signe de reddition. Je ne lui avais jamais entendu cette voix ; c'était comme si les frémissements qui d'ordinaire agitaient les mains de Moores étaient passés dans sa gorge.

— C'est nous ! Paul et moi et… Nous, quoi !

Il s'est hissé sur la première marche de façon à être éclairé par la lumière de l'entrée. Je l'ai rejoint. Hal Moores nous a regardés l'un après l'autre, et sa colère a fait place à la stupeur.

— Mais qu'est-ce que vous faites ici ? À cette heure-ci, alors que vous êtes de service ? Je le sais, parce que j'ai le tour des gardes, ici. Qu'est-ce qui se passe ? Une évasion ? Une mutinerie ?

Soudain, son regard s'est posé derrière nous et son expression s'est durcie.

— Qui d'autre est là-bas, près de ce camion ?

Laisse-moi parler, d'accord ? C'est ce que j'avais dit à Brutal, et maintenant que le moment était venu de parler, je n'arrivais même pas à ouvrir la bouche. En me rendant au travail dans l'après-midi, j'avais soigneusement préparé mon texte et ne l'avais pas trouvé trop insensé. Disons plutôt qu'il m'avait paru juste assez convaincant pour que Moores nous donne une chance. Enfin, donne une chance à John. Mais à présent mon petit discours bien rodé était emporté dans une sarabande d'images folles. Je voyais Del brûler, la souris mourir, Toot-Toot gigoter sur la chaise en criant qu'il était rôti comme une dinde.

Je crois que le bien existe en ce monde, qu'il émane d'une façon ou d'une autre d'un Dieu aimant. Mais je crois qu'il y a une autre force, aussi réelle que le Dieu que j'ai prié toute ma vie, et que cette force travaille consciemment à anéantir notre envie de bien faire. Pas Satan, pas lui (bien que je ne doute pas de sa réalité), mais une espèce de démon de discorde, une entité stupide et farceuse qui se frotte les mains lorsqu'un vieil homme met le feu à ses vêtements en essayant d'allumer sa pipe ou quand un petit enfant porte à sa bouche le jouet de son premier Noël et s'étouffe avec. J'en ai eu, du temps, pour réfléchir à ces choses, depuis Cold Mountain jusqu'à Georgia Pines. Et je sais que cette force était activement à l'œuvre parmi nous cette nuit-là, tournoyant comme un brouillard maléfique et s'efforçant d'éloigner John Caffey de Melinda Moores.

— Monsieur le... Hal... je...

Je bafouillais lamentablement.

Il a de nouveau levé son pistolet et l'a pointé entre Brutal et moi. Il n'écoutait plus et écarquillait de grands yeux rougis. Et puis est arrivé Harry Terwilliger, plus ou moins entraîné par notre big boy, dont le large visage noir se fendait d'un sourire charmant.

— Caffey, a murmuré Moores. John Caffey.

Il a respiré un bon coup et a crié d'une voix flûtée et forte à la fois :

— Halte ! Arrêtez ou je tire !

De l'intérieur de la maison, une femme a appelé, d'un ton affaibli :

— Hal ? Qu'est-ce que tu fais dehors ? À qui parles-tu, putain de suceur de bites ?

Il s'est tourné un bref instant vers la maison, l'air confus et désespéré. À peine une seconde, mais assez longtemps pour que j'aie tout le loisir de lui arracher son colt. Sauf que j'étais incapable du moindre mouvement. Mes mains pesaient des tonnes. Ma tête était comme une radio qui crépite de parasites un soir d'orage. Je me souviens seulement d'avoir ressenti alors de la peur et une certaine gêne pour Hal.

Harry et John sont arrivés au bas des marches. Moores s'est retourné vers eux, arme brandie une fois de plus. Plus tard, il a dit que, oui, il avait l'intention de tirer sur Caffey ; il nous croyait prisonniers d'une bande de mutins qui attendaient probablement dans l'ombre derrière le camion. Il ne comprenait pas pourquoi ils nous avaient conduits jusque chez lui mais la vengeance lui paraissait l'explication la plus plausible.

Harry ne lui a pas donné le temps de faire feu ; il s'est planté devant Caffey, le couvrant en partie de son corps. Caffey n'était pour rien dans ce geste ; Harry l'a fait de sa propre volonté.

— Non, m'sieur le directeur ! Tout va bien ! On n'est pas armés, on veut du mal à personne, on est là pour aider !

— Aider ? a répété Moores en fronçant ses sourcils broussailleux.

Ses yeux étincelaient de colère et je ne pouvais détacher les miens du chien armé du Buntline.

— Aider à quoi ? Aider qui ?

Comme en réponse, la voix de Melinda s'est élevée de nouveau, plaintive et tremblante.

— Reviens ici me défoncer l'anus, enfant de putain ! Et amène tes potes ! Qu'ils me barattent un bon coup, eux aussi !

J'ai coulé un regard vers Brutal ; j'étais secoué jusqu'à la moelle. Hal m'avait bien dit que la tumeur la faisait jurer comme un charretier et proférer des obscénités, mais ça, il fallait l'entendre pour le croire.

— Qu'est-ce que vous faites ici ? nous a demandé Moores. (Sa voix était moins assurée, sapée par les insanités de sa femme.) Je ne comprends pas. C'est quoi ? Une évasion ? Une…

John a écarté Harry – plus précisément, il l'a soulevé gentiment et l'a reposé sur le côté – et puis il est venu se mettre entre Brutal et moi, si grand et si large qu'il a failli nous pousser dans les buissons qui bordaient les marches. Moores devait maintenant lever les yeux vers lui. Et soudain le monde a repris sa place pour moi. L'esprit de discorde, qui avait bouleversé mes pensées comme des mains fourrageant dans du sable ou des grains de riz, avait disparu. Il me semblait aussi comprendre pourquoi Harry avait été seul capable de réagir, alors que Brutal et moi étions réduits à l'impuissance face au patron. Harry avait été avec John... et l'esprit du bien, qui s'opposait au démoniaque, était du côté de John Caffey cette nuit-là. Aussi, quand John a gravi une marche de plus pour se rapprocher de Moores, c'est ce dernier esprit – quelque chose de blanc, voilà ce à quoi je pense, oui, quelque chose de blanc – qui a pris le contrôle de la situation. L'autre chose n'a pas complètement disparu mais je pouvais la sentir qui reculait comme une ombre chassée par une soudaine lumière.

— Je veux aider, a dit John Caffey.

Moores, la bouche ouverte, a levé vers lui un regard fasciné. Quand Caffey l'a délesté du Buntline Special et me l'a passé sans se retourner, je ne pense pas que Hal s'en soit seulement rendu compte. J'ai désarmé prudemment le colt. Plus tard, quand j'ai vérifié, j'ai constaté que le barillet était vide. Il m'arrive de me demander si Hal le savait.

— Je suis venu pour l'aider, elle, disait John à voix basse. J'veux juste le faire.

— Hal ! a encore crié Melinda depuis la chambre du fond.

Sa voix était un peu plus forte mais elle m'a semblé apeurée, comme si la chose qui nous avait troublés et pétrifiés s'était maintenant rabattue sur elle.

— Peu importe qui c'est, fais-les partir ! On n'a pas besoin de voyageurs de commerce au milieu de la nuit !

On veut pas d'Electrolux ! Pas de Hoover ! Pas de culottes françaises avec une fente pour la chatte ! Fous-les dehors ! Dis-leur d'aller se faire enculer chez les...

Quelque chose s'est brisé – un verre, peut-être – et puis elle s'est mise à sangloter.

— Juste aider.

La voix de John Caffey n'était plus qu'un chuchotement. Il semblait ne pas entendre les cris et les sanglots de Melinda.

— Juste aider, boss, rien d'autre.

— Tu ne peux pas, a dit Moores. Personne ne le peut.

Il s'exprimait sur un ton que j'avais déjà entendu et, au bout d'un moment, j'ai réalisé que j'avais parlé exactement de la même façon quand j'étais entré dans la cellule de Caffey, la nuit où il m'avait guéri de mon infection urinaire. Hypnotisé. *Occupe-toi de tes affaires et je m'occupe des miennes*, avais-je répliqué à Delacroix... sauf que les miennes étaient alors dans les mains de Caffey, comme celles de Moores à présent.

— Nous, on pense qu'il peut, est intervenu Brutal. Et on n'a pas risqué nos boulots – plus un séjour de l'autre côté des barreaux, peut-être – pour venir jusqu'ici et faire demi-tour sans donner à John une chance d'essayer.

Trois minutes plus tôt, c'était pourtant ce que j'avais envie de faire, et Brutal aussi.

Et puis John Caffey a pris les rênes. Il a gravi la dernière marche du porche, est passé devant Moores, qui a levé une main sans force pour le retenir (une main qui a frotté la hanche de Caffey pour retomber, sans même que le géant s'en aperçoive), et ensuite il est entré dans la maison et s'est dirigé de son pas traînant vers la chambre d'où la voix aiguë, méconnaissable, de Melinda Moores se faisait de nouveau entendre :

— N'entrez pas ! Qui que vous soyez, n'entrez pas ! Je ne suis pas habillée, j'ai les nichons et le cul à l'air !

John a poursuivi son chemin, tête baissée pour ne rien heurter au passage, son crâne rond brillant comme un marron glacé, ses grandes mains se balançant à ses côtés. Nous sommes sortis de notre transe et nous lui avons emboîté le pas, moi en tête ; venaient ensuite Brutal et Hal, côte à côte, tandis que Harry fermait la marche. Il y avait au moins une chose que je comprenais parfaitement : l'affaire ne nous concernait plus, elle reposait désormais entre les mains de John.

8

La femme dans la chambre du fond, adossée à la tête de lit et louchant fixement sur le géant qui venait d'apparaître dans le champ confus de sa vision, n'avait plus rien de commun avec la Melinda Moores que je connaissais depuis vingt ans ; elle n'était même plus celle à qui Janice et moi avions rendu visite peu avant l'exécution de Delacroix. La femme adossée à la tête de lit ressemblait davantage à une enfant malade déguisée en sorcière à l'occasion de Halloween. Ses joues s'affaissaient en plis livides ; la peau tout autour de la paupière droite s'était froissée en un clin d'œil figé. Le coin droit de sa bouche, étiré vers le bas, découvrait une canine jaunie. Ses cheveux n'étaient plus qu'une légère étoupe blanchie auréolant son crâne. La pièce empestait ces déjections que nos corps évacuent dans la bienséance quand tout va bien. Le pot de chambre près du lit était à moitié rempli d'une abominable diarrhée jaunâtre. Nous arrivions trop tard, j'ai pensé, horrifié. Il avait suffi de quelques jours pour que la tumeur resserre sa prise et défigure sa proie. Je ne croyais même plus que John Caffey puisse quoi que ce soit pour elle.

Quand il est entré, le visage de Melly exprimait la peur et l'horreur – comme si le mal en elle avait reconnu celui qui avait le pouvoir de lui faire lâcher prise, comme on saupoudre de sel une sangsue pour la faire se recroqueviller et tomber. Entendez-moi bien : je n'affirme pas que Melinda Moores était possédée, et je suis conscient que, bouleversé comme je l'étais cette nuit-là, mes perceptions pouvaient être sujettes à caution. Mais je n'ai jamais totalement écarté la possibilité d'une possession démoniaque. Il y avait quelque chose dans ses yeux, croyez-moi, qui n'était rien d'autre que de la peur. Et là-dessus, faites-moi confiance : la peur, j'en avais tant vu autour de moi que je ne pouvais pas me méprendre.

— Oh, qu'est-ce qu'il est grand ! s'est-elle exclamée d'une voix de petite fille affligée d'un mal de gorge.

Elle a sorti ses mains – aussi spongieuses et blanches que son visage – du couvre-lit et les a tapées l'une contre l'autre en simulacre d'applaudissement.

— Baisse ton pantalon ! J'ai entendu toute ma vie parler des braquemars des nègres sans... sans jamais en voir un !

Derrière moi, Hal Moores a poussé un gémissement étouffé, chargé de désespoir.

John Caffey n'a pas bronché. Il a observé Melly pendant un moment et puis il s'est approché. Une lampe de chevet projetait un cercle de lumière crue sur le couvre-lit qu'elle avait remonté jusqu'au col de dentelle de sa chemise de nuit. De l'autre côté, dans la pénombre, j'ai vu la chaise longue qui avait d'ordinaire sa place dans le salon et sur laquelle gisait en tas une courte-pointe que Melly avait brodée en des jours meilleurs. C'était là que Hal devait sommeiller à notre arrivée.

Et, tandis que John avançait vers elle, l'expression de Melly se modifiait. Je reconnaissais peu à peu sur ses traits cette gentillesse que j'avais pu apprécier durant toutes ces années, et Janice encore plus quand les enfants avaient quitté le nid et qu'elle s'était retrouvée seule avec un sentiment d'inutilité et de tristesse.

Il y avait de la curiosité sur son visage, mais à la lueur lubrique avait succédé un intérêt grave et sincère.

— Qui es-tu ? elle a demandé d'une voix claire et posée. Et pourquoi toutes ces cicatrices sur tes mains et tes bras ? Qui t'a fait du mal ?

— J'm'en souviens pas trop, m'dame, a répondu Caffey d'une voix humble, et il s'est assis au bord du lit.

Melinda a souri autant qu'il lui était possible de le faire – le coin abaissé de sa bouche a tremblé mais sans vraiment se retrousser. Elle a suivi du bout de son index une cicatrice courbe comme un cimeterre sur le dos de la main gauche de Caffey.

— Quelle merveille de ne pas se rappeler qui t'a fait du mal ! Comprends-tu pourquoi ?

— Disons qu'ça empêche pas de dormir, de plus savoir qui vous a fait des misères, a répondu John avec son vague accent du Sud.

Melly est partie d'un rire qui sonnait frais comme une eau vive dans la chambre empuantie. Hal se tenait maintenant à côté de moi. Tendu, légèrement haletant, il se gardait d'intervenir. Quand Melly a ri, il a retenu son souffle un instant et sa main m'a saisi le bras et l'a serré si fort qu'il y a laissé une marque – je m'en suis aperçu le lendemain – mais, sur le moment, je n'ai presque rien senti.

— Comment t'appelles-tu ? elle a demandé.

— John Caffey, m'dame.

— Caffey, comme la boisson ?

— Oui, m'dame, mais ça s'écrit pas pareil.

Elle s'est appuyée contre les oreillers et l'a regardé. Il s'est rapproché d'elle en lui rendant son regard, et la lumière de la lampe les encerclait comme s'ils étaient deux comédiens en scène – le colosse noir dans sa salopette de prisonnier et la petite femme blanche au bord de la mort. Elle plongeait ses yeux dans ceux de John avec une intense fascination.

— M'dame ?

— Oui, John Caffey ?

Les mots, à peine un murmure, ont glissé sur nous dans la pièce confinée. J'ai senti se tendre les muscles de mes bras et de mes jambes, et de mon dos. Quelque part, très loin, le directeur continuait de me serrer le poignet et, du coin de l'œil, je pouvais distinguer Brutal et Harry se tenant par les épaules, comme deux petits enfants égarés dans la nuit. Quelque chose allait se passer. Quelque chose d'incroyable. On le ressentait tous, chacun à sa manière.

John Caffey s'est incliné vers elle. Les ressorts du sommier ont grincé ; il y a eu un froissement de draps, et la lune, froide et souriante, s'est découpée dans le carreau supérieur de la fenêtre. Les yeux rougis de Caffey fouillaient le visage hagard que Melly levait vers lui.

— J'le vois, il a dit, comme s'il se parlait à lui-même.

J'le vois, et j'peux aider. J'peux le faire. Bougez pas…
bougez pas…

Il s'est penché un peu plus sur elle. Pendant un
moment, son large visage s'est arrêté tout près de celui
de Melinda Moores. Il a levé une main, les doigts écartés,
comme pour lui dire d'attendre… d'attendre seulement…
et puis il s'est rapproché davantage et ses lèvres douces
et épaisses ont pressé celles de Melly, les forçant à
s'ouvrir. Avant que le crâne noir de John ne le masque
à ma vue, j'ai pu voir un instant l'un des yeux de Melly
fixer le vide derrière Caffey, avec une expression qui ressemblait à de la stupeur.

Un léger sifflement a empli la pièce, tandis qu'il aspirait l'air des poumons de Melinda. Le bruit n'a duré
qu'une seconde ou deux et, soudain, le plancher a bougé
sous nos pieds et la maison entière a frémi. Ce n'était
pas mon imagination ; plus tard, quand on en a parlé
entre nous, on s'est aperçus qu'on avait tous éprouvé
la même sensation. C'était comme une onde de choc.
Un objet lourd est tombé avec un grand fracas dans le
salon – la vieille horloge. Hal Moores la donnerait à
réparer, mais elle ne marquerait jamais l'heure plus de
quinze minutes d'affilée.

Plus près, dans la chambre, il s'est produit un craquement à la fenêtre et la vitre où était apparue la lune
a volé en éclats. Une gravure – un voilier fendant les
eaux de l'une des sept mers – s'est décrochée du mur et
le verre qui la protégeait s'est brisé.

J'ai senti une odeur de brûlé et j'ai vu de la fumée
s'élever du couvre-lit dont la laine blanche noircissait
rapidement à l'endroit où le pied de Melinda dessinait
une bosse. Agissant comme dans un rêve, j'ai dégagé
mon bras de l'étreinte de Moores pour prendre le verre

d'eau posé sur la table de nuit au milieu de fioles renversées par la secousse initiale. Je l'ai vidé sur le feu naissant. Il y a eu un sifflement et la fumée s'est dissipée.

John Caffey maintenait son baiser intime et profond, aspirant sans cesse, une main toujours levée, l'autre en appui sur le lit pour soutenir son poids. Cette large main brune aux doigts écartés me faisait penser à une étoile de mer.

Soudain, Melinda a arqué le dos. Elle a battu l'air d'une de ses mains, les doigts se crispant et se décrispant en une série de spasmes, tandis qu'elle trépignait des pieds sous la couverture. Et puis un hurlement a déchiré la nuit. Encore une fois, je ne suis pas le seul à l'avoir entendu. Pour Brutal, c'était comme le cri d'un loup ou d'un coyote qui se serait pris la patte dans un piège. Pour moi, ça ressemblait à l'appel que lance l'aigle, comme on l'entend parfois le matin, quand il plane au-dessus des crêtes brumeuses, ses grandes ailes déployées et rigides.

Dehors, une rafale de vent a ébranlé la maison – et ça aussi, c'était étrange, voyez-vous, parce que jusque-là il n'y avait pratiquement pas eu de vent.

John Caffey s'est enfin écarté de Melinda, dont le visage avait changé : il s'était lissé. Le côté droit de sa bouche ne pendait plus. Ses yeux avaient retrouvé leur dessin naturel. Elle semblait avoir rajeuni de dix ans. John l'a regardée fixement pendant un moment et puis il a été pris d'un accès de toux. Et, comme il détournait la tête pour ne pas tousser devant elle, il a perdu l'équilibre (ce qui était prévisible ; grand comme il était, il s'était tenu assis sur une fesse au bord du lit) et il est tombé par terre. Il était assez lourd pour que la maison tremble une fois de plus. Il a atterri sur les genoux et s'est plié en deux sous la quinte qui le ravageait, comme un homme au dernier stade de la tuberculose.

Je m'attendais maintenant qu'il recrache le nuage d'insectes et je me disais que cette fois il y en aurait un sacré paquet.

Mais non, il continuait de tousser, trouvant à peine le temps de reprendre son souffle entre deux accès. Sa peau d'une belle couleur chocolat avait pris une teinte grisâtre. Alarmé, Brutal s'est précipité auprès de lui et, mettant un genou en terre, a passé un bras autour des larges épaules secouées de spasmes.

Comme si Brutal avait rompu un charme, Moores est allé s'asseoir à côté de sa femme. Il semblait ne pas entendre ni même remarquer le géant hoquetant à ses pieds – il n'avait d'yeux que pour Melinda. Elle-même le considérait avec stupeur, mais son regard brillait d'une étonnante vivacité. La voir, maintenant, c'était comme contempler son reflet dans un miroir sale qu'on aurait nettoyé.

— John ! criait Brutal. John ! Crache-les ! Crache-les comme t'as fait la dernière fois !

Mais John continuait de tousser et de s'étrangler, les yeux humides, non de larmes mais de douleur, sans que rien d'autre ne sorte de sa bouche qu'une fine pluie de salive.

Quand Brutal lui eut en vain assené d'énergiques claques dans le dos, il a tourné la tête vers moi.

— Il s'étouffe ! J'sais pas ce qu'il a avalé, mais c'est en train de l'étouffer !

Je me suis approché mais je n'avais pas fait deux pas que John s'écartait de moi à genoux et se réfugiait dans un coin de la pièce, toussant toujours et aspirant désespérément l'air entre deux quintes. Il a appuyé son front contre le papier peint – des roses rouges sur un fond de feuillage vert – et il a été pris d'un hoquet plus violent que les autres, comme s'il essayait de dégurgiter son propre gosier. Je me souviens d'avoir pensé : « Si avec ça il n'expulse pas ces saletés… », mais une fois de plus mon espoir de le voir rejeter le mal qu'il avait aspiré a été déçu. Cependant, sa toux a paru se calmer un peu.

— Ça va bien, boss.

Il avait les yeux fermés et le front toujours appuyé contre le mur. Comment il savait que j'étais près de lui, mystère.

— Vrai, ça va bien. Occupez-vous d'la dame.

Je l'ai regardé ; je n'étais pas du tout convaincu qu'il aille aussi bien qu'il le disait. Je me suis tourné vers le lit. Hal caressait le front de Melly et j'ai remarqué une chose qui m'a stupéfié : une partie de ses cheveux avaient retrouvé leur couleur châtaine.

— Que s'est-il passé ? elle a demandé.

Je voyais aussi son teint se raviver. On aurait dit que ses joues avaient volé une paire de roses au papier peint.

— Pourquoi suis-je ici, dans cette chambre ? Ne devions-nous pas aller à l'hôpital d'Indianola ? Pour me faire des rayons X et aussi une radio du cerveau ?

— Chut, a fait Hal. Tout ça, c'est fini, ma chérie.

— Mais je ne comprends pas ! elle s'est exclamée. Nous nous sommes arrêtés en route et tu m'as acheté un bouquet de fleurs et… et puis voilà que je me retrouve ici. Il fait nuit ! Est-ce que tu as dîné, Hal ? Pourquoi suis-je dans la chambre d'ami ? Est-ce qu'ils m'ont passée aux rayons X ?

— Oui, et tu n'as rien.

— Quoi ? Pas de tumeur ?

— Non, je lui ai dit. Et vous ne devriez plus avoir de migraines.

Hal a éclaté en sanglots. Elle s'est redressée et lui a embrassé la tempe. Puis son regard s'est posé dans le coin de la pièce.

— Qui est ce nègre ? Pourquoi est-il là-bas ?

Je me suis retourné et j'ai vu John essayer de se remettre debout. Brutal l'a aidé et il a finalement réussi à se redresser de toute sa taille. Il était toujours face au mur, cependant, comme un enfant puni. Sa toux n'avait pas cessé mais elle était moins forte.

Je l'ai appelé :

— John ? Tourne-toi, big boy, et regarde la dame.

Il a fait ce que je lui disais. Son visage était couleur de cendre et il paraissait dix ans de plus, tel un homme jadis robuste qui perd un long combat contre la phtisie. Il gardait les yeux baissés sur ses pantoufles et semblait regretter de ne pas avoir un chapeau à triturer dans ses mains.

— Qui es-tu ? elle a demandé de nouveau. Comment t'appelles-tu ?

— John Caffey, m'dame, il a dit.

Et elle a aussitôt ajouté :

— Mais ça s'écrit pas pareil que la boisson.

Hal a tressailli à côté d'elle, et elle lui a tapoté la main pour le rassurer, sans quitter des yeux l'homme noir.

— J'ai rêvé de toi, elle a dit d'une voix douce et songeuse. J'ai rêvé que tu errais comme moi dans l'obscurité, et puis nous nous sommes rencontrés.

John Caffey se taisait.

— Nous nous sommes rencontrés dans la nuit. Bouge-toi, Hal, tu m'écrases.

Il s'est levé et l'a regardée avec stupeur tandis qu'elle rejetait les couvertures de côté.

— Melly, tu ne peux pas...

— Allons, ne dis pas de bêtises, elle lui a répliqué en balançant ses jambes hors du lit.

Elle a lissé sa chemise de nuit, s'est étirée puis s'est mise debout.

— Dieu du ciel, a chuchoté Hal, regardez-la !

Elle s'est avancée vers John Caffey. Brutal, bouche bée, s'est écarté de son chemin. Elle a boité un peu au premier pas, n'a pas accordé plus d'une seconde d'hésitation à sa jambe droite – celle dont elle avait pratiquement perdu l'usage – pour faire le deuxième, et a continué. Je me souvenais de Brutal tendant la bobine coloriée à Delacroix et lui disant : « Lance-la, je veux voir s'il court après. » Mister Jingles avait un peu boitillé alors, mais, la nuit suivante, la nuit où Del est allé au supplice, la souris avait retrouvé toute sa vivacité.

Melly a passé ses bras autour de John et l'a serré contre elle. Caffey s'est tenu là un moment, se laissant étreindre, et puis il a levé une main et lui a caressé la tête. Il l'a fait avec une infinie tendresse. Son visage était toujours aussi gris. Je lui trouvais l'air terriblement malade.

Elle s'est écartée de lui et l'a regardé.

— Merci.

— Y a pas de quoi, m'dame.

Elle est revenue vers Hal, qui l'a prise dans ses bras.

— Paul...

C'était Harry. Il a tendu vers moi son poignet gauche en tapotant du doigt sur sa montre. Il était près de trois heures. Le jour poindrait à quatre heures trente. Si on voulait ramener John Caffey à Cold Mountain avant l'aube, il nous fallait repartir sans tarder. Et je tenais à le ramener. D'abord parce que plus nous nous attarderions ici, moins nous aurions de chances de nous en tirer, naturellement. Ensuite parce que je voulais que John réintègre sa cellule pour que je puisse légitimement appeler un médecin, si jamais c'était nécessaire. Et plus je l'observais, plus j'en étais convaincu.

Les Moores, assis au bord du lit, s'étreignaient. J'aurais aimé échanger quelques mots avec Hal en privé dans le salon mais j'ai pensé que je pouvais toujours demander, il ne bougerait pas d'où il était. Il serait peut-être capable de détourner les yeux de Melly – pendant quelques secondes, du moins – quand le soleil serait levé.

— Hal, il faut qu'on parte, j'ai dit.

Il s'est contenté de hocher la tête. Il observait la couleur qui ravivait les joues de sa femme, la courbe gracieuse qu'avaient reprise ses lèvres, les cheveux châtains revenus.

Je lui ai tapé sur l'épaule, assez fort pour attirer son attention pendant quelques instants.

— Hal, on n'est jamais venus ici.

— Quoi… ?

— On n'est jamais venus ici, j'ai répété. On parlera plus tard mais, pour l'instant, retenez bien ce que je vous dis : vous ne nous avez jamais vus.

— Oui, d'accord… (Il a fait manifestement un gros effort de concentration.) Vous l'avez sorti. Vous pourrez le ramener ?

— Je pense, mais je n'en suis pas sûr. Faut qu'on y aille.

— Comment saviez-vous qu'il pouvait faire ça ? (Il a secoué la tête comme s'il comprenait enfin que le temps pressait.) Paul… merci.

— C'est pas moi qu'il faut remercier, c'est John.

Il a regardé John Caffey puis a tendu la main – exactement comme je l'avais fait le jour où Harry et Percy avaient amené John dans le bloc.

— Merci. Merci de tout mon cœur.

John a regardé la main tendue. Brutal lui a filé un coup de coude dans les côtes. John a tressailli ; il a pris la main, l'a secouée – une fois en haut, une fois en bas, retour au centre – et l'a relâchée.

— De rien, il a dit d'une voix rauque, d'une voix qui m'a rappelé celle de Melly quand elle avait applaudi en disant à John de baisser son pantalon.

» De rien, il a redit à l'homme qui, lorsque les choses reprendraient leur cours normal, saisirait une plume de cette même main qu'il tendait aujourd'hui et signerait l'ordre d'exécution de John Caffey.

Harry a tapoté de nouveau sur le cadran de sa montre, avec plus d'impatience, cette fois.

— Brute ? j'ai dit. Prêt ?

— Mais c'est Brutus ! s'est exclamée Melinda d'un ton joyeux, comme si elle le remarquait pour la première fois. Comme je suis contente de vous voir, Brutus ! Est-ce que ces messieurs prendront un peu de thé ? Et toi, Hal ?

Elle s'est levée de nouveau.

— J'ai été malade mais je vais beaucoup mieux, maintenant. En vérité, je ne me suis jamais sentie aussi bien.

— Merci, madame Moores, mais nous devons partir, a dit Brutal. C'est l'heure d'aller coucher John.

Il a souri comme pour une bonne blague, mais le regard qu'il a glissé en direction de John trahissait une inquiétude qui n'avait rien à envier à la mienne.

— Ma foi… si vous êtes sûr que…

— Oui, madame. Viens, John Caffey.

Il a tiré sur le bras de John, et John s'est ébranlé.

— Attendez une minute !

Melinda s'est libérée de la main de Hal et a couru aussi légèrement qu'une jeune fille jusqu'à John, pour le serrer de nouveau dans ses bras. Puis elle a porté les mains à sa nuque pour faire passer par-dessus sa tête une fine chaîne à laquelle pendait une médaille en argent. Elle l'a tendue à John, qui a regardé le bijou sans comprendre.

— C'est saint Christophe, elle a dit. Je veux que tu portes cette médaille, John Caffey. Elle te protégera. Je t'en prie. Pour moi.

John m'a regardé, troublé, et j'ai regardé Hal, qui a d'abord écarté les mains comme un homme dépassé par les événements avant d'acquiescer d'un signe de tête.

— Prends-la, John, j'ai dit. C'est un présent.

John l'a prise, l'a passée autour de son cou de taureau et a fait glisser la médaille de saint Christophe sur sa gorge. Il ne toussait plus mais il avait l'air plus gris et plus malade que jamais.

— Merci, m'dame, il a dit.

— Non. Merci à toi, John Caffey.

9

J'étais dans la cabine avec Harry pendant le trajet du retour et ça me faisait bien plaisir. Le chauffage ne marchait pas mais, au moins, on était à l'abri du vent. On n'avait pas fait quinze kilomètres que Harry se rangeait sur le bas-côté.

— Un problème ? j'ai demandé.

Ça pouvait être n'importe quoi avec cette antiquité de camion ; il n'y avait pas un seul élément du moteur ou de la transmission qui ne fût à l'article de la mort.

— Non, faut que je pisse, c'est tout, a dit Harry, vaguement penaud. J'en ai les molaires qui barbotent.

Finalement, on a tous vidangé, sauf John. Quand Brutal lui a demandé s'il n'avait pas envie de descendre arroser les buissons, il a simplement secoué la tête sans même le regarder. Il était adossé à l'arrière de la cabine, une couverture de l'armée passée sur ses épaules comme un poncho. Je ne pouvais voir son visage dans le noir mais j'entendais sa respiration – sèche et chuintante comme le vent à travers le foin. Je n'aimais pas ça.

Je me suis avancé sous un bosquet de saules, j'ai dégrafé ma braguette et ouvert le robinet. Mon infection urinaire n'était pas assez ancienne pour que mon corps en ait perdu le souvenir et j'étais simplement content de pouvoir uriner sans crier. J'ai poursuivi ma petite affaire, les yeux levés vers la lune, et je ne me suis aperçu que Brutal faisait la même chose à côté de moi qu'en l'entendant me dire tout bas :

— Il ne s'assiéra jamais sur la Veuve.

Je l'ai regardé, surpris et un peu effrayé par la certitude qu'exprimait sa voix.

— Que veux-tu dire ?

— J'veux dire qu'il a avalé le mal au lieu de le recracher comme il l'a toujours fait, et il a pas fait ça sans raison. Ça pourrait prendre une semaine – il est costaud – mais j'parie que ça ira plus vite que ça. L'un de nous fera son tour de garde et le trouvera raide mort sur son lit.

Je pensais avoir pissé jusqu'à la dernière goutte mais

j'ai été pris d'un frisson en entendant ça et j'ai lâché un petit jet de plus. En me reboutonnant, je me suis dit que Brutal avait raison. Je l'espérais, en tout cas. John Caffey ne méritait pas de mourir, s'il était, comme je le pensais, innocent du meurtre des fillettes Detterick. Mais s'il devait mourir, je ne voulais pas que ce soit par moi. À vrai dire, je ne me voyais même pas participer à une monstruosité pareille.

— Allez, a dit Harry. L'heure tourne. Qu'on en finisse.

Alors que nous revenions au camion, j'ai réalisé que nous avions laissé John sans aucune surveillance, une stupidité digne de Percy Wetmore. J'ai pensé qu'il avait dû s'enfuir ; saisissant l'occasion qui se présentait à lui, il avait recraché ces saloperies de moucherons et pris la clé des champs. Tout ce que nous retrouverions, ce serait la couverture qu'il avait passée sur ses épaules.

Mais il était là, toujours assis le dos contre la cabine et les coudes appuyés sur ses genoux. Il a levé la tête à notre approche et a esquissé un sourire, qui est resté un instant suspendu sur son visage hagard et puis s'est éteint.

— Comment ça va, big boy ? a demandé Brutal en grimpant à l'arrière du camion et en prenant sa propre couvrante.

— Ça va, boss, a dit John sans conviction. Ça va bien.

Brutal lui a tapoté le genou.

— On va bientôt arriver. Et quand nous serons rentrés, tu sais quoi ? Tu auras une grande tasse de café chaud. Avec de la crème et du sucre.

Tu parles ! j'ai pensé en montant dans la cabine. Si on ne se fait pas arrêter et foutre en taule avant.

Mais je vivais avec cette idée depuis que nous avions enfermé Percy dans la cellule d'isolement, et cette sombre perspective ne m'inquiétait plus assez pour me garder éveillé. Je me suis endormi et j'ai rêvé du Golgotha. Tonnerre à l'ouest et une odeur qui aurait pu être celle des baies de genièvre. Brutal, Harry, Dean et moi portions tuniques et casques scintillants comme dans un film de Cecil B. DeMille. Nous étions des centurions, je suppose. Trois croix se dressaient sur la colline. Trois crucifiés : Percy Wetmore et Edouard Delacroix flanquant John Caffey. Je baissais les yeux sur ma main : je tenais un marteau maculé de sang.

Il faut le décrocher de cette croix, Paul ! criait Brutal. *Il le faut !*

Mais nous ne pouvions pas ; ils avaient emporté l'échelle. J'allais en informer Brutal quand un soubresaut du camion m'a arraché du sommeil. Nous reculions dans les taillis où Harry avait dissimulé le Farmwall au seuil d'une nuit qui semblait remonter jusqu'au commencement des temps.

Nous sommes descendus et avons gagné l'arrière. Brutal a sauté sans mal, mais John Caffey a fléchi sur ses jambes et a failli tomber. On s'est mis à trois pour le retenir et il chancelait encore quand il a été repris d'un accès de toux, pire que les autres, celui-là. Il s'est plié en deux, étouffant le bruit sous ses paumes qu'il pressait sur ses lèvres, comme s'il se retenait de vomir. Et j'ai pensé que c'était exactement ce qu'il cherchait à faire. Non pas vomir, mais empêcher le mal de s'échapper. Aujourd'hui, quand je repense à cette nuit, j'en secoue la tête d'incompréhension à l'idée d'avoir deviné aussi juste et aussi faux à la fois.

Quand il a cessé de tousser, nous avons recouvert

le capot du Farmwall avec des branches de pin et nous avons repris le même chemin qu'à l'aller. Le pire moment de cette escapade a été – pour moi, du moins – les deux cents derniers mètres, quand nous avons longé la route. Je pouvais voir (ou pensais voir) la première lueur du jour poindre à l'orient et j'étais sûr qu'un lève-tôt de fermier en route pour la cueillette de ses courges ou de ses patates douces allait passer et nous voir. Et même si ça ne se produisait pas, nous entendrions une voix (celle de Curtis Anderson, dans mon imagination) nous crier : « Halte-là ! », juste au moment où j'utilise-rais Aladin pour entrer dans l'enclos qui entourait la trappe donnant accès au souterrain.

Le temps que nous parvenions à l'enceinte grillagée, mon cœur battait si fort que je pouvais voir de petits points blancs exploser devant mes yeux à chaque pul-sation. J'avais les mains glacées et engourdies et, pour la première fois depuis des années, je n'arrivais pas à introduire ce foutu sésame.

— Bon Dieu, des phares ! a gémi Harry.

J'ai levé la tête et j'ai vu le faisceau projeté par un véhicule arrivant sur la route. Mon trousseau de clés m'en a glissé des mains et c'est miracle si j'ai pu le rat-traper à la dernière seconde.

— Donne-moi ça, a dit Brutal. J'vais le faire.

— Non, je l'ai.

La clé a enfin pénétré dans la serrure. L'instant d'après, nous étions à l'intérieur. Nous nous sommes aplatis derrière la bordure de brique entourant la trappe, tandis que la camionnette du boulanger passait sous les murs de la prison. Je pouvais entendre à côté de moi la respiration hachée de John Caffey. On aurait dit le bruit que fait un moteur qui n'a presque plus d'huile. Il avait soulevé sans effort la plaque de fonte en venant, mais nous ne lui avons même pas demandé de nous aider, cette fois ; il n'en aurait pas eu la force. J'ai aidé Brutal à ouvrir la trappe et Harry est descendu avec John, qui tenait à peine sur ses jambes. Brutal et moi nous sommes engouffrés à leur suite et avons refermé derrière nous.

— Bon Dieu, j'ai bien cru qu'on… a commencé de dire Brutal, mais je l'ai interrompu net d'un coup de coude dans les côtes.

— Ne dis rien. On criera victoire quand on l'aura ramené dans sa cellule. Pas avant.

— Vous oubliez Percy, a ajouté Harry, dont la voix résonnait dans le souterrain. La nuit sera pas terminée tant qu'on n'aura pas réglé son cas.

Il s'est avéré que notre nuit était loin d'être terminée… et que négocier avec Percy Wetmore serait plus facile et plus dur qu'on ne s'y attendait.

SIXIÈME ÉPISODE

Caffey sur la ligne

Titre original :

COFFEY ON THE MILE

1

Installé dans le solarium de Georgia Pines, le vieux stylo de mon père à la main, j'avais perdu toute notion du temps au souvenir de cette nuit où Harry, Brutal et moi avions conduit John Caffey auprès de Melinda Moores, pour tenter de la sauver. Je décrivais comment nous avions drogué William Wharton, qui se prenait pour la réincarnation de Billy the Kid, et aussi comment nous avions passé la camisole de force à Percy avant de l'enfermer dans la cellule d'isolement au fond du couloir. Je racontais notre étrange escapade nocturne – terrifiante et grisante à la fois – et le miracle qui en résulta. Nous avions vu John Caffey ramener une femme d'entre les mourants, pour ne pas dire d'entre les morts.

J'écrivais et j'avais à peine conscience du train-train de Georgia Pines autour de moi. Les vieux débris allaient dîner puis trottinaient en chœur jusqu'au centre de loisirs (oui, vous avez le droit de sourire) pour y ingurgiter leur dose de feuilletons télévisés. Je crois me rappeler que mon amie Elaine m'a apporté un sandwich, que j'ai dit merci, que j'ai mangé, mais je ne pourrais vous dire quel goût il avait ni quelle heure il était.

Ma tête était repartie en 1932, quand c'était le vieux Toot-Toot qui nous ravitaillait avec sa roulante, cinq *cents* le sandwich au porc, dix au corned-beef.

Je me souviens que le calme est revenu, alors que les reliques peuplant les lieux se préparaient à une nouvelle nuit d'un sommeil avare et agité ; j'ai entendu Mickey – peut-être pas le meilleur infirmier de la maison, mais assurément le plus gentil – chanter *Red River Valley* de sa belle voix de ténor en faisant sa distribution de comprimés divers : « *On dit que tu t'en vas de cette vallée… L'éclat de ton regard et la douceur de ton sourire me manqueront…* » La chanson m'a fait de nouveau penser à Melinda Moores et à ce qu'elle avait dit à John, une fois le miracle accompli : « *J'ai rêvé de toi. J'ai rêvé que tu errais comme moi dans l'obscurité. Et puis nous nous sommes rencontrés.* »

Le silence est tombé à Georgia Pines, minuit a sonné, le temps passait et j'écrivais toujours. J'en arrivais au moment où Harry nous avait rappelé qu'on avait peut-être réussi à ramener John dans sa cellule sans être découverts. Mais qu'on n'était pas au bout de nos peines : Percy nous attendait. « *La nuit sera pas terminée tant qu'on n'aura pas réglé son cas* », nous avait-il dit.

C'est là que ma longue journée passée stylo en main m'a enfin rattrapé. J'ai posé ma plume – juste pour quelques secondes, je me suis dit, histoire d'assouplir mes doigts raidis – et puis j'ai appuyé mon front sur mon bras et fermé les yeux. Quand je les ai rouverts, le soleil du matin s'engouffrait par les fenêtres. J'ai jeté un coup d'œil à ma montre : huit heures passées. J'avais dormi, vautré sur la table comme un vieil ivrogne, pendant près de six heures. Je me suis levé en grimaçant ; j'avais l'échine en compote. Je pensais descendre à la cuisine et, muni d'un toast ou deux, faire ma promenade matinale mais, à la vue du tas de feuilles noircies éparpillées sur la table, j'ai décidé de remettre à plus tard ma petite sortie. Certes, j'avais là-bas une obligation, mais ça pouvait attendre un peu, et puis je ne me sentais pas d'humeur à jouer au chat et à la souris avec Brad Dolan.

Au lieu de marcher, je terminerais mon histoire. Parfois il vaut mieux poursuivre, même si le corps et l'esprit protestent. Parfois c'est même la seule façon de réussir. Et ce que je retiens surtout de ce matin-là, c'est ma volonté désespérée de me libérer du fantôme envahissant de John Caffey.

— D'accord, j'ai dit tout haut. Encore un ou deux kilomètres. Mais d'abord…

Je suis allé aux toilettes au bout du couloir au premier étage. Pendant que j'urinais, mon regard est tombé par hasard sur le détecteur de fumée au plafond. Ça m'a fait penser à Elaine et à sa manœuvre de diversion qui m'avait permis la veille de me rendre comme à l'accoutumée dans la vieille remise sans tomber sur Dolan. J'ai fini de pisser en souriant d'une oreille à l'autre.

J'ai regagné le solarium avec un poids en moins sur la vessie. Quelqu'un – Elaine, sans aucun doute – avait posé une théière à côté de mes feuilles. J'ai bu avidement une première tasse, et une deuxième avant même de m'asseoir. Puis j'ai repris ma place, j'ai dévissé le capuchon du stylo et je me suis mis à écrire.

Je commençais mon histoire quand une ombre est tombée sur moi. J'ai levé la tête et j'ai senti mon ventre se nouer. C'était Dolan. Il se tenait entre la fenêtre et moi et il souriait.

— Je t'ai pas vu faire ta p'tite promenade, ce matin,

Paulie. Alors je suis monté voir comment t'allais. Des fois que tu serais malade.

— C'est très aimable. Je vais bien, merci.

Ma voix sonnait ferme – jusque-là, en tout cas – mais mon cœur battait fort. J'avais peur de lui, ce qui n'était pas à proprement parler une nouveauté. Il me rappelait Percy Wetmore, et jamais Percy ne m'avait inspiré la moindre crainte... il est vrai que j'étais jeune, à cette époque.

Le sourire de Brad s'est agrandi, ce qui ne l'a pas rendu plus agréable.

— On m'a raconté que t'as passé la nuit ici, Paulie, à pondre ton p'tit rapport. Tss-tss-tss, c'est pas bien, ça. Des vieux pets comme toi, ça a besoin de roupiller pour être beaux.

— Percy...

J'ai vu son sourire s'effacer et j'ai pris conscience de mon lapsus. J'ai respiré un grand coup et j'ai lancé :

— Brad, qu'est-ce que je vous ai fait ?

Il a eu l'air perplexe pendant un moment, presque désarçonné, puis son méchant sourire est revenu.

— Vieux croûton, peut-être bien que c'est ta gueule que j'aime pas. Mais qu'est-ce que tu peux bien écrire, de toute façon ? Ton testament ?

Il s'est avancé en tendant le cou. J'ai plaqué une main sur ce que je venais d'écrire, tandis que de l'autre je ratissais le tas de feuillets, les froissant dans ma hâte à les mettre à l'abri sous mon bras.

— Allons, allons, il a dit comme s'il s'adressait à un petit enfant, ça marchera pas, ma poule. Si Brad veut voir, Brad verra. Et tu peux pas non plus les planquer à la banque.

Sa main, jeune et salement vigoureuse, s'est refermée

sur mon poignet. La douleur a irradié jusqu'au bout de mes doigts, m'arrachant un gémissement.

— Lâchez-moi, j'ai réussi à articuler.

— Quand tu m'auras fait voir.

Il ne souriait plus. Mais son visage était joyeux ; de cette joie qui fait reluire la face de ceux qui aiment faire mal.

— Laisse-moi voir, Paulie. J'veux savoir ce que t'écris.

Il a lentement écarté ma main de la page que je cachais. C'était le moment où nous revenions avec John dans le souterrain.

— J'veux savoir si ça parle de l'endroit où tu…

— Laissez cet homme tranquille !

La voix avait claqué comme un coup de fouet par une chaude et sèche journée… et, vu comme Brad Dolan a sursauté, vous auriez pensé que son cul en avait été la cible. Il m'a lâché la main, qui est retombée sur mes feuilles, et on s'est tournés tous les deux vers la porte.

Elaine Connelly était debout sur le seuil, l'air pimpant et vif comme jamais. Son jean mettait en valeur sa taille fine et ses longues jambes, et elle avait noué un ruban bleu dans ses cheveux. Elle tenait un plateau dans ses mains déformées par les rhumatismes – un jus d'orange, des œufs brouillés, un toast, du thé. Et ses yeux étincelaient de colère.

— Non, mais qu'est-ce que vous croyez ? a dit Brad. Il peut pas manger ici.

— Il peut, et il va le faire.

De nouveau ce ton cinglant de commandement, que je ne lui connaissais pas, mais dont je lui étais bigrement reconnaissant. J'ai cherché dans ses yeux une lueur de peur ; je n'y ai vu que de la rage.

— Et vous allez me faire le plaisir de partir d'ici, espèce de… espèce de rat !

Il a fait un pas vers elle, hésitant et furieux à la fois. Un mélange que je trouvais dangereux, mais Elaine n'a pas bronché.

— J'crois savoir qui a déclenché cette saloperie de détecteur de fumée, a dit Dolan. Ouais, j'crois bien que c'est une vieille salope qu'a des mains comme des serres. Et maintenant, dégagez de là. Moi et Paulie, on n'a pas fini notre petite conversation.

— Son nom est M. Edgecombe, a répliqué Elaine. Et si jamais je vous entends encore l'appeler Paulie, je vous garantis que vous serez viré de votre emploi à Georgia Pines, monsieur Dolan.

— Non, mais pour qui vous vous prenez ? il lui a demandé.

Il la dominait de toute sa taille et il a essayé de rire, sans y parvenir tout à fait.

— Je me prends pour la grand-mère du président de la Chambre des représentants de Géorgie. Un homme qui aime ses parents, monsieur Dolan. Et particulièrement ses grands-parents.

Ces paroles ont balayé le sourire forcé du visage de Dolan tel un coup d'éponge effaçant un gribouillis à la craie sur un tableau noir. Visiblement, il était perplexe : est-ce qu'elle bluffait ? Et si par hasard c'était vrai… Sur ses traits je pouvais lire l'ébauche d'un raisonnement logique : elle devait savoir qu'on pouvait facilement vérifier. Donc elle ne bluffait pas.

Soudain je me suis mis à rire ; un rire un tantinet rouillé, mais bien mérité. Je me souvenais de toutes les fois où Percy Wetmore, à l'époque, nous avait menacés de ses « relations ». Et voilà que pour la première fois de ma longue, très longue vie, j'entendais de nouveau la même mise en garde... mais enfin proférée à mon bénéfice.

Brad Dolan m'a lancé un regard mauvais.

— Je ne plaisante pas, a dit Elaine. Jusqu'ici j'ai préféré vous ignorer, monsieur Dolan. À mon âge, on choisit la facilité. Mais dès lors que mes amis sont menacés, je deviens intraitable. Maintenant, sortez. Et pas un mot de plus.

Dolan a ouvert la bouche, façon carpe – oh, comme il avait envie de le dire, ce mot de plus (qui se terminait par « lope » ou par « tain »). Mais il n'a pas moufté. Il m'a jeté un dernier regard puis est passé devant elle et a disparu dans le couloir.

J'ai poussé un long soupir, tandis qu'Elaine posait le plateau sur la table et s'installait en face de moi. Je lui ai demandé :

— Est-ce que ton petit-fils est vraiment président de la Chambre ?

— Oui.

— Dans ce cas, qu'est-ce que tu fais ici ?

— Présider la Chambre des représentants lui confère assez de pouvoir pour écraser un cafard comme Dolan, mais ça n'en fait pas un homme riche, elle m'a répondu en riant. Et puis, je me plais bien, à Georgia Pines. La compagnie y est agréable.

— Dois-je prendre ça pour un compliment ?

— Paul, est-ce que tu te sens bien ? Tu as l'air tellement fatigué.

Elle s'est penchée en avant pour écarter mes cheveux de mon front et de mes sourcils. Elle avait les doigts tout tordus mais leur contact était délicieusement frais. J'ai fermé les yeux un instant. Quand je les ai rouverts, j'avais pris une décision.

— Je vais bien. Et j'ai presque fini mon histoire. Elaine, voudrais-tu la lire ?

Je lui ai tendu le paquet de feuilles que j'avais tenté de protéger. Elles étaient un peu mélangées – Dolan m'avait fichu une sacrée trouille –, mais je les avais numérotées et Elaine n'aurait aucun mal à les remettre en ordre.

Elle me regardait d'un air pensif sans prendre ce que je lui offrais. Pas encore, en tout cas.

— Tu as terminé ?

— Tu en auras jusqu'à midi passé avec ce qu'il y a là, j'ai dit. Si tu arrives à me déchiffrer, bien entendu.

Cette fois, elle a pris les feuilles et a parcouru la première.

— Tu as une très belle écriture, même quand ta main est fatiguée. Je n'aurai aucun mal à te lire.

— Le temps que tu finisses, j'aurai écrit le dernier chapitre. Il ne te faudra pas une heure pour découvrir le reste. Et puis… si tu en as toujours envie… j'aimerais te montrer quelque chose.

— L'objet de tes promenades matin et soir ?

J'ai acquiescé.

Elle est restée songeuse un long moment. Enfin, elle a hoché la tête et s'est levée, les pages à la main.

— Je vais m'asseoir dehors, elle a dit. Le soleil est très chaud ce matin.

— Et le dragon a été vaincu. Et, cette fois, par la belle en personne.

Elle a souri, s'est penchée vers moi et m'a embrassé au-dessus du sourcil, là où ça me donne toujours des frissons.

— Espérons-le, elle a dit, mais d'après mon expérience, les dragons de l'espèce Brad Dolan ont la vie dure.

Elle a eu une hésitation puis a ajouté :

— Bonne chance, Paul. J'espère qu'à ton tour tu vaincras ce qui te tourmente depuis si longtemps.

— Je le souhaite aussi, j'ai répondu en pensant à John Caffey.

« *J'ai pas pu faire autrement*, avait dit John. *J'ai essayé, mais c'était trop tard.* »

J'ai mangé les œufs brouillés, bu le jus d'orange, et gardé le toast pour plus tard. Puis j'ai pris mon stylo et me suis remis à écrire, avec l'espoir que ce serait pour la dernière fois.

La dernière ligne droite.

2

Quand on a ramené John au bloc E cette nuit-là, le chariot n'était plus du luxe. À mon avis, jamais il n'aurait pu parcourir seul la longueur du souterrain ; il est plus pénible de marcher courbé que debout, et c'était un plafond fichtrement bas pour un géant comme John Caffey. L'idée qu'il s'évanouisse là-dedans me donnait des sueurs froides. Comment pourrions-nous expliquer une chose pareille, quand il nous faudrait en plus justifier l'enfermement de Percy avec camisole et bâillon dans la cellule d'isolement ?

Mais, Dieu merci, nous avions ce chariot, et John, échoué dessus comme un cachalot sur une grève, s'est laissé pousser jusqu'au bas des marches menant à la réserve. Quand il a mis pied à terre, il a vacillé un peu puis s'est immobilisé, la tête basse, le souffle court et rauque. Sa peau était si grise qu'il avait l'air de s'être roulé dans la farine. Je me suis dit qu'il serait à l'infirmerie avant midi... s'il n'était pas mort d'ici là.

Brutal m'a jeté un regard sombre, désespéré.

— On peut pas le porter mais on peut le soutenir, je lui ai dit. Passe sous son bras droit, je prends le gauche.

— Et moi ? a demandé Harry.

— Reste derrière nous. Si jamais tu le vois partir en arrière, repousse-le.

— Et si ça marche pas, accroupis-toi à l'endroit où tu penses qu'il va tomber et amortis le choc, a ajouté Brutal.

— Toi, tu devrais faire une carrière de comique, a dit Harry d'une voix fluette.

— C'est vrai, j'ai le sens de l'humour.

On a réussi tant bien que mal à faire monter l'escalier à John. J'avais toujours une trouille bleue qu'il perde connaissance, mais il a tenu bon.

— Passe devant, j'ai dit à Harry en haletant. Qu'on soit sûrs qu'il n'y a personne dans la réserve.

— Et s'il y a quelqu'un ? Je dis : « Coucou ! », et je reviens ici ?

— Fais pas le mariole, a dit Brutal.

Harry a ouvert discrètement la porte et a passé la tête dans l'entrebâillement. J'ai eu l'impression qu'il restait indéfiniment ainsi. Quand enfin il s'est reculé, il avait l'air soulagé.

— La voie est libre.

— Espérons qu'elle le restera, a dit Brutal. Encore un effort, John Caffey, on y est presque.

John a pu traverser la réserve tout seul mais on a dû l'aider à gravir les trois marches menant à mon bureau et il a pratiquement fallu le pousser à travers la porte basse. Quand il s'est redressé, il respirait bruyamment et son regard était vitreux. Et j'ai aussi remarqué – avec horreur – que le coin droit de ses lèvres présentait maintenant le même rictus que chez Melinda, quand nous étions entrés dans la chambre et que nous l'avions vue adossée aux oreillers.

Dean nous a entendus depuis le bureau de permanence et il est accouru à notre rencontre.

— Grâce au Ciel, vous voilà ! J'ai bien cru que vous n'arriveriez jamais ! Je me disais que vous aviez dû être arrêtés ou que le directeur vous avait plombés ou que...

Il s'est tu pour regarder John, comme s'il venait seulement de découvrir sa présence.

— Seigneur, mais qu'est-ce qu'il a ? On dirait qu'il est en train de mourir !

— Mais non ! a dit Brutal. Pas vrai, John ?

Et il a fait les gros yeux à Dean qui, saisissant le message, s'est empressé de rectifier avec un petit rire nerveux :

— Non, ce n'est pas ce que je voulais dire. C'est seulement que...

Je l'ai interrompu :

— Laisse tomber. Aide-nous à le ramener à sa cellule.

Une fois de plus, nous étions comme quatre collines entourant une montagne, mais celle-ci avait souffert quelques millions d'années d'érosion, elle était tassée et triste. John Caffey avançait lentement, respirant avec difficulté comme un vieil homme qui aurait trop fumé, mais au moins il avançait.

— Et Percy ? j'ai demandé. Il a fait du boucan ?

— Un peu, au début, m'a répondu Dean. Il essayait de hurler des insultes mais, avec le bâillon, ça ne portait pas loin.

— Une chance que nos tendres oreilles aient été ailleurs, a dit Brutal.

— Et puis, de temps en temps, il flanquait un coup de tatane dans la porte, a ajouté Dean.

Il était tellement soulagé de nous revoir qu'il en devenait primesautier. Ses lunettes avaient glissé jusqu'au bout de son nez brillant de sueur et il les a remontées d'un doigt nerveux.

On est passés devant la cellule de Wharton. À plat sur le dos, la petite crapule ronflait comme une forge. Cette fois, il avait les yeux clos.

Dean s'est mis à rire.

— Pas eu d'ennuis avec lui ! Il n'a pas bougé depuis le moment où il est retombé sur son pieu. Inscrit aux abonnés absents. Quant à Percy, je peux vous le dire, j'étais bien content qu'il fiche des coups de pied dans la porte de sa cellule de temps en temps, parce que sinon je me serais demandé s'il ne s'était pas étouffé avec tout ce chatterton sur le clapet. Mais vous voulez savoir la meilleure ? Le bloc a été plus tranquille et désert que le jour des Morts à La Nouvelle-Orléans ! J'ai pas vu un chat de la nuit !

Et il a ajouté d'une voix triomphale :

— On a réussi, les gars ! On a réussi !

Ça lui a rappelé la raison de notre escapade nocturne et il a demandé des nouvelles de Melinda.

— Elle va bien, j'ai dit.

On venait d'atteindre la cellule de John, et je commençais seulement à mesurer vraiment ce que Dean avait dit : « *On a réussi, les gars ! On a réussi !* »

— Et c'était comme… comme avec la souris ?

Dean a coulé un bref regard vers la cellule où Delacroix avait vécu avec Mister Jingles, puis sa voix s'est faite murmure, comme celle des gens quand ils entrent dans une église où même le silence semble chuchoter.

— Est-ce que c'était un… (Il a dégluti.) Enfin, les gars, vous voyez ce que je veux dire. Est-ce que c'était un… miracle ?

On s'est regardés tous les trois, histoire de se confirmer ce qu'on savait déjà.

— Il l'a tirée de la tombe, voilà ce qu'il a fait, a dit Harry. Ouais, un miracle, un vrai.

Brutal a ouvert la cellule et a poussé gentiment John à l'intérieur.

— Va, big boy. Repose-toi. Tu l'as bien mérité. On va sortir Percy du trou et…

— C'est un mauvais homme, a dit John d'une voix mécanique.

— C'est sûr, un vrai démon, a approuvé Brutal. Mais t'en fais pas, on le laissera pas s'approcher de toi. Va t'allonger et je t'apporterai une grande tasse de café. Bien chaud et bien fort. Tu te sentiras comme neuf après ça.

John s'est laissé choir sur sa couchette. J'ai pensé qu'il allait se coucher face au mur comme d'habitude, mais il est resté assis, les mains pendant entre ses genoux, la tête basse, le souffle court. La médaille de saint Christophe était sortie de sa chemise et se balançait à son cou. « *Elle te protégera, John Caffey* », lui avait dit Melinda, mais ça n'avait vraiment pas l'air d'être le cas. John semblait avoir pris la place de celle qu'il avait « tirée de la tombe », comme avait dit Harry.

Mais, pour le moment, John Caffey n'était pas ma priorité. Je me suis tourné vers les autres.

— Dean, va chercher le pistolet et la matraque de Percy.

— D'accord.

Il est retourné au bureau, a déverrouillé le tiroir où il avait mis les armes en sûreté, et est revenu avec.

— Prêts ? j'ai demandé.

Mes hommes – des hommes bons et braves, et jamais je n'ai été aussi fier d'eux que cette nuit-là – ont hoché la tête. Harry et Dean semblaient nerveux ; Brutal arborait un air impassible.

— Très bien, j'ai dit. C'est moi qui lui parlerai. Moins vous vous en mêlerez, mieux ça vaudra et plus vite on en aura fini… pour le meilleur ou pour le pire. D'accord ?

De nouveau ils ont acquiescé. J'ai respiré un grand coup et, suivi des autres, je me suis dirigé vers la cellule d'isolement.

Percy a levé la tête et cligné les yeux quand la lumière est tombée sur lui. Il était assis par terre et poussait de la langue l'adhésif que je lui avais collé en travers de la bouche. La partie que j'avais passée autour de sa tête avait glissé (probablement sous l'effet de la sueur et de la brillantine dont il s'enduisait les cheveux). Résultat : il avait réussi à desserrer notablement son bâillon. Encore une petite heure et il aurait pu appeler au secours à pleins poumons.

S'aidant des pieds, il a un peu reculé sur ses fesses, et puis n'a plus bougé, réalisant sans doute qu'il n'avait nulle part où aller, hormis le mur à deux mètres derrière lui. C'était un sale type, qui n'avait jamais rien compris à ce que nous tentions de faire au bloc E, mais il n'était pas complètement stupide.

J'ai pris le pistolet et la matraque des mains de Dean et je les ai montrés à Percy.

— Tu les veux ?

Il m'a jeté un regard circonspect, puis a hoché la tête.

— Brutal, Harry, relevez-le.

Ils se sont penchés, ont crocheté chacun une manche de la camisole et l'ont soulevé. Je me suis avancé vers lui jusqu'à ce qu'on soit presque nez à nez. Je pouvais sentir l'odeur âcre de la sueur dans laquelle il avait baigné. Elle provenait non seulement de ses efforts pour se libérer de la camisole ou balancer quelques ruades dans la porte, mais surtout d'une bonne vieille peur des familles : la peur de ce qu'on pourrait lui faire quand on reviendrait.

Il avait dû se dire : « Ça ira, c'est pas des tueurs. » Et puis, peut-être qu'il avait pensé à Miss Cent Mille Volts et qu'il en avait conclu que des tueurs, on l'était, et des patentés. Pour ma part, j'en avais occis soixante-dix-sept, plus qu'aucun de ceux que j'avais assis sur la chaise n'en avait jamais eu à son palmarès, plus que le sergent York en personne pendant la Grande Guerre. Ce n'était pas logique que nous le tuions, mais nous nous étions déjà comportés si follement, avait-il dû penser, assis sur son cul à chatouiller de sa langue la triple épaisseur de chatterton. Et puis, le mot « logique » a-t-il encore un sens pour un homme enfermé dans une cellule capitonnée et immobilisé dans une camisole de force comme une mouche dans une toile d'araignée ?

Je me disais donc que j'avais tous les atouts en main pour l'amener là où je voulais.

— Je t'enlève ce bâillon si tu promets de ne pas te mettre à gueuler, je lui ai dit. Je voudrais parler avec toi,

417

pas jouer à celui qui crie le plus fort. Alors, qu'est-ce que t'en dis ? Tu me jures de rester tranquille ?

J'ai vu le soulagement emplir ses yeux ; il devait se dire que si je voulais discuter, il avait toutes les chances de s'en sortir indemne. Il m'a répondu d'un hochement de tête.

— Tu la fermes, sinon je te remets le chatterton, compris ?

De nouveau il a acquiescé en silence.

J'ai pris le ruban adhésif par le bout qu'il avait réussi à décoller et j'ai tiré d'un coup sec. Ça a fait un bruit de tissu déchiré. Brutal a grimacé. Percy a couiné de douleur et il a essayé de se frotter les lèvres contre son épaule.

— Enlevez-moi cette saloperie de camisole, bande de crétins ! il a lancé d'une voix rageuse.

— Dans une minute, j'ai répondu.

— Non, tout de suite ! Tout de…

Je l'ai giflé. C'est parti sans que je m'en rende compte mais, bien sûr, je me doutais bien que j'en arriverais là. Je m'y attendais depuis l'entretien que j'avais eu avec Hal Moores, quand celui-ci m'avait suggéré de mettre Percy en première ligne pour l'exécution de Delacroix. La main d'un homme est comme une bête à moitié domptée ; la plupart du temps, elle se comporte bien mais, parfois, elle s'échappe et mord la première chose qu'elle voit.

La baffe a claqué avec la sécheresse d'une branche qui casse. Dean a poussé un hoquet de stupeur. Percy m'a regardé en écarquillant si grands les yeux qu'on aurait dit qu'ils allaient tomber de leurs orbites. Il ouvrait et fermait la bouche comme un poisson dans un aquarium.

— Boucle-la et écoute, je lui ai dit. Tu méritais d'être puni après ce que tu as fait à Del ; alors, on a décidé de te donner une leçon. On était tous d'accord, sauf Dean, mais il était bien obligé de nous suivre, sinon il aurait eu affaire à nous, pas vrai, Dean ?

— C'est vrai, a confirmé Dean, blanc comme un linge.

— Et on te fera regretter d'être né, j'ai continué. Fais-nous confiance, tout le monde saura comment tu as saboté l'exécution de Delacroix…

— Saboté… !

— Et aussi que tu n'as pas bougé pendant que l'autre fou étranglait Dean. Ton oncle aura beau essayer de te pistonner, plus personne ne voudra de toi.

Percy secouait la tête de rage. Il n'en croyait pas ses oreilles. L'empreinte laissée par ma main sur sa joue avait pris une belle teinte rouge.

— Et quoi qu'il arrive, on veillera à ce que tu te fasses ratatiner. On n'aura même pas à se salir les mains. Parce que nous aussi, on connaît des gens, figure-toi. Ils ne sont pas de la haute, mais ils savent régler certains problèmes. Ces gens-là ont des amis ou des frères ou des pères derrière les barreaux. Ils seront heureux d'amputer le nez ou le pénis d'un merdeux dans ton genre. Et ils le feront pour pas grand-chose : pour qu'un des leurs ait trois heures supplémentaires de promenade dans la cour chaque semaine.

Percy ne secouait plus la tête. Il regardait fixement devant lui. Des larmes scintillaient dans ses yeux. Des larmes de rage et d'impuissance ; enfin, c'était comme ça que je les interprétais.

— Maintenant, Percy, vois le bon côté des choses. Tu as les lèvres qui te brûlent un peu, j'imagine, mais à part

419

ça, il n'y a que ta fierté de blessée, et ce qui s'est passé ici ne regarde que nous. On n'en dira jamais rien, pas vrai, les gars ?

Ils ont secoué la tête avec un bel ensemble.

— Bien sûr que non, a dit Brutal. Les affaires du bloc E se traitent au bloc E, nulle part ailleurs. C'est comme ça depuis toujours.

— Tu vas partir à Briar Ridge et on va te ficher la paix jusqu'à ton départ, j'ai repris. Alors, tu veux qu'on en reste là ou tu préfères jouer au plus fort avec nous ?

Il y a eu un long silence ; Percy réfléchissait. J'avais l'impression de voir tourner les rouages dans sa tête, tandis qu'il pesait le pour et le contre. Pour finir, je pense qu'un fait devait compter plus que les autres : il n'était plus bâillonné mais il portait toujours la camisole et il devait avoir envie de pisser comme un cheval.

— D'accord, il a conclu. Disons que l'affaire est close. Maintenant, délivrez-moi, j'sens plus mes bras…

Brutal s'est avancé, me poussant de l'épaule, et il a pris le visage de Percy dans sa grande main – les doigts plissant la joue droite et le pouce créant une profonde fossette dans la gauche.

— Dans quelques secondes, il a dit. Quand tu m'auras écouté. Paul, c'est le patron, ici, et il met toujours des gants pour parler.

En l'occurrence, j'avais plutôt le sentiment d'avoir enfilé des gants de boxe, mais je me suis gardé d'en faire la remarque. Percy était terrorisé à souhait, et je ne voulais pas casser son effet à Brutal.

— Y en a qui prennent ça pour de la faiblesse, et c'est là que j'interviens. Pour dire les choses comme elles sont. Alors, voilà : si tu reviens sur ta promesse, on t'encule, Percy. Et même si tu te sauves jusqu'en Russie, on te retrouvera et on te percera pas seulement le cul mais tous les trous de ta p'tite personne. On te bourrera tellement que tu souhaiteras être mort et ensuite on te mettra du vinaigre partout où ça saigne. Tu me comprends ?

Percy a hoché la tête. Avec les doigts de Brutal enfoncés dans ses joues, il ressemblait étrangement au vieux Toot-Toot.

Brutal l'a lâché et s'est écarté de lui. J'ai fait signe à Harry, qui se tenait derrière Percy, pour qu'il le débarrasse de la camisole.

— Oublie pas ce qu'on t'a dit, a dit Harry en défaisant les sangles. Oublie pas et n'y reviens pas.

Trois croque-mitaines en uniforme bleu, il y avait de quoi vous foutre une trouille durable, mais je n'en étais pas moins pris d'un méchant doute. Percy resterait tranquille un jour ou deux, peut-être une semaine ; il compterait ses atouts, calculerait ses chances mais, à la fin, retrouverait foi en ses protecteurs, et ce d'autant plus vite qu'il se tenait en trop haute estime pour s'avouer vaincu. Il parlerait. On avait peut-être sauvé la vie de Melinda Moores en lui amenant John, et je n'aurais pas changé ça pour tout l'or du monde, mais nous irions tôt ou tard au tapis et l'arbitre nous déclarerait K.-O. Sauf à le tuer, il n'y avait pas moyen d'obliger Percy à respecter sa parole, du moins pas après qu'il serait hors de notre portée et pourrait sans danger se venger de nous.

J'ai croisé le regard de Brutal ; il pensait comme moi. Ça ne m'a pas surpris. Le fils de Mme Howell avait oublié d'être bête. Il a haussé une épaule, une seule, mais le message était clair : *Et après ? Qu'importe la suite, Paul ? On a fait ce qu'on devait faire, et on l'a fait du mieux qu'on a pu.*

Oui. Et les résultats n'étaient pas mal non plus.

Harry a dégrafé la dernière boucle de la dernière sangle. Grimaçant de dégoût et de rage, Percy a jeté la camisole à ses pieds en veillant à ne pas nous regarder en face.

— Rendez-moi ma matraque et mon arme.

Je les lui ai données. Il a glissé le pistolet dans son étui et le bâton de noyer dans son holster d'opérette.

— Percy, si tu y réfléchis…

— Oh, c'est c'que j'vais faire ! il a répondu en passant devant moi. Ouais, j'vais réfléchir. Et de ce pas. Je rentre chez moi. L'un de vous pourra pointer à ma place, à la fin du service.

Arrivé à la porte, il s'est retourné pour nous jeter un regard où se mêlaient la honte et la colère – un mélange explosif pour le secret que nous avions l'espoir naïf de garder.

— À moins, bien sûr, que vous vouliez expliquer pourquoi j'suis parti avant l'heure.

Sur ce, il a tourné les talons et remonté la ligne verte, oubliant dans son émoi pourquoi ce couloir était si large. Il avait déjà commis cette erreur une fois et s'en était tiré. Il n'aurait pas une seconde chance.

Je suis sorti derrière lui en cherchant un moyen de le calmer – je ne voulais pas qu'il quitte le bloc E dans l'état où il était, échevelé et en nage, avec la marque rouge de ma main sur la joue. Les trois autres m'ont emboîté le pas.

Ce qui s'est passé alors s'est produit tellement vite qu'en moins d'une minute tout était terminé. Mais si je m'en souviens encore aujourd'hui dans les moindres détails, c'est surtout parce que j'ai tout raconté à Janice quand je suis rentré et que c'est resté gravé dans ma mémoire. La suite – l'entretien aux aurores avec Curtis Anderson, l'enquête, la conférence de presse que Hal Moores organisa pour nous (il était de retour, naturellement), et enfin la commission d'enquête dans la capitale de l'État –, tout ça s'est plus ou moins estompé au fil des ans. Mais ce qui est arrivé sur la ligne verte, oui, je m'en souviens parfaitement.

Percy marchait tête baissée sur le côté droit du couloir, et je peux dire une chose : aucun détenu – aucun homme ordinaire, j'entends – n'aurait pu l'atteindre. Mais John Caffey n'était pas un homme ordinaire. John Caffey était un géant, et il avait une allonge de géant.

J'ai vu ses longs bras d'ébène jaillir d'entre les barreaux et j'ai crié :

— Attention, Percy, attention !

Percy a tressailli et a porté la main à son bâton de noyer, mais les deux énormes battoirs l'ont happé et plaqué contre la grille de la cellule. Il a poussé un grognement et a levé sa matraque. John était vulnérable car il se pressait contre les barreaux, comme s'il avait l'intention d'y passer la tête. C'était impossible, bien sûr, mais c'était l'impression que ça donnait. De sa main droite, il a saisi Percy par la nuque et a attiré son visage vers le sien. Percy a eu le temps de le frapper à la tempe avec sa matraque. Le sang a coulé mais John n'a pas bronché et il a collé ses lèvres contre celles de sa proie.

J'ai perçu très nettement le chuintement d'une expiration longtemps retenue. Percy, tressautant comme un poisson à l'hameçon, s'efforçait de se libérer, mais il n'avait aucune chance. La main droite de John le tenait fermement par la nuque. Leurs visages semblaient se fondre, comme ceux des amants que j'avais vus s'embrasser fiévreusement à travers des barreaux.

Percy a hurlé – un cri étouffé comme précédemment par le bâillon – et de nouveau il a tenté de se dégager. Pendant un instant, leurs lèvres se sont légèrement descellées et j'ai vu le tourbillon de points noirs qui surgissait de la bouche de Caffey et pénétrait dans celle de Percy Wetmore. Ce qui n'entrait pas entre les lèvres frémissantes s'introduisait par les narines. Puis la grande main noire qui le tenait par le cou a raffermi sa prise et Percy a été de nouveau plaqué sur les lèvres de John ; presque empalé.

La main gauche de Percy s'est ouverte d'un coup. Sa chère matraque en noyer est tombée sur le lino vert. Il ne l'a jamais ramassée.

Je me suis précipité – oui, je l'ai sûrement fait. Mes mouvements, cependant, me semblaient lents, comme entravés. J'ai porté la main à mon arme, mais le rabat de mon holster était fermé et je n'ai pas pu dégainer. Bien que je ne sois pas certain de ce détail, il m'a semblé que le sol tremblait sous moi comme dans la chambre de Melinda Moores. Par contre, je me rappelle qu'un des plafonniers grillagés a explosé dans une pluie de verre brisé, arrachant un cri de stupeur à Harry.

Quand j'ai enfin réussi à ouvrir mon étui, j'ai même pas eu le temps de sortir mon .38 : John avait repoussé Percy et reculé dans sa cellule en grimaçant, comme s'il avait goûté à quelque chose de mauvais.

— Qu'est-ce qu'il a fait ? a crié Brutal. Qu'est-ce qu'il a fait, Paul ?

— Ce qu'il a pris à Melly, c'est maintenant Percy qui l'a, j'ai dit.

Percy se tenait contre les barreaux de l'ancienne cellule de Delacroix. Il avait les yeux vitreux et écarquillés. Je me suis approché prudemment de lui, m'attendant qu'il se mette à tousser et à étouffer comme John quand il s'était enfin écarté de Melinda. Eh bien, non. Percy est resté planté là, littéralement pétrifié.

J'ai claqué des doigts devant ses yeux.

— Percy ! Hé, Percy ! Réveille-toi !

Rien. Brutal s'est joint à moi et a agité ses deux mains sous le nez de Percy.

— Ça marchera pas, j'ai dit.

M'ignorant, Brutal a tapé deux fois des mains sous les yeux de Percy. Et ça a marché, du moins ça en a eu l'air. Percy a papilloté des paupières et il a regardé autour de lui comme s'il avait pris un coup sur la tête et qu'il revenait péniblement à lui. Il nous a regardés, Brutal et moi. Je suis persuadé aujourd'hui qu'il ne nous voyait pas mais j'ai pensé que si, à l'époque ; je me suis dit qu'il avait retrouvé ses esprits.

Il s'est écarté des barreaux et a vacillé un peu sur ses jambes. Brutal a tendu la main pour le soutenir.

— Doucement, garçon. Ça va ?

Percy ne lui a pas répondu ; il est passé devant Brutal et s'est tourné vers le bureau de permanence. Il ne titubait pas vraiment ; non, simplement, il gîtait un peu vers bâbord.

Brutal s'est porté vers lui ; je l'ai retenu.

— Non, laisse-le.

Aurais-je dit la même chose si j'avais su ce qui allait se passer ensuite ? Je me suis posé la question des milliers de fois depuis cet automne 1932. Une question qui ne pouvait avoir de réponse.

Percy a fait une douzaine de pas et puis il s'est arrêté, la tête baissée. Il était à la hauteur de la cellule de William Wharton, qui continuait de ronfler comme un soufflet de forge. Le Kid ne s'était pas réveillé une seule fois depuis qu'il s'était effondré sur sa couchette. Il ne se réveillerait jamais. Maintenant que j'y pense, il est mort en dormant, ce qui est une fin bien plus heureuse que celle de la plupart des hommes venus finir leurs jours dans le couloir de la mort. Une fin plus heureuse qu'il ne le méritait.

Avant même qu'on réalise ce qui se passait, Percy a dégainé, s'est approché des barreaux de la cellule de Wharton et a vidé les six coups de son barillet sur le dormeur. Juste bam-bam-bam, bam-bam-bam, aussi vite qu'il pouvait appuyer sur la détente. L'écho, dans cet espace clos, était assourdissant ; quand j'ai raconté l'histoire à Janice plus tard dans la journée, j'avais peine à entendre le son de ma voix tant les détonations résonnaient encore dans mes oreilles.

On s'est précipités vers lui. Dean est arrivé le premier – je ne sais pas comment, parce qu'il se trouvait derrière Brutal et moi quand Caffey s'était emparé de Percy, toujours est-il qu'il nous a devancés. Il a saisi Percy par le poignet pour lui arracher l'arme de la main mais il n'a pas eu à le faire. Percy a lâché son pistolet, qui est tombé sur le lino avec un bruit mat, et ses yeux ont glissé sur nous comme des patins sur de la glace. Un gazouillis s'est échappé de son entrejambe, suivi d'une odeur d'ammoniac, tandis que sa vessie se vidait. Puis un pet musclé et la puanteur d'un largage plus solide à l'arrière ont pris le relais. Le regard de Percy s'est posé sur un coin au bout du couloir, et, à mon avis, c'était un regard qui ne voyait plus rien de notre monde réel. Au tout début de ce récit, j'ai écrit que Percy était à l'hôpital psychiatrique de Briar Ridge quand Brutal a découvert quelques mois plus tard les restes de la bobine coloriée de Mister Jingles. Je ne mentais pas. Mais il n'a jamais eu un superbe bureau avec un ventilateur au plafond, pas plus qu'une bande de pauvres demeurés à malmener. J'imagine qu'il a dû avoir une chambre privée, cependant.

Après tout, il avait des relations.

Wharton gisait sur le côté, le dos contre le mur de sa cellule. Il m'était difficile de repérer les impacts mais ça pissait le sang à en traverser la paillasse. Le coroner dirait plus tard que Percy avait fait un fameux carton. Dean m'avait raconté comment Percy avait jeté sa matraque sur la souris et l'avait manquée de peu ; je n'étais donc pas surpris du résultat : cette fois la cible était immobile et le tir presque à bout portant. Une balle dans l'entrecuisse, une dans le ventre, une dans la poitrine, trois dans la tête.

Brutal toussait et chassait la fumée à grands gestes. Je faisais de même, sans m'en rendre compte.

— Terminus, a dit Brutal.

Sa voix était calme, pourtant il y avait de l'affolement dans ses yeux.

J'ai regardé en direction de la cellule de John Caffey. Il était assis au bout de son lit, les mains croisées sur les genoux, mais il avait la tête levée et plus du tout l'air malade. Il m'a adressé un léger hochement de tête et je me suis surpris – comme le jour où je lui ai tendu la main – à lui retourner son signe.

— Qu'est-ce qu'on va faire ? a gémi Harry. Bon Dieu, Paul, qu'est-ce qu'on va faire ?

— On peut rien faire, a dit Brutal. On est coincés. C'est pas ton avis, Paul ?

Ça s'était mis à circuler très vite dans ma tête. J'ai regardé Harry et Dean, qui levaient vers moi des yeux de gosses apeurés. J'ai regardé Percy, qui se tenait bouche bée, les bras ballants. Enfin j'ai regardé mon vieil ami, Brutus Howell.

— Ça va aller, j'ai dit.

Finalement Percy a commencé à tousser. Plié en deux, les mains sur les genoux, vomissant presque. Son visage était tout congestionné. Je voulais dire aux autres de reculer, mais je n'en ai pas eu le temps. Il a émis un son qui était entre le rot et le cri du crapaud-buffle, puis il a ouvert grande la bouche et a vomi un nuage noir, grouillant, tellement épais qu'il nous masquait sa tête.

— Dieu du Ciel ! a murmuré Harry d'une voix tremblante.

Puis la nuée a viré au blanc, un blanc aussi aveuglant que le soleil sur la poudreuse hivernale. L'instant d'après, il n'y avait plus rien. Percy s'est redressé lentement et a reporté son regard vide dans le couloir.

— On n'a rien vu, a dit soudain Brutal. Hein, Paul ?

— Non. Rien vu du tout. Et toi, Harry ?

— J'ai rien vu non plus.

— Dean ?

— Vu quoi ?

Dean a enlevé ses lunettes et a entrepris de les essuyer. Ses mains tremblaient tellement que j'ai cru que ses besicles allaient lui échapper, mais non.

— « Vu quoi ? », c'est exactement ça, j'ai dit. Maintenant, écoutez votre chef, les enfants, et écoutez bien parce qu'on n'a pas beaucoup de temps devant nous. C'est une histoire simple. Alors, ne la compliquons pas.

3

J'ai raconté tout ça à Jan vers onze heures ce matin-là – j'ai failli écrire le lendemain matin, mais bien sûr c'était le même jour. Le jour le plus long de toute ma vie, sans aucun doute. Je lui ai dit à peu près ce que je vous conte ici, terminant avec la mort de William Wharton truffé de plomb pendant son sommeil par Percy Wetmore.

Non, ce n'est pas ça ; j'ai conclu mon petit récit par le nuage noir que Percy avait finalement exhalé. Ce nuage d'insectes ou de je ne sais quoi. C'était là une chose pas facile à dire, même à sa propre femme, mais je ne voulais rien lui cacher.

Pendant que je parlais, elle m'a apporté une tasse de café – une tasse seulement à moitié remplie parce que mes mains tremblaient tellement que j'en aurais renversé partout si elle avait été pleine. Quand j'ai eu fini, la tremblote s'était calmée, et je me sentais même prêt à avaler quelque chose – un œuf, peut-être, ou un peu de soupe.

— Ce qui nous a sauvés, c'est qu'on n'a pas eu vraiment à mentir.

— Oui, vous avez seulement oublié quelques petits détails, elle a dit avec un sourire mi-figue, mi-raisin. Par exemple, comment vous avez sorti de la prison un condamné à mort et comment il a guéri une femme mourante et aussi comment il a fait perdre la raison à Percy Wetmore en lui… en lui recrachant dans la gorge une tumeur cancéreuse, c'est ça ?

— Écoute, Jan, je t'ai dit ce que j'ai vu, mais si tu

dois me parler comme ça, tu mangeras cette soupe toute seule ou tu la donneras au chien.

— Excuse-moi, mais j'ai raison, non ?

— Oui, t'as raison. En tout cas, on s'en est bien tirés – je parle de notre expédition nocturne. Même Percy n'y a vu que du feu et il ne pourra rien dire, même s'il retrouve sa tête.

— Comment ça, s'il retrouve sa tête ?

Je lui ai signifié d'un haussement d'épaules que je n'en savais fichtre rien. Mais j'avais ma petite idée ; je ne pensais pas qu'il recouvrerait ses facultés. Ni cette année-là, ni dans dix ans, ni dans vingt. Et j'avais raison. Percy Wetmore a séjourné à Briar Ridge jusqu'à ce que l'établissement soit entièrement détruit par un incendie en 1944. Dix-huit pensionnaires trouvèrent la mort dans le sinistre mais Percy eut la vie sauve. Toujours absent et muet – j'apprendrais plus tard qu'on appelle cet état *catatonique* –, il fut emmené par un infirmier avant que le feu gagne sa chambre. Il fut interné dans une autre institution – je ne me souviens pas du nom et ça n'a pas d'importance, de toute façon – et mourut en 1965. Pour autant que je le sache, la dernière fois qu'il a parlé, ça a été pour nous dire qu'on n'avait qu'à pointer pour lui, à moins, bien sûr, qu'on n'ait envie d'expliquer pourquoi il était parti avant l'heure.

L'ironie de l'histoire, c'est que, justement, on n'a jamais eu à expliquer quoi que ce soit. Percy avait brutalement perdu la raison et avait vidé son chargeur sur William Wharton. C'est ce qu'on a rapporté, et c'était la pure vérité. Quand Anderson a demandé à Brutal comment Percy lui avait paru avant de dérailler et que Brutal lui a répondu d'un mot : « Tranquille ! », j'ai eu du mal à ne pas éclater de rire. Parce que c'était vrai : Percy avait été sage comme une image. Encamisolé et bâillonné comme il l'était, le contraire aurait été étonnant.

Curtis est resté auprès de Percy jusqu'à huit heures du matin, un Percy aussi muet qu'une carpe mais beaucoup plus inquiétant. Puis Hal Moores est arrivé, l'air grave et compétent, prêt à remonter en selle. Curtis Anderson lui a laissé les rênes avec un soupir de soulagement qu'on a presque tous entendu. L'homme rongé par l'inquiétude et le chagrin n'existait plus ; c'était de nouveau le directeur qui s'est avancé vers Percy, l'a pris par les épaules avec ses grandes mains et l'a secoué durement.

— Fils ! il lui a crié au visage – un visage qui semblait se ramollir comme de la cire, j'ai pensé. Fils ! Est-ce que tu m'entends ? Parle-moi, si tu m'entends ! Je veux savoir ce qui s'est passé !

Aucune réaction de l'intéressé, bien sûr. Anderson voulait s'entretenir à part avec le directeur, pour savoir comment gérer cette sale affaire – bigre, le neveu du gouverneur ! – mais Moores l'a écarté d'un geste impatient et, me prenant par le coude, m'a entraîné dans le couloir.

John Caffey était allongé sur sa couchette, le visage face au mur, les jambes pendantes comme toujours. Il semblait dormir, et peut-être était-ce le cas… mais John n'était pas toujours ce qu'il paraissait, comme nous l'avions découvert.

— Ce qui s'est passé chez moi a quelque chose à voir avec ce qui est arrivé ici à votre retour ? m'a demandé Moores à voix basse. Je vous couvrirai autant que je le peux, même si ça doit me coûter ma place, mais je veux savoir.

J'ai secoué la tête. Quand j'ai parlé, j'ai moi aussi chuchoté. Il y avait maintenant près d'une douzaine de gardiens à l'autre bout du couloir, et l'un d'eux prenait des photos de Wharton dans sa cellule. Curtis Anderson s'était détourné pour regarder le photographe à l'œuvre et, sur le moment, il n'y avait que Brutal pour nous prêter discrètement attention.

— Non, monsieur. Nous avons ramené John dans sa cellule, comme vous le voyez, et puis on a sorti Percy de la cellule d'isolement, où on l'avait enfermé pour avoir les coudées franches. Je m'attendais qu'il soit furieux, mais non, il a simplement demandé qu'on lui rende sa matraque et son arme. Il n'a rien dit d'autre. Il a remonté le couloir, s'est approché de la cellule de Wharton et, sans un mot ni rien, a dégainé et s'est mis à tirer.

— Pensez-vous que son petit séjour en cellule lui ait causé un choc ?

— Non, monsieur.

— Vous lui aviez passé la camisole ?

— Non, monsieur, ce n'était pas nécessaire.

— Quoi, il n'a pas protesté ni rien ?

— Pas un instant.

— Même quand il a vu que vous alliez le mettre en cellule d'isolement, il n'a pas résisté ?

— C'est exact.

Je ressentais le besoin de broder un peu – d'attribuer à Percy quelques paroles bien senties – mais je savais qu'il valait mieux faire simple.

— Il n'y a eu ni cris ni bagarre. Il est allé s'asseoir dans un coin de la cellule et c'est tout.

— Il n'a rien dit sur Wharton, à ce moment-là ?

— Non, monsieur.

— Pas parlé de Caffey non plus ?

J'ai secoué la tête.

— Est-ce que Percy en voulait personnellement à Wharton ?

— C'est possible, j'ai répondu en baissant davantage la voix. Percy était négligent dans son service. Il marchait toujours trop près des cellules. Une fois, Wharton a réussi à l'attraper. Il l'a collé contre les barreaux et l'a, disons, peloté un peu.

— Peloté, vous dites ? Rien de plus ?

— Non, mais c'était un sale coup pour Percy. Wharton gueulait qu'il préférerait se farcir Percy plutôt que sa sœur, s'il en avait une.

— Je vois, a marmonné Moores tout en jetant des regards en direction de John Caffey, comme s'il avait besoin de s'assurer que Caffey existait bel et bien. En tout cas, ça n'explique pas sa folie soudaine mais on peut comprendre pourquoi il s'en est pris à Wharton et non à Caffey ou même à l'un d'entre vous. À propos de vos hommes, Paul, est-ce qu'ils diront tous la même chose ?

— Certainement, monsieur.

— Et c'est ce qu'ils feront, j'ai dit à Jan en goûtant à la soupe qu'elle venait de poser sur la table. J'y veillerai.

— C'est bien ce que je disais, tu as menti. Tu as menti à Hal.

Les femmes, toujours à chercher des poux, et le plus souvent elles en trouvent !

— Oui, j'ai menti, si tu veux voir les choses sous cet angle. Je ne lui ai rien dit qui puisse nous mettre mal à l'aise, ni lui ni moi. Hal n'a rien à craindre. Il n'était même pas là, après tout. Il était chez lui auprès de sa femme quand Curtis l'a appelé.

— Il t'a dit comment allait Melinda ?

— Pas tout de suite, on n'en a pas eu le temps, mais on en a parlé plus tard, quand on a quitté le service, Brutal et moi. Melly ne se souvient pas très bien de ce qui s'est passé, mais elle va bien. Elle est debout, alerte, et elle fait plein de projets de jardinage.

Ma femme m'a regardé manger pendant un moment. Puis elle m'a demandé :

— Est-ce que Hal sait que c'est un miracle ? Est-ce qu'il comprend ça ?

— Oui. Et tous ceux qui étaient là le savent.

— J'aurais aimé y être moi aussi mais, en même temps, je crois bien que je serais morte d'une crise cardiaque si j'avais vu ça.

— Non, j'ai dit en inclinant mon bol de potage pour recueillir une dernière cuillerée. Tu lui aurais fait un peu de soupe. Drôlement bon, ma chérie.

— Tant mieux.

Mais elle ne pensait pas à l'art de faire la soupe. Elle regardait les montagnes par la fenêtre, le menton appuyé sur une main, les yeux aussi brumeux que nos crêtes les matins d'été, quand il va faire chaud. Des matins comme celui où les fillettes Detterick furent découvertes, ai-je pensé bizarrement. Je me demandais pourquoi elles n'avaient pas crié. Le tueur leur avait fait du mal ; il y avait du sang sur les marches de la véranda. Elles auraient dû hurler, non ?

— Tu crois vraiment que John Caffey a tué Wharton, n'est-ce pas ? m'a soudain demandé Janice en se tournant vers moi. Que ce n'était pas un accident ou un hasard, mais qu'il s'est servi de Percy Wetmore comme d'un pistolet.

— Oui.

— Pourquoi ?

— Je ne sais pas.

— Redis-moi ce qui s'est passé quand vous avez sorti Caffey de sa cellule. Juste cette partie-là.

Je lui ai donc raconté comment le bras maigre jaillissant des barreaux pour agripper le biceps de John m'avait fait penser à un serpent – un de ces dangereux mocassins dont on avait tellement peur quand, gamins, on se baignait dans la rivière – et comment Caffey avait dit que Wharton était un mauvais homme. En chuchotant presque.

— Et qu'a dit Wharton ? a demandé Janice, qui regardait de nouveau par la fenêtre mais restait tout oreilles.

— Il a dit : « C'est juste, le nègre. Un mauvais homme à ton service. »

— Et c'est tout ?

— Oui. J'ai eu vraiment l'impression qu'il allait se passer quelque chose, mais non. Brutal a dégagé la main de Wharton du bras de John et lui a dit d'aller se coucher, ce qu'a fait Wharton. Il tenait à peine sur ses jambes. Il a encore dit que les nègres devraient avoir leur propre chaise électrique, et il s'est affalé sur son lit. Quant à nous, on s'est mis en route.

— John Caffey l'a traité de mauvais homme.

— Ouais. Il a dit la même chose de Percy, plusieurs fois. Je ne me rappelle pas quand exactement, mais il l'a dit.

— Et Wharton n'a jamais rien fait de personnel à John Caffey ? Comme à Percy, par exemple ?

— Non. La cellule de Wharton est d'un côté du couloir près du bureau de permanence, et celle de John plus bas, de l'autre côté. Ils ne peuvent pratiquement pas se voir de l'une à l'autre.

— Dis-moi encore quelle expression avait Caffey quand Wharton l'a attrapé.

— Janice, ça ne nous mène nulle part.

— Sait-on jamais. Dis-le-moi.

J'ai soupiré et essayé de décrire ce que j'avais observé.

— Je dirais qu'il était profondément étonné. Il a émis une sorte de hoquet. Comme si tu prenais le soleil à la plage et que je vienne sans bruit te verser un verre d'eau fraîche sur le dos. Oui, choqué comme s'il avait reçu une gifle.

— Normal, quand une main t'agrippe sans que tu t'y attendes...

— Oui... et non.

— Comment ça, oui... et non ?

— Comment te dire ? Ce n'était pas seulement une réaction de surprise. Il avait la même tête que la fois où il m'a pressé d'entrer dans sa cellule pour soigner mon infection urinaire. Ou quand il voulait qu'on lui donne la souris. Ce n'est pas seulement parce que l'autre l'a attrapé sans qu'il... Oh, bon Dieu, Jan, j'en sais rien !

— D'accord, laissons ça pour le moment, elle a dit. Mais je n'arrive pas à m'imaginer pourquoi il a fait ça, c'est tout. Caffey n'est pas un violent. Ce qui m'amène à te poser une question, Paul : comment peux-tu l'exécuter si tu es convaincu de son innocence ? Comment pourrais-tu le faire asseoir sur cette chaise si c'est quelqu'un d'autre qui...

J'ai tressailli si vivement que mon coude a heurté

436

mon bol, qui a atterri sur le carrelage, en mille morceaux. Il m'était venu une idée, soudain. En fait, ce
n'était encore qu'une intuition, à ce moment-là, mais
elle avait quelque chose de lugubre et de fascinant.

— Paul ? a demandé Janice, alarmée. Ça ne va pas ?

— Si, si. Enfin, je ne sais pas. Je ne suis sûr de rien,
mais…

4

Les suites de l'affaire Wetmore-Wharton ? Un cirque
à trois pistes avec, sur la une, le gouverneur ; sur la
deux, le pénitencier ; sur la trois, le tueur lobotomisé.
Et Monsieur Loyal ? Eh bien, ces messieurs de la presse
jouèrent le rôle chacun leur tour. Ils n'étaient pas aussi
rats qu'ils le sont aujourd'hui – ils ne se permettaient
pas de l'être – mais même en ce temps-là, avant les
Geraldo, Mike Wallace et consorts, ils tenaient assez
bien la distance une fois qu'ils avaient le mors aux dents.
C'était le cas cette fois-là ; le spectacle a duré et ça valait
le coup de voir ça.

Mais même le cirque le plus sensationnel, celui avec
les monstres les plus effrayants, les clowns les plus drôles
et les bêtes les plus sauvages doit un jour quitter la ville.
Celui-ci a plié bagage après la commission d'enquête –
appellation bien ronflante et impressionnante pour un
truc qui se révéla être aussi inoffensif qu'insignifiant.
En d'autres circonstances, le gouverneur aurait exigé
que des têtes tombent, mais pas cette fois. Son neveu
par alliance – celui de sa propre femme – avait pété les

plombs et tué un homme. Tué un tueur, ce qui était, Dieu merci, un moindre mal, mais il l'avait fait pendant que le type dormait, ce qui n'était pas excessivement fair-play. Ajoutez à ça que Percy Wetmore persistait dans la folie comme trente-six lapins, et vous comprendrez que le gouverneur n'avait qu'une envie, c'était qu'on classe l'affaire, et le plus vite possible.

Notre virée nocturne chez les Moores avec le camion de Harry Terwilliger est restée un secret bien gardé. Le fait que Percy ait été enfermé dans la cellule d'isolement pendant tout le temps que nous étions sortis n'a jamais été révélé non plus. Quant à William Wharton, personne n'a jamais su qu'il était drogué jusqu'aux oreilles quand Percy l'a canardé. Pourquoi en aurait-il été autrement ? Les autorités n'avaient aucune raison de soupçonner la présence d'une autre substance que le plomb des six balles de calibre .45 dans l'organisme du défunt. Le coroner a extrait les six projectiles, l'entrepreneur des pompes funèbres a mis le corps entre quatre planches, et tout a été fini pour l'homme qui portait Billy the Kid tatoué sur l'avant-bras gauche. Bon débarras d'une belle ordure, on pourrait dire.

Pendant les deux semaines qu'a duré le cirque, je n'osais pas péter de travers, à plus forte raison prendre un jour de congé pour exploiter l'idée qui m'était venue dans ma cuisine le matin suivant tous ces événements. J'ai su que les saltimbanques avaient démonté le chapiteau en arrivant au travail vers la mi-novembre – le 12, je crois, mais je n'en mettrais pas ma main à couper. C'est ce jour-là que j'ai découvert sur mon bureau le document que je redoutais : l'ordre d'exécution de John Caffey. Curtis Anderson l'avait signé à la place de Hal Moores, mais il n'en était pas moins légal et, bien sûr, le papier était de toute façon passé par Hal avant d'atterrir sur ma table. Je me l'imaginais tenant l'ordre dans sa main en pensant à sa femme, qui était devenue un miracle ambulant pour les médecins de l'hôpital d'Indianola. Ces mêmes médecins qui lui avaient signé son ordre d'exécution, ordre que John Caffey avait déchiré. À présent, cependant, c'était au tour de John Caffey de descendre la ligne verte, et lequel d'entre nous pourrait l'empêcher ? Qui le pourrait ?

La date était fixée au 20 novembre. Trois jours après en avoir été informé, j'ai chargé Janice d'appeler l'administration pour dire que j'étais malade. Une tasse de café plus tard, je prenais la route au volant de ma Ford mal suspendue mais encore vaillante. Janice m'avait embrassé et souhaité bonne chance ; je lui avais répondu merci mais je ne savais plus clairement de quel côté serait la chance : trouver ce que je cherchais ou ne pas le trouver. Tout ce que je savais, c'est que je ne me sentais pas d'humeur à chanter en conduisant. Pas ce jour-là.

À trois heures de l'après-midi, j'étais au fin fond de la cambrousse. Je suis arrivé au tribunal du comté de Purdom juste avant la fermeture ; j'étais occupé à consulter certains dossiers quand est apparu le shérif, informé par l'huissier qu'un étranger était en train de chercher des cadavres dans le placard. Le shérif Catlett voulait savoir ce que j'étais venu faire, et j'ai satisfait sa curiosité. Catlett a réfléchi et puis il m'a confié quelque chose d'intéressant. Il a ajouté qu'il nierait m'avoir dit un seul mot si jamais j'en parlais autour de moi et que, de toute façon, son information ne prouvait rien, mais c'était quand même quelque chose, mine de rien. Oui, c'était même une fameuse piste. J'y ai pensé pendant tout le chemin du retour et une bonne partie de la nuit. J'ai peu dormi, je peux vous l'avouer.

Le lendemain, je me suis réveillé alors que le soleil n'était encore qu'une rumeur à l'est, et j'ai pris la direction du comté de Trapingus. J'ai esquivé Homer Cribus, ce gros tas de viande, pour m'adresser plutôt à son adjoint, Rob McGee. McGee ne voulait pas m'écouter. Et c'était un refus plutôt véhément. J'ai vu le moment où il allait me balancer son poing dans la figure pour que je la boucle enfin, mais il a fini par accepter d'aller poser quelques questions à Klaus Detterick. Surtout, je pense, pour m'empêcher de le faire moi-même.

— Klaus n'a que trente-neuf ans mais il a l'air d'un vieil homme, aujourd'hui, m'a dit McGee. Et il n'a pas besoin d'un fanfaron de gardien de prison qui se prend pour un détective pour lui rafraîchir la mémoire quand le plus fort du chagrin commence seulement à s'estomper. Ne bougez pas d'ici. Je ne veux pas vous voir traîner près de la ferme des Detterick. Mais je *veux* pouvoir vous retrouver quand j'aurai fini de parler à Klaus. Si vous avez des fourmis dans les jambes, allez manger une tarte à la gargote en face. Ça vous lestera.

J'en ai mangé deux, et elles pesaient des tonnes.

Quand McGee m'a rejoint au comptoir du petit restaurant, j'ai en vain essayé de lire sur son visage.

— Alors ? j'ai demandé.

— Venez chez moi, on parlera plus à l'aise. Il y a trop de monde ici à mon goût.

On a tenu notre conciliabule sous le porche. On avait froid, mais Mme McGee ne permettait pas qu'on fume dans la maison. C'était une femme en avance sur son temps. McGee a parlé. Il l'a fait comme un homme qui n'apprécie pas du tout ce qu'il entend de sa propre bouche.

— Ça prouve rien, vous le savez, non ? il m'a demandé quand il a eu fini.

Le ton était belliqueux et il a pointé sur moi sa cigarette roulée main, mais son visage exprimait le malaise. Des preuves, c'est ce que réclame n'importe quel tribunal, et nous le savions l'un comme l'autre. J'ai dans l'idée que pour une fois dans sa vie l'adjoint du shérif, Rob McGee, regrettait de ne pas être aussi crétin que son supérieur.

— Je sais, j'ai dit.

— Et si vous pensez lui obtenir un nouveau procès sur la base de ce détail, vous feriez mieux de réfléchir, *hombre*. John Caffey est un nègre, et dans le comté de Trapingus on n'aime pas redonner leur chance aux nègres.

— Ça aussi, je le sais.

— Alors, qu'est-ce que vous allez faire ?

J'ai balancé ma cigarette d'une pichenette dans la rue. Puis je me suis levé. Le trajet de retour serait long et glacial, et plus vite je partirais, mieux ça vaudrait.

— J'aimerais bien le savoir moi-même, adjoint McGee. La seule chose que je sache, c'est que ce deuxième morceau de tarte était une erreur.

— Et moi, je vais vous dire une chose, a dit McGee sans se départir de son ton hostile. Pour commencer, il ne fallait pas ouvrir la boîte de Pandore.

— Ce n'est pas moi qui l'ai ouverte, j'ai répliqué, et j'ai repris la route.

Je suis arrivé tard – après minuit –, mais ma femme m'attendait. J'avais pensé qu'elle serait debout pour m'accueillir mais ça m'a quand même réchauffé de la voir et de sentir ses bras autour de mon cou et son corps rond et ferme contre moi.

— Salut, étranger, elle m'a dit en laissant descendre sa main. Eh bien, j'en connais un là en bas qui a l'air en pleine forme.

— Oui, m'dame, j'ai dit, et je l'ai soulevée dans mes bras.

Je l'ai portée jusque dans la chambre et on a fait l'amour, et c'était doux et sucré comme du miel tiré de la ruche ; quand j'ai joui, j'ai pensé aux yeux éternellement embués de John Caffey. Et à Melinda Moores qui disait : « *J'ai rêvé que tu errais comme moi dans l'obscurité.* »

Couché sur ma femme, ses bras noués autour de mon cou et ses cuisses pressées contre mes hanches, je me suis mis à sangloter.

— Paul !

Elle était à la fois choquée et effrayée. Je ne pense pas qu'elle m'ait vu verser des larmes plus de deux ou trois fois durant toute notre vie conjugale. Je n'ai jamais été, dans les circonstances ordinaires de la vie, un homme qui pleure.

— Paul, qu'est-ce que tu as ?

— Je sais tout ce qu'il y a à savoir, j'ai dit d'une voix mouillée. Et j'en sais beaucoup trop, si tu veux connaître la vérité. Je suis censé électrocuter John Caffey dans moins d'une semaine, mais c'est William Wharton qui a tué les petites Detterick. C'est Wild Bill.

5

Le lendemain, la bande de zozos qui avait déjeuné dans ma cuisine après l'exécution massacrée de Delacroix a récidivé. Cette fois, il y avait un cinquième membre à notre conseil de guerre : mon épouse. C'était elle qui m'avait convaincu de convoquer les autres ; ma première réaction avait été de refuser : elle et moi connaissions la vérité, et est-ce qu'elle ne trouvait pas que c'était assez moche comme ça ?

— Tu es trop bouleversé pour avoir les idées claires, m'avait-elle répondu. Ils savent déjà que John a été condamné pour un crime qu'il n'a pas commis. Alors, il n'y a pas de mal à leur dévoiler la suite.

Je n'en étais pas persuadé, mais je me suis rendu à son jugement. Je m'attendais à un concert d'exclamations quand j'ai raconté à Brutal, à Dean et à Harry ce que j'avais découvert (je n'en avais pas la preuve, rien qu'une certitude inébranlable), mais je n'ai récolté qu'un silence songeur. Puis, piochant de nouveau dans le plateau de gâteaux secs préparés par Janice, Dean a demandé :

— Crois-tu que John l'ait surpris en train de tuer les gamines, peut-être même de les violer ?

— Si c'était le cas, il serait intervenu, j'ai dit. Mais je suppose qu'il a vu Wharton s'enfuir. Il l'a vu et puis il a oublié.

— Ouais, a approuvé Dean. John est spécial mais pas très futé. Il s'est souvenu de Wharton quand Wharton a sorti le bras de sa cage pour l'attraper.

Brutal hochait pensivement la tête.

— Maintenant, je comprends pourquoi John a eu

l'air de tomber des nues. Vous vous souvenez de la tronche qu'il a faite ?

— Janice m'a dit que John s'était servi de Percy comme d'un pistolet contre Wharton, et depuis je n'ai pas arrêté de me poser la question : pourquoi John Caffey a-t-il voulu tuer Wild Bill ? Percy, ça pouvait se concevoir, il a piétiné la souris de Delacroix devant lui ; il a brûlé vif Delacroix et John l'a su, mais Wharton ? Wharton a déconné avec la plupart d'entre nous d'une façon ou d'une autre, mais il n'a jamais rien fait ni rien dit à John, pour autant que je le sache – il n'a pas échangé dix mots avec lui pendant tout le temps qu'ils ont passé ensemble à la ligne verte. Et d'ailleurs pourquoi l'aurait-il fait ? Wharton était du comté de Purdom, et les nègres, là-bas, on les ignore, c'est comme s'ils n'existaient pas. Alors pourquoi John s'est-il attaqué à lui ? Qu'est-ce qu'il a bien pu voir ou ressentir de si terrible quand Wharton l'a touché, pour qu'il garde le poison qu'il avait pompé du corps de Melly ?

— Au risque de se tuer à moitié avec, a fait observer Brutal.

— Aux trois quarts, tu peux dire. Alors j'ai pensé aux jumelles Detterick, parce que c'était la seule chose assez horrible pour motiver son geste. Au début, je me suis dit que c'était une idée folle, que des coïncidences pareilles, ça n'existait pas. Et puis je me suis souvenu de la note que m'avait adressée Curtis Anderson : que Wharton était cinglé et qu'il avait maraudé dans tout l'État avant le hold-up et le massacre qui s'était ensuivi. *Maraudé dans tout l'État.* Ça m'a frappé. Et je me suis rappelé aussi comment il avait essayé d'étrangler Dean avec la chaîne de ses menottes. Ça m'a fait penser…

— Au chien, a complété Dean en se frottant incons-
ciemment le cou. Au cou brisé du chien des Detterick.

— Bref, je suis allé dans le comté de Purdom pour
consulter le dossier de Wharton – tout ce qu'on a ici,
c'est le rapport du hold-up et des meurtres qui lui ont
valu sa condamnation à mort. Autrement dit, la fin de
sa carrière. Je voulais le commencement.

— Bonne pêche ? a demandé Brutal.

— Oui. Vandalisme, larcins, incendie de meules de
foin, vol d'un explosif – un bâton de dynamite dérobé
avec un copain à lui sur un chantier et qu'ils ont fait
péter dans une rivière. Il a débuté dès l'âge de dix ans,
mais ce que je cherchais n'était pas là. Puis le shérif s'est
pointé pour voir qui j'étais et ce que je voulais, et ç'a été
ma chance. Je lui ai raconté qu'on avait fouillé la cellule
de Wharton et trouvé, dissimulées dans le matelas, des
photos de petites filles nues. Donc, j'aurais aimé savoir
si Wharton n'avait pas été impliqué dans des histoires
de pédophilie, parce que j'avais entendu parler de deux
ou trois affaires non résolues dans le Tennessee. J'ai fait
gaffe à ne pas mentionner les jumelles Detterick, et je
ne pense pas qu'elles lui aient traversé l'esprit.

— Et pour cause, a dit Harry. L'affaire est classée.

— J'ai ajouté que, de toute façon, ce n'était pas la
peine de creuser de ce côté-là, vu qu'il n'y avait rien
dans le dossier de Wharton, en tout cas rien de ce genre.
Et le shérif – Catlett, il s'appelle – s'est mis à rire et m'a
dit que tous les méfaits d'une pomme pourrie comme
Bill Wharton n'étaient pas dans les dossiers, et quelle
importance, après tout ? Il était mort, non ?

» Je lui ai dit que je ne cherchais qu'à satisfaire ma
curiosité personnelle, rien d'autre, et ça l'a détendu. Il
m'a emmené dans son bureau, m'a offert une chaise, du

café, un donut, et m'a raconté qu'il y a un an et demi un fermier avait surpris Wharton – qui n'avait pas encore dix-huit ans – en compagnie de sa fille dans la grange. Ce n'était pas un viol ; le bonhomme a dit à Catlett que c'était seulement « un doigt dans la fente ». Excuse-moi, chérie.

— Ce n'est rien, a dit Janice, qui avait pâli néanmoins.

— Quel âge avait la fille ? a demandé Brutal.

— Neuf ans, j'ai répondu, arrachant une grimace à Brutal. Le fermier se serait occupé lui-même de Wharton, s'il avait eu des frères ou des cousins pour lui filer un coup de main, mais il n'avait personne. Alors, il est allé trouver Catlett, en précisant qu'il voulait seulement qu'on donne une leçon à Wharton. Ça faisait un bail que le shérif avait Wharton dans le collimateur – il l'avait déjà envoyé pour huit mois en centre de redressement quand Wild Bill avait quinze ans – et il a décidé que la coupe était pleine. Accompagné de ses trois adjoints, il est allé chez les Wharton, a écarté gentiment la maman quand elle s'est mise à se lamenter et à pleurer, et a appris à M. William Wharton ce qui arrive à un jeune boutonneux qui entraîne dans le foin des filles qui n'ont pas encore eu leurs menstrues.

» "On lui a donné sa leçon, à cette petite ordure, m'a dit Catlett. On la lui a donnée jusqu'à ce qu'il ait la gueule en sang, une épaule démise et le cul à moitié cassé."

Brutal riait malgré lui.

— Ouais, c'est bien le comté de Purdom, il a dit. Purdom tout craché.

— Trois mois plus tard, Wharton décampait de chez lui et commençait son équipée qui s'est terminée par le hold-up.

446

Dean a ôté ses lunettes, a soufflé dessus et les a frottées contre sa chemise.

— C'est pas parce qu'il a fricoté une fois avec une petite fille que ça fait de lui un pervers, il a objecté.

— Un homme qui commet une chose pareille recommence tôt ou tard, a dit ma femme, puis elle a pincé les lèvres si fort qu'on ne les voyait plus.

J'en suis venu ensuite à ma visite au comté de Trapingus. Cette fois, j'avais joué franc-jeu avec McGee – je n'avais pas le choix, en fait. Je n'ai jamais su quelle histoire il a bien pu raconter à Klaus Detterick, mais il semblait avoir vieilli de dix ans quand il m'a rejoint au petit restaurant.

À la mi-mai, environ un mois avant le hold-up et les meurtres qui avaient mis un terme à la brève carrière hors la loi de Wharton, Klaus Detterick avait repeint sa grange (et, par la même occasion, la niche de Bowser). Il n'avait pas voulu que son fils joue les funambules sur un échafaudage, et puis le garçon avait école, de toute façon, alors il avait loué les services d'un jeune gars. Un type sympa et tranquille. Il y en avait eu pour trois jours de travail. Non, le garçon n'avait pas dormi dans la maison, Detterick n'était pas assez naïf pour croire que sympa et tranquille signifiait inoffensif, surtout en ces temps où la racaille courait les routes. Un homme avec une famille se doit d'être prudent. En tout cas, le gars n'avait pas eu besoin d'être hébergé ; il avait dit à Detterick qu'il avait pris une chambre en ville, chez Eva Price. Il y avait bien une Eva Price à Tefton, et elle louait des chambres, mais elle n'avait pas eu de pensionnaire en mai qui corresponde à la description de l'aide employé par Detterick, juste la clientèle habituelle en costume à carreaux et chapeau melon, traînant des valises d'échantillons – des commis voyageurs, en d'autres mots. McGee a pu me donner ces précisions, parce qu'il s'était arrêté chez Mme Price en revenant de la ferme Detterick, ce qui prouve combien il était remué.

— Notez, monsieur Edgecombe, il a ajouté, il n'y a pas de loi qui interdise à quiconque de dormir à la belle étoile. Je l'ai fait moi-même une ou deux fois.

Le jeune homme n'avait pas dormi dans la maison des Detterick, mais il avait dîné deux soirs de suite en leur compagnie. Il avait donc fait connaissance de Howie, et aussi des fillettes, Cora et Kathe. Il les avait écoutées bavarder – mentionner, peut-être, qu'il leur tardait qu'arrive l'été, parce que si elles étaient sages et que le temps était beau, maman les laisserait dormir sous la véranda, où elles faisaient comme si elles étaient des femmes de pionniers, traversant en chariot les Grandes Plaines.

Je pouvais me l'imaginer assis à leur table, mangeant le poulet rôti et le pain de seigle de Mme Detterick, tout ouïe, ses yeux de loup voilés, l'air bienveillant, souriant un peu, enregistrant tous les détails.

— Ça ne ressemble pas au sauvage dont tu m'as fait le portrait quand il a débarqué au bloc, Paul, a dit Janice. Mais alors pas du tout.

— C'est que vous l'avez pas vu à l'hôpital d'Indianola, m'dame, a dit Harry. Il était là, bouche ouverte et cul nu. Il s'est laissé faire comme un bébé quand on l'a habillé. On a pensé qu'il était drogué ou simplet. Hein, Dean ?

Dean a acquiescé, et j'ai repris le fil de mon histoire.

— Le lendemain de son départ de chez les Detterick, un homme au visage masqué par un foulard a volé la caisse du bureau de transit à Jarvis. Il s'est enfui avec soixante-dix dollars. Il a aussi pris un dollar en argent de 1892 que le transitaire gardait comme porte-bon-heur. Wharton était encore en possession de ce dollar en argent quand il a été pris, et Jarvis n'est jamais qu'à une cinquantaine de bornes de Tefton.

— Si je te suis bien, est intervenue ma femme, ce voleur, ce hors-la-loi, s'est arrêté trois jours chez les Detterick pour les aider à repeindre leur grange, a mangé avec eux et a dit « s'il vous plaît passez-moi le sel » comme n'importe quel invité bien poli.

— Le plus effrayant, avec des types comme lui, c'est qu'ils sont complètement imprévisibles, a dit Brutal. Peut-être qu'il projetait de tuer les Detterick et de piller la baraque, et puis il a changé d'avis parce qu'un nuage a masqué le soleil au mauvais moment ou je ne sais quoi. Peut-être qu'il voulait seulement laisser refroidir le moteur. Mais à mon avis, il avait déjà en vue les petites et il comptait bien revenir. C'est pas ce que tu penses, Paul ?

J'ai hoché la tête. Oui, c'était aussi mon idée.

— Et puis il y a le nom sous lequel il s'est présenté aux Detterick.

— Quel nom ? a demandé Jan.

— Will Bonney.

— Bonney ? Je ne…

— C'était le nom de famille de Billy the Kid.

— Oh. (Ses yeux se sont agrandis.) Alors, tu peux sauver John Caffey ! Merci, mon Dieu ! Tout ce que tu as à faire, c'est montrer à M. Detterick une photo de William Wharton – celle prise lors de son incarcération devrait suffire…

Brutal et moi avons échangé un regard gêné. Dean

avait l'air un rien optimiste, mais Harry contemplait ses mains, comme s'il était soudain fasciné par ses ongles.

— Qu'est-ce qu'il y a ? a demandé Janice. Pourquoi faites-vous ces têtes ? Ce McGee sera bien obligé de...

— Rob McGee est certainement un brave homme et un excellent officier, j'ai dit, mais il ne pèse pas lourd dans le comté de Trapingus. C'est le shérif Homer Cribus qui détient le pouvoir, et le jour où il rouvrira l'affaire Detterick sur la base de ce que j'ai découvert, il neigera en enfer.

— Mais... si Detterick peut identifier Wharton sur une photo et qu'on sache que Wharton se trouvait là-bas...

— Le fait qu'il était chez les Detterick en mai ne prouve pas qu'il soit revenu en juin pour tuer les petites, a dit Brutal d'une voix grave et douce, comme on s'adresse à quelqu'un pour lui annoncer la mort d'un être cher. D'un côté, il y a ce type qui a aidé Klaus Detterick à repeindre sa grange et puis qui est parti. Il a commis des crimes dans tout l'État, mais on n'a rien retenu contre lui pendant les trois jours qu'il a passés à Tefton. De l'autre côté, il y a ce nègre, un colosse, qu'on a trouvé au bord de la rivière, tenant les corps ensanglantés des deux fillettes dans ses bras.

Il a secoué la tête et a conclu :

— Paul a raison, Jan. McGee a peut-être des doutes, mais McGee ne compte pas. Cribus est le seul à pouvoir rouvrir le dossier, et pour lui il ne sera pas question de changer la fin de l'histoire. C'était un nègre, et pas un des nôtres, voilà ce qu'il pense. Il viendra à Cold Mountain, se tapera un poulet frit et une bière pression chez Ma, puis ira voir griller John, point final.

Janice écoutait tout cela et son visage exprimait une horreur croissante. Elle s'est tournée vers moi.

— Mais McGee sait qu'il a arrêté un innocent, n'est-ce pas, Paul ? Il pourrait faire quelque chose, non ? Même contre l'avis du shérif.

— S'il se dresse contre Cribus, il risque de perdre sa place, j'ai dit. Oui, je pense qu'il est maintenant persuadé que Wharton est le coupable. Mais il sait que s'il la boucle et joue le jeu jusqu'à ce que Cribus se retire ou crève d'une indigestion, il a toutes les chances d'être shérif. Et les choses seront alors différentes. C'est ça qu'il doit se dire pour pouvoir s'endormir, j'imagine. Et puis il y a un point sur lequel il n'est pas tellement différent de Homer ; il pense aussi qu'après tout, c'est rien qu'un nègre, que ce n'est pas comme s'ils allaient passer un Blanc à la chaise.

— Alors, c'est à toi de leur dire, a insisté Janice d'un ton tellement déterminé que mon cœur s'est glacé. Va trouver ce Cribus et le juge et dis-leur ce que tu as découvert.

— Et on leur raconte comment on l'a appris ? est intervenu Brutal de cette même voix basse et suave. On leur raconte que Wild Bill a attrapé John par le bras, juste au moment où on sortait Caffey de la prison pour qu'il puisse sauver la femme du directeur ?

— Non, bien sûr que non, mais... (Voyant que le terrain était trop glissant de ce côté, elle a essayé une autre direction.) Vous n'avez qu'à mentir.

Elle nous a regardés, Brutal et moi, d'un air de défi, et il y avait un tel feu dans ses yeux qu'il aurait fait un joli trou dans un journal.

— Mentir ? j'ai répété. Et à quel sujet ?

— Au sujet de ce qui t'a amené dans le comté de

Purdom et puis à Trapingus. Va là-bas et dis à ce gros porc de Cribus que Wharton vous a avoué avoir violé et tué les petites Detterick. (Elle a dardé son regard sur Brutal.) Et vous, Brutus, vous soutiendrez Paul. Vous pourrez dire que vous vous trouviez là quand Wharton a parlé. Et puis que Percy était là aussi, et que c'est même ça qui l'a rendu fou de rage, qu'il n'a pas supporté ce qu'avait fait ce salaud à ces gamines, et que... quoi, qu'est-ce que vous avez tous, pour l'amour du Ciel ?

Il n'y avait pas que Brutal et moi ; Harry et Dean la considéraient aussi avec une gêne mêlée de crainte.

— On n'a jamais rien mentionné de la sorte dans le cahier de permanence, m'dame, a dit Harry avec patience, comme s'il s'adressait à une enfant. Et la première chose qu'on nous demandera, c'est pourquoi on l'a pas fait. Si l'un de nos pensionnaires nous avouait un crime pour lequel il n'a pas été condamné, vous pensez bien qu'on devrait faire un rapport.

— Et même s'il l'avait dit, c'est pas sûr qu'on l'aurait cru, a ajouté Brutal. Un type comme Wild Bill Wharton ment comme il respire, Jan. Les crimes qu'il a commis, les grands bandits qu'il a connus, les femmes avec qui il a couché, les buts qu'il a marqués au collège, n'importe quoi.

— Mais... mais... (Janice était à la torture. J'ai voulu passer mon bras autour de ses épaules, et elle m'a repoussé violemment.) Mais il était là ! Il a peint leur foutue grange ! IL A DÎNÉ AVEC EUX !

— Raison de plus pour se vanter d'avoir tué les petites, a dit Brutal. Après tout, quelle conséquence pour lui ? On ne peut pas exécuter un homme deux fois.

— Attendez, laissez-moi voir si j'ai bien compris. On sait tous à cette table que non seulement John Caffey n'a pas tué les jumelles, mais qu'il a essayé de les sauver. Ça, l'adjoint McGee ne le sait pas, mais il pense que l'homme condamné à mort pour ce crime est innocent. Et malgré ça… malgré tout ça, on ne peut pas le rejuger. On ne peut même pas rouvrir le dossier.

— Oui, m'dame, a confirmé Dean en frottant furieusement ses verres. C'est à peu près ça.

Elle a baissé la tête, l'air songeur. Brutal a commencé à dire quelque chose mais je l'ai fait taire d'un signe de la main. Je ne croyais pas que Janice puisse trouver le moyen de sortir John du piège mortel dans lequel il était pris, mais je ne croyais pas non plus que c'était impossible. C'était une dame redoutablement intelligente, ma femme. Et farouchement déterminée aussi. C'est un alliage qui peut être plus dur que l'acier.

— D'accord, elle a dit enfin. Alors, il ne vous reste plus qu'à le sortir de là vous-mêmes.

— Pardon, m'dame ? a demandé Harry avec un mélange de stupeur et d'effroi.

— Vous pouvez le faire. Vous l'avez déjà fait, non ? Alors, vous pouvez le refaire. Seulement cette fois, vous ne le ramènerez pas.

— Et c'est vous qui expliquerez à mes enfants pourquoi leur papa est en prison, madame Edgecombe ? a demandé Dean. En prison pour avoir aidé un condamné à mort à s'évader ?

— Ça ne se passera pas comme ça, Dean. Nous échafauderons un plan. Quelque chose qui ressemblera à une véritable évasion.

— Une qui serait pensée et préparée par un type qui ne sait même plus comment on noue le lacet d'une chaussure, m'dame ? a dit Harry. Ils auront du mal à le croire.

Elle l'a regardé d'un air incertain.

— Ça marcherait pas, a dit Brutal. Même si on trouvait le moyen, ça marcherait pas.

— Pourquoi pas ? (Elle avait une voix qui annonçait les larmes.) Pourquoi pas ?

— Parce qu'il fait plus de deux mètres de haut, qu'il est noir et qu'il a pas assez de cervelle pour se nourrir tout seul, j'ai dit. Combien de temps penses-tu qu'il tiendrait dehors, avant d'être repris ? Deux heures ? Six ?

— Il s'en est pas trop mal tiré avant ça, elle a dit, et puis elle a écrasé d'un revers de main une larme qui roulait sur sa joue.

C'était vrai. J'avais écrit à des amis et quelques proches qui habitaient plus bas dans le Sud pour leur demander s'ils n'avaient pas entendu parler dans les journaux d'un homme correspondant au signalement de John Caffey. Ils m'avaient tous répondu par la négative. Janice en avait fait autant de son côté. Nous avions récolté une seule information, concernant la ville de Muscle Shoals, en Alabama. Une tornade avait frappé une église pendant une répétition du chœur – en 1929, ça s'était passé – et un grand Noir avait sorti deux hommes des décombres. Au début, tout le monde les avait crus morts, mais non. Ils ne souffraient que de légères contusions. C'était un miracle, avait déclaré l'un des témoins. Quant à leur sauveur, un vagabond que le pasteur avait embauché pour nettoyer son église, il avait disparu dans la confusion générale.

— Vous avez raison, il est passé inaperçu, a approuvé Brutal, mais c'était avant qu'il soit condamné pour le viol et le meurtre des deux petites filles.

Janice est restée silencieuse pendant une longue minute et puis elle a fait quelque chose qui m'a choqué autant qu'elle avait dû l'être par mes pleurs de la veille. Elle a balayé d'un ample mouvement du bras tout ce qui se trouvait sur la table : assiettes, verres, le chou en salade, la purée de courge, le plateau de jambon, le pichet de lait, la théière. Tout a volé.

— Oh, merde ! s'est écrié Dean en se reculant si brusquement sur sa chaise qu'il a failli tomber à la renverse.

Janice l'a ignoré. C'est Brutal et moi qu'elle regardait surtout.

— Alors, vous allez le tuer, bande de lâches ? elle a crié. Vous allez tuer l'homme qui a guéri Melinda Moores, qui a essayé de sauver ces fillettes ? Ça fera toujours un nègre de moins sur terre, hein ? Vous pourrez toujours vous consoler avec ça. Un nègre de moins !

Elle s'est levée, a regardé sa chaise et l'a envoyée valdinguer d'un coup de pied. J'ai voulu lui saisir le poignet mais elle s'est dégagée avec fureur.

— Ne me touche pas. La semaine prochaine, tu seras un assassin, tu ne vaudras pas mieux que Wharton, alors ne me touche pas.

Elle est sortie sous le porche de derrière, a enfoui son visage dans son tablier et a éclaté en sanglots. On s'est regardés, tous les quatre. Au bout d'un moment, je me suis levé et j'ai commencé à ramasser les débris. Brutal m'a aidé, et Harry et Dean s'y sont mis aussi. Quand la cuisine a été à peu près propre, ils sont partis. On n'a pas prononcé un seul mot pendant tout ce temps. Il n'y avait vraiment plus rien à dire.

6

J'étais de congé cette nuit-là. Je suis allé m'installer dans le salon de notre petite maison, pour écouter la radio, fumer et regarder la nuit s'élever de terre pour avaler le ciel. C'est très bien, la télévision, je n'ai rien contre, mais je n'aime pas la façon qu'elle a de vous détacher du reste du monde pour vous coller à son écran. Pour cette raison, au moins, la radio était mieux.

Janice est venue ; elle s'est agenouillée à côté de mon fauteuil et m'a pris la main. Pendant un moment, nous sommes restés silencieux, à écouter la musique de Kay Kyser et son *Kollege of Musical Knowledge*, et à contempler les étoiles qui s'allumaient une à une. Ça ne me gênait pas, de ne pas parler. Finalement, elle a murmuré :

— Je regrette de t'avoir traité de lâche. Je ne t'ai jamais rien dit d'aussi horrible depuis que nous sommes mariés.

— Même la fois où nous sommes allés camper et que tu m'as dit que je puais comme une mouffette ?

On n'a pas pu s'empêcher de rire ; on s'est donné un baiser ou deux et on s'est sentis mieux après ça. Elle était tellement belle, ma Janice ; je rêve encore d'elle. Vieux et fatigué de vivre comme je le suis, je rêve qu'elle entre dans ma chambre, dans cette maison triste et loin de tout, où il flotte toujours dans l'air une odeur de pisse et de vieux chou bouilli, je rêve qu'elle est jeune et belle avec ses yeux bleus et ses beaux seins hauts que mes mains ne se lassaient jamais de caresser, et elle me dit : « *Allons, chéri, je n'étais pas dans cet autocar. Tu t'es trompé, voilà tout.* » Des fois, quand je me réveille et que je comprends que ce n'était qu'un rêve, je pleure. Moi qui ne pleurais jamais quand j'étais jeune.

— Est-ce que Hal sait ? elle m'a demandé.

— Que John est innocent ? Non, je ne vois pas comment il serait au courant.

— Est-ce qu'il pourrait intervenir auprès de Cribus ?

— Pas plus que nous, ma chérie.

Elle a hoché la tête, comme si elle s'attendait à cette réponse.

— Alors, ne lui dis rien. S'il ne peut rien faire, pour l'amour du Ciel, ne lui dis pas.

— Je n'en avais pas l'intention.

Elle m'a regardé d'un air volontaire.

— Et tu ne te feras pas porter malade, cette nuit-là. Aucun d'entre vous. Vous ne pouvez pas.

— Non, on ne peut pas. Si nous sommes là, nous ferons en sorte que ça se passe le plus vite possible pour lui. Ça, nous le pouvons. Ce ne sera pas comme avec Delacroix.

Pendant un moment, heureusement bref, j'ai revu le masque de soie noire tomber en feu du visage de Del et révéler les deux globes cuits à blanc qui avaient été ses yeux.

— Tu n'as aucun moyen d'y échapper, n'est-ce pas ?

Elle a pris ma main, l'a frottée contre le doux velours de sa joue.

— Pauvre Paul. Mon pauvre bonhomme.

Je n'ai rien dit. Jamais encore dans ma vie je n'avais éprouvé une telle envie de fuir. Prendre Jan avec moi, une seule valise pour deux, et m'en aller n'importe où.

— Mon pauvre chéri, elle a dit encore, et puis : Parle-lui.

— À qui ? À John ?

— Oui. Parle-lui. Essaie de savoir ce qu'il veut.

J'ai réfléchi à ce qu'elle me disait et puis j'ai acquiescé. Elle avait raison. Elle avait toujours raison.

7

Deux jours plus tard, le 18, Bill Dodge, Hank Bitterman et un autre – je ne me rappelle plus quel bleu – ont emmené John Caffey prendre sa douche au bloc D, et nous en avons profité pour répéter l'exécution. Pas question, cette fois, de laisser Toot-Toot jouer les doublures ; on savait tous, sans même avoir à en parler, que ça aurait été comme une obscénité.

C'est moi qui ai pris sa place.

— John Caffey, a dit Brutal d'une voix pas très ferme, tandis que j'étais bouclé sur Miss Cent Mille Volts, vous avez été condamné à mourir sur la chaise électrique, une sentence prononcée par un jury composé de vos pairs…

Les « pairs » de John Caffey ? Quelle blague ! À ma connaissance, il n'y avait personne comme lui sur toute la planète. Puis j'ai pensé à ce que John avait dit, alors qu'il découvrait la Miss depuis le bas des marches menant à mon bureau : « *Ils sont encore là. Je les entends hurler.* »

— Dégagez-moi de là, j'ai dit soudain d'une voix étranglée.

Ils ont dégrafé les boucles mais, pendant un moment, je suis resté figé, comme si la Veuve Courant ne voulait pas que je m'en aille.

Alors que nous retournions au bloc, Brutal m'a dit tout bas, pour que Dean et Harry, occupés à installer les dernières chaises des témoins, ne puissent l'entendre :

— J'ai fait deux ou trois choses dans ma vie dont je suis pas très fier, mais c'est la première fois que je me sens vraiment en danger d'aller en enfer.

Je l'ai regardé pour m'assurer qu'il ne plaisantait pas. Apparemment, il était tout ce qu'il y a de plus sérieux.

— Que veux-tu dire ?

— J'veux dire qu'on se prépare à tuer un don de Dieu. Quelqu'un qui n'a jamais fait de mal à personne. Qu'est-ce que je dirai quand j'me retrouverai un jour devant le Tout-Puissant et qu'il me demandera de Lui expliquer pourquoi j'ai fait ça ? Que c'était mon boulot ? Mon putain de boulot ?

8

Quand John est rentré de sa douche et que les bleus sont partis, j'ai ouvert sa cellule et je suis allé m'asseoir à côté de lui sur sa couchette. Brutal était au bureau de permanence. Il a levé la tête, m'a vu à l'intérieur, mais n'a rien dit. Il est simplement retourné à sa paperasserie en suçant tout le temps le bout de son crayon.

John a posé sur moi ses yeux étranges – striés de rouge, lointains, au bord des larmes... et cependant sereins, comme si pleurer n'était pas aussi pénible que ça, une fois qu'on s'y était habitué. Il a même souri un peu. Il sentait bon le savon, je m'en souviens ; il était aussi propre et frais qu'un bébé après son bain.

— Salut, boss, il a dit, et, avec le plus grand naturel, il a pris mes mains dans les siennes.

— Salut, John.

J'avais une méchante boule dans la gorge ; faisant de mon mieux pour l'avaler, j'ai ajouté :

— Tu dois savoir que ça se rapproche. Plus que deux jours.

Il n'a rien dit, est resté là à me tenir les mains. Je crois, quand j'y repense, que quelque chose avait déjà commencé de m'arriver, mais j'étais trop pris – dans ma tête et dans mon cœur – par les devoirs de ma charge pour m'en apercevoir.

— Y a-t-il quelque chose de spécial, John, que tu aimerais pour dîner, ce soir-là ? On peut t'apporter ce que tu veux. Même une bière. On n'aura qu'à la verser dans ta tasse à café.

— Jamais trop aimé ça.

— À manger, alors ?

Un pli a barré son large front noir. Puis son visage s'est de nouveau détendu et s'est éclairé d'un sourire.

— Un pain de viande, ça s'rait bien.

— D'accord pour le pain de viande. Avec de la sauce et de la purée.

Je ressentais maintenant un picotement, comme ces fourmis qu'on a dans le bras quand on a dormi dessus, sauf que c'était dans tout mon corps que ça se passait. Au plus profond de mon corps.

— Et pour aller avec, qu'est-ce que tu aimerais ?

— J'sais pas, boss. Des gombos, p't-être. C'que vous avez. J'suis pas difficile, vous savez.

— D'accord, j'ai dit en pensant qu'il aurait au dessert une tarte aux pêches de Mme Janice Edgecombe. Et maintenant, que penses-tu d'un pasteur ? Quelqu'un avec qui tu pourrais dire une petite prière ? Ça réconforte, je l'ai souvent remarqué. Je pourrais appeler le révérend Schuster, c'est lui qui est venu pour Del…

— Non, j'veux pas de pasteur. Vous avez été bon pour moi, boss. Vous pouvez dire une prière si vous voulez. Ça m'ira. J'peux même m'agenouiller un peu avec vous.

— Moi ! John, mais je ne peux pas…

Il a resserré légèrement ses mains autour des miennes, et l'impression de picotement s'est faite plus forte.

— Vous pouvez, il a dit. Hein, boss, que vous pouvez ?

— Après tout, pourquoi pas ? je me suis entendu répondre d'une voix qui résonnait comme un écho.

Voilà, j'éprouvais maintenant la même sensation que le jour où il m'avait guéri de mon infection, mais en même temps, c'était différent. Et pas seulement parce que je n'avais mal nulle part. Non, la différence venait de ce que, *cette fois, John ne savait pas qu'il agissait sur moi*. Soudain j'étais terrifié, étouffant presque du besoin de sortir de cette cellule. J'avais l'impression que des lumières s'allumaient partout en moi, pas seulement dans ma tête mais dans tout mon corps.

— Vous et m'sieur Howell et les autres, vous avez été bons pour moi, disait John Caffey. J'sais que vous vous êtes fait du souci pour moi, mais vous pouvez arrêter, maintenant. Parce que j'ai envie d'mourir, boss.

Je voulais lui répondre, lui dire quelque chose, mais j'en étais incapable. Lui pouvait ; jamais je ne l'avais entendu parler aussi longuement.

— Boss, j'suis fatigué à cause de toute la souffrance que j'entends et que j'sens. J'suis fatigué d'courir les routes et d'être seul comme un merle sous la pluie. De pas avoir un camarade avec qui marcher ou pour me dire où on va et pourquoi. J'suis fatigué de voir les gens se battre entre eux. C'est comme si j'avais des bouts de verre dans la tête. J'suis fatigué de toutes les fois où j'ai voulu aider et que j'ai pas pu. J'suis fatigué d'être dans le noir. Dans la douleur. Y a trop de mal partout. Si j'pouvais, y en aurait plus. Mais j'peux pas.

Arrête, j'ai essayé de dire. Arrête, lâche-moi les mains, je vais me noyer si tu me lâches pas. Me noyer ou exploser.

— Vous exploserez pas, boss, il a dit en souriant un peu à cette idée… mais il a libéré mes mains.

Je me suis penché en avant, le souffle court. Entre mes genoux, je pouvais distinguer la moindre fissure dans le sol en ciment, le trou le plus infime, l'éclat du gravier le plus minuscule. J'ai levé les yeux et j'ai vu les noms qui avaient été inscrits sur le mur en 1924, 1926, 1931. Ces inscriptions avaient été nettoyées, et leurs auteurs aussi, si l'on peut dire, mais je suppose qu'on n'efface jamais rien complètement, pas dans la fosse noire de ce monde, et à présent que je les regardais, ces noms entrelacés, j'avais le sentiment d'entendre le chant oublié des morts. J'entendais les pulsations de mon cœur, je sentais mes yeux battre dans leurs orbites et jusqu'à mon sang courir dans toutes les veines de mon corps avec l'impétuosité d'un torrent.

J'ai entendu un train siffler au loin – le 3 h 50 de Priceford, je crois, mais je n'en étais pas certain, parce que c'était la première fois que je le remarquais. En tout cas, depuis Cold Mountain. Voyez-vous, ce train passait à plus de quinze kilomètres du pénitencier, autrement dit hors de portée d'une oreille humaine, du moins avant cet après-midi de novembre 1932.

Quelque part, une ampoule a explosé avec le fracas d'une bombe.

— Qu'est-ce que tu m'as fait ? j'ai murmuré. Oh, John, qu'est-ce que tu m'as fait ?

— J'regrette, boss, il m'a dit avec sa tranquillité coutumière. J'faisais pas attention. Pas beaucoup, en tout cas. Mais vous inquiétez pas, ça va aller.

Je me suis levé et me suis dirigé vers la porte de la cellule avec l'impression de marcher dans un rêve. Je l'ai entendu dire derrière moi :

— Vous vous demandez pourquoi elles ont pas crié. C'est la seule chose que vous vous demandez encore, hein, boss ? Pourquoi ces deux petites filles ont pas crié quand elles étaient encore dans la véranda.

Je me suis retourné. J'étais capable de distinguer la plus fine des veinules rouges striant ses yeux, chaque pore de sa peau… et je pouvais ressentir sa souffrance, la douleur qu'il recueillait des autres comme une éponge s'imbibe d'eau. Je découvrais aussi les ténèbres dont il avait parlé. Elles s'étendaient dans tous les espaces du monde tel qu'il le vivait et, à cet instant, j'ai ressenti pour lui de la pitié en même temps qu'un grand soulagement. Oui, c'était une chose terrible que nous allions commettre, une chose irréversible… et, cependant, nous lui rendrions un service.

— J'l'ai compris quand ce mauvais homme, il m'a attrapé, a dit John. C'est là que j'l'ai reconnu. Ce jour-là, j'étais dans le p'tit bois de saules, et j'l'ai vu les lâcher et se sauver en courant, et puis…

— Tu as oublié.

— C'est vrai, boss. J'ai oublié et j'me suis rappelé quand il m'a touché.

— John, pourquoi elles n'ont pas crié ? Il leur a

fait mal, elles ont saigné, leurs parents étaient dans la maison, alors pourquoi elles n'ont pas crié ?

John m'a regardé de son regard hanté.

— Il a dit à l'une : Tu fais du bruit, je tue ta sœur. Il a dit la même chose à l'autre. Vous comprenez ?

— Oui, j'ai chuchoté.

Je voyais la véranda dans l'obscurité. Wharton penché comme un ogre sur les petites. L'une d'elles avait peut-être poussé un cri, alors Wharton l'avait frappée et elle avait saigné du nez. C'était sûrement du nez qu'était venu le sang.

— Il les a tuées avec leur amour, a dit John. Leur amour de sœurs jumelles. Vous avez compris, maintenant, boss ?

J'ai hoché la tête, j'étais incapable de parler.

Il a souri. Il s'était remis à pleurer, mais il souriait, en même temps.

— C'est comme ça, tous les jours, il a encore dit. Partout dans le monde.

Puis il s'est allongé sur sa couchette et s'est tourné vers le mur.

Je suis ressorti de la cellule, j'ai verrouillé la porte et me suis dirigé vers le bureau de permanence. Avec toujours cette impression d'être dans un rêve. Et cette certitude incroyable que je pouvais percevoir les pensées de Brutal. C'était comme un très faible murmure ; il hésitait sur l'orthographe du verbe « surseoir ». *Merde, ça prend pas un e entre le s et le o, cette saleté ?*

Puis il a relevé la tête mais son sourire s'est figé sur ses lèvres quand il a vu mon expression.

— Qu'est-ce que t'as, Paul ? Ça va pas ?

— Si, ça va.

Puis je lui ai rapporté ce que John m'avait dit – pas

tout, et certainement pas ce que le contact de ses mains continuait de me faire (je n'en ai jamais parlé à personne, pas même à Janice ; Elaine Connelly sera la première à le savoir, si toutefois elle veut bien lire la suite de cette histoire) – et qu'il avait exprimé le désir de mourir. Brutal m'a paru quelque peu soulagé de l'apprendre – et j'ai senti (entendu ?) qu'il se demandait si je n'avais pas inventé cela pour soulager sa conscience. Puis j'ai perçu qu'il décidait de le croire, simplement parce que cela lui rendrait les choses plus faciles le moment venu.

— Paul, t'aurais pas de nouveau des ennuis avec ton infection ? il m'a demandé. Tu as le visage tout congestionné.

— Non, je me sens bien, je lui ai répondu.

Ce n'était pas tout à fait vrai mais j'étais sûr que John m'avait dit la vérité et que j'allais retrouver mon état normal. L'étrange picotement se dissipait lentement.

— N'empêche, ça te ferait pas de mal d'aller t'allonger un peu dans ton bureau, a ajouté Brutal.

M'allonger, c'était bien la dernière chose que j'avais envie de faire, et l'idée m'a paru tellement saugrenue que j'ai failli éclater de rire. Je me voyais plutôt retrousser mes manches et entreprendre de me construire une petite maison, de poser un toit d'ardoises et puis de labourer un bout de terrain derrière, de le planter d'arbres. Le tout, avant l'heure du dîner.

C'est comme ça tous les jours. Partout dans le monde.

— Je vais plutôt faire un tour à l'administration, j'ai deux ou trois choses à vérifier là-bas.

— Si tu le dis.

J'ai ouvert la grille du couloir mais, avant de sortir, je me suis tourné vers Brutal.

— Tu as raison, « surseoir » prend un e entre le s et le o.

Sur ce, je m'en suis allé sans avoir besoin de le regarder pour savoir qu'il en restait comme deux ronds de flan.

Je n'ai pas arrêté de m'activer jusqu'à la fin de mon service, incapable de rester assis plus de cinq minutes d'affilée sans bondir de nouveau. Mes bricoles terminées au service administratif, je suis allé marcher dans la cour de promenade jusqu'à ce que les gardes dans les tours se demandent si le gardien-chef du bloc E n'était pas devenu fou. Quand l'heure de partir est arrivée, je commençais à peine à me détendre et toutes ces pensées qui n'avaient cessé de bruisser dans ma tête comme un tourbillon de feuilles semblaient elles aussi se calmer.

Toutefois, à mi-chemin de la maison ce matin-là, le flux d'énergie est revenu en force. J'ai dû arrêter ma Ford au bord de la route, descendre et courir près de huit cents mètres comme un forcené, tête baissée, pistonnant des bras et soufflant comme une locomotive à vapeur. Après ça, je me suis senti de nouveau calmé. Je suis revenu à la voiture en trottinant, mon haleine laissant une écharpe de buée dans l'air froid.

Quand je suis arrivé à la maison, j'ai raconté à Janice ce que m'avait dit John Caffey, qu'il était prêt à mourir, qu'il en avait envie. Elle a hoché la tête, l'air soulagée. L'était-elle vraiment ? Je n'aurais su le dire. Six heures plus tôt, peut-être même trois, j'aurais pu, mais c'était fini, je ne lisais plus dans les pensées, et c'était une bonne chose. Maintenant, je comprenais pourquoi John était tellement fatigué. Un don comme le sien aurait brisé n'importe qui et je mesurais mieux son désir de repos et d'oubli.

Quand Janice m'a demandé pourquoi j'étais rouge comme ça et sentais la transpiration, je lui ai dit que j'avais arrêté la voiture en route pour courir un bon coup. Je crois avoir déjà écrit (il y a trop de pages à relire pour m'en assurer) que le mensonge n'avait jamais fait partie de notre contrat de mariage, mais je ne lui ai pas dit pourquoi j'avais éprouvé le besoin de courir.

Et elle ne m'a pas posé la question.

9

Il n'y eut pas d'orage la nuit où le tour vint pour John Caffey d'accomplir sa dernière marche. Il faisait un froid de saison pour cette région à cette époque de l'année, dans les années trente, et un million d'étoiles jonchaient la terre dénudée des champs, où la gelée brillait comme des diamants sur les clôtures et les squelettes desséchés des maïs de juillet.

Brutus Howell était en première ligne, cette fois – il poserait la calotte sur la tête de John et dirait à Van Hay d'envoyer le jus quand il le faudrait. Bill Dodge serait dans la cabine avec Van Hay. Et, vers onze heures vingt, dans la nuit du 20 novembre, Dean, Harry et moi, nous avons gagné la seule cellule occupée du bloc, où John Caffey était assis sur son lit, les mains croisées entre ses genoux et une miette de pain de viande collée au col de sa chemise bleue. Il nous a regardés arriver, et nous a paru plus calme que nous ne l'étions. J'avais les mains glacées et des élancements aux tempes. C'était une chose de savoir qu'il acceptait et même désirait la mort – cela nous facilitait grandement la tâche – mais c'en était une autre de savoir que nous allions l'exécuter pour un crime qu'il n'avait pas commis.

J'avais vu Hal Moores plus tôt dans la soirée, vers les sept heures. Je l'avais trouvé dans son bureau, occupé à boutonner son manteau. Il avait le visage pâle et ses doigts tremblaient tellement qu'il avait le plus grand mal avec ses boutons. J'aurais aimé pouvoir lui écarter les mains et le faire moi-même, comme à un gosse. Ironie du sort, quand Jan et moi lui avions rendu visite le week-end précédent, Melinda Moores nous avait paru en bien meilleure forme que ne l'était son mari à la veille de l'exécution de John Caffey.

— Je ne resterai pas, cette fois-ci, il m'a dit. Curtis me remplacera, et je sais que Caffey sera dans de bonnes mains avec vous et Brutus.

— Oui, monsieur, nous ferons de notre mieux. À propos, des nouvelles de Percy ?

Je voulais savoir, bien sûr, s'il avait repris ses esprits et s'il n'était pas en train de raconter aux médecins comment on lui avait passé la camisole pour le jeter dans la cellule d'isolement comme n'importe quel autre enragé... n'importe quel autre « grand con », pour employer son langage. Et si c'était le cas, est-ce qu'on prêtait foi à son histoire ?

Mais d'après ce que savait Hal, Percy restait muet et absent au monde. Il était toujours en « observation » à l'hôpital d'Indianola, m'avait dit Hal avec une moue sceptique, mais serait sûrement placé en maison spécialisée si son état ne s'améliorait pas.

— Et Caffey ? Il tient le coup ? m'a alors demandé Hal, qui venait enfin d'avoir raison du dernier bouton.

— Ça ira pour lui, Hal.

Il a hoché la tête puis s'est dirigé vers la porte. Il marchait voûté et avait l'air souffrant.

— Comment peut-il y avoir tant de bien et de mal à la fois dans le même homme ? Comment l'homme qui a guéri ma femme peut-il être celui qui a tué ces petites filles ? Vous comprenez ça, Paul ?

Je lui ai répondu que non, que les voies de Dieu sont impénétrables, qu'il y a du bien et du mal en chacun de nous tous, qu'on ne peut s'expliquer ces choses, bla-bla-bla et bla-bla-bla. Ce que je lui ai servi là, je l'avais entendu aux prêches de l'église de Gloire à Jésus, le Seigneur est Tout-Puissant. Hal hochait la tête, avec une conviction bien naturelle après le miracle dont il avait été témoin. Il y avait aussi une grande tristesse sur son visage – tout cela le touchait profondément, je n'en ai jamais douté – mais il ne pleurait pas cette fois-ci, parce qu'il avait une femme qui l'attendait à la maison. Une femme débordant à nouveau de santé et d'énergie grâce à John Caffey, et l'homme qui avait contresigné l'arrêt de mort de John pouvait courir la rejoindre. Il n'était même pas obligé d'assister à l'exécution. Il pourrait dormir cette nuit-là dans la chaleur de sa compagne, tandis que le corps de John Caffey serait allongé sur une table de marbre de l'hôpital du comté, se refroidissant à mesure que fileraient vers l'aube grise les heures indifférentes, silencieuses. Et pour toutes ces raisons, je haïssais Hal. Oh, ça me passerait, mais c'était bien de la haine. Et de l'authentique.

Je suis entré dans la cellule, suivi de Dean et de Harry, tous deux pâles et défaits.

— Es-tu prêt, John ? j'ai demandé.

Il a hoché sa grosse tête.

— Oui, boss. J'pense.

— Alors, ça va. J'ai une ou deux choses à dire avant qu'on sorte.

— Allez-y, boss.

— John Caffey, en tant que représentant de la cour…

J'ai débité le laïus jusqu'au dernier mot et, quand j'ai eu fini, Harry Terwilliger s'est avancé et a tendu la main à John. Celui-ci a d'abord eu l'air surpris, puis il a souri et a serré la main de Harry. Dean, plus blanc que jamais, a offert la sienne.

— Tu mérites mieux que tout ça, Johnny, il a dit d'une voix étranglée. Je suis désolé.

— Ça ira, a dit John. C'est le moment le plus dur ; ça ira mieux tout à l'heure.

Il s'est levé, et la médaille de saint Christophe que lui avait donnée Melly s'est balancée au bout de sa chaîne.

— John, il faut que tu me donnes ça, j'ai dit en désignant la médaille. Je la remettrai sur toi après que… après, si tu veux, mais je dois te la prendre, maintenant.

Chaîne et médaille étaient en argent et, si elles étaient en contact avec sa peau quand Van Hay enverrait le courant, elles risquaient de fondre. Et si cela ne se produisait pas, elles pouvaient se galvaniser et laisser une espèce d'empreinte photographique sur son cou et sa poitrine. J'avais déjà vu ce phénomène. J'avais vu tant de choses depuis que je travaillais dans le couloir de la mort. Plus que je n'aurais dû pour ma santé. Je le savais déjà à cette époque.

Il a passé la chaîne par-dessus sa tête et me l'a donnée. Je l'ai glissée dans ma poche et lui ai dit qu'il pouvait sortir de sa cellule. On n'avait pas besoin de vérifier son crâne pour s'assurer que l'induction serait bonne : il l'avait aussi lisse que la paume de ma main.

— Savez quoi, j'ai dormi cet après-midi et j'ai rêvé, boss, il a dit. J'ai rêvé de la souris de Del.

— C'est vrai, John ?

J'étais à sa gauche. Harry s'était placé à sa droite, et Dean suivait. On a descendu la ligne verte. Pour moi, c'était la dernière fois que j'accompagnais un condamné.

— Ouais, j'ai rêvé qu'elle était allée là où a dit boss Howell : à Sourisville. J'ai rêvé qu'y avait des enfants et, ça alors ! qu'est-ce qu'y riaient des tours de cette souris !

À ce souvenir, il s'est esclaffé. Puis il a repris son sérieux.

— J'ai rêvé qu'y avait les deux petites filles blondes. Elles s'amusaient bien, elles aussi. J'ai passé mon bras autour d'elles et y avait plus d'sang qui coulait de leurs cheveux et elles étaient heureuses. On a tous regardé Mister Jingles pousser la bobine, et on s'étouffait tellement on rigolait.

— Ah oui ? j'ai fait d'une voix fluette en me disant que je ne tiendrais jamais, que j'allais fondre en larmes ou me mettre à hurler ou peut-être que mon cœur finirait par éclater de chagrin et puis que tout serait fini.

On est entrés dans mon bureau. John a regardé autour de lui et il s'est agenouillé sans qu'on le lui demande. Derrière lui, Harry me fixait de ses yeux hagards. Dean avait le teint cireux.

Je me suis mis à genoux avec John en me disant que je risquais un joli retour de manivelle : après tous les prisonniers que j'avais aidés à se relever pour qu'ils puissent aller jusqu'au bout, cette fois ce serait moi qui aurais besoin d'un coup de main. C'était mon impression, en tout cas.

— On prie pour quoi, boss ? a demandé John.

— Pour la force, j'ai répondu sans réfléchir.

J'ai fermé les yeux et j'ai dit :

— Seigneur, je Vous en supplie, aidez-nous à terminer ce que nous avons commencé, et accueillez au Ciel cet homme, John Caffey – comme la boisson mais ça s'écrit pas pareil – et accordez-lui la paix. S'il Vous plaît, mon Dieu, aidez-nous à le faire partir comme il le mérite et faites que rien de mal n'arrive. Amen.

J'ai rouvert les yeux et j'ai regardé Dean et Harry. Ils m'ont paru se sentir mieux. Probable qu'ils avaient eu le temps de reprendre leur souffle. Je doute que ma prière y ait été pour quelque chose.

Je commençais de me relever quand John m'a retenu par le bras en me jetant un regard timide et plein d'espoir à la fois.

— J'me souviens d'une prière qu'j'ai apprise quand j'étais p'tit, il a dit. Enfin, j'crois que j'm'en souviens. J'peux la dire ?

— Bien sûr que tu peux, a confirmé Dean. On a tout notre temps, John.

John a fermé les yeux, le front plissé par la concentration. Je m'attendais à une version confuse du Notre Père ou au fameux Repos-près-des-eaux-tranquilles, mais je n'ai eu ni l'un ni l'autre ; je n'avais jamais entendu ce qu'il a dit alors et je ne l'entendrais plus jamais, même si dans le fond comme dans la forme cette prière n'avait rien de particulièrement original.

Tenant ses mains devant ses yeux fermés, John Caffey a récité :

— Bébé Jésus, faible et doux, prie pour moi, un orphelin. Sois ma force, sois mon ami, sois avec moi jusqu'à la fin. Amen.

Il a rouvert les yeux, s'est apprêté à se remettre debout et m'a observé attentivement.

Je me suis essuyé les yeux du revers de la manche. Pendant que je l'écoutais, j'avais pensé à Del, qui lui aussi avait voulu dire sa prière : *Sainte Marie, mère de Dieu, priez pour nous pauvres pécheurs, maintenant et à l'heure de notre mort.*

— Désolé, John.

— Faut pas, il a dit.

Il m'a serré le bras et m'a souri. Et, comme je l'avais prédit, c'est lui qui m'a aidé à me relever.

10

Il n'y avait pas beaucoup de témoins – peut-être quatorze en tout, soit la moitié du public présent dans la réserve pour l'exécution de Delacroix. Homer Cribus était là, le cul débordant de sa chaise comme d'habitude, mais son adjoint Rob McGee n'était pas là. Comme le directeur Moores, il avait apparemment décidé de manquer à l'appel.

Il y avait, assis au premier rang, un couple âgé que je n'ai d'abord pas reconnu, et ce n'était pas faute d'avoir vu leur photo dans plus d'un journal lors de ma visite au comté de Trapingus, la semaine précédente. Puis, comme nous approchions de la plate-forme où attendait la Veuve Courant, la femme a lâché :

— Crève lentement, enfant de salope !

C'étaient les Detterick, Klaus et Marjorie. Je ne les avais pas reconnus parce qu'on ne voit pas souvent des gens âgés qui n'ont pas encore quarante ans.

John s'est voûté un peu au cri de la femme, que le shérif Cribus a prolongé d'un grognement approbateur. Hank Bitterman, de garde devant le petit groupe de spectateurs, ne quittait pas des yeux Klaus Detterick. Je lui en avais donné expressément l'ordre, mais Detterick n'a même pas esquissé un geste en direction de John cette nuit-là. Detterick semblait être sur une autre planète.

Nous sommes montés sur l'estrade où se tenait Brutal. Il a rengainé son arme et, prenant John par le poignet, l'a escorté jusqu'à la chaise électrique aussi gentiment qu'un garçon entraînant sa fiancée sur la piste pour leur première danse ensemble.

— Tout va bien, John ? il a demandé à voix basse.

— Oui, boss, mais...

Il jetait des regards de biais et semblait apeuré.

— Mais y a plein de gens qui m'en veulent très fort. Plein. Je le sens. Ça fait mal. Ça mord comme des piqûres d'abeilles.

— Alors, pense plutôt à nous, a dit Brutal tout bas. Nous, on t'aime, tu le sais, ça ?

— Oui, boss.

Mais sa voix chevrotait et ses yeux versaient de nouveau des larmes.

— Tuez-le deux fois, les gars ! a soudain crié Marjorie Detterick.

Sa voix aiguë, vibrante, avait la force d'une gifle. John a tressailli et gémi.

— Tuez-le deux fois, ce tueur d'enfants, et ce sera justice !

Klaus, l'air d'un homme rêvant éveillé, a attiré sa femme contre son épaule, et elle s'est mise à sangloter.

J'ai vu alors, à ma grande consternation, que Harry Terwilliger pleurait aussi. Heureusement, il tournait le dos aux témoins et personne n'avait encore rien remarqué. Mais que pouvions-nous faire, si ce n'est poursuivre et en finir ?

Brutal et moi, nous avons tourné John. Brutal a posé la main sur l'épaule du colosse et l'a doucement assis sur la chaise. John a agrippé les bras en chêne massif, roulant de grands yeux et passant sans cesse sa langue sur ses lèvres.

Harry et moi, on s'est agenouillés. La veille, nous avions fait souder par l'un des ouvriers de la tôlerie une rallonge aux entraves des chevilles, car celles de Caffey avaient le diamètre des cuisses d'un homme normal. Je n'en étais pas moins angoissé à l'idée que ça ne suffirait pas et qu'on devrait le ramener dans sa cellule, pendant que Sam Broderick, qui dirigeait l'atelier en ce temps-là, procéderait à un nouvel ajustement. J'ai poussé de toutes mes forces avec mes mains et la boucle s'est refermée. La jambe de John a tressauté et il a étouffé un cri. Je l'avais pincé.

— Désolé, John, j'ai murmuré.

J'ai jeté un coup d'œil à Harry. Il avait eu moins de mal de son côté (soit l'extension était plus grande, soit la cheville droite de John était moins épaisse que la gauche), mais il considérait le résultat d'un air de doute. Je croyais savoir pourquoi ; les cercles de métal avaient un air affamé, leurs mâchoires béant comme des gueules d'alligators.

— Ça tiendra, j'ai dit, autant pour le rassurer que

pour m'en convaincre moi-même. Essuie-toi le visage, Harry.

Du revers de sa manche, il a épongé les larmes de ses joues et la sueur de son front. Nous nous sommes retournés. Homer Cribus, qui parlait d'une voix trop forte à son voisin (le procureur, à en juger par sa cravate ficelle et son habit noir lustré), s'est enfin tu. Pas trop tôt.

Brutal avait entravé l'un des poignets de John, et Dean s'était chargé de l'autre. Par-dessus l'épaule de Dean, je voyais le docteur, effacé comme à l'accoutumée, le dos au mur, sa trousse de cuir noir posée par terre entre ses pieds. Aujourd'hui, je suppose qu'ils s'activent davantage, les toubibs, surtout dans les exécutions par injection intraveineuse, mais à l'époque il fallait presque les amener de force. Peut-être qu'alors ils se faisaient une idée plus claire des devoirs de leur charge et savaient se montrer plus fidèles au serment qu'ils avaient prêté et, en particulier, au premier de ses commandements : avant tout, ne pas nuire.

Dean a fait signe à Brutal que, dans la cabine, ils étaient prêts. Brutal a paru jeter un coup d'œil au téléphone qui ne sonnerait jamais pour des John Caffey.

— Phase une ! il a crié à Jack Van Hay.

Il y a eu ce bourdonnement, comme un vieux réfrigérateur qui se met en route, et les ampoules ont brillé plus fort. Nos ombres ont pris des contours plus nets, silhouettes sombres grimpant au mur pour paraître se pencher comme des vautours autour de la chaise. John a cherché son souffle. Ses phalanges étaient blanches.

— Ça fait mal, déjà ? a crié Mme Detterick, toujours appuyée contre l'épaule de son mari. J'espère que ça fait mal ! Que ça fait mal comme les flammes de l'enfer !

Klaus l'a serrée contre lui. Il saignait d'une narine, et le sang s'écoulait lentement en un mince filet sur sa petite moustache. Quand j'ai appris dans le journal au mois de mars de l'année suivante qu'il était mort d'une crise cardiaque, j'ai été l'homme le moins étonné du monde.

Brutal est entré dans le champ de vision de John. Il lui a touché l'épaule en s'adressant à lui. Ce n'était pas réglementaire mais, de tous les témoins, seul Curtis Anderson le savait et, apparemment, il n'avait rien remarqué. Il avait l'air pressé qu'on en finisse. Désespérément pressé. Après Pearl Harbor, il s'est engagé dans l'armée, mais il n'est jamais parti outre-mer ; il est mort à Fort Bragg, d'un accident de la circulation.

John, pendant ce temps, se détendait au contact de Brutal. Je ne pense pas qu'il ait compris ce que lui disait ce dernier, mais il puisait du réconfort dans cette main posée sur son épaule. Brutal, qui est mort d'une crise cardiaque environ vingt-cinq ans plus tard (il mangeait un sandwich au thon et regardait du catch à la télé, quand c'est arrivé, a dit sa sœur), était un brave homme. Mon ami. Peut-être le meilleur d'entre nous. Il n'avait aucun mal à comprendre qu'un homme puisse avoir envie de mourir et en même temps être terrifié par la mort.

— John Caffey, après avoir été reconnu coupable par un jury composé de vos pairs, vous avez été condamné à mourir sur la chaise électrique. Que Dieu sauve les citoyens de cet État. Avez-vous quelque chose à dire avant que la sentence soit exécutée ?

John s'est léché les lèvres, puis il a dit très distinctement :

— Je regrette d'être ce que je suis.

— Tu peux ! a hurlé la mère des deux petites filles mortes. Tu peux l'être, espèce de monstre ! Ah ça, oui !

John m'a regardé. Et je n'ai lu dans ses yeux ni résignation, ni espoir de paradis, ni même l'ombre d'un sentiment de paix. Comme j'aimerais vous dire le contraire. Comme j'aimerais me le dire à moi-même. Ce que j'ai vu, c'étaient la peur, la misère, le désespoir et l'incompréhension. C'étaient les yeux d'un animal pris au piège et terrifié. J'ai pensé à ce qu'il avait dit au sujet de Wharton, comment celui-ci s'y était pris pour enlever les jumelles sans réveiller leurs parents : « *Il les a tuées avec leur amour. C'est comme ça tous les jours. Partout dans le monde.* »

Brutal a décroché la cagoule neuve de sa patère de cuivre au dossier de la chaise mais, sitôt que John l'a vue et a compris son usage, ses yeux se sont agrandis de terreur. Il a tourné la tête vers moi, et je pouvais voir d'énormes gouttes de sueur perler sur son crâne chauve. Aussi grosses que des œufs de rouge-gorge.

— S'il vous plaît, boss, m'enfilez pas cette chose sur la tête, il a dit d'une petite voix plaintive. S'il vous plaît, me mettez pas dans le noir, j'ai peur du noir.

Figé sur place, les sourcils levés, le masque dans les mains, Brutal m'a regardé. Ses yeux me disaient que c'était à moi de parler, qu'il ferait comme je voudrais. J'ai réfléchi aussi vite que je le pouvais – pas facile, avec tous ces tambours dans ma tête. La cagoule était une tradition, pas une règle. En fait, elle était destinée au confort des témoins. Et soudain j'ai décidé qu'on n'avait pas à les épargner, pas cette fois. Après tout, John n'avait jamais rien commis dans sa vie pour mériter ce qui lui arrivait. Ceux qui étaient venus assister à sa mort ne le savaient pas, mais nous si, et je me suis dit que j'allais accéder à sa dernière requête. Quant à Marjorie Detterick, il y avait des chances qu'elle m'envoie un mot de remerciement.

— D'accord, John, j'ai murmuré.

Brutal a raccroché le masque à sa place. Derrière nous, Homer Cribus a beuglé son indignation de sa voix grasse :

— Hé, garçon ! Mets-lui son torchon. Tu crois qu'on a envie de voir ses yeux sauter comme du pop-corn ?

— Du calme, monsieur, j'ai répliqué sans me retourner. C'est une exécution, et ce n'est pas vous qui la dirigez.

— Pas plus que vous n'avez dirigé la traque de John Caffey, gros tas de merde, a murmuré Harry.

Harry est mort en 1982 ; il avait presque quatre-vingts ans. Un vieil homme. Pas autant que moi, bien sûr, mais de ce côté-là je n'ai plus beaucoup de concurrence. Mort d'un cancer du côlon, ou un truc de ce genre.

Brutal s'est penché pour prendre l'éponge dans son seau. Il l'a pressée du doigt mais c'était pour la forme : elle ruisselait, chose brune et laide. Il l'a placée à l'intérieur de la calotte et a posé celle-ci sur la tête de John. Et, pour la première fois, j'ai remarqué la pâleur de Brutal – blanc craie, à se demander s'il n'allait pas s'évanouir. Je me suis rappelé ce qu'il m'avait dit : qu'il se sentait en danger d'aller en enfer, parce que nous allions tuer un don de Dieu. J'ai éprouvé une subite et terriblement violente envie de vomir, que je n'ai maîtrisée qu'au prix d'un pénible effort. L'eau de l'éponge ruisselait de chaque côté du visage de John.

Dean Stanton a dégagé la courroie de poitrine – tirée sur toute sa longueur pour l'occasion – et m'en a tendu l'extrémité pour que je la passe dans la boucle. On s'était donné tant de mal pour protéger Dean la nuit de notre escapade, à cause de ses enfants, et dire qu'il lui restait moins de quatre mois à vivre ! Après l'exécution de John Caffey, il a demandé à partir du couloir de la mort et a été transféré au bloc C ; c'est là qu'un prisonnier lui a planté dans la gorge un manche de bois affûté et il s'est vidé de son sang sur un plancher sale. Je n'ai jamais su pourquoi. Et ceux que j'ai interrogés alors n'en savaient rien non plus. Quand je repense à tout ça, la Veuve Courant me paraît être le produit d'une telle perversité, l'expression macabre d'une telle folie. Nous sommes fragiles comme du verre soufflé, même dans les meilleures conditions. Se tuer les uns les autres par le gaz ou l'électricité, et de sang-froid ? La démence ! L'horreur !

Brutal a vérifié la courroie et puis s'est reculé. J'ai attendu qu'il donne l'ordre à Van Hay, mais quand je l'ai vu croiser les mains derrière son dos et se tenir dans la position militaire du repos, j'ai su qu'il n'en ferait rien. Peut-être ne le pouvait-il pas. Je ne m'en sentais pas capable non plus, et puis j'ai vu les yeux terrifiés, brillants de larmes de John et j'ai compris que je devais le faire. Même si ça me valait l'enfer, je le devais.

— Phase deux, j'ai ordonné d'une voix poussiéreuse, chevrotante, que j'ai à peine reconnue.

La calotte s'est mise à bourdonner. Huit grands doigts et deux énormes pouces se sont dressés au bout des accoudoirs de la chaise et se sont tendus en vibrant dans dix directions différentes. Ses genoux ont enclenché un mouvement de pistons entravés, mais les boucles aux chevilles ont tenu. Au-dessus de nous, trois des plafonniers ont explosé – Blam ! Blam ! Blam ! –, Marjorie

Detterick a poussé un grand cri et s'est évanouie dans les bras de son mari. Elle est morte à Memphis, dix-huit ans plus tard. Harry m'a envoyé son avis de décès paru dans le journal. Écrasée par un trolleybus.

John s'est porté en avant sur la chaise. Pendant un instant, ses yeux ont rencontré les miens. Il était encore conscient ; c'est la dernière chose qu'il ait vue, tandis que nous le faisions basculer dans l'autre monde. Puis il est retombé contre le dossier. La calotte était de guingois et un peu de fumée – une espèce de brume opaque et noire – s'en échappait. Mais pour finir, ça n'a pas pris beaucoup de temps, vous savez. Je doute que ça se soit passé sans douleur, contrairement à ce que les partisans de la chaise prétendent toujours (à se demander pourquoi le plus enragé d'entre eux n'a pas encore manifesté l'envie de s'y asseoir pour vérifier), mais ç'a été vite. Les mains sont retombées, inertes ; les lunules bleu-blanc de ses ongles étaient maintenant d'un violet intense, une volute de fumée montait des joues encore humides de l'eau salée de l'éponge… et de ses larmes.

Les dernières larmes de John Caffey.

11

Je me suis senti à peu près bien jusqu'à ce que j'arrive chez moi. Le jour se levait à peine, et les oiseaux chantaient. J'ai garé ma chignole. Je grimpais les marches du perron quand le second plus grand chagrin que j'aie connu de ma vie m'a submergé. C'est de repenser à sa peur du noir qui m'a fait ça. Je me suis souvenu de notre première rencontre, quand il m'a demandé si on laissait une lumière allumée la nuit, et mes jambes m'ont lâché. Je me suis laissé choir sur les marches et, la tête dans mes mains, j'ai chialé. Et pas seulement pour John, non, mais pour nous tous.

Janice est sortie et s'est assise à côté de moi. Elle a passé son bras autour de mes épaules.

— Tu lui as fait le moins de mal possible, n'est-ce pas ?

J'ai haussé les épaules pour lui dire que oui.

— Et il voulait mourir.

J'ai hoché la tête.

— Viens, rentrons.

Elle a glissé sa main sous mon aisselle et ça m'a rappelé John m'aidant à me relever après avoir prié avec moi.

— Viens boire un café.

Je l'ai suivie. La première matinée est passée, et le premier après-midi, et puis le premier retour au travail. Le temps efface tout, qu'on le veuille ou non. Efface tout et, à la fin, il ne reste que les ténèbres. Et, parfois, dans ces ténèbres, nous retrouvons les autres, parfois nous les perdons de nouveau. Voilà tout ce que je sais, sauf que ça s'est passé en 1932, quand le pénitencier de l'État se trouvait encore à Cold Mountain.

Et la chaise électrique, naturellement.

12

Vers les deux heures un quart de l'après-midi, mon amie Elaine Connelly est venue me rejoindre au solarium, d'où je n'avais pas bougé, les dernières pages de mon histoire bien rangées devant moi. Elle avait le visage très pâle et les yeux rougis. Je pense qu'elle avait pleuré.

Moi j'étais resté là, tout bête, à contempler par la fenêtre les collines à l'est, tout en massant ma main droite qui m'élançait à force d'avoir écrit. Un élancement paisible, d'une certaine manière. Je me sentais vidé, éteint. Un sentiment terrible et merveilleux à la fois.

Ça m'était difficile d'affronter le regard d'Elaine – j'avais peur de la haine et du mépris que je pourrais y lire –, mais il n'y avait rien de semblable dans ses yeux. Il y avait de la tristesse et de l'étonnement, et pas du tout ce que j'avais redouté.

— Aimerais-tu lire le reste ? j'ai demandé en tapotant la petite pile de feuilles de ma main fatiguée. Tout est là, mais je comprendrais si tu ne voulais pas...

Elle m'a interrompu :

— Vouloir n'est pas le mot. J'ai besoin de savoir comment ça se termine, bien que je ne doute pas que vous l'ayez exécuté. L'intervention de la Providence avec un grand P n'a jamais été qu'un mythe cher aux hommes, à mon avis. Mais avant de prendre ces pages, Paul...

Elle s'est tue, comme si elle ne savait comment poursuivre. J'ai attendu. Parfois on ne peut aider les gens. Parfois il vaut même mieux ne pas essayer.

— Paul, à t'en croire, tes deux enfants étaient déjà adultes en 1932. Alors, si tu n'as pas épousé Janice quand tu avais douze ans et elle, onze, quelque chose comme ça...

J'ai souri un peu.

— On était jeunes quand on s'est mariés – au pays,

on convole jeune, comme ma mère, mais pas à douze ans, quand même.

— Alors, quel âge as-tu ? J'ai toujours pensé que tu avais quatre-vingts et des poussières, mon âge, peut-être un peu moins, mais d'après…

— J'avais quarante ans l'année où John a été exécuté. Je suis né en 1892. J'ai donc cent quatre ans, si mon compte est bon.

Elle m'a regardé, sans voix.

Je lui ai tendu le reste du manuscrit en me souvenant une fois de plus du soir où John avait gardé mes mains dans les siennes, quand j'étais venu le voir dans sa cellule, la veille de son exécution. « *Vous exploserez pas* », il m'avait dit avec un petit sourire ; c'était vrai, mais il m'était tout de même arrivé quelque chose. Quelque chose de durable.

— Lis la suite, je lui ai dit. Toutes les réponses sont là.

— Je dois avouer que je ne suis pas très rassurée, a-t-elle murmuré. Mais d'accord. Où est-ce que je te retrouve ?

Je me suis levé, me suis étiré, écoutant mes vertèbres craquer. J'en avais plus qu'assez du solarium.

— Je serai sur le parcours de croquet. Il y a encore une chose que je veux te montrer, et c'est dans cette direction.

— Ce n'est pas… dangereux ?

À voir son air timide, j'ai imaginé la petite fille qu'elle avait été quand les hommes portaient des canotiers en été et des manteaux de ragondin en hiver.

— Non, ce n'est pas dangereux, j'ai répondu en souriant.

— Très bien. (Elle a pris le manuscrit, elle l'a

feuilleté.) J'emporte ça dans ma chambre. Rendez-vous au croquet. À quatre heures ? Ça ira ?

— Parfait, j'ai dit en pensant au trop curieux Brad Dolan, qui aurait quitté son service à ce moment-là.

Elle m'a serré brièvement le bras puis a quitté la pièce. Je suis resté quelque temps à contempler la table, débarrassée de mes papiers épars, vide, hormis le plateau de petit déjeuner qu'Elaine m'avait apporté le matin. J'avais du mal à croire que j'avais achevé mon récit. J'avais raconté l'exécution de John Caffey et remis à Elaine la dernière fournée, mais, comme vous pouvez le constater, ce n'était pas fini. Et même à cet instant, je savais pourquoi.

Alabama.

Il restait un toast dans l'assiette. Je l'ai pris et je suis descendu au parcours de croquet. Là, je me suis assis au soleil, à réchauffer mes vieux os et, tout à mes songeries de vieillard, j'ai observé d'un œil distrait la demi-douzaine de mes semblables agiter leurs maillets dans une lente mais joyeuse partie.

Vers les trois heures moins le quart, le personnel assurant le service de quinze à vingt-trois heures a commencé d'arriver. Quinze minutes plus tard, l'équipe de sept à quinze vidait les lieux. La plupart regagnaient leurs voitures par petits groupes bavards, mais pas Brad Dolan ; lui marchait seul. Et j'ai trouvé cette vision plutôt réconfortante ; peut-être que le monde n'était pas encore devenu complètement mauvais. L'un de ses magazines d'histoires bêtes et méchantes sortait de sa poche-revolver. L'allée qui mène au parking passe près du parcours de croquet ; il m'a vu mais il n'a fait ni signe ni grimace. Ça me convenait très bien. Il est monté dans sa vieille Chevrolet avec son autocollant J'AI REN-

CONTRÉ DIEU, ET C'EST UN SIMPLE D'ESPRIT sur le pare-chocs. Et puis il a démarré, laissant une fine traînée d'huile bon marché derrière lui.

Comme promis, Elaine m'a rejoint sur le coup des quatre heures. À en juger par l'état de ses yeux, elle avait pleuré, et pas qu'un peu. Elle a passé ses bras autour de moi et m'a serré fort.

— Pauvre John Caffey, elle a dit. Et pauvre Paul Edgecombe.

J'ai cru entendre Jan : « *Pauvre Paul. Mon pauvre bonhomme.* »

Elaine sanglotait contre mon épaule. Je la tenais, là, sur le parcours de croquet, sous les derniers rayons du soleil. Nos ombres semblaient danser. Peut-être dans la salle de bal de cette émission musicale qu'on écoutait à la radio dans ce temps-là.

Elle a fini par se ressaisir et s'est écartée de moi. Elle a trouvé un Kleenex dans la poche de sa robe et s'est essuyé les yeux.

— Paul, qu'est-il arrivé à la femme du directeur ? Qu'est-il arrivé à Melly ?

— Elle est devenue la huitième merveille du monde, en tout cas pour les médecins de l'hôpital d'Indianola.

Je l'ai prise par le bras et nous nous sommes dirigés vers l'allée qui s'écarte du parking du personnel et s'enfonce dans le bois. Jusqu'à la remise près du mur qui séparait Georgia Pines du monde des gens plus jeunes.

— Elle est morte dix ou onze ans plus tard, en 43, je crois. Et pas d'une tumeur au cerveau mais d'une crise cardiaque. Comme Hal, qui a cassé sa pipe la veille ou le lendemain – et peut-être bien le jour même – de l'attaque de Pearl Harbor. Ironie du sort, Melly lui aura survécu deux années.

— Et Janice ?

— Pas aujourd'hui, je ne suis pas prêt pour ça, j'ai répondu. Je te le dirai une autre fois.

— Promis ?

— Promis.

Cette promesse-là, je n'ai jamais pu l'honorer. Trois mois après cette promenade dans le petit bois (je lui aurais volontiers tenu la main si je n'avais eu peur de faire mal à ses doigts déformés et enflés), Elaine Connelly mourut paisiblement dans son lit. Comme pour Melinda Moores, une crise cardiaque en fut la cause. L'infirmier qui la découvrit déclara qu'elle avait l'air sereine, comme si la défaillance était survenue brutalement et sans douleur. J'espère qu'il disait vrai. J'aimais Elaine. Et elle me manque. Elle et Janice et Brutal et tous les autres.

Nous avons atteint la seconde remise. Entourée de broussailles, le toit affaissé, les fenêtres barrées de planches et voilées par la pénombre. Je me suis avancé, mais Elaine, craintive, hésitait.

— Viens, n'aie pas peur.

La porte n'avait plus de verrou mais j'utilisais un bout de carton plié pour la maintenir fermée. J'ai ôté la cale et, poussant le battant en grand pour laisser pénétrer la lumière, je suis entré.

— Paul, qu'est-ce que… Oh. Oh !

Ce second « oh ! » était presque un cri.

Il y avait une table sur un côté. Dessus, une lampe électrique et un sac en papier kraft. Sur le plancher poussiéreux, une boîte de cigares que j'avais obtenue par le bonhomme qui s'occupe des distributeurs automatiques de sodas et de confiseries de l'établissement. Sa société vend aussi du tabac, et il lui avait été facile de me rendre ce service. Je lui avais offert de le payer – c'était là une marchandise qui se monnayait à Cold Mountain, comme je vous l'ai peut-être dit – mais il avait refusé en riant.

Une paire d'yeux brillants comme des gouttelettes d'huile guettait par-dessus le rebord de la boîte.

— Mister Jingles, j'ai appelé doucement. Viens. Viens, mon p'tit vieux, que je te présente une dame.

Je me suis accroupi – opération douloureuse mais nécessaire – et j'ai tendu la main. Au début, j'ai bien cru qu'il n'aurait jamais la force de sortir, et puis, sur un dernier élan, il a réussi à franchir l'obstacle. Il a roulé sur le côté, s'est remis sur ses pattes et est venu à moi. Il trottinait en boitant de l'arrière-train ; la blessure que lui avait infligée Percy était revenue avec l'âge, le grand âge. À l'exception du sommet de son crâne, son poil était devenu tout gris.

Il a sauté au creux de ma paume. Je l'ai approché de mon visage et il a tendu le cou, reniflant mon souffle, les oreilles couchées en arrière et ses petits yeux noirs pleins de vie. J'ai tendu la main vers Elaine, et elle a regardé la souris avec stupeur.

— Ce n'est pas possible, elle a dit en me regardant. Oh, Paul, ce n'est pas possible !

— Attends de voir.

Dans le sac sur la table j'ai pris une bobine que j'avais coloriée moi-même – pas aux crayons de couleur, mais avec des feutres, une invention dont on n'aurait même pas rêvé en 1932. Le résultat était le même, finalement ; les couleurs étaient seulement plus vives. *Mesdames et messieurs*, j'ai pensé. *Bienvenue au cirque de la souris !*

Je me suis accroupi de nouveau, et Mister Jingles a sauté par terre. Il était vieux, mais toujours aussi obsédé. Dès l'instant où j'avais sorti la bobine du sac, il n'avait eu d'yeux que pour elle. Je l'ai fait rouler sur le plancher vermoulu et branlant, et il a couru après. Oh, il n'était pas aussi rapide qu'autrefois, et sa boiterie était pénible à voir, mais pourquoi aurait-il dû être agile ? Comme je l'ai dit, il était vieux, un Mathusalem de souris. Soixante-quatre ans, au moins.

Il a atteint la bobine, qui a rebondi contre le mur du fond. Il en a fait le tour et s'est couché sur le flanc. Elaine s'est portée en avant mais je l'ai retenue. L'instant d'après, Mister Jingles se relevait et lentement, très lentement, entreprenait de repousser le cylindre vers moi. À son arrivée ici – je l'avais découvert gisant sur les marches menant aux cuisines, comme s'il avait parcouru une distance immense et était épuisé –, il était encore capable de faire rouler la bobine avec ses pattes. C'était fini, ça, maintenant ; ses reins ne le lui permettaient plus. Mais le bout de son museau faisait encore l'affaire ; il lui fallait seulement pousser de droite et de gauche pour faire avancer la chose dans la bonne direction. Quand il a touché au but, je l'ai cueilli d'une main – il ne pesait guère plus qu'une plume – et, de l'autre, j'ai ramassé son jouet qu'il ne quittait pas des yeux.

— Ne la relance pas, Paul, a dit Elaine d'une voix brisée. Ça me fait mal de le voir.

Je comprenais ce qu'elle ressentait, mais elle avait tort, à mon avis. Il adorait courir après sa bobine ; après toutes ces années, il aimait toujours autant ça. On devrait tous connaître semblable bonheur avec nos passions.

— Il y a aussi des bonbons à la menthe dans le sac, j'ai dit. Il en est encore friand – il n'arrête pas de les renifler quand je lui en donne un – mais son estomac ne les supporte plus. Alors, je lui apporte du pain grillé.

De nouveau, je me suis baissé, j'ai brisé un coin du toast que j'avais pris, et l'ai posé sur le plancher. Mister Jingles l'a d'abord humé, puis il l'a coincé entre ses pattes et a commencé de grignoter, la queue lovée autour de lui. Quand il a eu fini, il a levé la tête pour en redemander.

— C'est fou l'appétit qu'on peut avoir, nous, les vieux, j'ai dit à Elaine en lui tendant la tartine. Tiens, essaie.

Elle a laissé tomber un morceau par terre. Mister Jingles s'en est approché, a reniflé, a levé les yeux vers Elaine… et puis s'est mis à manger.

— Tu vois ? j'ai dit. Il sait que tu n'es pas un bleu.

— D'où a-t-il pu venir, Paul ?

— Je n'en ai pas la moindre idée. Un jour que je sortais pour faire ma promenade matinale, il était là, sur les marches de la cuisine. J'ai su tout de suite qui il était mais j'ai été chercher une bobine de fil à la blanchisserie pour en être sûr. Et je lui ai déniché une boîte à cigares. Je l'ai tapissée avec ce que j'ai pu trouver de plus doux. Il est comme nous, Ellie – rien qu'un paquet de douleurs la plupart du temps. Mais il a encore tout son appétit de vivre. Il aime sa bobine et il aime que son vieux pote du bloc E vienne le voir. Pendant plus de soixante ans, j'ai gardé en moi l'histoire de John Caffey, mais j'ai fini par la raconter. J'ai dans l'idée que c'est pour ça qu'il est revenu. Pour me dire que je devais me dépêcher de l'écrire pendant qu'il était encore temps. Parce que comme lui je vais m'en aller.

— Et où ça ?

— Oh, tu le sais bien.

Pendant un moment, nous avons regardé Mister

Jingles sans rien dire. Puis, comme ça, sans raison, j'ai relancé la bobine, et pourtant Elaine m'avait demandé de ne pas le faire. Peut-être parce que cette course après son jouet me faisait penser à ce désir d'amour charnel qui habite toujours les vieux ; ils ne peuvent plus mais, lents et précautionneux, courent encore après.

Mister Jingles a trottiné une fois de plus derrière la bobine ; on voyait bien qu'il avait mal mais il manifestait toujours (à mes yeux, tout au moins) ce même plaisir obsessionnel.

— Des fenêtres en mica, a murmuré Elaine en le regardant trotter.

— Oui, des fenêtres en mica, j'ai répété en souriant.

— John Caffey a touché la souris comme il t'a touché. Il ne t'a pas seulement guéri de ce dont tu souffrais alors, il t'a rendu… résistant ?

— Oui, on peut dire ça.

— Résistant à tout ce qui abat finalement le restant d'entre nous comme des arbres rongés par des termites. Toi… et lui. Mister Jingles. Quand il a pris Mister Jingles dans ses mains.

— C'est ça. Le pouvoir qu'avait John a fait cela – c'est ce que je pense, en tout cas – et maintenant, ce pouvoir se dissipe. Les termites ont traversé notre écorce. Il leur a fallu un peu plus longtemps que d'habitude mais ils y sont parvenus. J'ai peut-être quelques années encore à vivre, les hommes vivent plus longtemps que les souris, je suppose, mais Mister Jingles n'est plus très loin de la fin.

Il a atteint la bobine, a boitillé autour, a basculé sur le côté, la respiration haletante (on pouvait voir sa minuscule cage thoracique se soulever et retomber rapidement) puis il s'est relevé et a commencé de pousser avec son museau. Sa fourrure était grise, ses pattes arrière raidies, mais ses petits yeux de jais brillaient toujours de vie.

— Tu penses qu'il voulait que tu écrives cette histoire ? C'est cela, Paul ?

— Non, pas Mister Jingles, mais la force qui…

— Mais je rêve ! Paulie et Elaine Connelly ! s'est exclamée une voix à l'entrée de la remise avec une feinte horreur. Qu'est-ce que vous pouvez bien foutre ici, tous les deux ?

Je me suis retourné, pas vraiment surpris de découvrir Brad Dolan. Il souriait comme un homme qui vient de vous jouer le sale tour qu'il mijote depuis longtemps. Où était-il allé après avoir quitté son service ? Peut-être au Wrangler, pour y boire une bière ou deux, et un bourbon avant de faire demi-tour.

— Allez-vous-en, a dit Elaine d'un ton glacé. Allez-vous-en immédiatement.

— Me dites pas de m'en aller, espèce de vieille peau, a rétorqué Dolan avec son méchant sourire. Peut-être là-bas dans la maison, mais pas ici. Parce que ici, c'est pas pour vous. C'est hors limites. Ton p'tit nid d'amour, hein, Paulie ? C'est ça que tu t'es dégotté ? Une piaule de play-boy pour les croulants…

Il s'est tu en découvrant, les yeux écarquillés, le locataire de la réserve.

— Qu'est-ce que c'est, c'machin ?

Je ne me suis pas retourné pour voir. Je savais ce qu'il y avait derrière moi ; d'autre part, le passé avait soudain rattrapé le présent, pour former une image en trois dimensions d'une terrifiante réalité. Ce n'était plus Brad Dolan qui se tenait là sur le seuil de la remise, mais Percy Wetmore. Dans quelques brèves secondes, il allait pénétrer à l'intérieur et écraser Mister Jingles (qui n'avait plus aucun espoir de lui échapper) sous sa chaussure. Et, cette fois, il n'y aurait pas plus de John Caffey pour le ramener à la vie qu'il n'y en avait eu quand j'avais eu besoin de lui ce maudit jour de pluie en Alabama.

Je me suis relevé – cette fois, mes articulations ne m'ont pas fait souffrir – et je me suis précipité sur Dolan.

— Laisse-le tranquille ! j'ai hurlé. Laisse-le, Percy, ou par Dieu je te…

— Qui t'appelles Percy ? il a demandé en me repoussant si durement que je me serais étalé si Elaine ne m'avait soutenu – ce qui, avec ses rhumatismes, a dû lui faire un mal de chien.

— C'est pas la première fois que tu le fais, a repris Dolan. Et arrête de pisser dans ton froc. J'le toucherai pas. Pas besoin. C'est rien qu'un rat crevé.

Je me suis retourné ; je pensais que Mister Jingles était couché sur le côté comme il le faisait parfois pour retrouver son souffle. Il était bien sur le flanc, mais sa petite poitrine ne se soulevait plus. J'ai essayé de me convaincre qu'il respirait encore, et puis Elaine a éclaté en sanglots. Elle s'est penchée en grimaçant de douleur et a ramassé la souris que j'avais vue pour la première fois sur la ligne verte, trottinant vers le bureau de permanence avec l'assurance d'un homme allant vers ses semblables… ou ses amis. Mister Jingles ne bougeait plus dans la main d'Elaine. Il avait les yeux clos. Il était mort.

Dolan a souri, un vilain sourire qui dévoilait des chicots qui n'avaient pas dû fréquenter souvent les dentistes.

— Ah, foutre ! Qu'est-ce qu'on l'aimait la p'tite bébête ! Peut-être ben qu'on devrait lui faire un bel enterrement avec des fleurs en papier et…

— TAISEZ-VOUS ! a crié Elaine, avec une telle force qu'il a reculé d'un pas, le sourire soudain évanoui. SORTEZ ! SORTEZ OU JE VOUS FAIS RENVOYER SUR-LE-CHAMP ! JE LE JURE !

— Vous trouverez même pas une tranche de pain à la soupe populaire, j'ai dit, mais si bas qu'ils ne m'ont pas entendu.

Je ne pouvais détacher mon regard de Mister Jingles, pauvre petite peau de bête, minuscule, aplatie dans la paume d'Elaine.

Brad a certainement pensé à lui tenir tête, à lui répliquer qu'elle bluffait – et il l'aurait pu, parce que la remise n'était pas vraiment un terrain autorisé aux pensionnaires de Georgia Pines – mais il s'est abstenu. Comme Percy, il était lâche. Et il avait probablement vérifié les dires d'Elaine et découvert qu'elle avait bien un neveu influent, *quelqu'un d'important.* Mais, surtout, sa curiosité avait été satisfaite. Après toutes les questions qu'il avait dû se poser, il découvrait la clé du mystère : bien peu de chose, en vérité. Une souris apprivoisée par un vieillard vivait là, dans cet abri abandonné. À présent, elle était crevée, d'une crise cardiaque ou d'un truc du même genre, en poussant une bobine coloriée.

— J'vois pas pourquoi vous montez comme ça sur vos grands chevaux, vous deux. On dirait que c'était un chien ou j'sais pas quoi.

— Sortez, a répété Elaine. Sortez, espèce d'ignorant. Le peu d'esprit que vous avez est laid et tordu.

Une rougeur a envahi son visage, faisant ressortir

les nombreuses traces héritées d'une acné qui avait dû égayer son adolescence.

— Je m'en vais, il a conclu, mais quand tu reviendras ici demain, Paulie... tu trouveras un nouveau verrou à cette porte. Cet endroit est interdit aux pensionnaires, quoi qu'en pense Mademoiselle qui se sent pas péter. Regardez-moi c'plancher ! Les lattes sont toutes pourries. Si tu passes à travers, ta vieille guibole se cassera comme du bois sec. Alors prends ton rat mort, si tu veux, et sors de là. Le Nid d'Amour est fermé.

Sur ce, il s'en est allé de l'air d'un homme qui pense avoir bien mérité un coup à boire. J'ai attendu qu'il soit loin pour recueillir Mister Jingles dans la main d'Elaine. Mes yeux sont tombés sur le sac en papier dans lequel il y avait les bonbons à la menthe, et ça a déclenché mes larmes. Décidément, ce doit être l'âge, mais je pleure plus facilement qu'autrefois.

— Tu veux bien m'aider à enterrer un vieil ami ? j'ai demandé à Elaine quand le bruit des pas de Brad Dolan s'est estompé.

— Oui, Paul.

Elle a passé son bras autour de ma taille et a posé sa tête contre mon épaule. D'un doigt déformé par l'arthrose, elle a caressé le flanc immobile de Mister Jingles et elle a ajouté :

— Je serai heureuse de le faire.

Alors nous avons emprunté une pelle au jardinier et nous avons enterré le petit compagnon de Del, tandis que les ombres de l'après-midi s'étiraient à travers les arbres. Et c'est à Del que j'ai pensé, Del agenouillé sur le tapis vert de mon bureau, les mains jointes, son crâne chauve luisant sous la lumière crue de l'ampoule au plafond, Del qui nous avait demandé de veiller sur

Mister Jingles, de ne pas laisser l'autre méchant lui faire du mal. Mais en fin de compte, il y a toujours un autre méchant pour nous faire du mal, pas vrai ?

— Paul ?

La voix d'Elaine trahissait la fatigue. Creuser une tombe, ne serait-ce que pour une souris, représente pas mal d'efforts pour de vieux débris comme nous.

— Paul, est-ce que ça va ?

J'avais mon bras autour d'elle. J'ai raffermi mon étreinte.

— Ça va.

— Regarde, il va y avoir un magnifique coucher de soleil. Si on restait un peu pour le contempler ?

— D'accord.

Nous nous sommes arrêtés un long moment sur la pelouse, nous tenant par la taille, et nous avons observé le ciel qui s'embrasait puis virait insensiblement au gris cendre.

Sainte Marie, Mère de Dieu, priez pour nous, pauvres pécheurs, maintenant et à l'heure de notre mort.

Amen.

13

1956.

L'Alabama sous la pluie.

Notre troisième petite-fille, une belle jeunesse pré-nommée Tessa, recevait son diplôme de l'université de Floride. Nous prîmes le car. J'avais alors soixante-quatre ans – un jeune homme, quoi. Jan, cinquante-neuf, était toujours aussi belle. À mes yeux, du moins. Nous étions assis tout à l'arrière, et elle me reprochait de ne pas lui avoir acheté un nouvel appareil photo pour immortaliser l'événement. J'ai ouvert la bouche pour lui dire que nous avions toute une journée pour faire les magasins, quand nous arriverions là-bas, et qu'elle pourrait s'acheter un appareil dernier cri si elle le voulait, que nos finances le permettaient, et puis enfin que je pensais qu'elle faisait toute cette histoire parce que ce voyage en car l'ennuyait et qu'elle n'aimait pas le bouquin qu'elle avait emporté. Un Perry Mason. C'est là qu'il y a un blanc dans ma mémoire, comme une pellicule exposée au jour.

Quelques-uns parmi vous se souviennent peut-être de cette catastrophe, mais la plupart des gens ont oublié, je suppose. Ça a pourtant fait la une de tous les journaux d'une côte à l'autre, quand c'est arrivé. On venait de quitter Birmingham sous une pluie battante, et Janice se plaignait donc de son vieil appareil photo, quand un pneu a éclaté. L'autocar s'est mis en travers de la chaussée glissante. Arrivant en sens inverse, un poids lourd qui transportait des engrais a heurté le car de plein fouet à plus de cent à l'heure, l'a projeté contre la butée d'un pont et l'a coupé en deux. Les deux moitiés sont parties dans deux directions opposées et celle qui contenait le réservoir de gazole a explosé, énorme boule de feu rouge et noir montant vers un ciel gris de pluie. Un instant plus tôt, Janice se plaignait de son vieux Kodak, et l'instant d'après je me retrouvais allongé par terre de l'autre côté du pont, contemplant une petite culotte en nylon bleu jaillie d'une valise. Dessus, il y avait un mot brodé au fil noir : MERCREDI. Tout autour, des bagages éventrés. Et des corps. Des morceaux de corps. Le car contenait soixante-treize passagers, et seuls quatre survécurent. Je comptais parmi ces derniers et j'étais le moins touché.

Je me suis relevé et j'ai erré, titubant au milieu des affaires et des corps mutilés en criant le nom de ma femme. Je me souviens d'avoir donné un coup de pied dans un réveille-matin et d'avoir vu le cadavre d'un garçon d'une douzaine d'années gisant parmi les éclats de verre, des tennis aux pieds et la moitié du visage arrachée. Je suis passé sous le pont et quand je suis ressorti de l'autre côté, la pluie a recommencé de battre mon front et mes joues.

Jan se trouvait près de la cabine broyée du camion. Je l'ai reconnue à sa robe rouge, sa plus belle – après celle, bien sûr, qu'elle réservait pour la cérémonie elle-même.

Elle n'était pas encore morte. Je me suis souvent dit que ça aurait été préférable – pour moi, sinon pour elle – qu'elle ait été tuée sur le coup. Ça aurait rendu ces derniers instants auprès d'elle moins cruels et mon deuil peut-être moins douloureux. Mais à vrai dire, j'en doute. En fait, je n'ai jamais accepté sa disparition.

Elle tremblait comme une feuille. Elle avait perdu une chaussure et son pied était secoué de spasmes. Elle avait les yeux ouverts mais elle n'y voyait plus, le gauche était plein de sang et, comme je me laissais tomber à genoux à côté d'elle sous la pluie qui sentait la fumée, je ne pensais qu'à une seule chose : elle était électrocutée sous mes yeux et il fallait à tout prix que je coupe le courant avant qu'il soit trop tard.

— Au secours ! j'ai crié. Aidez-moi ! Aidez-moi !

Personne ne m'a aidé, personne n'est venu. Il pleuvait – une pluie drue qui aplatissait mes cheveux – et je la tenais dans mes bras et j'étais seul. Ses yeux qui ne me reconnaissaient pas me regardaient avec une espèce d'intensité voilée ; du sang coulait à flots de derrière son crâne fracassé. Près de sa main agitée de convulsions, il y avait un morceau d'enjoliveur chromé et, à côté, le tronc d'un homme en veste marron, qui avait dû être représentant de commerce.

— Au secours ! j'ai crié de nouveau.

Je me suis tourné vers le passage sous le pont et, là, j'ai vu John Caffey. Il se tenait, formidable silhouette fondue dans l'ombre, ses longs bras ballants, le crâne luisant.

— John ! j'ai appelé de toutes mes forces. Oh, John, je t'en prie, aide-moi ! Je t'en prie, aide Janice !

J'avais de la pluie plein les yeux. J'ai cligné les paupières, et il n'était plus là. Je ne voyais plus que des ombres que j'avais prises pour John et, pourtant, il avait été là, j'en étais sûr. Peut-être juste un fantôme, mais bien présent, la pluie sur son visage se mêlant au flot éternel de ses larmes.

Elle est morte dans mes bras, là sous l'averse à côté de ce camion chargé d'engrais, dans l'odeur âcre du gazole en feu. Elle n'a pas repris conscience une seule seconde ; son regard ne s'est pas éclairé une seule fois, ses lèvres n'ont pas murmuré un dernier « je t'aime ». J'ai senti son corps se raidir dans une dernière convulsion, et puis c'était fini. J'ai pensé à Melinda Moores pour la première fois depuis des années, Melinda assise dans son lit – que tous les médecins de l'hôpital d'Indianola pensaient être son lit de mort –, Melinda Moores, revigorée, l'air reposé, regardant John Caffey avec de grands yeux emplis de stupeur, Melinda disant : « *J'ai rêvé de toi. J'ai rêvé que tu errais comme moi dans l'obscurité. Et puis nous nous sommes rencontrés.* »

J'ai reposé la pauvre tête fracassée sur l'asphalte mouillé et je me suis relevé (ça m'était facile, vu que je n'avais rien d'autre qu'une petite coupure à la main gauche), et j'ai crié le nom de John Caffey dans l'ombre du passage.

— *JOHN ! JOHN CAFFEY ! TU ES LÀ, BIG BOY ?*

Je me suis avancé, repoussant du pied un ours en peluche taché de sang, une paire de lunettes à monture d'acier dont l'un des verres était brisé, une main coupée avec une bague sertie d'un grenat au petit doigt.

— *Tu as sauvé la femme de Hal, alors pourquoi pas la mienne ? Pourquoi pas Janice ? POURQUOI PAS JANICE ?*

Pas de réponse ; seulement l'odeur d'essence et des corps calcinés, seulement la pluie tombant sans cesse du ciel de plomb et battant le pavé, tandis que ma femme gisait morte sur la route derrière moi. Pas de réponse alors et pas de réponse maintenant. Mais, bien sûr, ce n'était pas seulement Melly Moores que John Caffey a sauvée en 1932, ou la souris de Del, celle qui pouvait exécuter ce joli tour avec la bobine et qui semblait chercher Del bien avant l'arrivée de celui-ci... bien avant même celle de John Caffey.

John m'a sauvé, moi aussi, et des années plus tard, debout sous la pluie de l'Alabama, en quête d'un homme qui ne se trouvait pas dans l'obscurité du passage sous le pont, debout parmi les valises béantes et les cadavres mutilés, j'ai appris une chose terrible : il n'y a parfois aucune différence entre le salut et la damnation.

J'ai ressenti l'un ou l'autre m'imprégner alors que nous étions assis côte à côte sur sa couchette, le 18 novembre 1932. M'imprégner, tandis que ce pouvoir qu'il avait en lui coulait en moi à travers nos mains jointes dans l'amour, l'espoir et les bonnes intentions, une sensation qui commençait comme un picotement puis se transformait en une marée gigantesque, une force que je n'avais jamais connue avant et n'ai pas connue depuis. De ce jour-là, je n'ai attrapé ni pneumonie ni bronchite, pas même une grippe. Pas eu non plus une seule autre infection urinaire et j'ai toujours cicatrisé rapidement, chaque fois que je me suis coupé. J'ai eu quelques rhumes, mais rares – à six ou sept ans d'intervalle – et bien que les gens qui ne s'enrhument pas souvent soient, paraît-il, sujets à des maux plus sérieux, ça n'a pas été mon cas. Une fois, au cours de cette horrible année 1956, j'ai souffert de calculs biliaires. Ça vous paraîtra peut-être étrange en dépit de tout ce que j'ai pu vous dire, mais j'ai été quelque part heureux d'avoir mal. C'était ma première vraie douleur depuis mes problèmes urinaires, vingt-quatre ans plus tôt. Les maladies qui ont emporté mes amis et les êtres aimés de ma génération, jusqu'à ce qu'il n'en reste plus un seul – les cancers, les crises cardiaques, les cirrhoses, les hémorragies – ne m'ont pas atteint ; elles m'ont évité comme un automobiliste évite un daim ou un raton laveur sur la route. Le seul accident grave qui me soit jamais arrivé a été cette collision qui m'a enlevé Janice, et je m'en suis sorti avec une égratignure à la main. En 1932, John Caffey m'a inoculé la vie. M'a *électrocuté* avec la vie, pourrait-on dire. Oh, j'y passerai un jour ou l'autre, bien entendu – toute illusion d'immortalité, si tant est que j'en aie jamais eu, s'est perdue à la mort de Mister Jingles –, mais il y a de fortes chances pour que je désire la mort bien avant qu'elle me fasse signe. Pour dire la vérité, je l'appelle déjà de tous mes vœux depuis qu'Elaine Connelly n'est plus. Vous vous en doutiez, non ?

Je jette un coup d'œil à ces pages, les feuilletant de mes mains tremblantes et tavelées, et je me demande si elles renferment un message, comme dans ces livres qui sont censés vous élever, vous ennoblir. Je repense aux sermons de mon enfance, à ces prêches tonitruants de l'église de Gloire à Jésus, le Seigneur est Tout-Puissant, et j'entends encore les prédicateurs dire que l'œil de Dieu voit tout, même l'hirondelle, même la plus infime de Ses créatures. Quand je songe à Mister Jingles et aux petits éclats de bois que nous avons trouvés, Brutal et moi, dans ce trou de la solive, je me dis que ce doit être vrai. Pourtant c'est ce même Dieu qui a sacrifié John Caffey, qui n'avait qu'un désir dans la vie : faire le bien, à sa façon tout instinctive ; c'est ce Dieu qui l'a sacrifié aussi sauvagement que les prophètes de l'Ancien Testament égorgeaient l'agneau sans défense, tout comme Abraham était prêt à sacrifier son propre fils. Je repense à ce que John disait à propos de Wharton : qu'il avait tué les jumelles Detterick avec l'amour qu'elles se portaient, et que ça arrivait tous les jours, partout dans le monde. Et s'il en est ainsi, alors c'est que Dieu le veut ainsi, et quand nous disons : « Je ne comprends pas », Il répond : « Je m'en fous. »

Je pense à Mister Jingles qui est mort pendant que j'avais le dos tourné, mon attention dérobée par un misérable que seule animait une curiosité malsaine. Je pense à Janice, à ses dernières secondes convulsives, alors que j'étais agenouillé auprès d'elle sous la pluie.

Arrête, j'ai essayé de dire à John, ce jour-là dans sa cellule. *Lâche-moi, sinon je vais me noyer ou exploser. Me noyer ou exploser.*

— Vous exploserez pas, boss, il m'a répondu en percevant mes pensées et en souriant à cette idée.

Et le plus affreux, c'est que je n'ai pas explosé.

Je souffre au moins d'un mal propre aux vieux : l'insomnie. Jusqu'au petit matin, je reste allongé dans mon lit, à écouter les toux et les râles de ces hommes et de ces femmes qui s'enfoncent un peu plus chaque nuit dans la déchéance des corps. Parfois, j'entends une sonnette d'appel et le couinement de chaussures à semelles de crêpe dans le couloir, ou la petite télé que vient d'allumer Mme Javis pour les dernières informations. Je gis dans mon lit, et si la lune est visible de ma fenêtre, je la contemple et je pense à Brutal, à Dean, des fois à William Wharton en train de dire : « *C'est juste, le nègre, un mauvais homme à ton service.* » Et Delacroix, tout émoustillé : « *R'gardez ça, m'sieur Paul. J'ai appris un nouveau tour à Mister Jingles.* » Je pense à Elaine, debout sur le seuil du solarium, ordonnant à Brad Dolan de me laisser tranquille. Des fois je m'assoupis et je revois ce passage sous le pont et la pluie, et John Caffey dans l'ombre. Ce n'est jamais une illusion d'optique, dans ces rêves ; c'est lui, à n'en pas douter, mon big boy, qui se tient là et qui regarde. Je gis ici et j'attends. Je pense à Janice, comment je l'ai perdue, sa vie qui fuyait, sable rouge entre mes doigts, et j'attends. La mort attend chacun de nous, il n'y a pas d'exception, je le sais. Mais parfois, ô Dieu, que la ligne verte est longue !

POSTFACE

Je ne sais pas ce que vous en pensez, mais moi je me suis bien amusé. Je ne crois pas que je recommencerai de sitôt (ne serait-ce que pour une raison : les critiques ont l'occasion de vous éreinter six fois au lieu d'une !), mais pour rien au monde je n'aurais voulu passer à côté de cette expérience. Il semble que la formule roman-feuilleton soit un succès. Grâce à vous, fidèle lecteur, et je tiens à vous en remercier. Peut-être, aussi, était-il temps de renouveler un peu cet art vieux comme le monde qui consiste à raconter des histoires. C'est comme ça que je l'ai ressenti, en tout cas.

J'ai dû écrire à la hâte, chaque échéance étant incontournable. Ce n'en fut que plus excitant, mais il est possible que cela ait donné lieu à quelques anachronismes. Par exemple, les gardiens et les prisonniers du bloc E écoutent *Allen's Alley* à la radio, mais je ne suis pas sûr que Fred Allen soit effectivement passé sur les ondes en 1932. Même chose pour Kay Kyser et son *Kollege of Musical Knowledge*. Ce n'est pas que je veuille me justifier, mais j'ai parfois l'impression qu'il est plus difficile de se documenter sur une période plus ou moins récente que sur le Moyen Âge ou les croisades. Brutal avait le droit de baptiser la souris de la ligne verte « Steamboat Willy », parce que j'ai pu vérifier que le dessin animé de Walt Disney était sorti quatre ans plus tôt. En revanche, j'ai comme un doute à propos du petit livre pornographique dont Popeye et Olive Oyl sont les héros... Je corrigerai peut-être ces erreurs lors de la publication de *La Ligne verte* en un seul volume. J'ai bien dit « peut-être ». Car, après tout, le grand Shakespeare en personne ne fait-il pas sonner une horloge dans *Jules César* ?

Publier *La Ligne verte* en un seul volume représente un défi d'un autre genre. Car je me suis aperçu qu'une sérieuse adaptation était nécessaire. Ayant pris Charles Dickens pour modèle, je me suis demandé comment il se débrouillait pour rafraîchir la mémoire de ses lecteurs au début de chaque épisode. J'imaginais un bref résumé, comme dans les « séries » que j'adorais dans le *Saturday Evening Post*. Mais j'ai découvert que Dickens était beaucoup plus subtil : le résumé faisait partie intégrante de l'histoire.

Alors que je m'interrogeais quant à la façon d'égaler le maître, ma femme m'a fait remarquer (ce n'est pas qu'elle me harcèle mais, parfois, elle a cette façon de me *conseiller*, sans jamais en démordre...), elle m'a fait remarquer, donc, que j'avais laissé tomber en cours de route Mister Jingles, la souris savante. J'ai dû reconnaître qu'elle n'avait pas tort et c'est là que j'ai compris qu'en faisant de Mister Jingles un secret de Paul Edgecombe sur ses vieux jours, je pouvais créer un récit dans le récit (un peu comme dans la version filmée des *Beignets de tomates vertes*). En fait, je ne suis pas mécontent des passages qui racontent la vie de Paul dans la maison de retraite de Georgia Pines. En particulier, j'ai bien aimé la façon dont Dolan et Percy Wetmore se superposent dans l'esprit de Paul. Je ne l'ai pas fait exprès. Comme dans toutes les fictions réussies, ça s'est imposé et mis en place tout seul.

Je souhaite remercier Ralph Vicinanza pour avoir lancé l'idée d'un « thriller-feuilleton », ainsi que tous mes amis chez Viking, Penguin et Signet pour nous avoir soutenus dans cette entreprise, alors qu'ils étaient verts de peur au début (tous les écrivains sont fous, et bien sûr ils le savaient). Merci également à Marsha DiFillippo, qui a déchiffré et tapé des pages et des pages de mes pattes de mouches sans jamais se plaindre. Enfin, presque jamais.

Et, surtout, je veux remercier ma femme, Tabitha, qui a lu cette histoire et l'a aimée. Les auteurs écrivent presque toujours avec un lecteur idéal en tête ; le mien, c'est ma femme. Nous ne sommes pas toujours d'accord sur notre prose respective (après tout, nous sommes rarement d'accord quand nous faisons des courses ensemble au supermarché !), mais quand elle dit que c'est bon, ça l'est généralement. Parce qu'elle ne laisse rien passer. Si j'essaie de tricher ou si j'opte pour une solution de facilité, elle le voit toujours.

Enfin vous, fidèle lecteur. Merci à vous. Et si vous avez des remarques à propos de *La Ligne verte* en un seul volume, n'hésitez pas à m'en faire part.

Stephen KING
28 avril 1996
New York.

Table